Sonja Silberhorn

Im Schatten des Waldes

Sonja Silberhorn

Im Schatten des Waldes

Kriminalroman

KaMeRu Verlag

www.kameru.ch – Spannende Unterhaltung beginnt hier!

Umschlagsgestaltung und Satz: www.diaphan.ch, Stephan Cuber, Bern
Autorenfoto: Petra Homeier
Dieses Buch wurde nach den von der Dudenredaktion empfohlenen Schreibungen
(Duden, Band 1, 28. Auflage 2020) Korrektur gelesen.

Printed in EU

ISBN 978-3-907327-01-2

Bibliographische Information der Deutschen Nationalbibliothek:
Die Deutsche Nationalbibliothek verzeichnet diese Publikation in der
Deutschen Nationalbibliographie; detaillierte bibliographische Daten
sind im Internet über http://dnb.ddb.de abrufbar.

Für L.,
mit dem innigen Wunsch, dass deine Welt
eine freie, tolerante und friedliche sein möge.

Hörst du, wie scharf die Worte schneiden,
wie banger Hass sie weiter schleift?
Wie sie mit kalten Klingen schlitzen,
bis man zum stähler' n Schilde greift.

Siehst du, wie hoch die Fronten lodern,
wie sie brennen, rot und grell?
Wie Menschen weinen, an den Gräben,
als würd' es dort nie wieder hell.

Riechst du den Angstschweiß, scharf und sauer,
der uns alle zäh umschließt?
Der wie ein Seher des Verderbens
aus den schwachen Seelen liest.

Schmeckst du die Galle, gelb und bitter,
vergiftet und getränkt mit Wut?
Der Erschöpfte schließt die Augen,
der Held begräbt den Heldenmut.

Fühlst du, es gibt nichts mehr zu retten?
Am tiefen Abgrund steht die Welt,
die wie dein ganzes friedlich' Leben
in kriegerisch' Schwarzweiß zerfällt.

Die Furcht als tödlichstes der Fieber
schlägt Schneisen selbst für Freundesleid,
für Lügen, Zorn, für Sucht nach Mächten,
schnell stirbt des Menschen Menschlichkeit.

Und immer wieder ist da Böses,
das nutzt den Weg zum Weltenschmerz.
Als Heimat bleibt im Wahn der Feuer
dir nur dein eignes stetig' Herz.

Prolog

August 1951

Der Sommer war immer seine liebste Jahreszeit gewesen.

Trotz der schweren Arbeit, der Weizen- und Heuernte unter sengender Sonne, den ach so langen Tagen, die früh begannen und spät endeten. Oder vielleicht genau deswegen, dachte er und richtete den Blick nach links, wo ein loser Holzbalken einen schwachen Sonnenstrahl ins Innere des Stalls ließ. Die kurze Zeit der spätabendlichen Stille hatte jeden Tag aufs Neue ein Gefühl der Zufriedenheit für ihn bereitgehalten, das nach sonnenverbrannter Haut und getrocknetem Schweiß roch, nach einem lauen Lüftchen, das den Duft der Blumen vor sich hertrieb. Das war hier, in der Schicksalsheimat, zunächst nicht anders gewesen als zu Hause. Bis das wahre Erleben des Gefühls der bloßen Erinnerung gewichen war und ihn nicht mehr erreichte. Genau wie der Sonnenstrahl, der drei Meter von ihm entfernt, direkt neben den dösenden Kühen, auf dem blanken Holzboden auftraf.

Es gab immer einen bestimmten Punkt, der die Treffsicherheit des Sonnenstrahls zerstörte, davon war er überzeugt. Einen Punkt, an dem – letztlich doch plötzlich und überraschend – die Schatten größer wurden als das Licht, es umleiteten oder absorbierten, wie grell es auch leuchten mochte. In diesem Augenblick, in dem die

Entscheidung längst gefallen war, überlegte er, ab wann die Schatten ihn selbst so umhüllt hatten, dass kein Licht mehr durchdringen konnte. Ab wann es zu viel gewesen war, zu viel Grausamkeit, Hass, Blut, Tod und Leid, sodass Glück, Liebe und das Lächeln eines Kindes, sogar seines eigenen Kindes, ihn nicht mehr berührten.

Er befühlte das Seil um seinen Hals, stabil und fest gedreht, und versuchte dabei, die Erinnerung an ein anderes Seil um einen anderen Hals wegzuschieben, an einen anderen Körper, der ins Leere gefallen war, so wie seiner gleich fallen würde, an den Tod eines anderen jungen Mannes vor gut zehn Jahren, eines Landsmanns seines Alters, dessen einziges Vergehen die Liebe gewesen war. Der tödliche Hass auf einen Unschuldigen, dessen Ergebnis zu bezeugen er gezwungen worden war, dieses schreiende Unrecht im Dienst einer zerstörerischen Obrigkeit, hatte den ersten bösen Schatten geworfen, den das Licht aber in den guten Momenten noch durchdrungen hatte.

Den zweiten … Sein Blick schweifte zu der offenen Falltür im Boden, direkt vor ihm, die längst nicht mehr unter einer Schicht Heu verborgen werden musste. Das Ende des Seils hatte er unter dem Stalldach, in gerader Linie über dem sich auftuenden Loch im Boden, angebracht, der Schemel unter seinen Füßen stand an der Klippe. Den zweiten Schatten, den großen, undurchdringlichen, verdankte er seiner eigenen Schuld. Vor der er nun kapitulierte.

»Verzeiht«, flüsterte er in die Stille, in der Sprache seiner Kindheit, die doch eigentlich längst ihre Bedeutung verloren hatte.

Dann, den Blick fest auf den Sonnenstrahl gerichtet, traten seine Füße den Hocker unter sich beiseite.

Eins

Frühsommer 2022

»Wenn das mal nicht idyllisch ist!« Kriminalhauptkommissarin Lene Wagenbach ließ den Anblick, der sich ihr bot, für einen Moment auf sich wirken: Ein sanfter, saftig grüner Hang, der zum Gipfel hin in ein dichtes Wäldchen überging, wie es für den Falkensteiner Vorwald so typisch war. Alte, üppige Obstbäume verteilten sich ohne erkennbare Ordnung auf dem Gelände, dazwischen spannten sich farbenfrohe Hängematten. Am Fuß des Grundstücks schien ein größeres Areal nicht kultiviert zu werden, hier hatte sich eine unberührte Wiese entwickelt, die in Lene Assoziationen an ihre Kindheit auf dem Dorf im niederbayerischen Niemandsland weckte. Direkt daneben gackerte und pickte eine Horde Hühner im Auslauf rund um einen kleinen Stall fröhlich vor sich hin, und auf der gegenüberliegenden Grundstücksseite meinte sie, ein paar Ziegen unter einem Unterstand auszumachen.

Natürlich tat die Alleinlage ein Übriges: Das Dorf Grabenzell, zu dem die Einöde gehörte, lag auf verschlungener Straße rund vierhundert Meter weiter südlich.

Nur der Grund für ihren Besuch schien wieder einmal nicht zu der ländlichen Idylle zu passen. Mit raschen Handgriffen band Lene sich die braunen Locken zum Pferdeschwanz, nahm die Sonnenbrille ab und kratzte an einem Fleck herum, den sie schon im Auto auf ihrer verwaschenen Jeans entdeckt hatte. Leider erfolglos.

»Nomen est omen.« Dr. Henning Adam wies mit dem Kopf auf ein kunstvoll bunt bemaltes Schild über der hölzernen Eingangstür im Zaun, das mit der Sonne um die Wette leuchtete. Sonnenhof, logisch. Wenn es gerechtfertigt war, einen Hof so zu nennen, dann doch wohl diesen hier.

Das Wohnhaus schien dem Stil nach ohne größere Umbauten in die Jahre gekommen zu sein, machte aber – frisch gestrichen und mit schmucken Pflanzkästen und geflochtenen Kränzen dekoriert – einen heimeligen Eindruck, der sich auf der offensichtlich neuen, direkt angrenzenden runden Holzterrasse fortsetzte: Ein liebevoll bemaltes Holzschild wies sie als Yogadeck aus. Rund um das Haus zählte Lene drei bemalte Bauwägen, zwei Wohnwägen und einen kleinen Campingbus, und hinter dem Yogadeck zeichneten sich im Gegenlicht die Umrisse eines Tipis ab.

»Leichenfunde an solch fröhlichen Orten sollten eigentlich verboten werden.« Lene nickte dem Kollegen vom Erkennungsdienst zu, der bei ihrer Ankunft im Sprinter nach etwas gesucht hatte und jetzt geschäftig an ihnen vorbeieilte. Er steuerte auf die große Holzscheune neben dem Wohngebäude zu, die im Gegensatz zum restlichen Anwesen nicht den besten Eindruck machte. Offensichtlich hatte man sich mit ihrer Sanierung noch nicht befasst.

Während sich zahlreiche Kollegen vom Erkennungsdienst und der Schutzpolizei um die Scheune tummelten, deren hölzernes Tor sperrangelweit offen stand, hatte sich eine größere Personengruppe auf zwei Decken unter einem Apfelbaum niedergelassen. Zwei Jungen spielten unweit davon Fußball, wobei der Kleinere klar im Nachteil war, aber versuchte, dies mit besonderem Eifer auszugleichen. Angefeuert wurden die beiden von zwei Mädchen, ebenfalls im Grundschulalter. Die Kinder machten einen unbeschwerten Eindruck, während die Erwachsenen auf den beiden Decken angespannte Blicke in Richtung der Scheune warfen.

»Leben die alle hier?« Mit einer raschen Kopfbewegung wies Henning auf die bunt gemischte Truppe. »Ist das so eine Art Kommune?«

Lene zuckte die Achseln, grüßte einen der Uniformierten, den sie flüchtig kannte, mit einem Kopfnicken, und wandte sich dann in Richtung des älteren Kollegen, der mit einem weiteren Mann in Latzhose und Ringelshirt ins Gespräch vertieft vor der Scheune stand.

»Kripo Regensburg, Wagenbach«, stellte Lene sich knapp vor und wies auf Henning, der mit seinem zerzausten Blondhaar, der baumlangen, muskulösen Statur in Jeans und Holzfällerhemd und den ausgelatschten Biker Boots an den Füßen wieder mal alle Vorurteile, die man bezüglich Juristen und Staatsdienern gemeinhin hatte, Lügen strafte. »Und Dr. Adam, Staatsanwalt. Können Sie uns kurz informieren, was uns da drinnen erwartet?«

»Grabungsarbeiten«, erwiderte der Kollege. »Die Scheune ist in einem kleinen Bereich unterkellert, und Herr Paulus hier hat in diesem Keller heute Mittag die Bodendielen herausgerissen. Dabei ist er auf Knochen gestoßen. Menschliche Knochen, so viel ist wohl sicher.«

»Gehört Ihnen das Anwesen?«, wandte Lene sich an besagten Herrn Paulus, der sich unangenehm berührt durch die braunen Locken wuschelte.

»Meiner Familie«, antwortete er. »Aber ich lebe hier. Zusammen mit …« Mit einer raschen Bewegung deutete er auf die

Gruppe unter dem Apfelbaum. »Wir wollen den kleinen Keller sanieren, dort soll eine Käserei entstehen. Der Holzboden war schon ziemlich morsch, deshalb habe ich heute die Bretter rausgerissen. Also, zumindest zum Teil. Bis …« Er verzog das Gesicht zu einer Grimasse, die eher Erschrecken als Ekel suggerierte.

»Und dann haben Sie die Polizei gerufen?«

»Zuerst habe ich Moritz gerufen, der wohnt auch hier und ist ziemlich hart im Nehmen.« Der Anflug eines Lächelns erhellte sein noch jugendliches, braungebranntes Gesicht für einen Augenblick. »Wir haben vorsichtig weitergegraben, bis wir uns sicher waren, dass es sich um die Überreste eines Menschen handelt. Wegen eines vergrabenen Hofhundes Alarm zu schlagen, erschien uns nach kurzem Nachdenken beiden albern. Aber als wir dann auf den Schädel gestoßen sind, habe ich die Polizei gerufen.«

»Nun gut«, sagte Lene mit einem freundlichen Nicken. Wahrscheinlich wäre sie genauso vorgegangen, auch wenn es ihr naturgemäß nicht gefiel, dass rund um den Fund bereits nichtprofessionelle Grabungsarbeiten stattgefunden hatten. »Bitte bleiben Sie einstweilen in Reichweite für uns, ich habe später sicher noch Fragen.«

Der Angesprochene nickte, seufzte verhalten und schenkte Lene ein entschuldigendes Lächeln, bevor er sich auf den Weg zu seinen Mitbewohnern unter dem Apfelbaum machte.

»Dann wollen wir mal!« Lene nickte Henning auffordernd zu.

»*Wollen* halte ich in diesem Fall wie üblich für übertrieben«, erwiderte Henning, bevor er Lene immerhin klaglos in die Scheune folgte.

»Wie du dir vermutlich bereits gedacht hast«, eröffnete Dr. Heribert Melchior, der vom zuständigen rechtsmedizinischen Institut in Erlangen angereist war, das Gespräch und erhob sich mit hörbar knirschenden Gelenken aus seiner gebückten Haltung. »Taufrisch ist der Gute nicht mehr.«

»Ach was.« Lene kannte Bertls lockeren, unterm Strich aber meist doch respektvollen Umgang mit den Toten mittlerweile zur Genüge.

Während Henning sich in dem kleinen Kellerraum umsah, den sie durch eine Falltür im Holzboden der Scheune über eine wenig vertrauenerweckende Leiter betreten hatten, starrte Lene neben Bertl im blendenden Scheinwerferlicht auf das Loch, das sich im Boden auftat. Die zum Teil schon stark verwitterten herausgerissenen Bodendielen lehnten achtlos an der Wand. Tatsächlich beschränkten sich die bisherigen Ausgrabungsarbeiten auf einige Halswirbel und den mutmaßlichen Schädelknochen, die nur zum Teil aus dem erdigen, mit wenigen Steinen durchsetzten Boden herausragten. Allzu erschreckend war der Anblick nicht, Lene hatte im Laufe ihrer Polizeikarriere schon weit Grausameres gesehen und vor allem gerochen. Der Blick auf die Knochen im Boden erweckte vielmehr den Eindruck einer archäologischen Ausgrabung.

Henning inspizierte die Hängeregale an den Kellerwänden, die bis auf eine recht antiquierte Waschschüssel leer standen, und gesellte sich dann zur Grabungsstätte. »Was bedeutet ›nicht taufrisch‹, Bertl? Kannst du eine erste Einschätzung geben?«

»Nicht, wenn ich seriös arbeiten will«, antwortete der Rechtsmediziner prompt. »Ich kann nur eingrenzen: mehrere Jahre bis viele Jahrzehnte.«

»Sehr hilfreich«, kommentierte Lene trocken.

»Es ist so«, fuhr Bertl fort und deutete zu Boden, »dass das direkt umgebende Material doch eine gewisse Feuchtigkeit aufzuweisen scheint. Die genaue Zusammensetzung des Bodens werden wir noch analysieren müssen. Er ist nicht so nass, dass eine Wachsleiche entstehen kann, aber wohl doch ausreichend, um den Verwesungsprozess deutlich zu verlangsamen. Zudem«, dozierte er mit erhobenem Zeigefinger weiter, »wurde die Leiche offensichtlich ohne Kiste eingegraben, sprich: Die Sauerstoffzufuhr war stark eingeschränkt, die Leiche kam also direkt mit der Feuchtigkeit in Kontakt, was den Prozess, im Gegensatz zu einer Sargbestattung, natürlich noch zusätzlich verlangsamt. Um das besser einschätzen zu können, werde ich einen Kollegen kontaktieren, der seit zwei Jahren auf einer Body Farm in den Niederlanden forscht. Wahnsinn, echt, da kann man bloß neidisch werden! Wahrscheinlich sehe ich mir das in meinem nächsten Urlaub mal an.«

Henning warf Lene einen wie üblich schockiert-belustigten Blick zu. Offenbar wich seine Vorstellung von einem Traumurlaub doch deutlich von Bertls ab.

»Bestimmt schön ruhig dort«, erwiderte Lene ungerührt.

»Wie auch immer!« Bertl konzentrierte sich wieder auf das Wesentliche: »Es handelt sich bei unserer Kellerleiche um reines Knochenmaterial, da sind durch zersetzende Bakterien und andere Lebewesen im Boden keine Spuren von Weichgewebe oder gar Haaren mehr erkennbar, was selbst in trockenerer Umgebung für eine Liegezeit von mindestens vier Jahren sprechen würde.« Er hob die Hand, beugte sich wieder über den halb freigelegten Schädelknochen und erklärte die Audienz somit für beendet. »Mehr kann ich erst sagen, wenn das Skelett sozusagen ›freipräpariert‹ ist und ich es im Institut habe.«

Lene gab sich geschlagen und Henning einen Wink, zusammen mit ihr den Fundort über die wacklige Leiter wieder zu verlassen. Je weniger Leute im Weg herumstanden, desto schneller konnten alle noch verfügbaren Spuren gesichert und die Ausgrabungen abgeschlossen werden.

Obwohl es nur die stickige Luft des alten Scheunenkellers gewesen war, die das Atmen erschwert hatte, und kein brechreizfördernder Verwesungsgeruch, atmete Lene tief ein, als sie durch das Scheunentor wieder ins Freie trat. Die Gruppe unter dem Apfelbaum hatte sich zwischenzeitlich aufgelöst. Eine blonde Frau und eines der Mädchen pflückten Johannisbeeren von einem der Sträucher, ein paar Leute tummelten sich in dem Bauerngarten oberhalb der Scheune, den Lene jetzt erst bemerkte, einer der Männer spaltete mit wuchtigen Hieben Brennholz und hatte bereits einen beachtlichen Berg neben sich aufgestapelt. »Eigentlich müsstest du ihm helfen«, stellte Lene mit einem Blick auf Hennings Holzfällerhemd fest und sah sich suchend nach Herrn Paulus um.

»Würd ich tatsächlich gerne«, antwortete Henning und ließ unter dem Hemd die durch jahrelanges Boxtraining gestählten Muskeln spielen.

»Interessanterweise nimmt man dir den Naturburschen eher ab als den promovierten Sesselpupser.«

»Ich bin eben vielseitig«, pries Henning einen seiner zahlreichen Vorzüge an, wurde dann jedoch von einem Wagen abgelenkt, der auf der Straße vor dem Anwesen hinter den Einsatzfahrzeugen zum Stehen kam. Ein Mann mittleren Alters stieg aus, trat forschen Schrittes auf einen Kollegen im weißen Schutzanzug zu, der im Sprinter des Erkennungsdienstes zugange war, und sprach ihn an.

»Ist das ein neuer Kollege?«, fragte Henning.

»Nicht, dass ich wüsste.« Sein geschäftsmäßiger Look mit Sakko zur Jeans, Nerdbrille und perfekt sitzender rotblonder Kurzhaarfrisur sprach ohnehin dagegen.

Der Kollege machte eine abwehrende Geste, was den Mann nicht davon abhielt, in zügigem Tempo das Gartentor anzusteuern. Auch der Holzhacker hatte den Mann erspäht, unterbrach seine Arbeit, legte die Spaltaxt beiseite und trabte auf ihn zu. »Was wollen Sie hier?«, fragte er barsch, noch bevor er den Mann erreicht hatte.

Lene stupste Henning an und setzte sich ebenfalls in Trab. Dieser Besucher schien nicht willkommen zu sein.

»Wenn es in Grabenzell ein solches Polizeiaufgebot gibt, muss ich unbedingt nach dem Grund sehen«, antwortete der Mann. »Berufsethos. Das könnte schließlich für uns alle von Interesse sein.«

»Sebastian!«, rief die johannisbeerenpflückende Frau in Richtung des Ziegengeheges. Keine Sekunde später tauchte Herr Paulus dort auf und setzte sich ebenfalls raschen Schrittes in Bewegung.

»Hauen Sie ab, Mölln.« Der Holzhacker glättete sich das leicht angegraute, am Hinterkopf zusammengebundene Haar und baute sich vor dem unwillkommenen Gast auf, was dank seiner athletischen Statur durchaus eindrucksvoll wirkte. »Sie wissen doch, dass Sie sich die Chance auf eine Einladung zum Kaffee hierher selbst gründlich versaut haben.«

»Das hindert mich nicht daran, meiner Arbeit nachzugehen.« Mit einem triumphierenden Blick wandte sich der Ankömmling an Lene und Henning, die sich inzwischen dazugesellt hatten. »Leiten Sie die Ermittlungen?«, fragte er unbeeindruckt. »Ich hätte gerne einige Informationen über …«

»Wer sind Sie überhaupt?«, unterbrach Lene ihn. Der Typ machte einen schmierigen Eindruck, was nicht nur an seinem geleckten Styling lag. Bestimmt einer dieser Pressefuzzis, schoss es ihr durch den Kopf, die sich selbst für Kämpfer für Recht und Gerechtigkeit hielten. Meistens lief die Zusammenarbeit gut, aber es gab immer einige wenige Journalisten, die sich selbst als investigative Katastrophenreporter wähnten, während sie letztlich nur Artikel über die Vorstandssitzung des örtlichen Kaninchenzüchtervereins für das lokale Käseblatt zusammenschmierten.

»Mein Name ist Andreas Mölln, ich schreibe für die Lokalzeitung.«

Volltreffer. War aber auch nicht allzu schwierig gewesen.

»Ausweis?«, fragte Lene und zeigte dabei routiniert ihren eigenen Dienstausweis.

Mölln fischte den Presseausweis aus der Brusttasche seines Hemdes, und Lene nahm sich die Zeit, ihn genaustens zu studieren.

Inzwischen hatte auch Sebastian Paulus die Gruppe erreicht, und wandte sich sofort an Mölln: »Du weißt, ich will dich hier nicht mehr sehen.« Sein Tonfall war rabiater als Lene ihm zugetraut hätte.

Was da wohl vorgefallen war? Auch wenn das vermutlich nichts zur Lösung des Rätsels um die Kellerleiche beitrug, spürte Lene die Neugier in sich prickeln, die ihr auch nach über zwei Jahrzehnten Polizeiarbeit nicht abhandengekommen war.

»Gibt es was zu verbergen?«, fragte Mölln mit einer solch unangenehm scheinheiligen Miene, dass Lene augenblicklich von einer heftigen Abneigung gegen diesen Mann erfüllt wurde.

»Keineswegs«, kam sie Sebastian Paulus zuvor. »Als gestandenem Journalisten ist Ihnen aber doch sicher bewusst, dass die Pressestelle der Kripo in diesem Fall der richtige Ansprechpartner für

Sie ist. Dort erhalten Sie alle relevanten Informationen, Herr Mölln, während Sie beim unangemeldeten Herumtapsen am Einsatzort nur die Leute hier von wichtiger Arbeit abhalten. Wenn Sie jetzt bitte gehen würden …«

Lene deutete auf das Gartentor und Mölln gab sich widerwillig geschlagen, während der Holzhacker ein triumphierendes Lächeln nicht unterdrücken konnte. Sebastian Paulus hingegen verfolgte den Lokalredakteur mit einem überaus besorgten Blick. Betont gleichgültig schlenderte Mölln zu seinem Wagen zurück und wandte sich dabei immer wieder um, als wollte er die Geschehnisse auf dem Hof keinesfalls aus den Augen lassen.

»Dieser Kotzbrocken«, entfuhr es dem Holzhacker. »Sorry«, fügte er nonchalant hinzu. »Ich bin übrigens der zweite Knochengräber. Moritz Wagner.« Mit einem entspannten Winken bequemte er sich wieder zurück zu seinem Hauklotz.

»Wir bräuchten noch ein paar Informationen«, riss Lene Herrn Paulus aus seinen offensichtlich trüben Gedanken. »Haben Sie einen Moment Zeit?«

Henning seufzte schmerzerfüllt, dann schob er den Beifahrersitz so weit wie möglich nach hinten, um seine Beine zumindest halbwegs durchstrecken zu können. »Das nächste Mal fahren wir wieder mit der Eva.« Passend zu seinem Nachnamen »Adam« hatte er seine Harley liebevoll auf diesen Namen »getauft«. Die Maschine war zwar tatsächlich schön anzusehen, allerdings bestieg Lene sie nur dann freiwillig, wenn es sich gar nicht vermeiden ließ. »Wie du weißt, habe ich das Steuer lieber selbst in der Hand.«

»Ist mir bekannt«, erwiderte er leidgeprüft. »Also, was ist das auf diesem Hof? Eine Hippie-Kommune?«

Lene wandte den Blick nicht von der Straße ab, die sie auf dem Weg zur Autobahneinfahrt in Wörth an der Donau am Ortseingang von Völling vorbei in das beschauliche Falkenstein führte. Auch wenn die kurvige Strecke, sofern man sie nicht täglich fuhr, nach gesteigerter Konzentration verlangte, gefiel es Lene im Falkensteiner Vorwald, der sich über die Grenze der Landkreise Regensburg und Cham hinaus erstreckte, ausnehmend gut. Im Gegensatz zum weiter östlich gelegenen, schrofferen Teil des Bayerischen Waldes empfand sie diesen Landstrich mit seiner wild-hügeligen und üppig grünen Landschaft, durchbrochen von Feldern und in die Täler eingebetteten Dörfer und Einöden, als freundlich und beschwingt. Was sich wohl auch in ihrem Fahrstil widerspiegelte, aber noch schien Henning sich zum Glück nicht daran zu stören. »Falls du dabei an freie Liebe und wilden Drogenkonsum denkst, täuschst du dich vermutlich«, antwortete Lene. »Da haben sich einfach ein paar Leute zusammengefunden, die den Selbstversorgertrend nicht so verpennt haben wie du und ich. Heutzutage ist das vielleicht auch gar nicht die schlechteste Idee.« Über Falkenstein, auf dem Schlossberg, thronte die mittlerweile vor dem Verfall bewahrte Höhenburg, umgeben vom Schlosspark – wobei diese Bezeichnung völlig falsche Assoziationen weckte. Blumenrabatten und breite Kieswege im Stil Herrenchiemsees waren hier jedenfalls nicht zu finden, stattdessen aber ein zerklüftet-felsiges, laubbewaldetes Naturschutzgebiet, das das Herz jedes Naturliebhabers höherschlagen ließ. Auch die skurrilen Namen der verschiedenen Felsformationen waren Lene in Erinnerung geblieben. Es gefiele ihren beiden Neffen Laurenz und Korbinian bestimmt, auf der Holzbank im sogenannten Froschmaul eine kleine Snackpause einzulegen, bevor sie sich über den Teufelssteg zur Burg wagten. Vielleicht sollte Lene die Jungs schleunigst zu einem Ausflug auf die steilen, verschlungenen Pfade rund um die Burg entführen, solange die beiden noch Lust auf Unternehmungen mit der Tante hatten.

»Ein bisschen alternativ angehaucht, die alle.« Henning blickte sinnierend aus dem Fenster.

»Das sind Selbstversorger meistens.« Von Sebastian Paulus wusste Lene, dass er das Anwesen erst seit dem Frühsommer 2021 bewohnte und bewirtschaftete. Im Laufe der zwölf Monate, die seither vergangen waren, hatten sich immer mehr Menschen dazugesellt: Freunde, Bekannte, Bekannte von Bekannten, aber auch ein junges italienisches Paar auf Europareise, das ursprünglich nur zwei Wochen Aufenthalt geplant hatte – und jetzt schon drei Monate gegen Kost und Logis auf dem Hof arbeitete, weil sich die beiden dort so wohlfühlten. Und schließlich, hatte Paulus betont, könnte man jede helfende Hand gebrauchen. Tatsächlich hatten die Bewohner im Laufe der Zeit so einiges auf die Beine gestellt. Lene, deren Schwester Maria mit Jungs und Ehemann, ihrer Mutter und Lenes Ex-Kater Marek auf einem früheren Bauernhof in Niederbayern lebte und auch ohne Landwirtschaft alle Hände voll zu tun hatte, war auf jeden Fall beeindruckt.

»Eigentlich ist klar, dass Paulus und seine Mitstreiter mit dem Tod unserer Kellerleiche nichts zu tun haben«, überlegte Henning weiter.

»Das kann ich jetzt noch nicht beurteilen, wenn ich seriös arbeiten will«, erwiderte Lene schmunzelnd und versuchte dabei, den fränkischen Akzent des Rechtsmediziners nachzuahmen. Was ihr nur mittelmäßig gelang, ihre Stärken lagen eindeutig auf anderen Gebieten. »Aber das Skelett liegt da jedenfalls schon länger als ein Jahr. Wobei natürlich trotzdem nicht ausgeschlossen ist, dass er damit zu tun hat. Schließlich stand der Hof zwar lange leer, aber anscheinend hat Paulus ihn zusammen mit der restlichen Familie die ganze Zeit vor dem Verfall bewahrt.« Lene bog nach links, in Richtung Wörth, ab. »Was mir allerdings nicht aus dem Kopf geht, ist der Auftritt dieses Pressefuzzis. Da waren plötzlich alle Bewohner in Habtachtstellung, hast du das bemerkt?«

»Auf dem Land, wo jeder jeden kennt, gibt's doch ständig irgendwelche Fehden.« Henning zuckte unentschlossen die Achseln. »Aber sag mal, denkst du eigentlich das Gleiche wie ich?«

Mit einem Seitenblick registrierte Lene seine leuchtenden Augen, was letztlich nur eines bedeuten konnte: Der Herr Staatsanwalt hatte Hunger und eine glänzende und sicher genussfreudige Idee, um dieses Problem zu lösen. »Hat der ›Jagawirt zu Aumbach‹ offen?«, fragte sie. Das Lokal mit hervorragender Küche und einem idyllischen Biergarten lag immerhin fast auf der Strecke.

Henning nickte freudig. »Ich sehe, wir verstehen uns ohne Worte.«

Lene behielt für sich, dass das beim Thema Nahrungsaufnahme keine große Schwierigkeit darstellte. Die Aussicht auf ihre eigentlich schöne Wohnung in der Regensburger Altstadt, die ihr allerdings seit Mareks Umzug zu Maria immer noch völlig verwaist vorkam, lockte sie nicht. Und wenn der Chef höchstpersönlich den gemütlichen Teil des Abends einläutete, weshalb sollte sie dann widersprechen?

***

Früher hätte Gerd Schönberger sich in dieser Situation mit seiner Hände Arbeit abgelenkt. Es half, sich zu beschäftigen, egal ob man nun den Kopf freibekommen oder in Ruhe nachdenken wollte. Jetzt aber, mit seinen eingeschränkten Möglichkeiten, gefangen im eigenen Körper, angewiesen auf die Hilfe der Pflegekräfte, die ihren Dienst im Pentlinger Seniorenstift mit ganz unterschiedlichem Einsatz verrichteten, blieb ihm nichts anderes übrig, als die Unruhe auszuhalten, die sich seiner bemächtigt hatte, seit ihm sein Enkel Sebastian erzählt hatte, was auf dem Sonnenhof vorgefallen war. So, wie offensichtlich jetzt die Vergangenheit dagegen rebellierte, weiterhin totgeschwiegen zu werden, rebellierte auch seine Seele seit Stunden dagegen, ohne einen Mucks in diesem zur Untätigkeit verdammten alten Körper auszuharren. Er versuchte, sich mit der beweglichen rechten Hand im Bett aufzurichten, aber sie war zu schwach für das Gewicht der lahmen linken Körperhälfte. Gerd machte einen Laut des Unwillens. Eigentlich hatte er sich gut mit seinen Einschränkungen arrangiert, nach anfänglicher Ungeduld hatte er für sich akzeptiert, dass sein Körper dem Geist im Verfall ein paar Jahre voraus war. Heute aber erschien ihm die Lähmung schier unerträglich.

Ein Gedanke blitzte in seinem Kopf auf, oder vielmehr ein Bild von der schlichten Holzschatulle, die ihn seit vielen Jahrzehnten begleitete, ohne dass er sie je öffnen würde. »Eine Schrulligkeit«, hatte Elvira dem Pflegepersonal im Seniorenstift mit Blick auf die Schatulle erklärt, als er sein Zimmer bezogen und seine Frau ihn der Obhut der Profis übergeben hatte. Ja, eine Schrulligkeit. Aber vielleicht eine bedeutsame Schrulligkeit, deren Geheimnis jetzt plötzlich ans Licht zu drängen schien, nachdem er jahrzehntelang versucht hatte, die Erinnerung daran zu verbannen. Meist war ihm das gelungen, manchmal jedoch drang der Gedanke daran in sein Bewusstsein durch, sodass er ihn energisch wieder beiseiteschieben musste. Und doch, die Schatulle hatte er verwahrt und wie einen Schatz gehütet. Bargen nicht viele Schätze auch ein dunkles Geheimnis?

Vielleicht war jetzt die Zeit gekommen, sich zu stellen. Vielleicht musste das Weglaufen jetzt ein Ende haben, wo sein Körper keinen selbstständigen Schritt mehr tun konnte, aber sein Geist noch rege war? Das Schicksal hielt bisweilen Seltsames für die Menschen bereit, dachte Gerd bei sich und blickte auf die leuchtende Anzeige des Radioweckers. Er war kein Feigling, nie einer gewesen. Wenn es so sein sollte, dann akzeptierte er diese Herausforderung. Vielleicht die größte von allen.

Es war zehn Minuten nach fünf, er hatte die Nacht überstanden. Schwester Birgit musste seit zehn Minuten im Dienst sein. Natürlich war sie zu diesem Zeitpunkt noch mit der Übergabe beschäftigt, das wusste er nach drei Jahren in ihrer Obhut sehr genau. Aber er wusste ebenso, dass sie es sich nicht nehmen lassen würde, selbst nach ihrem Lieblingsbewohner zu sehen, Übergabe hin oder her.

Seine Hand zitterte, als er den Knopf drückte.

Es dauerte keine zwei Minuten, bis sich die hölzerne Tür zu seinem Zimmer öffnete und im Zwielicht des beleuchteten Flurs Birgit Meindls rundes Gesicht erschien. »Alles in Ordnung?«, fragte sie rasch, noch ehe sie die Deckenleuchte anknipste.

»Ja, keine Sorge.« Gerds Stimme klang verwaschen und heiser, wie immer am Morgen, wenn sie eine Weile unbenutzt geblieben war.

Birgit Meindl beugte sich mit einem Lächeln über ihn, das er an den Fältchen um ihre Augen erkannte, und zupfte ihre FFP2-Maske lockerer. »Haben Sie schlecht geschlafen, Herr Schönberger? Oder haben Sie Sehnsucht nach mir?« Rasch griff sie nach seiner Brille auf dem Nachttisch und setzte sie ihm auf. Im Gegensatz zu allen anderen Pflegekräften hatte sie sich gemerkt, dass er es hasste, verschwommen zu sehen.

»Natürlich beides«, antwortete er nonchalant und verschwieg, dass sie den Kern der Sache ziemlich genau getroffen hatte.

Mit einer energischen Bewegung riss sie den Vorhang auf, der den Blick auf eine Welt in bläulichen Schatten freigab. »Wollen Sie aufstehen?«, fragte sie. »Oder kann ich erst meine Übergabe fertigmachen?« Sie postierte sich mit ihrer kräftigen Statur am Fuß seines Bettes.

Ihre raue und dennoch freundliche Art war ihm von Beginn an angenehm gewesen. Sie hatte, im Gegensatz zu einigen anderen, nie mit ihm gesprochen, als käme nach dem rüstigen Seniorenalter der direkte Rückfall ins Säuglingsdasein.

»Machen Sie ruhig«, antwortete Gerd und räusperte sich mühsam. Selbst dieses einfache Bedürfnis war seit dem Schlaganfall mit Anstrengung verbunden. »Aber vorher habe ich eine Bitte.« Mit der rechten Hand deutete er auf seinen Kleiderschrank. »Nehmen Sie das Holzkästchen raus, rechts unten. Und dann holen Sie den kleinen Schlüssel dazu, der liegt unter den alten Briefen in der mittleren Schublade der Kommode.«

Wenn seine Instruktionen Schwester Birgit erstaunten, so ließ sie es sich nicht anmerken. Rasch kam sie seinen Aufforderungen nach.

»Bitte aufschließen«, sagte er und versuchte, einen Blick ins Innere der Schatulle zu erhaschen.

Birgit, die seine Bemühungen bemerkte, stellte die geöffnete Schatulle auf den Nachttisch, half ihm, sich aufzurichten, und verstellte das Bett so, dass er eine einigermaßen angenehme Sitzposition einnehmen konnte. Beim Anblick der alten Notizbücher versetzte es ihm einen Stich. Vielleicht hatte er sie viel zu lange nicht angesehen. Andererseits war er inzwischen damit beschäftigt gewesen, ein weitgehend gutes Leben zu leben, und das konnte kein Fehler gewesen sein.

»Geben Sie mir bitte das unterste Buch«, sagte er. »Das mit dem grünen Einband. Und dann machen Sie in Ruhe Ihre Übergabe. Jetzt habe ich keine Eile mehr.«

Sein Mund war trocken, als sie ihm das Buch in die funktionstüchtige Hand drückte, sein Herz flatterte, als er den von den langen Jahren spröde gewordenen Einband spürte.

Dass Schwester Birgit ihn interessiert musterte, bevor sie mit einem freundlichen Gruß sein Zimmer verließ, bekam er nur noch am Rande mit. Die Hand war ihm feucht geworden. Er klemmte die Rückseite des Buchs unter den nutzlosen Arm, öffnete mit der rechten Hand den Deckel und vertiefte sich sofort in die gleichmäßige, vertraute Schrift der Mutter. Nach der Entscheidung, dass das Wegschieben ein Ende haben sollte, konnte es ihm nicht schnell genug gehen.

Mai 1933

Mit eiligen Handgriffen räumte Antonia Schönberger die Küche auf. Es hatte eine Zeitlang gedauert, bis der kleine Manfred eingeschlafen war. Dabei war er heute doch schon die halbe Nacht wach gewesen. Seit einigen Monaten war das Kind von einer seltsamen Unruhe erfasst, die Antonia mittlerweile nicht mehr bloß auf das

Zahnen schieben konnte. Wahrscheinlich war es die Anspannung, die das Kind spürte: Ihre eigene, seit die Nazis im April, nach der rasch begonnen Gleichschaltung, das Berufsbeamtengesetz erlassen hatten, das nur dem einen Zweck diente, nämlich die Unliebsamen loszuwerden, und auch die Anspannung von Rudi, der genau wie sie wusste, dass sich die Zeiten geändert hatten, aber sich doch kein bisschen damit abfinden konnte.

Toni wischte die letzten Brotbrösel von der hölzernen Arbeitsplatte und griff nach der Schüssel mit den Kartoffeln, die sie vorhin aus dem Keller geholt hatte. Wenn sie das Mittagessen rechtzeitig auf den Tisch bringen wollte, musste sie sich jetzt sputen. Es war nicht so, dass Rudi – wie einige andere Ehemänner – murrte, wenn er mittags von der Schule nach Hause kam und noch keine warme Mahlzeit auf dem Tisch vorfand. Im Gegenteil, in dieser Hinsicht war er fortschrittlich, deckte sogar bereitwillig den Tisch, wenn sie ihn darum bat, und wandte sich einstweilen den ersten zu korrigierenden Schularbeiten zu. Vielmehr war es Antonia selbst, die ihren Haushalt immer ordentlich beisammenhaben wollte und recht wenig Nachsicht mit sich an den Tag legte. Wahrscheinlich war ihr das in die Wiege gelegt worden: In der großen Landwirtschaft in Schönsee, aus der sie stammte, musste seit jeher jeder von den Erwachsenen bis zu den Kindern seinen Teil beitragen, um den Betrieb am Laufen zu halten. Trödelei und Müßiggang des Einzelnen schadeten allen, das hatten Antonia und ihre Geschwister früh verinnerlicht.

Vielleicht war sie deswegen auch ab und zu so ungeduldig mit dem Rudi, der sich launig seinen Gedanken und Diskussionen hingab, die unterm Strich doch niemandem nutzten. Dabei waren sie sich beide durchaus in der Sache einig, hatten die Nationalsozialisten lange Zeit unterschätzt und mussten sich jetzt irgendwie mit den neuen Gegebenheiten arrangieren. Nur darüber, wie dieses Arrangieren ausschauen sollte, herrschte bisher keine große Einigkeit.

Die Kartoffeln waren geschält. Toni wusch sie gründlich ab, setzte den Topf auf und griff nach den gelben Rüben, die sie dem Eintopf beifügen wollte, als sie die Haustür aufgehen hörte. Kaum hatte sie sich die Hände an der Schürze abgewischt, betrat Rudi bereits die Stube.

Antonia brauchte gar nicht erst zu fragen, warum er schon zurück war, obwohl sie ihn erst in einer Stunde erwartet hatte. Ein Blick in sein Gesicht reichte aus, um den Grund in Erfahrung zu bringen, für die Gewissheit, dass ihn jetzt das gleiche Schicksal ereilt hatte wie schon einige seiner Parteigenossen zuvor. Er nahm die Brille ab, fuhr sich müde über die Stirn, durch das dunkelbraune Haar und blieb mit hängendem Kopf einfach stehen, die lederne Tasche, in der er seit Jahren die Unterrichtsunterlagen für seine Schüler an der Falkensteiner Volksschule trug, in der Hand.

»Sind wir jetzt so weit?«, fragte Antonia bloß und klang dabei barscher, als sie es beabsichtigt hatte. Sofort bedauerte sie ihren schroffen Tonfall. Rudi litt ohnehin genug, unter seiner eigenen Fassungslosigkeit und den Folgen, die der politische Wind und die gescheiterte Republik nach sich zogen. Und hatte sie nicht genau dieser Idealismus, der ihm jetzt das Leben schwer machte, einst so fasziniert? Wie ein geprügelter Hund stand er vor ihr. Wie konnte sie ihn da auch noch schimpfen? Die Zuneigung zu ihrem Mann, immer öfter verschüttet unter den Sorgen des Alltags, durchflutete sie mit aller Wärme.

»Verzeih«, sagte Toni leise. »Es ist nur …«

»Schon gut, Toni«, unterbrach er sie und stellte endlich die Tasche ab. »Ja, jetzt haben sie mich aus dem Dienst entlassen. Ab sofort wird in Falkenstein linientreu unterrichtet.« Seufzend streckte er die Hände nach ihr aus. »Vielleicht hätte ich nachgeben sollen. Vielleicht hätte ich die Partei verlassen und stattdessen der NSDAP beitreten sollte. Es wird sowieso nicht mehr lang dauern, bis sie die SPD verbieten. Aber ehrlich, Toni …« Der verzweifelte Blick aus seinen braunen Augen traf sie bis ins Herz. »Ich kann's nicht. Ich weiß, das ist alles nicht einfach, für dich schon gleich gar nicht. Vielleicht hast dir den falschen Mann ausgesucht.«

Toni schüttelte den Kopf. »Du bist eigentlich goldrichtig, Rudi.« Sie streichelte ihm über die Wange und schmiegte sich an ihn. »Wir haben uns die falsche Zeit zum Leben ausgesucht.«

»Da, schau!« Antonia deutete auf die dritte Zeile des Briefes, der sie an diesem Vormittag, sechs Tage nach Rudis Entlassung aus dem Staatsdienst, erreicht hatte, und der kleine Manfred auf ihrem Schoß folgte ihrem Finger mit aufmerksamem Blick. »Morgen kommt die Tante Katha, die hat bestimmt viel Feines im Gepäck.«

»Dadda«, wiederholte Manfred. Das »K« würde sie mit ihm noch üben müssen.

»Hast du gehört, Rudi? Meine Schwester kommt, zum Glück.« Sie hatte noch am Tag von Rudis Entlassung nach Schönsee geschrieben, wo Katharina seit ihrer Heirat mit Fritz auf dem Aignerhof als Bäuerin schaltete und waltete. Den beiden war bisher kein eigenes Kind vergönnt gewesen, langsam glaubte auch keiner mehr daran, und weil auch der jüngere Bruder vom Fritz mit seiner Familie auf dem Hof lebte, hatte Toni insgeheim schon gehofft, dass die Katha sie nicht nur mit schriftlichen Ratschlägen versorgen, sondern ihr auf dem Sonnenhof selbst tatkräftig unter die Arme greifen würde. Dass sie aber so schnell ihren Besuch ankündigte, noch dazu mit Würsten von der zuletzt gestochenen Sau und reichlich Saatgut im Gepäck, das eiligst ausgebracht werden musste, war doch eine echte Freude.

»Mhm«, machte Rudi, der im Schaukelstuhl vor dem kalten Kachelofen saß und, wie in den letzten Tagen ständig, dumpf vor sich hinbrütete. Nur mühsam schluckte Toni ihre Wut hinunter. Wenn er sich wenigstens auf die Hinterbeine stellen würde, um Klarheit über seine zukünftigen Bezüge zu erlangen, die, da machte Toni sich keine Illusionen, wahrscheinlich hinten und vorne nicht zum Leben reichen würden! Stattdessen saß er in der Ecke, sah schweigend ihren Bemühungen zu, sie alle vor der Armut und dem Hungertod zu bewahren, und grübelte vor sich hin. Sie hatte beschlossen, ihm ein paar Tage zu gönnen, um sich wieder zu fangen; schließlich wusste sie, wie schwer er sich damit tat, all seine Werte und politischen Überzeugungen verraten und verkauft zu sehen. Aber langsam war es dann doch genug! Immerhin hatte er eine Frau und ein Kind zu ernähren!

Tonis Blick schweifte nach draußen. Sie konnte ihren Mann nicht ansehen, ohne ungeduldig zu werden. Mittlerweile schien es ihr, als behielten ihre Eltern recht: Beide hätten sie lieber als Bäuerin auf einem großen Hof gesehen, nicht als Frau eines Dorflehrers – so gern sie den Rudi auch mochten.

Wenigstens die Obstbäume standen noch und bogen sich jedes Jahr unter der reichen Ernte. Da würde sie in diesem Jahr einkochen, was das Zeug hielt, um die Familie über den Winter zu bringen. Ansonsten aber empfand Toni den Blick nach draußen als reichlich betrüblich. Mit dem frühen Tod ihrer Schwiegereltern war die Landwirtschaft auf dem Sonnenhof zum Erliegen gekommen, nicht einmal ein paar Hühner hatte der Rudi noch halten wollen, der Stall stand leer, das Vieh war verkauft, ebenso ein großer Teil der Felder, und die anderen lagen schon seit Jahren brach. Auch auf sich selbst war Toni wütend. Warum hatte sie nicht früher angefangen, vorzusorgen? Sie seufzte unwirsch, das Lamentieren half doch nichts, und hinterher war man immer schlauer. Zusammen mit Katha würde sie die Sache schon in die richtigen Bahnen lenken, auf die konnte sie sich wenigstens verlassen.

Ein Scheppern riss sie aus ihren Gedanken. Rudi war aufgesprungen, der Schaukelstuhl gegen den Kachelofen gekracht. Das seit der Entlassung sorgenvoll gefurchte Gesicht ihres Mannes hatte sich ein wenig aufgehellt, er hetzte zum Garderobenhaken und riss die wollene Jacke herunter. »Ich muss zum Franz«, stieß er hervor, bevor er die Stube verließ, als wäre der Leibhaftige hinter ihm her. Die Tür ließ er einfach offen stehen.

»Was macht der Babba?«, fragte der kleine Manfred und wandte sich mit einem ratlosen Blick zu Toni um.

»Der Papa geht zum Genossen Lautenschlager ins Wirtshaus und meint, dass wir im nächsten Winter die schlauen Gedanken essen können, die sich die beiden zusammenspinnen«, erwiderte Toni bitter, bevor sie sich ein Lächeln abrang. »Und wir zwei richten jetzt die Kammer für die Tante Katha her, hast Lust?«

Manfred sprang von ihrem Schoß und eilte zur Stubentür. »Manfred helfen!«, rief er begeistert und flitzte auf den Gang hinaus. Seine Tatkraft war ein Erbteil von ihr, so viel war sicher.

»Morgen in der Früh setzen wir als Erstes die Kartoffeln, für die ist es allerhöchste Zeit.« Katharina pustete in ihre dampfende Tasse

Kaffee und strich sich eine braune Strähne aus dem herben Gesicht. Ihr Zopf sah schon arg zerrupft aus, seit ihrer Ankunft hatten die beiden Schwestern, angefeuert und unterstützt vom aufgeregten Manfred, gewerkelt, was das Zeug hielt. Rudi hingegen hatte seine Schwägerin und den Schwager, der sie hergebracht hatte und dann wieder nach Schönsee zurückgefahren war, zwar wie immer herzlich begrüßt, sich dann aber in die Kammer zurückgezogen, in der er seit Manfreds Geburt die Schularbeiten korrigierte. Nur, dass es jetzt nichts mehr zu korrigieren gab. Weiß Gott, was er dort drinnen seit Stunden trieb, während die beiden Frauen anpackten.

»Aber der Boden ist gut«, fuhr Katharina fort. »Da wirst du deinen Kartoffelkeller im Herbst schön füllen können.«

Wie gut es tat, die ältere Schwester hier zu haben! Ihre unerschütterliche Zuversicht wirkte ansteckend, und wenn sie zu zweit arbeiteten, hatten sie schon immer das Gefühl gehabt, Berge versetzen zu können. Auch der Manfred, der auf dem hölzernen Dielenboden der Stube stillvergnügt seine Murmeln kullern ließ, schien ausgeglichen und zufrieden, seit die Tante am Vormittag angekommen war.

Draußen gackerten die Hühner, die ihr Schwager Fritz unbedingt hatte beisteuern wollen, sechs Stück an der Zahl, während der zugehörige Hahn herumstolzierte, als ginge ihn dieser lautstarke Weiberhaufen nichts an. Den alten Hühnerstall mit Auslauf hatten Katha und sie gleich als Erstes wieder soweit in Schuss gebracht, dass die Tiere nicht ausbüxen konnten.

Erfüllt von Dankbarkeit betrachtete Toni ihre Schwester. Sie war ein wenig gealtert, auch wenn sie noch keine dreißig Jahre alt war. Die harte Arbeit auf dem großen Hof und die ungewollte Kinderlosigkeit hatten ihre Spuren hinterlassen. Den warmen, freundlichen Blick aus ihren hellbraunen Augen aber hatte Katha sich bewahrt.

So viel Hilfe und Großzügigkeit hatte Antonia von ihr und dem Schwager erfahren: Die Speisekammer hing voller Blut-, Brat- und Leberwürste, die Kartoffeln reichten für ein halbes Feld, und überhaupt konnte sie nun aussäen und pflanzen, was das Zeug hielt. So ihr das Wetter keinen Strich durch die Rechnung machte, würden sie den Winter auch ohne die Bezüge vom Rudi warm und satt überstehen. Und vielleicht, wenn es alles gut ging, würde genug übrigbleiben, um damit wirtschaften zu können. Toni träumte schon von ein paar Kühen im Stall, rief sich im nächsten Moment aber selbst zur Räson. Ob ihr Traum wahr werden würde, hing vom Rudi ab, und von seiner Bereitschaft, über den eigenen Schatten zu springen und ihr zur Hand zu gehen. Allein würde sie es nicht so weit bringen.

»Was ist mit dem Wald?«, riss Katharina sie aus ihren Gedanken und wies mit dem Kopf zum Wäldchen hügelaufwärts, das einst ebenfalls vom Schwiegervater bewirtschaftet worden war.

»Der Boandlforst ist an einen Bauern in Grabenzell verpachtet, von dem kriegen wir auch das Brennholz.« Heilfroh war die Toni jetzt, dass sie den Rudi gleich nach der Hochzeit noch vom Verkauf abgebracht hatte, dem wenig vertrauenerweckenden Namen des Waldstücks zum Trotz. Rudi hatte ihr erzählt, dass der Schwiegervater dort einst abgenagte menschliche Knochen gefunden hatte, die er Deserteuren aus dem Krieg zuschrieb. Seither hatte das Wäldchen seinen Namen weg, und der Rudi eine Abneigung dagegen. Aber Knochen hin oder her, Wald blieb Wald, und nützlich war er allemal.

»Dann hast keine Arbeit damit, dafür Geld und Holz, das ist gut.« Katha tätschelte ihre Hand, wie sie es schon als Kind gemacht hatte, wenn sie meinte, die jüngere Schwester aufmuntern zu müssen. Auch ihr machten der Rudi und sein Verhalten Sorgen, das merkte die Toni schon allein daran, wie die Katha ihn aus allen Planungen aussparte. »Und wenn alle Stricke reißen, dann kommt ihr zu uns. Drei Mäuler mehr bekommen wir auch noch satt.«

»Ich will das aber selber schaffen«, sagte Toni mit einem Anflug von Trotz in der Stimme. Der kleine Manfred unterbrach sein Spiel und sah die Mutter neugierig an.

Katha nickte mit leicht gerunzelter Stirn. »An dir wird's auch nicht scheitern, Toni.«

Zwei

Frühsommer 2022

»Ich hoffe, es ist kein Problem, dass sich die Arbeiten an Ihrer Käserei nun verzögern?« Lene nippte an ihrem Kaffee und stellte ihn zurück auf den Gartentisch, an den sie sich mit Sebastian Paulus zurückgezogen hatte. Hier, hinter dem Wohnhaus des Sonnenhofs, herrschte himmlische Ruhe, das Wäldchen glühte in der Sonne und durch das aus der Nähe beeindruckend große Tipi drängte sich sofort der Gedanke an Kanadas endlose Weiten auf. Die klare, unverbrauchte Luft, die Lene als klassische Stadtpflanze immer wieder aufs Neue genoss, tat ihr Übriges. »Bis die Obduktion gelaufen ist, wird die Staatsanwaltschaft keine Freigabe erteilen können. Und danach …« Mit einer vagen Handbewegung deutete sie an, dass sie darüber noch keine Aussage treffen konnte, auch wenn sich die Knochen, akribisch freigelegt, bereits auf dem Weg nach Erlangen befanden, wo Bertl sie schon sehnsüchtig erwartete.

Sebastian Paulus winkte gelassen ab. »Ob jetzt oder in ein paar Wochen, das spielt keine Rolle. Solange wir die Herde nicht vergrößern, reicht auch der Keller im Haus aus.«

»Ach, Sie produzieren schon?« Lene nickte anerkennend.

»Mehr oder minder.« Sebastian Paulus schmunzelte. »Meine Frau experimentiert noch. Für den Eigenbedarf reichen Geschmack und Menge aus. Für den Verkauf noch nicht.« Er deutete mit dem Daumen auf das Wohnhaus in seinem Rücken, meinte aber wohl den gesamten bewirtschafteten Bereich des Anwesens. »Irgendwann soll es hier einen Hofladen mit eigenen Produkten geben. Wenigstens ist das der große Traum meiner Frau.«

»Ein schöner Traum«, erwiderte Lene bekräftigend, zumal Sebastian Paulus etwas skeptisch zu sein schien, entschloss sich dann aber, rasch zur Sache zu kommen. »Was können Sie mir über die Vergangenheit des Hofs erzählen, Herr Paulus?«

»Gebaut wurde das Haus, soweit ich richtig informiert bin, um 1900.« Mit einer abwägenden Handbewegung deutete er an, dass er bezüglich der Daten nicht ganz sicher war. »Ist natürlich seitdem einige Male umgebaut und erweitert worden, aber im Kern dürfte das so stimmen. Mein Opa, Gerd Schönberger, hat den Hof dann geerbt, als seine Mutter starb – das war irgendwann in den späten 1970ern. Da er Geologe war und kein Landwirt, und auch meine Oma nichts mit der Landwirtschaft am Hut hatte, haben die beiden die Landwirtschaft natürlich nicht weiterbetrieben, sondern nur hier gewohnt. Nur ein paar Gemüsebeete gab es noch. Irgendwann, so um die Jahrtausendwende, hatten die Bitten meiner Oma, der das Grundstück immer zu groß war, dann endlich Erfolg, und mein Opa hat zugestimmt, mit ihr in eine Mietswohnung ins Dorf zu ziehen. Seitdem haben wir uns alle zusammen darum gekümmert, dass der Hof zumindest einigermaßen in Schuss bleibt.«

»Sie und Ihre Großeltern?«

»Na ja, meine Großmutter hat sich immer dezent zurückgehalten, wenn es ihr möglich war.« Er grinste, großen Groll schien er deswegen nicht zu hegen. »Opa und ich kümmerten uns meistens um alles, später kam dann auch gelegentlich meine Frau Marie mit. Außerdem meine Tante Simone, vor der Scheidung auch ihr Ex-Mann Thomas. Ihre beiden Kinder waren auch oft mit dabei.« Ein Gedanke schien seine Stimmung zu verdüstern. Er räusperte sich unwillig, fuhr dann aber fort: »Jedenfalls war die Erleichterung groß, als Marie und ich dann Anfang 2021 gefragt haben, ob wir auf den Hof ziehen und ihn bewirtschaften dürfen.«

»Das heißt also, all diese Personen hatten in den vergangenen Jahrzehnten ungehinderten Zugang zum Kellerversteck?«

Er nickte verhalten.

»Was mir nicht ganz klar ist«, hakte Lene nach, »was ist mit Ihren Eltern? Haben die sich nicht an der Instandhaltung des Sonnenhofs beteiligt?«

Sebastian Paulus schüttelte zögerlich den Kopf. »Meine Familienverhältnisse sind etwas verworren. Ich bin nicht gerade das, was man ein Wunschkind nennt. Eher ein Unfall.« Er zuckte die Achseln, aber so ganz nahm Lene ihm diese Gleichgültigkeit nicht ab. »Meine Mutter war gerade mal fünfzehn, als mein damals sechzehnjähriger Vater sie geschwängert hat. Sie waren zwar ein Paar, erste große Liebe und so, aber das war recht schnell wieder vorbei. Mein Vater hat sich allerdings aus der Verantwortung gestohlen und ist nach Hamburg gezogen, als ich zwei Jahre alt war. Aber weil meine Mutter sehr viel Unterstützung bekommen hat, auch und vor allem von meinen Großeltern, die sich über das leider etwas arg frühe Enkelkind dann doch sehr gefreut haben, ging es trotzdem irgendwie. Vor allem meine Sonnenhof-Großeltern haben sich wahnsinnig toll um mich gekümmert – vielleicht auch, weil sie das schlechte Gewissen geplagt hat. Immerhin hat sich ihr Sohn aus dem Staub gemacht und Ex-Freundin und Kind sitzengelassen.«

»Das heißt also, die Schönbergers sind die Eltern Ihres Vaters?«

»Genau«, antwortete Paulus. »Ich war als Kind viel hier auf dem Sonnenhof, bin sozusagen zur Hälfte bei Oma und Opa Schönberger aufgewachsen. Ging also trotz widriger Vorzeichen ganz gut für mich aus.« Er zwinkerte Lene zu.

Lene lächelte, bevor sie wieder auf den Fall zu sprechen kam. »Was ist mit der Zeit zuvor, als Ihr Großvater jung war? Wer lebte damals hier?«

»Puh«, machte Sebastian bloß. »Seine Familie natürlich. Er ist hier geboren und aufgewachsen, deshalb hängt er auch so am Sonnenhof. Aber wollen Sie darüber nicht mit ihm selbst sprechen? Er lebt zwar seit drei Jahren im Heim, hatte einen Schlaganfall und ist körperlich eingeschränkt, aber im Kopf ist er wirklich noch auf Zack. Bevor ich Ihnen jetzt mein Halbwissen über die Familiengeschichte darlege …«

Lene nickte zustimmend und erhob sich halb aus ihrem Gartenstuhl, sank dann aber zurück. »Eine Frage noch, Herr Paulus: Welches Problem gibt es mit diesem Lokalredakteur, Herrn Mölln?«

Sebastian seufzte. »Vielleicht fragen Sie das besser ihn«, antwortete er nach einer Minute des Nachdenkens, und Lene meinte, eine verhaltene Wut aus seinen Worten herauszuhören. »Wir sind ihm schon die ganze Zeit ein Dorn im Auge. Als wären wir eine Sekte oder sowas. Sie wissen ja, wie das ist: Gerade auf dem Land wird gerne mal verurteilt, was man nicht kennt. Und wenn dann noch dazu Städter aufs Land ziehen, dann ist der Ofen endgültig aus. Mehr kann ich dazu eigentlich gar nicht sagen.«

Abrupt erhob sich Sebastian Paulus. Offensichtlich war das Gespräch an dieser Stelle für ihn beendet.

***

Schon nach wenigen Sätzen hatte Gerd Schönberger sich im Leben seiner Mutter eingefunden. Der Sonnenhof und alles, wofür er in Gerds Augen stand, hatten eine Verbindung in die Vergangenheit geschaffen, auch wenn zu dieser Zeit so vieles anders gewesen war und seine Mutter gerade erst darum zu kämpfen begonnen hatte, aus einem vernachlässigten Hof eine blühende Landwirtschaft zu machen. Die Energie, die sie antrieb, sprang förmlich auf ihn über, selbst wenn er wie üblich im Rollstuhl an seinem kleinen Lesetisch neben dem Fenster saß.

Eine Stunde Zeit blieb ihm noch, bis Elvira eintraf. Er freute sich auf ihren Besuch, umso mehr, weil Simone es nur noch einmal die Woche schaffte, die Mama, die zeit ihres Lebens ungern Auto gefahren war, zu ihm zu bringen. Und doch, jetzt wäre ihm ein ereignisloser Nachmittag ohne Ablenkung von seiner Lektüre lieber gewesen. Das Mittagessen stand unberührt auf dem Tisch, er würde es später in Elviras Beisein und mit ihrer Hilfe kalt verzehren.

Nur eine Stunde noch.

August 1933

Antonia wischte sich den Schweiß von der Stirn und richtete sich mit einem leisen Stöhnen auf. Sie war nicht mehr daran gewöhnt, so lange Zeit gebückt oder auf Knien zu verbringen, wie es die erfreulich üppige Ernte im großen Gemüsegarten erforderte. Fast jeden Tag schleppte sie nun zwei prall gefüllte Körbe mit Bohnen, Erbsen, Blumenkohl und gelben Rüben ins Haus. Was sie nicht gleich verbrauchte, kochte sie ein. Der Vorratskeller und die Speisekammer füllten sich im gleichen Ausmaß, wie Tonis Sorge vor dem nahenden Winter schrumpfte. Mit dem Kompott, das sie aus der üppigen Kirschenernte zubereitet hatte, würde sie dem kleinen Manfred sogar jede Mehlspeise versüßen können.

Sie streckte sich, ging ein paar Schritte zur nächsten Beetreihe und prüfte den Weißkohl, der bis zur Ernte noch ein paar Wochen brauchte. Obwohl die anstehende Arbeit kein Zuckerschlecken werden würde, freute sie sich unbändig darauf. Früher, daheim, hatten sie in jedem Herbst Unmengen von Sauerkraut gestampft und angesetzt. Nichts schmeckte besser! Beim Gedanken daran lief ihr jetzt schon das Wasser im Mund zusammen.

Auch ein paar Tauschgeschäfte hatte sie angebahnt, für all die zusätzlichen Dinge, die man zum Leben brauchte, mit dem Schuster Bücherl im Dorf, der sie gut leiden konnte, und mit der alten Eichenseherin, deren Sohn in Regensburg als Verkäufer für Kurzwaren und Stoffe arbeitete und somit direkt an der Quelle saß. Was die Lebensmittel anging, würde sie im Notfall auf die Katha, die ihr in den ersten drei Wochen so lieb unter die Arme gegriffen hatte, und den Fritz zählen können. Mit allem anderen aber mochte sie der Familie nicht zur Last fallen.

Sie raffte gerade den letzten Blumenkohl und legte ihn zu den anderen, als Rudis Stimme über den Hof schallte. »Toni!«, rief er ungeduldig, wobei er das O besonders in die Länge zog.

Dabei hatte sie ihm doch gesagt, dass sie in den Gemüsegarten ginge. Wie jeden Tag um diese Zeit.

»Was ist?« Sie erhob sich, rieb sich die Knie und streifte rasch die trockene Erde von ihrem Rock, bevor sie die beiden schweren Körbe hob und Rudi entgegenlief. Auf die Entfernung fiel ihr auf, wie gebeugt er ging. Gramgebeugt und verbissen, wie er da auf sie zukam. Die vergangenen Monate hatten ihm nicht gutgetan, seine lausbubenartige Jugendlichkeit, die ihr immer so gefallen hatte, war dahin. Aber sie würde schon wieder kommen, wenn er sich erst einmal damit abfand, dass man sich jetzt eben umorientieren musste, da war sich Toni sicher.

»Ich muss noch einmal weg, wart nicht auf mich«, sagte Rudi, als sie einander erreicht hatten.

Toni hatte schon die Arme ausgestreckt, um ihm stolz die Ernte des Tages zu präsentieren, ließ sie jedoch schnell wieder sinken. »Ich hatte gehofft, du hilfst mir mit den Erbsen«, erwiderte sie stattdessen und dachte an die vielen Schoten und die Zeit, die das Pulen beanspruchen und die ihr bei den anderen Arbeiten fehlen würde.

Immerhin hatte Rudi den Anstand, verlegen dreinzuschauen. »Vielleicht kann dir ja der Manfred ein bisschen zur Hand gehen? Der hilft doch so gern.«

Toni konnte nicht anders als resigniert den Kopf zu schütteln. »Ein Dreijähriger nimmt einem keine Arbeit ab, der macht bloß welche.« Sie biss sich auf die Zunge, um den Gedanken, dass er sich dadurch kein bisschen von seinem Vater unterschied, nicht in Worte zu fassen. »Ist der Bub noch in der Stube?«

»Ich hätte gedacht, er ist bei dir?«, erwiderte Rudi und sah sich suchend um.

»Herrschaftszeiten!«, fluchte Antonia. Was war nur in den Rudi gefahren, dass auf ihn so plötzlich gar kein Verlass mehr war? »Ich hab dir doch gesagt, du sollst ein Auge auf ihn haben, bis ich wieder im Haus bin.« Sie ließ ihren Mann stehen und eilte im Laufschritt auf das Haus zu. Schließlich musste sie schauen, dass der Kleine nichts anstellte, und dann schleunigst mit der Arbeit beginnen.

Es war wohl nur alte Gewohnheit, dass sie sich im Laufen noch einmal umdrehte. »Wo gehst du überhaupt hin?«, rief sie ihrem Mann zu, der sich nun seinerseits umwandte.

»Das musst nicht wissen, Toni«, antwortete er mit einer Ruhe in der Stimme, die Antonia nur noch mehr ärgerte. »Ist besser so.«

Sie nickte und öffnete die Haustür ohne ein Wort des Abschieds. »Weißt was?«, sagte sie leise in die Stille des Flurs hinein und stellte die Körbe ab. »Langsam interessiert's mich auch nicht mehr.«

Mit von der Arbeit schweren Armen zog Toni viele Stunden später die Sommerdecke über sich. »Gut' Nacht, Rudi«, sagte sie, ohne ihn anzusehen. Viel hatten sie nicht miteinander gesprochen, seit er am frühen Abend nach Hause gekommen war und sich sofort wieder in seine Arbeitskammer zurückgezogen hatte, um noch etwas zu erledigen. Was auch immer das gewesen sein mochte.

Mit einem leisen Sehnen erinnerte Antonia sich an die Zeit zurück, als ihre Ehe nicht von Sorge, sondern von Unbeschwertheit geprägt gewesen war. Jeden Sonntag hatten sie einen Ausflug gemacht, besonders oft nach Falkenstein, wo sich um die alte Burg der Thurn und Taxis, die dem Verfall zum Trotz stolz auf dem Hügel thronte, der Felsenpark mit seinen lichten Laubbäumen und den zerklüfteten Felsformationen aus Granit erstreckte. Vielleicht, dachte sie, musste man das Leben einfach nehmen wie die enge Passage des Teufelsstegs im Schatten der steil aufragenden Felswand, oder wie den schwindelerregenden Aufstieg über die Himmelsleiter: Manchmal war der Weg eben beschwerlich, und kompliziert, und die Welt um einen herum schien sich zu verengen und fast keinen Ausweg zu lassen. Und dann schaffte man es schließlich doch, auf dem gewählten Pfad zu bleiben und die Hindernisse zu überwinden, auch wenn es nicht einfach gewesen war, und man blickte zurück mit der Gewissheit, dass man diesen Weg immer wieder wählen würde. Was unterm Strich doch das Einzige war, was zählte.

»Bist mir noch bös'?« Rudis Stimme klang rau, als hätte er sie den ganzen Tag kaum benutzt.

Toni spürte seine Hand auf der Hüfte und drehte sich seufzend zu ihm um. »Ich bin nicht bös'«, antwortete sie ohne große Schärfe. »Allein bin ich, Rudi. Obwohl du da bist.«

Er nickte, ihre Antwort schien keine Überraschung für ihn zu sein. »Ich weiß«, sagte er. »Und das tut mir auch leid. Und dabei bin ich dir so dankbar, dass du mir den Rücken freihältst.«

Ich habe ja keine andere Wahl, dachte Toni bitter.

»Ich kann nicht anders«, beschwor er sie.

Sein Blick war bittend, beinahe flehend, und trotzdem fühlte sich seine Hand, die jetzt warm auf ihrem Nacken lag, während er näher an sie heranrückte, unangenehm an. Unweigerlich wich sie zurück, so gut das im Liegen eben möglich war. Es half nichts. Die Unbeschwertheit war vorbei.

»Ich hab's dir schon einmal gesagt«, antwortete Toni und merkte selbst, wie kühl ihre Stimme klang. »Das ist schon in Ordnung, ich red dir da nicht rein. Mach, was du für richtig hältst. Aber lass mich nicht die ganze Zeit so im Stich, Rudi.«

Er nickte zerknirscht, nur um im nächsten Moment den Kopf zu schütteln. »Aber ich will, dass du das verstehst! Ich kann nicht Erbsen pulen und mit dem Manfred spielen, während das ganze Land aus den Fugen gerät! Wir müssen doch den Wahnsinn stoppen, der da vor sich geht«, sagte er eindringlich. »Wir müssen die Leute aufwecken!«

»Du kannst gar nix stoppen«, erwiderte Toni. Schmerzlich wurde ihr bewusst, dass sie einander nicht mehr erreichten, selbst im vertrauten Gespräch. Seine Nöte prallten an ihr genauso ab wie die ihren an ihm. »Du kannst niemanden aufwecken, der nicht wach werden will. Und die meisten Leute wollen halt nicht wach werden! Weil's dann nämlich ungemütlich werden würd für sie. Also schlafen sie weiter, in dem Glauben, dass das, was geschieht, schon alles seine Richtigkeit hat. So sind die Leut', sieh's endlich ein und kümmer dich um das Wesentliche!«

»Das ist für mich das Wesentliche, Toni.« Trotzig klang er, wie ein kleines Kind. Oder vielleicht war es auch ihr eigener Trotz, den sie bloß ihm zuschrieb.

»Dann wirst dich selber aufarbeiten damit«, antwortete sie barsch.

»Mensch, Toni …« Er legte seine Stirn auf ihre, seine Hand wanderte wieder hinab zu ihrer Hüfte. »Wir zwei gehören doch zusammen.«

Wenn sie ehrlich war: Genau daran hatte Toni selbst in den vergangenen Wochen schon so einige Male gezweifelt. Solange die Welt in Ordnung gewesen war, mochte das freilich gestimmt haben. Da ergänzten sich ihre Tatkraft und seine Schöngeistigkeit auf eine Weise, die den Alltag zu etwas Besonderem machte. Aber wenn es hart auf hart kam?

Rudis Hand wanderte wieder nach oben, verharrte fragend unterhalb ihrer Brust, während er sich anschickte, sie zu küssen.

Unwirsch wich sie ihm aus. »Lass mich.« Wie konnte er bloß auf die Idee kommen, dass ihr danach jetzt der Sinn stand? »Noch ein Kind ist das Letzte, was wir jetzt gebrauchen können.« Was zweifellos stimmte, auch wenn es nur die halbe Wahrheit war.

»Schlaf gut, Rudi«, sagte sie noch, bevor sie sich umdrehte und der Leere in ihrem Inneren nachspürte. Nein, sie war wirklich nicht mehr wütend. Nur ganz kalt vor Enttäuschung.

Rudi sagte nichts mehr, griff stattdessen nach dem Buch auf seinem Nachttisch und seufzte.

Sollte er ruhig noch lesen, ihr Schlaf würde trotzdem nicht lange auf sich warten lassen. Im Gegensatz zu ihm hatte sich Antonia müde gearbeitet.

Es waren emsige, aber stille Tage. Rudi hatte kaum mehr mit Antonia gesprochen, seit sie ihn abgewiesen hatte, und auch ihr selbst fehlte es an dem Glauben, in einem weiteren Gespräch auf einen gemeinsamen Nenner zu kommen. Dabei war sie immer jemand gewesen, der die Dinge ausgesprochen haben wollte, andernfalls ließen sie sich doch nie klären! Allein, sie fürchtete, dass jedes Gespräch nur neuen Streit mit sich bringen würde. Mit stoischer Gelassenheit nahm sie hin, dass Rudi sich immer mehr zurückzog, bald ganze Tage außer Haus verbrachte und erst ins Bett kam, wenn sie schon schlief. Der kleine Manfred aber war fröhlich und ausgeruht und hatte große Freude an den Arbeiten, an denen seine Mama ihn teilhaben ließ. Toni steckte all ihre Kraft in den neuen Alltag als Bäuerin, und was an Energie übrigblieb, kam dem Kleinen zugute. Da ihr das Reden fehlte, hatte sie wieder angefangen, Tagebuch zu schreiben. Nicht regelmäßig, aber immer dann, wenn ihr etwas auf dem Herzen lag und sie drohte, an all der Last zu ersticken. Katha wollte sie nicht mit ihren Nöten behelligen, die hatte auf dem Aignerhof selbst genug zu tun und sollte sich nicht auch noch um die kleine Schwester und deren Seelenheil sorgen müssen. Also schrieb sie nieder, was immer sie erfreute oder ängstigte, ärgerte, enttäuschte oder mit Stolz erfüllte. Danach fühlte sie sich meist leichter. So erging es ihr auch jetzt, als sie das Notizbuch mit dem grünen Stoffeinband zuklappte und den alten Füllfederhalter zur Seite legte.

Es war schon spät, die Dämmerung senkte sich langsam über das Tal, auf das sie von ihrem Platz auf der Bank vorm Haus hügelabwärts blickte. Sie erfreute sich an der Schönheit der in blauviolettes Licht gehüllten Landschaft, spürte die sanfte Brise des lauen Sommerabends auf der Haut. Irgendwie würde sich schon alles fügen.

Mit einem Lächeln griff sie nach der Strickarbeit, die ebenfalls neben ihr lag. Ein paar Minuten lang würde das Licht noch ausreichen. Sie hatte endlich die alte Jacke aufgeribbelt, die ihr nach Manfreds Geburt nie mehr so ganz gepasst hatte, obwohl sie längst keine überflüssigen Pfunde mehr mit sich herumtrug. Trotzdem, durch die Schwangerschaft war das Kreuz breiter und die Brust größer geworden, und so bekam eben der Manfred für den kommenden Winter ein neues Jäckchen. Wenn genug Wolle übrigbliebe, würden noch schön warme Strümpfe dazukommen.

Als sie die Haustür aufgehen hörte, sah sie auf. Rudi trat aus dem Haus, einen Bierkrug in der Hand und ein Lächeln im Gesicht. Sie erwiderte das Lächeln ganz automatisch, das war ihr im Lauf der gemeinsamen Jahre in Fleisch und Blut übergegangen.

»Teilen wir uns eine Halbe zum Feierabend?«, fragte er, hob den Krug und ließ sich neben ihr nieder.

Gerade noch hielt sie die erstbeste Erwiderung zurück, die ihr in den Sinn kam, nämlich, welches Tagwerk er denn wohl erbracht hatte, um den Abend zu feiern. Mit allzu großer Biestigkeit würde sie schon gleich gar nix erreichen. »Gern«, sagte sie stattdessen.

Rudi schien erleichtert. »Schaut schön aus«, sagte er, deutete auf das dunkelrote Jäckchen, an dem gerade das Zopfmuster zu entstehen begann, und nahm einen Schluck vom Bier, bevor er den Krug abstellte.

»Dankschön.«

Er schwieg, und Toni suchte nach einem unverfänglichen Thema, um die Stille nicht aushalten zu müssen, die ihr plötzlich unangenehm war.

Schließlich war Rudi es, der das Schweigen brach: »Weißt, Toni, mir geht's auch nicht gut.«

Diese Worte waren nicht das, was sie hören wollte. »Das weiß ich. Aber es geht halt nicht bloß um dich«, erwiderte sie mit unüberhörbarer Härte in der Stimme.

»Du willst mich nicht verstehen, gell?« Rudi sah hinab ins Tal, wie sie gerade eben noch, und Toni ließ die Strickarbeit auf den Schoß sinken.

»Doch, verstehen tu ich, was dich umtreibt. Aber dass du mich im Stich lässt, Rudi, das versteh ich nicht. Wir haben ein Kind, das wir versorgen müssen! Ein Kind, das seine Eltern braucht. Beide!« Sie wusste, dass sie log. Der kleine Manfred machte nicht mehr den Eindruck, als würde er auf Zuwendung seines Vaters warten. Kleine Kinder gewöhnten sich schnell an veränderte Situationen, so viel war sicher. Ob es ihnen guttat, stand auf einem anderen Blatt.

»Genau darum geht's mir doch!« Rudi raufte sich das Haar, sodass er wieder wie der zerstreute Professor aussah, der er war.

Mit Bedauern stellte Toni fest, dass sie dieser Anblick nicht mehr rührte.

»Mein Kind soll nicht so aufwachsen müssen«, fuhr er mit erhobener Stimme fort. »Meinen Beruf darf ich nicht mehr ausüben, meine Partei haben sie mir verboten. Was glaubst, was als nächstes kommt?« Er sprang auf, stellte sich vor sie, als hielte er es nicht mehr aus, in die gleiche Richtung zu sehen wie sie. »Die werden den Leuten keine Wahl lassen. Die werden sogar die Pfadfinder verbieten, wenn's sein muss, und unseren Buben und seine ganze Generation zu Nazis erziehen, und wenn du dich wehrst, dann quälen sie dich und das Kind so lang, bis du doch noch nachgibst, weil du es nicht mehr ertragen kannst, dein Kind leiden zu sehen!«

»Jetzt hör endlich auf mit deiner Schwarzmalerei, da wird's einem ja schlecht.« Unwirsch winkte Antonia ab. »Ich kann's nimmer hören, Rudi! Und wenn's hart auf hart kommt, dann kann man doch immer noch überlegen, wie man der Sache auskommt! Aber eins sag ich dir gleich: Lieber wird der Manfred ein Nazi, als dass er mir verhungert oder erfriert.«

Voller Entsetzen starrte er sie an, dann wandte er sich ab und ging schnellen Schrittes Richtung Gartentor. Als könnte er es nicht ertragen, noch eine Sekunde länger in ihrer Gesellschaft zu sein.

»Wo willst jetzt hin?«, rief Antonia ihm nach.

Er drehte sich noch einmal um, zuckte die Achseln. »Ich wünschte, ich könnte die Welt so sehen wie du sie siehst.« Er schüttelte den Kopf, und Antonia erkannte schmerzlich, dass es so schnell keinen Weg mehr zueinander geben würde, so sehr sie sich das beide auch erhofften.

Noch einmal hob er in einer Geste der Ratlosigkeit die Schultern. »Aber wenn ich nicht wenigstens alles tu, was in meiner Macht steht, um zu verhindern, was ich auf uns zukommen seh, dann könnt ich genauso gut tot sein.« Mit diesen Worten machte er auf dem Absatz kehrt und verschwand in der Dunkelheit.

Es war eine unruhige Nacht gewesen, und das hatte nicht am Manfred gelegen, denn der hatte durchgeschlafen. Der letzte Zahn, der ihn so arg geplagt hatte, war vor einer Woche endlich durchgebrochen, jetzt war das Milchgebiss komplett und hoffentlich wieder für ein Weile Ruhe.

Ob sie schlecht geträumt hatte, vermochte Toni am nächsten Morgen gar nicht einmal zu sagen, nur, dass sie die ganze Nacht gefangen gewesen war irgendwo zwischen Schlaf und wach sein, ohne aus diesem seltsamen, nächtlichen Fegefeuer in die eine oder andere Richtung ausbrechen zu können. Und so hatte sie sich am Morgen schlaftrunken einerseits und wie gerädert andererseits gefühlt und eine Weile gebraucht, bis sie zu sich gekommen war. Als sie aber die unberührte Decke neben sich bemerkt hatte, war sie mit einem Schreck aus dem Bett hochgefahren. Wahrscheinlich war das auch der Grund für den unruhigen Schlaf gewesen, immerhin lag der Rudi seit fünf Jahren jede Nacht neben ihr, auch wenn er manchmal später als sie zu Bett ging. Ob ihn der gestrige Streit von ihr ferngehalten hatte? Und wo mochte er geschlafen haben? Auf der Eckbank in der Stube und dem alten Kanapee, das sie in die ungenutzte Dienstbotenkammer im Erdgeschoss geschoben hatten, fand sie ihn nicht, und als sie bemerkte, dass seine braunen Lederschuhe und die leichte Strickjacke, mit der er gestern das Haus verlassen hatte, fehlten, gestand sie sich ein: Er war gar nicht erst nach Hause gekommen. Das hatte es noch nie gegeben.

Der kleine Manfred brabbelte vor sich hin, während er mit den beiden Holzfiguren, die Fritz für ihn geschnitzt hatte, auf dem Holzboden ein munteres Spielchen spielte. Von der Unruhe seiner Mutter, die alle zwei Kartoffeln beim Schälen innehielt und ans

Fenster lief, um zu sehen, ob der Rudi endlich zurückkam, schien er nichts zu bemerken.

Längst schalt Toni sich selbst kleinlich. Warum hatte sie ihm gar so zugesetzt? Warum hatte sie nicht einfach akzeptiert, wie er war? Dass er besser im Kopf als mit den Händen arbeitete, hatte sie doch von Anfang an gewusst, und es hatte sie bisher nie gestört. Ganz im Gegenteil! Die Welt brauchte auch Idealisten, und solange sich der eine seine Gedanken machte, während der andere das tägliche Brot herbeischaffte, war doch für alle gesorgt. Sie würde sich entschuldigen, nahm sie sich fest vor. Dieses neue Deutsche Reich, das die Nationalsozialisten propagierten, sollte doch zumindest zwischen sie beide keinen Keil treiben!

Über diesem Gedanken kam sie endlich ein wenig zur Ruhe, auch wenn sie die Ohren gespitzt hielt und auf das Geräusch der sich endlich öffnenden Haustür lauschte.

Doch es war nicht das erlösende Kratzen, wenn die Tür, die eigentlich repariert werden musste, an den Holzdielen im Gang entlangschleifte, sondern ein forsches Klopfen, das Toni aufschrecken und im Kochen innehalten ließ. Auch der kleine Manfred sah verwundert auf. Er war an unangemeldeten Besuch nicht gewöhnt, spätestens als der gefürchtete politische Umschwung vollzogen war, hatte man sich als bekennender Sozialdemokrat samt Familie zurückgezogen.

»Ich schau schnell, wer das ist.« Antonia wischte ihre Hände an der Schürze ab, bevor sie sich eilig das lange braune Haar im Zopf richtete. »Spielst schön brav weiter, ich bin gleich wieder da.«

Manfred nickte und versank dann wieder im Spiel seiner beiden Holzfiguren, das nur er verstand. Mit pochendem Herzen eilte

Toni nach draußen, schloss die Tür zur Stube hinter sich und öffnete die Haustür.

Intuitiv zuckte sie zurück, als sie den Mann in khakibrauner Uniform vor sich stehen sah. Sie waren einander nie vorgestellt worden, dennoch war das Gesicht des Ortsgruppenleiters Xaver Spreitzer eines, das sie unter Tausenden sofort erkennen würde. Seine klar geschnittenen Züge, die markante Nase, die geschwungenen Lippen täuschten nicht über die Kälte seiner blauen Augen hinweg – genauso wenig wie das leutselige Lächeln, das er jetzt zur Schau stellte. Er war es doch gewesen, der maßgeblich dafür gesorgt hatte, dass Rudi aus dem Staatsdienst entlassen worden war!

»Heil Hitler«, sagte er schneidig, wartete aber gar nicht erst auf Erwiderung. Auch eine Vorstellung hielt er offenbar für unnötig. »Ist vielleicht der werte Herr Gatte zu sprechen, gnä' Frau?« In seiner Stimme lag ein süffisanter Unterton und sein abschätziger Blick auf Tonis vom Kochen befleckte Schürze verstärkte den überheblichen Eindruck noch.

Antonia räusperte sich energisch – nicht, dass der Spreitzer noch glaubte, sein Erscheinen hätte ihr die Sprache verschlagen. »Leider nein«, antwortete sie und bemühte sich um Festigkeit in der Stimme, auch wenn ihr der Mund längst trocken geworden war. Was wollte der Ortsgruppenleiter hier? Weshalb suchte er den Rudi, was hatte dieser Träumer von einem Ehemann sich zuschulden kommen lassen? »Vielleicht kann ich weiterhelfen?«

»Können Sie mir sagen, wo er sich aufhält?«, fragte Spreitzer und musterte sie streng.

Toni hob den Kopf und sah ihn schnurgerade an. »Das weiß ich leider nicht, Herr Ortsgruppenleiter.«

»Und bis wann erwarten Sie ihn zurück?«, schnarrte Spreitzer.

Seltsamerweise empfand Toni sein autoritäres Gehabe weniger als einschüchternd denn als herausfordernd. »Auch das ist mir unbekannt«, antwortete sie ebenso knapp wie resolut.

Er musterte sie ein weiteres Mal prüfend, dann nickte er. »Dann will ich Sie gerne ins Bild setzen. Ihr Ehemann Rudolf Schönberger wurde heute Nacht mit einigen seiner sogenannten Genossen in einem Kellerbau in Michelsneukirchen aufgegriffen«, spie Spreitzer förmlich aus.

Toni spürte ihre Hände feucht werden, unwillkürlich griff sie nach dem Türrahmen, um ein wenig Halt zu finden.

»Die Herren war damit beschäftigt, aufrührerische Schriften zu vervielfältigen. Infolgedessen wurde Ihr Mann inhaftiert, erwarten Sie ihn also nicht allzu schnell zurück.« Er drehte sich abrupt auf dem Absatz seines braunen Lederstiefels um, dann aber besann er sich eines Besseren und sah noch einmal abfällig über die Schulter. »Ob man Ihnen glauben kann oder nicht, Frau Schönberger, da bin ich mir noch nicht sicher. Da sich aber Ihre Aussage mit der Ihres Mannes deckt, lasse ich für heute Gnade vor Recht ergehen. Aber merken Sie sich eines: Die Gesinnung der Gattin eines überführten Staatsfeindes liegt mir ganz besonders am Herzen. Heil Hitler!«

Drei

Frühsommer 2022

»Das darf doch wohl nicht wahr sein!« Lenes Kollegin Kriminaloberkommissarin Nina Edenharter schnaubte entrüstet, ohne den Blick von ihrem Monitor zu lösen.

»Was ist los?« Wenn die allzeit gelassene Nina, im Innendienst mittlerweile zu Lenes Fels in der Brandung aufgestiegen, sich so echauffierte, dann musste sie tatsächlich auf Unerhörtes gestoßen sein.

»Hör dir das an, der Artikel steht heute im Regionalteil unserer Tageszeitung.« Nina räusperte sich und begann zu lesen. »Die Schlagzeile: ›Razzia auf Querdenker-Hof‹, gefolgt von ›Wer ist der Ermordete in der Scheune?‹«

»Was?« Lene schüttelte den Kopf. Nach Rücksprache mit der Pressestelle war man übereingekommen, sich vorläufig mit Informationen für die Presse zurückzuhalten. Zu entscheidend für eine Einordnung des Fundes war das Alter der Knochen, an dessen Bestimmung Bertl nach wie vor arbeitete, und auch die Obduktion, bei der man wohl eher von einer Knochensichtung sprechen musste, war erst für den Nachmittag anberaumt. Lene hatte die Pressestelle sogar noch auf Andreas Mölln hingewiesen und darum gebeten, im Umgang mit ihm Vorsicht walten zu lassen. Was auch immer zu der großen Abneigung zwischen Sebastian Paulus und ihm geführt haben mochte. Ganz koscher war ihr der dreiste Journalist nicht erschienen.

»Der ganze Bericht hat das Niveau eines reißerischen Sensationsartikels«, stellte Nina fest. »Die perfekte Diffamierung, ein Berg an haltlosen Spekulationen und Suggestivfragen, und natürlich kein Wort über das vermutlich hohe Alter der Knochen. Unterm Strich dürfte der vertrauensselige Großteil der Leser jetzt glauben, dass auf dem Sonnenhof eine bei einem Ritualmord grausam zerstückelte Leiche gefunden wurde.« Nina raufte sich das kinnlange blonde Haar. »Aber wirklich geschickt gemacht. Nichts Konkretes, keine direkte Anschuldigung. Dagegen kann man wohl nicht vorgehen.« Sie schüttelte den Kopf. »Ich druck dir den Artikel aus.«

»Ist der Verfasser zufällig ein gewisser Andreas Mölln?«, fragte Lene und versuchte, den aufkeimenden Ärger hinunterzuschlucken.

»Genau«, antwortete Nina. »Kennst du ihn?«

Lene nickte, ohne die Details zu erläutern. Sie würde nochmals mit der Pressestelle reden und nach dem Informationsleck suchen müssen. Und die Kollegen instruieren, eine Richtigstellung einzufordern.

Der Drucker ratterte, und Lene stand auf, um sich den Artikel zu holen und selbst zu Gemüte zu führen, während Nina sich offensichtlich nach wie vor höchst angespannt durchs Netz klickte. »Andererseits weiß ich nicht …«, sagte sie, ließ den Satz jedoch unvollendet in der Luft hängen.

Lene schnappte sich ihre geleerte Tasse. Vielleicht war die Lektüre des Artikels in Kombination mit einer frischen Tasse Milchkaffee besser zu ertragen. »Was weißt du nicht?«

»Hast du gewusst, dass man auf dem Sonnenhof Yoga Retreats und Naturauszeiten buchen kann?«

Lene schüttelte den Kopf. »Wundert mich aber nicht, das passt gut ins Konzept.«

»Auch die Website ist schön gemacht«, fuhr Nina fort. »Aber der Sonnenhof scheint extrem zu polarisieren. Gut fünfzig Google-Rezensionen, alle mit entweder einem oder aber vollen fünf Sternen.«

Das klang tatsächlich nicht nach der erwartbaren Normalverteilung.

»Die positiven Rezensionen preisen die Toleranz auf dem Hof, die Einrichtung der Unterkünfte und die Qualität der Kurse. Die schlechten hingegen …« Ninas Blick huschte im Eiltempo über den Monitor. »Da bist du anscheinend wirklich auf einem Querdenker-Hof gelandet, ohne es zu merken, liebe Lene.«

»Ernsthaft?« Interessiert beugte Lene sich vor.

»Hier steht: ›Keimzelle für Verschwörungsideologien.‹«, las Nina vor. »Ein Stern. Nächster Eintrag, gerade mal zwei Wochen alt: ›Vorsicht! Wird von Verschwörungsideologen mit Kontakten zur rechten Szene betrieben.‹, ein Stern.« Nina scrollte weiter, wurde aber schnell wieder fündig. »Jetzt wird's ausführlicher, pass auf: ›Ich hatte ein zweiwöchiges Retreat auf dem Sonnenhof gebucht. Die Betreiber machen zuerst einen netten Eindruck. Allerdings stellt man schnell fest, dass man in einer Brutstätte rechter Coronaleugner gelandet ist. Ich habe den Hof frühzeitig verlassen.‹ Ein Stern.«

»Gibt's noch mehr?«, fragte Lene.

»Logisch. Hier echauffiert sich jemand, dass es trotz hoher Infektionszahlen kein Corona-Hygienekonzept gibt. Gut, das gab es zuletzt auf der Dult auch nicht.« Ninas Mundwinkel zuckten. »Ein

Stern natürlich. Weiter geht's hiermit: ›Unter dem Deckmantel der Toleranz und Achtsamkeit haben sich hier Impfgegner und sonstige Dummdeutsche zusammengefunden, allesamt Opfer kruder Narrative der YouTube-Universität. Nicht buchen!‹, ein Stern. Der nächste Rezensent macht da weit weniger Worte: ›Warnung! Querdenker!‹, ebenfalls ein Stern.« Nina schickte sich an, die Lektüre fortzusetzen, doch Lene kam ihr zuvor.

»Ich glaube, das reicht. Sieht so aus, als würde der Krieg um die alleinige Wahrheit über die Pandemie auch in Grabenzell ausgetragen.« Dabei fand sie die Menschen, die sie auf dem Sonnenhof kennengelernt hatte, in den negativen Rezensionen nicht unbedingt wieder. Die Gruppe um Sebastian Paulus hatte alternativ angehaucht gewirkt, zum Teil auch ein bisschen esoterisch – was in Yogi-Kreisen ja keine Seltenheit war. Einen politisch rechts zu verortenden oder gar radikalen Eindruck hatte aber niemand der Anwesenden gemacht.

»Die alleinige Wahrheit?« Nina lehnte sich zurück und sah Lene interessiert an.

Tatsächlich hatte Lene sich im Kollegenkreis mit sämtlichen diesbezüglichen Aussagen in den vergangenen Jahren konsequent zurückgehalten, zu emotional aufgeladen war ihr die Gesellschaft in Bezug auf die Pandemie erschienen. Es gab keinen Platz mehr für Abwägungen, stattdessen existierten nur noch konträre Pole, die sich erbittert bekämpften. Dass sich diese Polarisierung mittlerweile nicht mehr nur auf Pandemiepolitik beschränkte, war wohl dem Zeitgeist geschuldet – ob Lene das nun gefiel oder nicht. Genau deshalb schien es ihr müßig, darüber zu sprechen und schlimmstenfalls das gute Verhältnis zu den Kollegen aufs Spiel zu setzen. Andererseits: Nina und sie vertrauten einander, und die jüngere Kollegin, Pragmatikerin durch und durch, war keine Person, die sich allzu sehr von Emotionen leiten ließ. »Das ist doch zum Glaubenskrieg geworden«, sagte Lene also knapp.

Prompt nickte Nina zustimmend. »Wenn du nicht bedingungslos dafür bist, bist du dagegen – und andersherum.«

So albern es auch war, insgeheim atmete Lene auf. Sie schien nicht die einzige Person im Raum zu sein, die so manche Entwicklung mit leiser Sorge betrachtete.

»Wobei sich das mittlerweile auf sämtliche Bereiche erstreckt«, fuhr Nina fort, und auch sie wirkte beinahe ein wenig erleichtert darüber, dass das Thema zur Sprache kam. »Vor allem in der Anonymität des Internets finde ich das oft erschreckend: Entfesselter Hass zwischen Familien und Kinderlosen, zwischen Jungen und Alten, zwischen Klimaschützern und SUV-Fahrern, zwischen Veganern und Fleischessern … Stünde man sich wirklich persönlich gegenüber und würde mal richtig miteinander sprechen, hätten wahrscheinlich gar nicht so viele Fleischesser Ambitionen, Veganer mit tiefgefrorenen Tofupflanzerln zu steinigen.« Sie seufzte leise. »Der Respekt voreinander hat gelitten.« Nachdenklich sah sie aus dem Fenster, bevor ein schelmisches Grinsen ihr Gesicht erhellte. »Ich respektiere dich auf jeden Fall auch dann, wenn du Leberkässemmeln isst.«

»Und du hast auch nicht geplant, mich mit deinem Falafel zu steinigen?«

»Das esse ich lieber.« Nina erhob sich halb aus ihrem Drehstuhl. »Apropos, ich hol was. Für dich wieder totes Schwein in der Semmel?«

Lene präsentierte Nina freudig den erhobenen Daumen und schickte sich endlich an, den Zeitungsartikel zu lesen. Zumindest akuter Futterneid würde in ihrer beider Büro wohl so schnell nicht ausbrechen.

***

»Geht es Ihnen gut, Herr Schönberger?« Schwester Birgits prüfender Blick, der ihn beinahe zu röntgen schien, war selbst mit dem Mund-Nasenschutz, der wieder einmal ihr halbes Gesicht verhüllte, nicht zu übersehen. »Sie sind so still in den vergangenen Tagen. Die ganze Zeit sitzen Sie auf Ihrem Zimmer, wollen nicht in die Gemeinschaftsräume, und heute machen Sie mir einen ganz nervösen Eindruck. Hängt das damit zusammen?« Mit ihrem Lockenkopf wies sie auf Gerd Schönbergers Hand, die sich um das Tagebuch schloss.

Er nickte mühsam, nur um im nächsten Moment, wenigstens andeutungsweise, den Kopf zu schütteln. Die heutige Unruhe verdankte er wohl eher diesem schrecklichen Zeitungsartikel, der suggerierte, dass auf dem Sonnenhof ein Haufen Mörder lebte. Die Wut über diese Ungerechtigkeit und über die Sorgen, die dieser Artikel Sebastian bereiten musste, der ohnehin unter alledem litt, was in der Welt vor sich ging, staute sich in ihm, ohne dass es ein Ventil dafür gab. Er würde erst am Abend mit Sebastian sprechen können.

Jeden zweiten Tag hielten sie ihre Videokonferenz mit dem Tablet ab, das Sebastian schon im ersten Lockdown für ihn im Heim abgegeben hatte. Sogar an Kopfhörer hatte sein Enkel damals gedacht, damit er mit seinen altersschwachen Ohren hörte, was ihm aus der Welt dort draußen erzählt wurde. Schwester Birgit war damals überaus geduldig gewesen, hatte ihm die Funktionsweise erklärt und sich neben ihn gesetzt, um ihm zu helfen. Seither war das regelmäßige Gespräch mit seinem Enkel zu seiner liebsten Gewohnheit geworden. Jetzt aber machte es ihn unruhig, dass er noch warten musste, um in Erfahrung zu bringen, wie der aktuelle Erkenntnisstand der Ermittler wirklich war und wie Sebastian diesen Zeitungsbericht aufnahm.

Dass er selbst die Wahrheit kannte, verstärkte das aufgebrachte Gefühl in seinem Inneren noch zusätzlich. Was sollte er tun? Der Polizei erzählen, was er wusste, aber seit langen Jahrzehnten von sich schob? Das schaffte er nicht. Noch nicht. Zuerst musste er selbst seine Reise in die Vergangenheit beenden. »Es ist alles in Ordnung«, sagte er an Birgit Meindl gewandt. »Machen Sie sich keine Sorgen.«

»Das sagt sich so leicht«, antwortete sie, warf ihm nochmals einen prüfenden Blick zu und verließ sein Zimmer.

Mit zitternder Hand schlug Gerd das Tagebuch auf.

September 1933

Mit einem Lächeln, das sich nicht unterdrücken ließ, hielt Antonia inne und blickte sich um. Eine warme Spätsommersonne tauchte den Hof in goldenes Licht. Um sie herum blühte und spross es immer noch, und das zufriedene Picken der Hühner, die immer wieder mit einem kleinen Zetern dem fleißigen Hahn auswichen, sowie die leisen Geräusche der drei Milchkühe und vier Sauen im Stall, die sie ihrem Schwager wie so vieles zu verdanken hatte, erfüllt sie mit einer Zufriedenheit, wie sie sie schon längere Zeit nicht mehr verspürt hatte. Im gleichen Moment meldete sich ihr schlechtes Gewissen. Wie konnte sie zufrieden sein, wo sich ihr Mann noch immer im Gewahrsam der Nazis befand? Natürlich brannte ihr das Herz beim Gedanken an ihn, natürlich fragte sie sich, ob er – wo auch immer er gefangen gehalten werden mochte – einigermaßen gut behandelt würde und wann er endlich wieder zurück nach Hause käme. Ein paar Flugblätter waren schließlich kein Kapitalverbrechen, auch wenn er mit Kritik an den Nationalsozialisten bestimmt nicht gespart hatte.

Und doch musste sie sich eingestehen: Sie hatte sich ja schon ohne ihn eingerichtet, als er noch da gewesen war. Im Alltag merkte sie gar nicht viel von seiner Abwesenheit, außer dass die Zeit, die sie sich zuvor über ihn geärgert hatte, nun mit Sorge um ihn gefüllt war. Und natürlich, dass sie sich in Missstimmung getrennt hatten, tat ihr von Herzen leid, und dass sie nicht versucht hatte, ihn zurückzuhalten. Allerdings hätte sie ohnehin auf Granit gebissen bei diesem Sturschädel, der er nun einmal war.

Abgesehen von alledem aber kam ihr das eigene Leben seltsam erfüllt vor. Sie hatte die Landwirtschaft vermisst, die ehrliche Arbeit voller Erde und Schweiß und das Gefühl der Sinnhaftigkeit, wenn man die Früchte seines Schaffens erntete. Zur Lehrergattin war sie nicht geboren, das wusste sie jetzt – zumindest solange nicht, bis sie einen ganzen Stall voller Kinder hatte. Und den würde sie unter den jetzigen Vorzeichen kaum mehr zustande bekommen.

Der glücklichste Tag des Jahres war dann auch keiner mit dem Rudi gewesen, sondern eben jener vor drei Wochen, als völlig unverhofft Katharina und Fritz eingetroffen waren, mit dem beladenen Viehanhänger, und ihr offenbart hatten, dass sie es als ihre Pflicht ansahen, ihr in dieser schweren Zeit auf dem Sonnenhof beizustehen.

Freilich tat die Situation auf dem Aignerhof ihr Übriges: Auch wenn der Fritz als Erstgeborener und die Katha als seine Frau dort die Geschicke seit ihrer Heirat lenkten, halfen Fritz' Eltern noch tatkräftig mit. Auch der jüngere Bruder Helmut, der eine Anstellung bei der Bahn gefunden und mittlerweile eine Frau und vier kleine Kinder zu versorgen hatte, lebte mit seinen Liebsten auf dem Hof und arbeitete mit, so oft er konnte. Dass sie mit mehreren Knechten, Mägden und Saisonarbeitern zu den großen Gehöften in der Gegend um Schönsee zählten, spiegelte sich auch in den Erträgen wider, und doch waren die Verhältnisse langsam beengt – sowohl im Wohnhaus selbst als auch in den beiden alten Gesindehäusern. Eine Weile würde es wohl auch ohne die Katha und den Fritz gehen, zumal es genug Saisonarbeiter für die anstehende Ernte gab. Toni konnte sich des Eindrucks nicht erwehren, dass es ihrer Schwester und dem Schwager sogar ganz gelegen kam, der Enge des Hofs für eine Weile zu entfliehen und ihre Energie in den Aufbau eines neuen Betriebs zu stecken, anstatt den Aignerhof wie gewohnt am Laufen zu halten.

Als hätte sie ihre Gedanken gelesen, trat die Katha mit dem kleinen Manfred aus dem Haus. Sie trug ihn auf dem Arm, obwohl er dafür eigentlich schon zu groß war. Sei's drum, ein wenig verwöhnen durfte man den Buben jetzt ruhig, wo er nun ohnehin auf den Papa verzichten musste. Beide hatten noch Mehlstaub vom Brotbacken im Gesicht und lachten vergnügt, als es ihnen im hellen Tageslicht auffiel.

Toni rieb sich mit einer schnellen Bewegung das schmerzende Kreuz, dann bückte sie sich nach den beiden Körben mit der heutigen Apfelernte und eilte auf die beiden zu. Manfred quietschte freudig, als er die Mama sah, und drängte, zu Boden gelassen zu werden. Mit seinen kräftigen kurzen Beinen lief er auf Toni zu, grinste spitzbübisch und stibitzte einen Apfel aus dem Korb, während Katha ihn so liebevoll betrachtete, dass Toni wieder einmal den Herzschmerz nachfühlen konnte, den die Kinderlosigkeit der Schwester verursachen musste.

»Na, kleiner Mann, freust dich so über die Äpfel oder über mich?«, fragte Antonia ihren Sohn.

»Beides«, krähte Manfred findig und blieb an ihrer Seite, bis sie Katha erreichten.

»Ist der Fritz noch auf dem Feld?«, fragte die Schwester und kniff die Augen zusammen, als sie in die sinkende Sonne blickte.

»Da kommt er«, antwortete Toni und wies mit dem Kopf auf den Schatten, der sich im Gegenlicht abzeichnete und durch die mit Arbeitsutensilien vollbeladene Schubkarre eindeutig ihrem Schwager zuzuordnen war. Auch beim Gedanken an ihn wurde Toni warm ums Herz. Er hatte sich damals freiwillig in den Krieg gemeldet, junger, von sich und der Sache überzeugter Bursche, der er gewesen war, und war ein gutes Jahr später ohne die zum Glück unwichtigere Hälfte seiner linken Hand, dafür aber mit einem Nervenschaden am ganzen Arm zurückgekehrt. Das Kribbeln ließ sich aushalten, sagte er selbst, und dass der kleine und der Ringfinger fehlten, hatte er, uneitel wie er war, schnell verwunden. Aber die Nervenschmerzen, die ihn gelegentlich heimsuchten, konnten den stärksten Mann zur Weißglut treiben. Dabei war Weißglut das Letzte, was Antonia mit ihrem gutmütigen, allzeit tapferen und trotz der Behinderung über die Maßen fleißigen Schwager in Verbindung gebracht hätte. Heute hatte er eines der übrigen kleinen Felder vorbereitet, denn Antonia hatte es sich in den Kopf gesetzt, schon diesen Herbst selbst Weizen auszusäen. »Aber wer ist das neben ihm?«, fragte sie und kniff nun ihrerseits die Augen zusammen. Der Spreitzer? Gott bewahre, der hatte ihr gerade noch gefehlt.

Erst als sich die beiden Männer bis auf wenige Meter genähert hatten, erkannte sie Josef Geiger, den Kramer aus Grabenzell, um den sie und Rudi nicht allein wegen seiner treuen Ergebenheit der Partei und Spreitzer gegenüber seit jeher einen großen Bogen gemacht hatten. Der ewige Junggeselle fungierte natürlich als Blockwart, und das mit einer sadistischen Begeisterung, die ihresgleichen suchte. Auch Fritz' wettergegerbtes Gesicht, das meistens ein Lächeln oder zum Pfeifen eines munteren Liedchens gespitzte Lippen zur Schau trug, sprach Bände. Vielmehr sah er aus, als würde er gleich die Beherrschung verlieren.

»Heil Hitler«, sagte Geiger und blickte Antonia unverwandt an.

Sie fühlte ihr Herz klopfen und suchte sich daran zu erinnern, ob sie ihr Tagebuch, das keine Zweifel an ihrer Gesinnung aufkommen ließ, am Vorabend wieder unter den losen Dielenböden in ihrer Kammer versteckt und die Kommode darübergeschoben hatte, so wie sie es seit Rudis Verhaftung nach jedem Eintrag tat. Doch, sie musste daran gedacht haben, fiel ihr ein. Heute Morgen war es nicht mehr auf dem Nachttisch gelegen.

»Heil Hitler«, antwortete sie lahm, auch wenn es sie einige Überwindung kostete.

»Der Herr Ortsgruppenleiter schickt mich.« Feindselig stierte Geiger sie an. Die ausgeprägte Antipathie schien wohl auf Gegenseitigkeit zu beruhen. »Er hat Kenntnis davon erlangt, dass hier jemand zugezogen ist. Ich darf darauf aufmerksam machen, dass solche Umstände meldepflichtig sind.«

»Jetzt passen Sie mal auf«, sagte Fritz, und Antonia hoffte inständig, dass ihm nicht der Kragen platzte. »Ich bin der Schwager«, fuhr Fritz ungebremst fort und wies auf die Katha, »und das hier ist meine Frau und die Schwester der Frau Schönberger. Wir sind zu Besuch und helfen meiner Schwägerin, die hier ansonsten auf sich allein gestellt ist, weil man ihr den Mann weggenommen hat. Und jetzt sagen S' mir noch einmal, dass das meldepflichtig ist.«

Geiger sah vom Fritz zur Toni und wieder zurück. Für den Moment schien er noch zu überlegen, wie er auf diesen alles andere als ehrerbietigen Umgang reagieren sollte, doch Antonia machte sich keine Illusionen: Auch der Geiger würde ihr in Zukunft alle Steine in den Weg legen, die er finden konnte.

»Dann werden Sie noch eine ganze Weile hierbleiben müssen«, antwortete der Blockwart schließlich. »Ich soll Sie, Frau Schönberger, nämlich außerdem davon in Kenntnis setzen, dass der besagte Rudolf Schönberger bis auf weiteres im Lager Dachau inhaftiert ist. Und ich empfehle Ihnen allen, sich an geltendes Recht zu halten, wenn Sie sich nicht zu ihm gesellen wollen.«

Sein deutscher Gruß hallte Toni noch in den Ohren, als er schon längst gegangen war und sie mit Katha für einen Augenblick auf der Holzbank vor dem Haus saß, während der Fritz sein Feldwerkzeug verstaute und dabei dem neugierigen Manfred erklärte, was ein Landwirt darüber wissen musste. Solange Rudis Verbleib noch ungewiss gewesen war, hatte Toni es sich versagt, sich allzu viele Gedanken zu machen. Jetzt aber stellte sie sich ihren frei- und schöngeistigen Rudi im Häftlingslager vor, den Nazis auf Gedeih und Verderb ausgeliefert, und die Angst um ihren Mann griff eiskalt nach ihrem Herzen, ebenso wie die Gewissheit: Wann auch immer er wieder in die Freiheit entlassen würde, er würde nicht mehr der Gleiche sein.

***

Frühsommer 2022

»Das ist jetzt natürlich alles ein bisschen reduziert.« Bedauernd überblickte Bertl unter seiner weißen Schutzhaube die wohlsortierte Knochenansammlung, die sich dem Auge des Betrachters auf der Metallliege im Sektionssaal darbot. »Aufschneiden können wir ihn schließlich nicht mehr.«

»Des einen Freud ist des anderen Leid«, erwiderte Henning trocken.

Der Rechtsmediziner ließ sich wie üblich von der mangelnden Begeisterung seines Publikums nicht beirren. »Die Laborergebnisse vom LKA besprechen wir danach im Büro, aber jetzt sehen wir ihn uns erst einmal an.« Bertl nickte dem Kollegen, der wohl die Erkenntnisse direkt für den Obduktionsbericht festhielt, auffordernd zu, und beugte sich über die sterblichen Überreste.

»Wir konnten die Knochen sowohl morphologisch als auch durch DNA-Analyse einem Mann zuordnen. Was das Alter zum Zeitpunkt des Todes angeht, so haben wir es mit einem erwachsenen Mann mit einer Körpergröße von einem Meter siebzig zu tun, plus minus zwei Zentimeter. Aufgrund der Verschleißerscheinungen gehen wir von einem mittleren Erwachsenenalter aus, wobei man aber natürlich zur genaueren Analyse berücksichtigen müsste, wie die Lebensverhältnisse des Toten waren.« Er deutete auf die Reihe ausgegrabener Rückenwirbel. »Und hier erkennt man eine leichte Fehlhaltung im Bereich der Brustwirbelsäule, die man aber zu Lebzeiten nicht zwangsläufig bemerkt hat.«

Lene sah eigentlich nichts Derartiges, aber wenn Bertl das behauptete, würde es schon stimmen. »Kannst du das Alter des Mannes genauer eingrenzen?«

»Leider nur grob.« Bertl seufzte, offensichtlich genügte er damit seinen eigenen Ansprüchen nicht. »Er muss zum Todeszeitpunkt etwa zwischen fünfunddreißig und fünfzig Jahren alt gewesen sein. Was die Schäden an den Knochen angeht, so gab es zu Lebzeiten, also prämortal, zwei Frakturen, einmal hier am Unterarm …«, Bertl wies auf eine leicht verdickte Stelle des entsprechenden Knochens, »… sowie an dieser Rippe. Die Zähne, sofern vorhanden, sind in einem akzeptablen Zustand, drei weisen allerdings unbehandelte kariöse Veränderungen auf. Sie sind aber wie gesagt unvollständig, auch Veränderungen des Kieferknochens lassen darauf schließen, dass insgesamt vier Backenzähne schon zu Lebzeiten fehlten – auch das ist ein Indiz dafür, dass der Mann nicht mehr ganz jung war und der behandelnde Zahnarzt der Zahnerhaltung keine allzu große Bedeutung beigemessen hat.«

»Gezogen statt behandelt?«, fragte Henning.

»Das war früher keine Seltenheit«, bestätigte Bertl, ohne aufzusehen. »Die Möglichkeiten waren auch beschränkt.«

»Früher?«, hakte Lene nach, die Bertls Angewohnheit, rechtsmedizinische Ergebnisse wie einen Krimi mit ausgeprägter Spannungskurve zu präsentieren, durchaus fragwürdig fand. »Wie viel früher?«

»Dazu komme ich gleich noch«, ließ Bertl sich nicht beirren. »Die meisten Schäden, die ihr erkennen könnt, sind neuen Datums – bei der Ausgrabung ließ sich das nicht vermeiden, die Knochen sind in weiten Teilen leicht porös, also quasi morsch, und zum Teil kam es auch zu Auflösungen, die unter der Erde stattgefunden haben. Die meisten«, wiederholte er bedeutungsschwanger und blickte in die Runde, als wollte er sich vergewissern, dass das Publikum nach wie vor an seinen Lippen hing, »aber nicht alle.«

Zum Glück verbarg die Maske über Mund und Nase Lenes Schmunzeln angesichts Hennings gen Himmel verdrehter Augen.

Bertl hob den Schädelknochen vorsichtig und drehte ihn so, dass Lene und Henning die linke Vorderseite im Blickfeld hatten, die nun, nach Ausgrabung und Reinigung der Knochen, auf Schläfenhöhe als deutlich eingedellt zu erkennen war.

»Ein Terrassenbruch!«, konstatierte Bertl erfreut. »Entstanden rund um den Zeitpunkt des Todes, durch das wuchtige Auftreffen eines Gegenstandes.«

»Stumpfe Gewalt also«, stellte Henning fest.

»Ist das die Todesursache?«, fragte Lene, wie immer mit einer Mischung aus Amüsement und Groll darüber, dass ihr die entscheidende Basis für ihre Ermittlungen erst nach einer ausführlichen Einleitung mitgeteilt wurde.

»Möglich«, erwiderte Bertl. »Da mir sämtliches Weichgewebe inklusive der Organe fehlt, kann ich nicht beurteilen, ob nicht doch eine andere, weitere Verletzung vielleicht schneller zum Tod geführt hat. Wir sehen auch hier und hier kleinere Frakturen des Jochbeins, die wohl ebenfalls zu diesem Zeitpunkt entstanden sind, und auch das Nasenbein ist angeknackst.« Er untermalte seine Worte mit dem jeweils entsprechenden Fingerzeig. »Dass der Mann eines natürlichen Todes gestorben ist, kann man mit diesen Schädelverletzungen allerdings getrost ausschließen.« Er legte den Schädel ab, nickte dem Kollegen zu und eilte an Lene und Henning vorbei zum Ausgang. »Ab ins Büro, ich habe noch ein besonderes Bonbon für euch.«

»Bei diesen Worten dreht sich der Werthers-Echte-Opa im Grab um«, raunte Henning Lene zu, als sie folgsam hinter Bertl aus dem Saal trabten.

Der Rechtsmediziner streifte mit routinierten Griffen seine Schutzkleidung ab, und auch Lene war froh darüber, Haube und Maske abnehmen zu können.

Bertl ließ sich hinter seinem Schreibtisch nieder, deutete Lene und Henning an, ihm gegenüber Platz zu nehmen, und drehte den Monitor so, dass sie beide ebenfalls die angezeigte Grafik sehen konnten – ohne dass Lene etwas damit anfangen konnte. Sie verließ sich lieber auf Bertls Zusammenfassung, auch als er mit einem Klick den schriftlichen Laborbericht öffnete. »Die Untersuchung des umliegenden Materials hat ergeben, dass der Verwesungsprozess an Ort und Stelle stattgefunden haben muss. Wir können also ausschließen, dass die Knochen erst zu einem späteren Zeitpunkt dort vergraben wurden.«

Lene nickte. Beim Gedanken an die schwierige Position, in der sich die aktuellen Bewohner des Sonnenhofs befanden, war das eine wichtige Information.

»Kommen wir nun also zu des Pudels Kern. Wie alt sind diese Knochen, wann starb unser Unbekannter?« Erneut warf Bertl einen Kontrollblick auf Lene und Henning. »Wir haben leider keine Reste von Kleidungsstücken gefunden, die das untermauern könnten, aber das LKA geht anhand der Bodenprobe und des Zersetzungszustands der Leiche von einer Liegezeit von siebzig bis neunzig Jahren aus.«

»Das bedeutet«, sagte Lene und bemühte die wenigen Gehirnwindungen, die nach Bertls One-Man-Show noch zu gebrauchen waren, »der Mann starb …«

»Zwischen 1932 und 1952«, kürzte Bertl den Rechenprozess ab.

»Uff.« Ein Zeitfenster von zwanzig Jahren, und das noch dazu in der ersten Hälfte des vergangenen Jahrhunderts, verhieß einen

Berg spröder Recherchearbeit. »Angesichts dieser Datierung ist die Wahrscheinlichkeit, dass ich auf dem Friedhof buddeln muss, um den Täter zu verhaften, doch recht hoch, würde ich sagen.«

»Das erwähnst du jetzt nur, weil dieser Fall das Potenzial hat, dir deine Aufklärungsquote zu versauen.« Henning schmunzelte verhalten. »Aber ja, die Wahrscheinlichkeit ist groß. Allerdings verjährt Mord bekanntermaßen nicht, uns bleibt also nichts anderes übrig, als der Sache nachzugehen. Auch wenn ich diesen Ermittlungen nicht die höchste Priorität einräume.«

»Du meinst also: Gemütliches Scheinermitteln, bis ich einen neuen Fall bekomme?« Lene verzog das Gesicht zu einer Grimasse. »Die Verantwortung für die Aufklärung trägst aber du, mein liebster Lieblingsstaatsanwalt«, konnte sie sich nicht verkneifen zu sagen. »Mein Misserfolg ist auch dein Misserfolg.«

»So, und jetzt kommt meine Überraschung«, funkte Bertl ungeduldig dazwischen. »Das waren also die offiziellen Labordaten. Ich habe mir allerdings erlaubt, auch meinem Kollegen eine Bodenprobe zukommen zu lassen. Ich hab euch ja von ihm erzählt.«

»Dem von der Body Farm?«

»Genau«, bestätigte Bertl mit leuchtenden Augen. »Er kann den Zeitraum auf die späten 1930er- bis Mitte der 1940er-Jahre eingrenzen.«

»Toll«, erwiderte Lene freudlos. »Die Kriegsjahre. Damals ging ja alles seinen geregelten Gang und wurde überdies hervorragend dokumentiert.« Im Geiste sah sie, wie Nina sich nach dieser Information imaginär auf den Schreibtisch übergab. »Aber danke, Bertl«, fügte sie noch hinzu. Der Rechtsmediziner konnte schließlich nichts für die Gegebenheiten. »Super Arbeit, wie immer.«

Mit stolzgeschwellter Brust begleitete Bertl sie nach draußen.

»Hat meine Frau selbstgemacht.« Mit einem Zwinkern deutete Sebastian Paulus auf die Gläser mit eisgekühltem Hibiskustee, die er soeben auf dem kleinen Gartentisch abgestellt hatte. »Wehe, er schmeckt Ihnen nicht.«

»Das würde ich dann vorsichtshalber für mich behalten«, erwiderte Lene und nippte zögerlich. Seine Bedenken waren unbegründet gewesen. »Wunderbar«, konstatierte Lene.

»Klar, was sollen Sie auch anderes sagen?«

Sebastian Paulus hatte die Nachricht über das Alter der Knochen mit beträchtlicher Erleichterung, die Umstände des gewaltsamen Todes allerdings deutlich erschüttert aufgenommen. Er ließ sich auf dem in die Jahre gekommenen Gartenstuhl Lene gegenüber nieder. Heute saßen sie nicht hinter dem Haus, sondern auf einer kleinen Schotterfläche vor dem Eingang, wo sich ein buntes Sammelsurium unterschiedlicher Sitzgelegenheiten befand – vom Kinderstuhl über den Sitzsack bis hin zur alten Holzbank. Von hier aus hatte man den Hof im Blick, und da aufgrund des Baustopps in der Käserei ein neues Projekt in Angriff genommen werden sollte, nämlich ein an den recht provisorischen Unterstand angrenzender Stall für die Ziegen, wollte Paulus ansprechbar bleiben. Von der Baustelle erklang eine tiefe Männerstimme, dann drang das laute Lachen einer dunkelhaarigen Frau herüber.

»Leider haben meine Großeltern den kleinen Schuppen, den es früher hier gab, abgerissen und stattdessen eben den alten Viehstall als Scheune genutzt«, erzählte Paulus. »Das wäre ein wunderbares Domizil für die Ziegen gewesen.« Mit einem Achselzucken nahm er selbst einen Schluck Tee und verzog das Gesicht. »Bin eigentlich Kaffeetrinker.«

»Apropos Großeltern«, nahm Lene den Faden auf. »Ich würde nun, nach der Obduktion, gerne mit Ihrem Opa sprechen.«

»Das ist sicher kein Problem, aber seien Sie gewarnt.« Paulus gelang es nicht, ein verschmitztes Grinsen zu unterdrücken. »Der alte Herr ist mittlerweile ein bisschen eigensinnig. Aber wenn Sie ihm sympathisch sind, verhält er sich bestimmt kooperativ.«

»Würden Sie mich begleiten?«, fragte Lene spontan. Es konnte schließlich nicht schaden, der Sympathie ein wenig auf die Sprünge zu helfen.

»Die Einrichtung lässt nach wie vor nur einzelne Besucher zu.«

»Das lassen Sie mal meine Sorge sein, immerhin handelt es sich hier um polizeiliche Ermittlungen.«

»Wenn Sie das geregelt bekommen, bin ich gern mit dabei«, willigte Paulus ein. »Opa ist im Kopf noch – oder besser gesagt, wieder – voll da, da kann sich manch Jüngerer echt eine Scheibe abschneiden. Er spricht allerdings etwas verwaschen. Und er hört schlecht. Beides gestaltet sich mit der Maskenpflicht schwierig. Aber wenn ich dabei bin, kann ich gerne übersetzen.«

Ein weiteres Argument, das sie vorbringen konnte, sollte sich die Einrichtung querstellen. Sie musterte Paulus, der wiederum beobachtete, wie das arbeitende Grüppchen das Fundament des geplanten Stalls absteckte. »Haben Sie heute eigentlich schon die Zeitung gelesen, Herr Paulus?«

»Das vermeide ich mittlerweile, so gut es eben geht.« Schlagartig blickte er ziemlich finster drein. »Warum?«

»Unsere Pressestelle hat sich eingeschaltet«, erklärte Lene. »Die haltlosen Spekulationen wurden heute richtiggestellt.« Auch wenn ihr eine auffälligere Gestaltung der Gegendarstellung lieber gewesen wäre, war sie doch mit deren Inhalt, die jegliche Mittäterschaft der Sonnenhofbewohner aufgrund der Art des Fundes kategorisch ausschloss, sehr zufrieden.

»Danke«, erwiderte Sebastian Paulus ohne Enthusiasmus.

»Was ist da eigentlich los?« Auch wenn sie mehr von der persönlichen Neugier als von ermittlerischen Erforderlichkeiten getrieben war, musste sie das Thema ansprechen. Durch Möllns Zeitungsartikel war der Fall zu einem öffentlichen geworden, der besonders Sebastian Paulus betraf. »Dieser Zeitungsartikel, die vielen negativen Bewertungen im Internet, all das erweckt das Gefühl, es gibt einige Leute, die nicht gut auf Sie zu sprechen sind. Warum?«

»Weil ich eine Meinung habe, die nicht der öffentlich erwünschten entspricht«, antwortete er unerwartet heftig. »Ursprünglich ging es dabei um die Coronapolitik unserer Regierung. Mein Großvater hat 2020 seine Pflegerin im Heim angebettelt, ihn umzubringen, weil er in dieser Einsamkeit nicht mehr leben wollte. Wie könnte ich eine Politik, die so etwas verursacht, befürworten?«

»Was wäre die Alternative gewesen?« So sehr Lene diese persönlichen Beweggründe auch nachvollziehen konnte, erschien es ihr doch schwierig, sie auf die Gesamtgesellschaft zu übertragen.

»Abwägung«, sagte Sebastian Paulus entschieden. »Verstehen, dass Überleben und Leben nicht das Gleiche ist. Die Menschenwürde achten. Entscheidungsfreiräume lassen.« Ein eindringlicher Blick aus seinen braunen Augen traf Lene, während er sich fahrig durch die Locken strich. »Stattdessen hat man die alten Leute isoliert, von den Angehörigen genauso wie untereinander. Noch heute müssen die Bewohner in den Gemeinschaftsräumen rund um die Uhr Masken tragen. Wissen Sie, was das für jemanden bedeutet, der schwerhörig ist wie mein Großvater und zahlreiche andere Bewohner des Pflegeheims? Das bedeutet Isolation. Emotionale Verwahrlosung. Psychische Folter.«

Erstmalig spürte Lene die Wut, die unter Sebastian Paulus' friedfertiger Ausstrahlung gärte. Wut, Verständnislosigkeit, und maßlose Enttäuschung.

»Und wäre er an Covid erkrankt und verstorben? Oder auch an etwas anderem?«, fuhr er mit bebender Stimme fort. »Hätte er allein krepieren müssen. Wir hätten uns nicht verabschieden dürfen. Ist das die Menschenwürde des 21. Jahrhunderts?« Er zuckte resigniert die Achseln. »Aber lassen wir das. Ich bin wohl einfach aus der Zeit gefallen.« Er sah sich um, ließ seinen Blick dann auf Moritz Wagner ruhen, der sich, am Zaun des Ziegengeheges lehnend, den Schweiß von der Stirn wischte. »Wie wir alle hier.«

»Aber was haben Sie getan, um so zur Zielscheibe zu werden?«

»Ich habe mit einigen Mitstreitern in Regensburg Demonstrationen organisiert«, antwortete Paulus mit unüberhörbarem Trotz in der Stimme. »Gegen diese menschenverachtende Politik.«

Marie Paulus, die sich als hübsche, zierliche Blondine herausgestellt hatte, erschien in der Haustür und warf ihrem Mann einen besorgten Blick zu. Anscheinend diente das gekippte Fenster neben der Terrasse nicht nur der besseren Belüftung der Wohnräume. Sebastian Paulus reagiert mit einem Lächeln und einem beruhigenden Winken, woraufhin sie sich wieder ins Haus zurückzog. »Es gehört zu meinem Demokratieverständnis«, fuhr er ruhiger fort, »seine Meinung offen artikulieren zu dürfen. Leider gibt es in der heutigen Zeit aber viele wirksame Methoden, um Menschen mit unliebsamen Meinungen zu diskreditieren. Oder anders gesagt: Wenn man automatisch zum Querdenker wird, sobald man die Politik der Regierung kritisiert, dann bin ich sehr gerne Querdenker. Mit der offiziell so benannten Initiative hatte ich aber tatsächlich nie etwas zu tun.«

Dabei war diese Titulierung noch eine eher harmlose, fand Lene. Auch in Regensburg war der Widerstand gegen die Coronamaßnahmen von Beginn an vor allem mit Verschwörungstheorien und Rechtsextremismus in Verbindung gebracht worden.

»Was übrigens auch der Grund war, weshalb ich Ihnen nichts über die Querelen mit Mölln erzählen wollte.« Paulus strich sich die braunen Locken aus der Stirn. »Die Gefahr, nach dem Knochenfund direkt als Mörder verhaftet zu werden, weil ich die deutsche Coronapolitik für verfehlt halte, erschien mir einfach zu hoch.«

Zumindest sah Lene nun klarer in Bezug auf diesen Zeitungsartikel. »Sie *haben* diese Demonstrationen organisiert, sagten Sie. Das heißt also, Sie sind nicht mehr aktiv?«

Paulus schüttelte den Kopf. »Ich hab's nicht mehr gepackt. Nicht die Anfeindungen, aber auch nicht die Tatsache, dass die Meinungen immer extremer wurden. Auf allen Seiten. Gegendemonstranten, die uns als Nazis beschimpfen und im Chor ›Wir impfen eure Kinder!‹ brüllen.« Er lachte bitter auf. »Ich? Ein Nazi? Nichts liegt mir ferner. Aber auch manche Leute, die anfangs auf unserer Seite waren und für die Alten und die Kinder, die im Lockdown gelitten haben, auf die Straße gegangen sind, haben sich in einen regelrechten Wahn hineingesteigert. Und wie das selbst auf mich abgefärbt hat! So viel Wut, so viel Verachtung für andere, das hätte ich nie für möglich gehalten.«

»Deshalb Ihr Rückzug hierher?«

Sebastian Paulus nickte. »Und weil ich nicht mehr daran glaube, dass sich etwas ändern lässt. Unsere Gesellschaft ist in meinen

Augen gescheitert, oder vielleicht hat sie auch nur ihr wahres Gesicht gezeigt. Damit muss ich mich erstmal abfinden.«

»Und wie funktioniert die Gesellschaft hier auf dem Sonnenhof?«, hakte Lene ein.

»Gut«, antwortete Sebastian Paulus ohne eine Sekunde des Zögerns. »Hier leben viele unterschiedliche Menschen, aber Toleranz und Akzeptanz ist unsere gemeinsame oberste Prämisse, danach haben wir uns die ganze Zeit gesehnt. Und nachdem jeder seine Rückzugsmöglichkeit hat, gehen wir uns auch nur selten auf die Nerven.« Er deutete mit einem verschmitzten Lächeln auf die Bau- und Wohnwägen, bis sein Blick zum Gartentor abschweifte, wo drei Kinder mit Schulranzen auf dem Rücken in Sicht kamen. Angestrengt kniff er die Augen zusammen, sprang dann auf und rannte auf das Grüppchen zu, doch erst als auch Lene aufstand und näherkam, erkannte sie den Grund für seine Eile. Eines der Mädchen weinte bitterlich, während die anderen Sonnenhof-Kinder hilflos um es herumstanden.

Sebastian Paulus hob das Mädchen hoch und versuchte, es zu beruhigen. Als Lene die Gruppe erreichte, bemerkte sie die Ursache des Aufruhrs. Das blonde Haar des Mädchens, das fast bis zur Hüfte reichte, war von der Kopfhaut bis zu den Spitzen über und über mit unzähligen Kaugummis verklebt.

Auch Moritz Wagner hatte offensichtlich bemerkt, dass es Schwierigkeiten gab. Im Laufschritt erreichte er die Gruppe und blieb neben Lene stehen. »Wer war das?«, fragte er die umstehenden Kinder, während Sebastian das Mädchen mit einer Geste purer Verzweiflung an sich drückte.

»Fast alle«, antwortete ein braunhaariger Junge tonlos. »Alle, die nicht mit dem Bus fahren.«

Der Blick, den Sebastian Lene zuwarf, mehr von Trauer als von Wut geprägt, bevor er das noch immer schluchzende Mädchen ins Haus trug, ging Lene durch Mark und Bein. »Warum haben sie das getan?«, fragte Lene den Jungen, der ihr noch am ehesten auskunftsfreudig erschien.

»Weil sie uns hassen«, antwortete er, bevor er sich abwandte und auf seinem Weg ins Haus einen Stein vor sich her kickte, als wäre nichts geschehen.

»Habt ihr in der Schule Hilfe geholt?«, fragte Lene das zweite Mädchen, das sich anschickte, dem Jungen zu folgen.

Sie wandte sich um und schüttelte den Kopf. Erst jetzt bemerkte Lene, dass auch sie mit den Tränen kämpfte. »Müssen Liobas Haare abgeschnitten werden?«

Moritz und Lene zuckten unisono mit den Schultern – obwohl die Antwort auf der Hand lag.

Erst als das Mädchen außer Hörweite war, neigte Moritz Wagner sich zu Lene. »Es hätte sowieso niemand geholfen, glauben Sie mir. Es geht nicht nur um Sebastians Tochter. Die Kinder werden alle gemobbt.« Er schüttelte den Kopf. »Erst gestern hat Bea Hannes‘ völlig zerfledderte Hefte einzeln auf dem Spielplatz gegenüber der Schule eingesammelt, und Friedas Glücksbringer, ein kleiner Einhorn-Anhänger, lag an ihrem dritten Schultag hier dreckverschmiert und mit abgeschnittenem Horn auf ihrem Platz. Paul war heute gar nicht erst dabei, er liegt nämlich mit Bauchweh im Bauwagen seiner Mutter. Aber wenn Sie mich fragen, ist er nicht wirklich krank, sondern höchstens krank vor Angst. Die Schule meint allerdings, die Kinder müssten ihre Unstimmigkeiten selbst klären.« Erneut schüttelte er den Kopf und raufte sich das Haar, das er reichlich unordentlich am Hinterkopf zusammengebunden trug. »Die Kids haben sich einfach die falschen Eltern ausgesucht.«

Die Hand zum Abschied erhoben, machte Moritz Wagner sich wieder auf den Weg zum Ziegengehege und ließ eine erschütterte Lene zurück.

Vier

März 1934

Mit einem behaglichen Seufzer schenkte Fritz sich das Bier in den Krug, nahm einen großen Schluck und wischte sich den Schaum von der Oberlippe. Er hatte an diesem Tag angefangen, den Schweinekoben hinter dem Kuhstall zu bauen, und sich seine Halbe zum Feierabend redlich verdient.

Obwohl Toni sich über die ersten Frühlingsboten und das langsam mildere Wetter von Herzen freute: Diese winterlichen Abendstunden mit ihrer Schwester und dem Schwager in der gut geheizten Stube würden ihr fehlen. Im Haus war Ruhe eingekehrt, der kleine Manfred schlummerte schon seit einer Stunde friedlich im großen Bett, wozu er nach und nach übergegangen war, seit Toni es nicht mehr mit Rudi teilte, und die drei Erwachsenen hatten ihr Tagwerk getan und vertrieben sich die Zeit vor dem bollernden Kachelofen mit Hand- und Schnitzarbeiten oder auch nur einem gemütlichen Kartenspiel, bevor sie zu Bett gingen.

Katha legte ihren Stickrahmen ab und massierte sich die Nasenwurzel. »Heut hab ich im Dorf die Hutzlerin getroffen.« Sie griff nach Fritz' Krug und trank ebenfalls einen Schluck.

Auch Toni legte die Häkelarbeit beiseite. Eigentlich sollte aus dem leichten Garn ein Sommerdeckchen für den Manfred werden, aber sie häkelte nur am Abend in Gesellschaft und kam nicht recht voran. Allein bereitete ihr die stille, gebeugte Arbeit nicht nur Nackenschmerzen, sondern auch bedrückte Gedanken. Lieber schuftete sie unter größter körperlicher Anstrengung, das hielt den Kopf besser frei.

»Die hat jetzt auch Sorgen, da möcht ich nicht tauschen«, fuhr die Katha fort, löste ihren strengen Zopf und schüttelte das lange Haar aus.

Im Gegensatz zu Toni hatte Katharina sich ihre Geselligkeit bewahrt, vielleicht auch, weil sich der Fritz seit jeher von der Politik fernhielt – so gut es eben ging. Wer seine Gesinnung für sich behielt, der konnte auch nicht geächtet werden, und weil der Katha mit ihrem gutmütigen Gesicht ohnehin niemand Böses zutraute, gingen die Menschen immer noch in aller Offenheit auf sie zu, selbst hier in Grabenzell, wo sie genauso fremd war wie Toni noch vor ein paar Jahren.

»Die Hutzlerin hab ich seit Ewigkeiten nicht mehr gesehen«, antwortete Toni.

»Kunststück«, erwiderte Katharina. »Wenn du immer mich auf die Botengänge schickst, kannst ja auch niemanden zu Gesicht bekommen. Dass du mal eine solche Eigenbrötlerin wirst, hätt ich auch nicht geglaubt.«

»Du reißt dich doch drum«, erwiderte Toni schmunzelnd. »Aber sag, was ist mit der Hutzlerin? Warum hat sie Sorgen?«

»Wegen dem Erbgesundheitsgesetz.«

Am Rande hatte Toni schon von dem neuen Gesetz gehört, das zu Jahresbeginn in Kraft getreten war, aber wie immer seit der letzten Wahl versagte sie es sich selbst, darüber nachzudenken, was welcher neue Erlass denn nun konkret bedeuten mochte. Vielleicht war das ihre Art, sich vor den Erschütterungen zu schützen, an denen der Rudi sich aufgerieben hatte. »Für noch ein Kind ist sie doch sowieso zu alt«, antwortete Toni, das langsam – passend zum Namen – hutzlig werdende Gesicht der Bäuerin vor Augen, von der sie früher die Eier und die Frischmilch geholt hatte. Und von einer Erbkrankheit wusste sie auch nichts, zumindest etwas Offensichtliches konnte es nicht sein.

»Sie schon, aber ihre Maria nicht.«

Auch dieser Name ließ eine Gestalt erstehen, ein hübsches, blondes Mädchen aus der sechsköpfigen Kinderschar der Hutzlerbauern, das mittlerweile schon fast eine junge Frau sein musste.

»Fallsucht«, fuhr Katha fort. »Obwohl die Hutzlerin sagt, dass sie seit drei Jahren keinen Anfall mehr gehabt hat. Aber ihre Medizin nimmt sie immer noch, und wenn der Doktor das anzeigt …« Mit einem unwohlen Schaudern zog sie ihr Schultertuch enger.

»Aber ist das erblich?«, wandte Toni ein.

Katha neigte abwägend den Kopf. »Was weiß ich? Aber glaubst wirklich, das interessiert die Nazis?«

»Eine Riesensauerei ist das«, ließ der Fritz sich vernehmen. »Angst und Schrecken verbreiten, das wollen sie, und sonst nix. Weil sich das depperte Volk dann besser regieren lässt. Und wenn sie dafür einem jungen Mädel die Chance auf Kinder nehmen, dann ist ihnen das auch recht.«

Nicht zum ersten Mal hörte Toni aus der Stimme ihres Schwagers den Schmerz darüber heraus, dass ihm ein eigenes Kind verwehrt zu sein schien. Offen redete er im Gegensatz zur Katha nicht darüber, aber übersehen ließ es sich trotzdem nicht. Allein die Engelsgeduld und Zuneigung, die er dem Manfred entgegenbrachte, zeugten davon.

»Da kannst bloß dankbar sein über so ein fideles Kind wie deins«, sagte Katha und sandte einen schnellen Blick zum Herrn Jesus am Kreuz, der neben ihrem Stammplatz über der Eckbank hing.

»Dafür schmort sein Vater im Lager.« Antonia hörte selbst die Bitterkeit in ihrer Stimme. Wann war sie so geworden, dass ihr immer gleich das Schlechte einfiel? »Morgen schick ich ihm wieder ein Packerl. Hast du heut Zigaretten und Rasierklingen aus dem Dorf mitgebracht?«

»Freilich«, antwortete die Katha und wies mit dem Kopf auf die Anrichte. »Aber schreiben könnt er schon mal wieder, der Rudi.«

Drei Postkarten hatte Antonia bisher von ihrem Mann erhalten, die letzte Anfang Dezember. Vielleicht war er krank. Oder er hatte sich mit seinen Aussagen zu weit aus dem Fenster gelehnt und durfte zur Strafe für eine Weile nicht nach Hause schreiben? Weiß Gott, irgendeine einfache Erklärung würd's schon geben. Und ohnehin war es schwer zu schreiben, wenn man nicht wusste, was man in Worte fassen durfte, ohne Ärger zu bekommen oder dem anderen Ärger zu bereiten. Wahrscheinlich ging es dem Rudi da genau wie ihr, die sie ja selbst so oft wie möglich zwar gut bestückte Pakete schickte, aber immer nur eine knappe Notiz beilegte.

Ihr Schwager schien zu merken, dass ihr das Thema unangenehm war, zumindest bedachte er seine Frau mit einem rügenden Blick. »Wenn sie ihn dann rauslassen, kommt er auf jeden Fall in ein gemachtes Nest.« Zufrieden sah er sich um, obwohl sich in der Stube nichts verändert hatte. Aber Toni wusste auch so, was er meinte. Mit Fritz großzügiger Starthilfe und der Unterstützung der beiden in den vergangenen Monaten fehlte es schon jetzt an nichts mehr. Im kommenden Sommer würden sie gute Erträge erwirtschaften, sofern ihnen das Wetter keinen Strich durch die Rechnung machte. Trotzdem beunruhigte Fritz' Aussage Antonia. »Bedeutet das, dass ihr zurückmüsst?«, fragte sie. Sie hatte sich an die Gesellschaft der beiden gewöhnt, fühlte sich so sicher und geborgen auf dem Sonnenhof wie schon lange nicht mehr, und auch der kleine Manfred blühte mit jedem Tag mehr auf.

»I wo.« Fritz winkte ab. »Der Helmut hat den Laden daheim im Griff. Solange du uns brauchst, bleiben wir. Aber wenn der Rudi zurückkommt …« Er ließ den Satz unvollendet in der Luft hängen, die Toni plötzlich stickig vorkam.

Wenn der Rudi zurückkäme, was würde dann werden? Sie konnte sich immer noch nicht vorstellen, dass er dann die Freude an seiner Hände Arbeit entdeckte, bloß weil sie und der Manfred ihn und seine Unterstützung brauchten. Daran würde bestimmt auch die harte Schule des Lagers nichts ändern, im Gegenteil. So wie sie ihren Rudi kannte, war er danach bloß umso rebellischer. Unwirsch schüttelte Toni den Kopf.

Mit einem herzlichen Gruß an Schwester und Schwager stand sie auf, um ins Bett zu gehen. Vielleicht würde sie vorher zur Erleichterung noch ein paar Zeilen ins Tagebuch schreiben. Spätestens aber in Gegenwart des unschuldigen Kindes in ihrem Bett, das sich an ihr wärmte, würde sie wie immer schnell einschlafen und die unliebsamen Gedanken hinter sich lassen.

Die Sonne spitzte schon durch das Stubenfenster, sodass Manfred sich mit kindlichem Staunen auf die Eckbank kniete und nach draußen blickte, wo die ersten Gänseblümchen des Jahres ihre hellen Tupfen ins Gras zeichneten. Fritz hatte die Arbeit auf den Äckern wieder eingeläutet, und sobald Katha ihre morgendliche

Runde über den Hof beendet hatte und den Haushalt übernahm, würde Toni sich zu ihm gesellen. Sie hatten sich ganz automatisch ihren Vorlieben entsprechend eingerichtet, und wenn die Zeit drängte, so halfen sie eben alle zusammen – bei der Ernte oder anderen nicht aufschiebbaren Dingen. Für Toni war es ein Segen, sowohl mit dem versierten Fritz als auch mit der nicht minder routinierten Katha zusammenzuarbeiten und so die während der vergangenen Jahre in Vergessenheit geratenen Abläufe wieder zu verinnerlichen. Daran, dass die beiden nicht auf ewig bleiben konnten und sie und der Rudi dann die Arbeit von drei fleißigen Erwachsenen zu zweit schaffen mussten, würde sie einfach fürs Erste nicht denken. Zu schön war der Frieden, der auf dem Sonnenhof Einzug gehalten hatte. Beim Gedanken an Rudi, dem dieser Frieden im Moment nicht vergönnt war, meldete sich ihr schlechtes Gewissen. Mit schnellen Handgriffen schnürte sie das Paket zu, das sie soeben für ihn fertiggepackt hatte. Wenn der Ferdinand die Post brachte, würde sie es ihm gleich mitgeben. Ob heute endlich einmal wieder eine Postkarte vom Rudi dabei war? Auch wenn sie am Vortag nicht auf Kathas Worte reagiert hatte, so nagte es doch an ihr, dass sie seit über drei Monaten nichts von ihrem Mann gehört hatte.

Ein rascher Blick auf die Wanduhr lenkte sie von diesem Gedanken ab. Der Ferdl würde bald da sein, am besten ging sie schon mit dem Manfred nach draußen und passte ihn ab, damit das Päckchen auch sicher heute seinen Weg nach Dachau antrat. »Komm kleiner Spatz, zieh dich an.«

Manfred drehte sich um und sah mit großen Augen unter dem viel zu langen Haarschopf hervor. Dem würde sie heute Abend mit der Schere zu Leibe rücken, bevor ihr das Kind noch zu schielen anfing. »Wir wollen nach draußen gehen und auf den Ferdl warten, damit er das Päckchen für den Papa gleich mitnimmt. Schlüpf in die Jacke und die warmen Schuh, mein Schatz.«

»Papa?« Einen kleinen Augenblick hing dieses Wort schmerzlich in der Luft, als würde der kleine Bub überlegen, wen die Mutter damit wohl gemeint hatte. Dann aber besann er sich und stob an Toni vorbei auf den Flur, um seine warmen Sachen anzuziehen. Das musste man ihm nicht zweimal sagen, ein Stubenhocker war der Manfred wahrlich nicht. Auch Antonia schlüpfte in die derben, warm gefütterten Winterstiefel und den braunen Lodenmantel und folgte ihrem ungeduldigen Sohn nach draußen. Von Katha war weit und breit nichts zu sehen, wahrscheinlich war sie im Stall zugange.

Manfred ließ sich mit einem kleinen Jauchzer auf die Knie nieder und pflückte ungestüm das erste Gänseblümchen des Frühjahrs, um es anschließend beinahe andächtig zu betrachten. Sanft strich er über die Blütenblätter. Die Freude über alles, was wuchs und gedieh, schien er auch von ihr geerbt zu haben.

Trotz der kräftigen Frühlingssonne war es frisch, und Toni trat von einem Bein auf das andere, um die Kälte zu vertreiben, als sie den Ferdl auf seinem Fahrrad den Hügel heraufschnaufen sah, die schwere Tasche über den Lenker gehängt. Schon von Weitem winkte sie ihm zu, und der kleine Manfred sprang wieder auf die Füße und tat es ihr gleich, als Ferdl vor dem Gartentor abstieg, in die Tasche fasste und das Grundstück betrat.

»Komm, mein Spatz, gehen wir ihm entgegen.«

Manfred ergriff die ausgestreckte Hand seiner Mama und hopste fröhlich neben ihr auf den Postboten zu.

»Brief«, stellte er fest und deutete auf den Umschlag, den Ferdl in der Hand hielt.

»Grüß dich, Toni.« Ohne aufzublicken und ihr in die Augen zu sehen, streckte der Briefträger die Hand mit dem Schreiben aus.

Endlich, das war der ersehnte Brief aus Dachau. Eilig griff Toni danach. Aber weshalb schrieb ihr die Kommandantur? Warum nicht ihr Mann selbst? Toni klemmte sich das Päckchen unter den Arm und riss den Brief auf, auch wenn ein Gefühl in ihrem Bauch sie davor warnte, mit eindringlichen Schreien, die sie doch nicht bremsen konnten. Die Worte, die sie durch das anschwellende Kreischen ihres ganzen Körpers las, blieben auf seltsame Weise außen vor und schlugen doch mit einer ungeahnten Wucht auf sie ein.

Rudolf Karl Schönberger.

Lungenentzündung.

Krankenrevier.

Verstorben.

Erbarmungslos prasselten die knappen Sätze auf sie ein, ohne auch nur einen Funken der Gnade.

Leiche.

Krematorium München.

Eingeäschert.

Totenschein anliegend.

Der Lagerkommandant.

Das war kein Kreischen mehr, das war ein Brüllen, das gegen ihre Schläfen hämmerte.

Totenschein anliegend.

Das Paket war längst zu Boden gefallen, jetzt versagten Toni selbst die Beine. Manfreds erschreckten Schrei nahm sie nur am Rande wahr.

Totenschein anliegend.

»Hilfe!«, rief Ferdl laut und beugte sich zu ihr herunter. Sie stieß ihn weg, der hatte jetzt keinen Platz.

Totenschein anliegend. Totenschein anliegend.

Auch die warme Hand ihrer Schwester versuchte sie zu halten. Die ertrug sie jetzt nicht; ein Glück, dass die Hand von ihr abließ und nach dem Brief griff. »Im Dezember schon«, hörte sie Kathas tonlose Stimme. Als würde das eine Rolle spielen.

Totenschein anliegend.

Irgendwann war der Briefträger weg, und Katha, und ihr kleiner Manfred auch, und nur das Brüllen war noch da, in ihrem Kopf und im ganzen Körper, und die Kälte, die von der Erde aufstieg, und ihr bodenloser, verzehrender Hass angesichts dieses himmelschreienden Unrechts.

Frühsommer 2022

Mit einem Laut der Erschütterung, der sich seiner Kehle entrang, klappte Gerd Schönberger das Notizbuch zu. Das war mehr, als er für den Moment ertragen konnte. Diese sinnlose Ungerechtigkeit, die Trauer, der Schock der Mutter, der ihren Worten so klar entsprang, ließen sich nur schwer aushalten, auch wenn er sehr genau wusste, dass er ohne diese unglückselige Fügung des Schicksals selbst nie das Licht der Welt erblickt hätte. Das Leid der Mutter musste er erst verdauen, fast schmerzte es ihn körperlich.

Gleichzeitig erwuchs in ihm Bewunderung für ihre Stärke und ihren ungebrochenen Lebenswillen, an dem es – denn nur so hatte er sie gekannt und erlebt – keine Sekunde lang Zweifel gegeben hatte. Er erinnerte sich daran, wie sie eines Tages, bei einem ihrer in seiner Kindheit und Jugend ab und an stattfindenden Ausflüge, im Falkensteiner Felsenpark vor dem Teufelssteg gestanden waren. Es schien ein besonderer Ort für die Mama gewesen zu sein, zumindest hatte die ansonsten immer zupackende Frau fast schon sinnierend innegehalten. »Weißt«, hatte sie gesagt, »wir könnten uns den Weg auch sparen, weil er eng ist und unsicher erscheint.« Mit einem Mal hatte Gerd sie wieder ganz klar vor Augen, wie sie an diesem Tag vor ihm stand, mit ihrem schlichten dunkelblauen Kleid und dem Kopftuch, unter dem sie abseits des Hofs die grauen Haare verbarg. Sie hatte auf ihn heruntergelächelt und dann den Blick wieder auf den schmalen Weg vor sich gerichtet, der im Schatten der steilen, massiven Felswand lag. »Aber wir haben den Mut, ihn zu gehen, und sogar, wenn es irgendwann steil und uneben wird und wir für einen Moment ins Straucheln kommen, fangen wir uns und gehen weiter. Wenn man es so auch im Leben hält, dann hat man sich nicht viel vorzuwerfen.« Damals hatte er wenig mit diesen Worten anfangen können. Erst viel später verstand er, worauf sie anspielte und dass sie es mit dieser Einstellung auch in finstersten Zeiten geschafft hatte, sich treu zu bleiben.

Jetzt musste er sich ein Beispiel an ihrer Stärke nehmen und sich zusammenreißen. In einer Viertelstunde würde sich Sebastian melden, auf dessen Pünktlichkeit war Verlass, egal, wie viel Arbeit auf dem Sonnenhof anfiel.

Er drückte den Klingelknopf, damit Schwester Birgit das Buch wieder in der Schatulle verstaute und ihm das Tablet bereitstellte.

***

»Es ist zum Mäusemelken«, seufzte Nina und raufte sich das blonde Haar. Mit unverhohlener Verzweiflung ließ sie ihren Blick über die Karteikästen schweifen, die in ihren Transportkisten die Hälfte des Bürobodens okkupierten. Auch wenn das gut geführte Archiv der heutigen Verwaltungsgemeinschaft Falkenstein, zu der neben Grabenzell auch die Gemeinden Michelsneukirchen und Rettenbach sowie der Markt Falkenstein gehörten, sich als hilfreiche Recherchequelle erwies, so war der Berg alter Akten und Personenstandseinträge, den Nina am Vormittag angeschleppt hatte, nicht gerade ermutigend.

»Was, wenn die Unterlagen nicht vollständig sind?«, fragte sie ungewohnt mutlos.

»Mach dich nicht verrückt.« Lene winkte ab. »Allen ist klar, dass wir die Stecknadel im Heuhaufen suchen. Wir wissen nicht, ob der Tote überhaupt Einwohner einer der drei Mitgliedsgemeinden war, außerdem gab es im relevanten Zeitraum unzählige Vermisste, Geflüchtete, Deserteure, Displaced Persons, deren Verbleib noch heute unbekannt ist, Übergriffe und bestimmt auch Gewalttaten zum Kriegsende. Wenn wir also besagte Stecknadel nicht finden, wird uns niemand einen Vorwurf machen.« Wie erwartet hatte der Abgleich der DNA sowohl mit allen in der Straftäterdatenbank vorhandenen Genprofilen als auch in der Vermisstenkartei keinen verwandtschaftlichen Treffer ergeben, und auch zu Sebastian Paulus, der als Nachfahre der damaligen Bewohner um eine DNA-Probe gebeten worden war, bestand kein verwandtschaftliches Verhältnis.

»Da sehnt man sich direkt in den Außendienst zurück.« Nina, die seit einem glücklosen Einsatz mit psychischen Problemen kämpfte, hatte sich für die Dauer ihrer Regeneration in den Innendienst zurückgezogen – wobei Lene ihre junge und vor allem zupackende Kollegin langfristig ohnehin nicht als Bürokraft sah. Und vielleicht ergab sich ja doch noch ein Hinweis, der die erwartete mühselige Recherchearbeit deutlich reduzierte. Auch wenn sie es nicht offen sagte, setzte Lene große Hoffnung in Sebastian Paulus' Großvater, der hoffentlich in der Lage war, das Leben auf dem Hof zur damaligen Zeit greifbarer zu machen. Lene lächelte Nina noch einmal aufmunternd zu und griff nach der Lederjacke am Garderobenhaken. Sofern Sebastian Paulus pünktlich am Dienstgebäude der Kriminalpolizei in der Regensburger Bajuwarenstraße eingetroffen war, ließ sie ihn schon seit fünf Minuten warten.

Sebastian Paulus machte einen zwar ruhigen, aber zweifellos bedrückten Eindruck, als er seinen Van am feuermelderroten Stadion des SSV Jahn und der Universitätsklinik vorbei über die Franz-Josef-Strauß-Allee aus der Stadt hinaus in langsam ländlichere Gefilde lenkte.

»Wie geht es Lioba?«, fragte Lene behutsam.

»Wie geht es einem achtjährigen Mädchen, dessen langes Haar man wegen eines gewaltsamen Überfalls der Mitschüler auf eine Länge von ein paar Zentimetern kürzen muss?« Hilflos hob er die Schultern. »Sie will nicht mehr zur Schule, hat jetzt auch Bauchweh wie Paul und weint die meiste Zeit.« Für einen Moment ballten sich seine Fäuste am Lenkrad. »Es ist schwer zu ertragen. Zum Glück haben wir mit meiner Frau einen Profi in der Familie. Sie ist besser darin, Lioba aufzufangen. Ich werde immer wütend.« Er schien Lenes fragenden Blick zu spüren, ohne zur Seite zu blicken. »Marie ist Psychologin«, fügte er erklärend hinzu.

»Was ist mit Liobas Lehrerin? In einem solchen Fall muss sie doch einschreiten.«

Ein bitteres Lächeln breitete sich auf Sebastian Paulus' Gesicht aus. Er bog nach links ab, wo die Wohngemeinde Pentling, die es als direkt vor den Toren Regensburgs liegendes Domizil des bekannten Ex-Papstes wenigstens in Katholikenkreisen zu einigem Ruhm gebracht hatte, mit den ersten Häusern aufwartete. »Es ist sinnlos, sie um Hilfe zu bitten.« Mit sorgenvoll gefurchter Stirn sah Sebastian Paulus stur geradeaus. »Wir haben das Gespräch gesucht, mehrmals sogar. Aber die Schule meint, die Kinder müssten ihre Streitigkeiten selbst in den Griff bekommen.«

»Haben Sie schon über einen Schulwechsel nachgedacht?«

»Das tun wir täglich.« Schwungvoll bog Sebastian Paulus auf den Parkplatz des Seniorenstifts ein. »Die Grundschule in Grabenzell ist so eine Art Zweigstelle der Falkensteiner Schule, weil das Gebäude dort zu klein ist. Wir haben darum gebeten, dass die Kinder nach Falkenstein wechseln dürfen, in der Hoffnung, dass mit etwas räumlicher Distanz die Probleme nicht ganz so groß sind. Aber das ist laut Schulleitung nicht möglich, also sehen wir uns momentan nach privaten Schulen in der Region um. Aber lassen wir das. Maske und Testergebnis haben Sie dabei?«

Lene vergewisserte sich nicht zum ersten Mal, dass sie beides in ihre schon arg lädierte Umhängetasche gesteckt hatte, und nickte.

Sebastian Paulus parkte seinen raumgreifenden VW-Bus geschickt auf einem der ziemlich überschaubar geratenen Parkplätze. »Bitte erwähnen Sie den Grund für Liobas kurze Haare nicht vor meinem Großvater. Und auch nicht den Zeitungsartikel. Ich will nicht, dass er sich Sorgen macht.«

Lene nickte, kletterte vom Beifahrersitz und folgte Sebastian Paulus zum Haupteingang.

Der glatzköpfige Herr an der Pforte, verschanzt hinter Plexiglas und Maske, war sich offensichtlich seiner eigenen Wichtigkeit bewusst: Mit strengem Blick kontrollierte er die dargebotenen Corona-Testergebnisse, Lenes Dienstausweis und, sofern sie sich nicht täuschte, den korrekten Sitz der Schutzmasken der beiden offenbar missliebigen Besucher, bevor er telefonisch Rücksprache hielt, ob die Verdoppelung der zulässigen Besucherzahl in diesem Fall auch tatsächlich seine Richtigkeit hatte. Grummelnd wies er Sebastian Paulus und Lene schließlich an, bis zu ihrer Abholung im Foyer zu warten. Unter seinen strengen Augen wagte Lene es nicht, den Desinfektionsmittelspender zu ignorieren, der vor der automatischen Eingangstür postiert war.

Erleichtert stellte sie fest, dass die lichtdurchflutete kleine Halle nicht wie erwartet nach Krankenhaus roch. Stattdessen hing ein warmer, blumiger Duft in der Luft, der beinahe schon etwas Heimeliges an sich hatte.

Es dauerte nicht lange, bis eine resolute Mittfünfzigerin in weißer Kleidung mit kurzem Lockenkopf und Lachfältchen um die Augen erschien, sie beide herzlich begrüßte, Sebastian Paulus, den sie offensichtlich kannte, nach Frau und Kind fragte und sie beide in den Aufzug bat. »Sie werden in Herrn Schönbergers Zimmer mit ihm sprechen«, erklärte sie an Lene gewandt. »Ohnehin wäre es nicht gut, wenn andere Bewohner mitbekommen, dass Ihr Großvater zwei Besucher gleichzeitig empfängt.«

»Nicht, dass es noch eine Revolte gibt«, antwortete Sebastian Paulus frech, aber die Dame schien es nicht in den falschen Hals zu bekommen. Im Gegenteil, sie lachte fröhlich unter ihrer Maske.

»Wie geht es ihm?« Paulus' Besorgnis war nicht zu überhören.

Die Dame neigte abwägend den Kopf. »Körperlich unverändert, alles stabil. Ansonsten …« Nachdenklich legte sie die Stirn in Falten. »Er scheint mir derzeit ein wenig zerstreut zu sein. Nachdenklich, ein bisschen zurückgezogen. Aber wahrscheinlich hängt das mit dem Polizeibesuch und so weiter zusammen. Sie brauchen sich keine Sorgen zu machen.« Der Aufzug kündigte mit einem leisen Klingeln die Ankunft im zweiten Stockwerk an. »Geistig ist Herr Schönberger noch sehr fit«, fügte die Pflegekraft an Lene gewandt hinzu. Sie führte die beiden auf einen hellen, mit fröhlichen Blumengemälden dekorierten Flur und klopfte an der dritten Tür auf der rechten Seite des Ganges. Ohne auf Aufforderung zu warten, trat sie ein und gab den Blick auf ein zwar altmodisch eingerichtetes, aber doch gemütliches Zimmer frei, in dem ein älterer Herr an einem kleinen Tischchen im Rollstuhl saß und zwei Besucherstühle vorsorglich auf sitzwillige Hintern warteten. Die Dame tippte an ihre Maske, und der Herr zog folgsam seine eigene Maske über die Nase. Der hängende Mundwinkel, der sein schlankes Gesicht verzerrte, war Lene dennoch nicht entgangen.

»So, Herr Schönberger, hier ist Ihr Besuch. Klingeln, wenn es zu viel wird, gell?«

Er nickte folgsam, die Pflegekraft wandte sich an Lene. »Bitte überanstrengen Sie ihn nicht. Lieber kommen Sie noch ein zweites Mal her.« Sie wandte sich zum Gehen, drehte sich aber noch einmal um, als Gerd Schönberger sich angestrengt räusperte.

»Wir wollen nicht gestört werden«, sagte er schließlich – schleppend, aber entschieden.

»Geht klar, Chef.« Mit einem letzten Zwinkern schloss die Dame die Zimmertür hinter sich.

»Über die bin ich wirklich heilfroh«, murmelte der alte Herr und zog sich die Maske weit schneller unter das Kinn, als er sie zuvor hochgeschoben hatte. »Komm her, Bub.«

Sebastian Paulus und sein Großvater tauschten eine herzliche Umarmung aus, dann bot der Senior Lene Platz an. Trotz des leicht hängenden linken Augenlids wirkte sein Blick hinter der Brille erstaunlich wach. Der alte Herr schien tatsächlich ziemlich fit im Kopf zu sein, und sympathisch war er außerdem. Jetzt musste er nur noch über hilfreiche Informationen verfügen, und schon war die Sache geritzt.

»Herr Schönberger, Sie wissen ja, weshalb ich hier bin.«

Er hob die rechte Hand, um ihr Einhalt zu gebieten, während sich Sebastian Paulus auf dem dritten Stuhl niederließ. Wieder räusperte Gerd Schönberger sich angestrengt, dann betrachtete er sie mit prüfendem Blick. »Wollen Sie das Ding im Gesicht unbedingt tragen?«, fragte er schließlich. »Es ist so: Mit der Maske verstehe ich Sie nicht, und wenn ich nichts verstehe, werde ich ungeduldig, und glauben Sie mir, das wollen Sie nicht.«

Fragend sah Lene Sebastian Paulus an, der die Maske ebenfalls nur noch knapp auf Halbmast trug und die Schultern zuckte. Die Entscheidung blieb also ihr überlassen. »Ich will Sie mit nichts anstecken, Herr Schönberger.«

»Was?«, fragte er laut und formte sein rechtes Ohr mit der Hand zum Hörrohr.

»Sie will dich nicht anstecken«, sagte Sebastian Paulus überdeutlich und mit erhobener Stimme, ohne sich das Grinsen zu verkneifen.

»Also, für mich schauen Sie pumperlgesund aus«, stellte Gerd Schönberger fest. »Außerdem bin ich so oft geimpft worden, dass in meinen Adern wahrscheinlich schon kein Blut mehr, sondern nur noch Impfstoff zirkuliert. Also, wenn ich bitten darf …«

Halb amüsiert, halb überrumpelt gab Lene seinem Drängen nach und zog sich die Maske unters Kinn.

»Was für eine Schande, eine solch hübsche Frau zu verstecken«, brummelte Gerd Schönberger unleidig. »So, von mir aus können wir jetzt anfangen.«

Das konnte ja heiter werden. Trotz aller Sympathie beschloss Lene, beim Umgang mit diesem halsstarrigen Herrn Vorsicht walten zu lassen. »Ich denke, Ihr Enkel hat Ihnen erzählt, warum ich hier bin.«

Gerd Schönberger und der besagte Enkel nickten unisono.

»Wir können mittlerweile das Zeitfenster, in dem der Tote vergraben wurde, weiter eingrenzen, und zwar auf die späten 1930er- und frühen 1940er-Jahre. Wann genau sind Sie geboren?«

»1942«, antwortete Schönberger. »Als Mörder scheide ich somit aus.«

Gegen ihren Willen musste Lene lachen. »So weit sind wir ohnehin noch nicht. Bevor wir uns auf Tätersuche begeben, brauchen wir die Identität des Opfers.« Wieder einmal fragte Lene sich, welchem Irrsinn sie hier eigentlich nachging. »Zunächst könnten Sie mir vielleicht in Bezug auf den Fundort helfen. Was können Sie mir über den Raum unter der Falltür in der Scheune sagen?«

Gerd Schönbergers Räuspern klang mühsam, seine Heiserkeit schien wirklich ein Problem zu sein. Sebastian Paulus griff nach der Schnabeltasse, die auf dem Tisch stand, und hielt sie seinem Großvater vor die Nase, doch der winkte ab. »Eigentlich ein tolles Versteck, oder?«, krächzte er. Auf die bewegliche Seite seines Gesichts schlich sich ein Lächeln, das Lene nach kurzer Irritation durch die nun noch verstärkte Asymmetrie als schelmisch identifizierte. »Was glauben Sie, was sich damit als Kind anfangen lässt? Der heimliche Keller war für mich schon als ganz kleiner Bub ein Faszinosum, und etwas später war ich unter meinen Freunden mit unserem ›Agentenzimmer‹ im Viehstall sowieso der Held. Damals hatten wir ja noch Tiere.«

Seine Augen hatten bei der Erinnerung an eine offensichtlich recht glückliche Kindheit Glanz bekommen. »Wenn ich heute darüber nachdenke, dass wir sozusagen auf einer Leiche gespielt haben … Trotzdem, für mich war der Raum das Größte.«

»Wollten Ihre Eltern Sie denn nicht davon abhalten, Zeit dort zu verbringen?« Welche Mutter ließ ihr Kind schon gerne auf einer Leiche spielen? Zudem mussten mit jedem Betreten des Raums diejenigen, die von dem Ermordeten wussten, doch unweigerlich an die Tat erinnert werden!

»Begeistert war meine Mutter nicht davon, dass wir uns dort unten verschanzt haben«, räumte er ein. »Sie hat immer gesagt, dass den Kühen noch die Milch im Euter sauer wird, wenn wir andauernd in den Stall spazieren, und natürlich wäre es ihr lieber gewesen, wenn wir an der frischen Luft gespielt hätten, aber das hat uns nicht gekümmert. Wissen Sie, damals war der Raum eine Art Rumpelkammer für Dinge, die nicht mehr gebraucht wurden, die aber noch zu gut zum Wegschmeißen waren. Das eine oder andere alte Trumm konnten wir gut zum Spielen gebrauchen. Schön war das.«

»In Ihrer frühesten Erinnerung an den Raum, wie sah er da aus?«

Er runzelte nachdenklich die ohnehin faltige Stirn, was erneut das Gesicht verzerrte. Ein wenig Speichel hatte sich im Mundwinkel der gelähmten Gesichtshälfte gesammelt, und Sebastian Paulus wischte ihn wie nebenbei mit einem Taschentuch ab, das er dann zurück in die Jeanstasche steckte. Gerd Schönberger schien es kaum zu bemerken, was Lene verwunderte. Seiner Haltung entsprechend hatte sie mit Protest gerechnet oder damit, dass er seinem Enkel das Tuch abnahm, um selbst zu wischen.

»Nicht viel anders als heute«, sagte er schließlich zögerlich. »Die Falltür war damals schon dieselbe, nur die Scharniere habe ich später einmal ausgetauscht. Ansonsten habe ich viel alten Kram entsorgt, und dann eigene Sachen untergestellt. Mehr habe ich nicht verändert. Sogar die alten Regale habe ich stehengelassen, die waren ja noch gut.«

»Die meisten Regale habe ich vor ein paar Monaten rausgeräumt«, ergänzte Sebastian Paulus auf Lenes fragenden Blick hin. »Damit ich die Bodendielen rausreißen kann.«

»War der Bodenbelag neu, als Sie ein Kind waren, Herr Schönberger?«

»Ich glaube schon«, antwortete er freimütig. »Die Holzdielen waren damals noch hell und zum Teil auch rau. Und auch die Wände waren frisch getüncht, meine ich.«

»Mir ist klar«, setzte Lene behutsam an, »dass es um Ihr Elternhaus und Menschen geht, denen Sie nahestanden. Trotzdem muss ich Sie fragen: Ist Ihnen irgendetwas Seltsames aufgefallen? Hatten Sie das Gefühl, dass vor Ihnen etwas geheim gehalten wird, oder gab es Feindseligkeiten mit anderen Bewohnern des Ortes?« Lene fiel der flehende Unterton in ihrer Stimme selbst auf. Nachdem ihr gegenüber ihre einzige Hoffnung saß, war das vielleicht auch nicht weiter verwunderlich.

Wieder schien Gerd Schönberger konzentriert nachzudenken, dann griff er mit der rechten Hand nach der Schnabeltasse. »Halt den Lappen bereit, ein Lätzchen haben sie mir wenigstens noch nicht verpasst«, brummte er, bevor er die Tasse konzentriert an die Lippen hielt und vorsichtig trank. Es gelang ihm unfallfrei. Sebastian Paulus packte das gezückte Taschentuch wieder weg. »Was vielleicht ungewöhnlich war«, fuhr Schönberger schließlich zögerlich fort, »war, dass wir auf dem Sonnenhof recht zurückgezogen gelebt haben. Dabei waren alle recht gesellig, auch meine Mutter. Und es war immer in Ordnung, wenn ich Freunde aus dem Dorf nach Hause zum Spielen mitgebracht habe. Aber sie selbst hat sich von allen Leuten ferngehalten, so gut es eben ging. Und die anderen genauso.«

»Wer sind die anderen?«, hakte Lene ein. »Wer lebte damals aller auf dem Hof?«

Gerd Schönberger schreckte auf, als wäre er in seinen Erinnerungen versunken. »Meine Mutter, Antonia Schönberger«, antwortete er rasch. »Mein Bruder Manfred, meine Tante Katha, das war die Schwester meiner Mutter, und ihr Mann, der Onkel Fritz.« Er zögerte, bevor er sich zu straffen schien, so gut es mit seinen körperlichen Einschränkungen eben möglich war. »Und mein Vater. Milosz Jankowski.«

»Sie betonen das so«, stellte Lene fest. »Was hat es mit Ihrem Vater auf sich?«

»Ich bin ein Kind, das eigentlich nicht sein hätt dürfen«, erwiderte Gerd Schönberger. »Mein Vater war Pole und kam als Kriegsgefangener nach Deutschland. Auf unserem Hof war er dann als sogenannter Fremdarbeiter eingesetzt. Meine Mutter und er haben sich ineinander verliebt, und dann war irgendwann ich unterwegs. Dabei hab ich lang gar nicht gewusst, dass er mein Vater ist.«

»Wie das?«, fragte Lene interessiert.

»Ganz einfach: Der Milosz war für mich eben der Milosz, der bei uns lebte und die Mama lieb hatte, und der mir Holzspielzeug geschnitzt hat. Einen offiziellen Vater hatte ich nicht. Das ist mir aber erst aufgefallen, als ich dann in der Schule gesehen habe, dass andere Kinder sehr wohl Väter hatten, sofern diese aus dem Krieg zurückgekehrt sind.« Er hob die rechte Schulter, als müsste er sich für seine eigene Naivität entschuldigen. »Dann hab ich die Mama gefragt, ob mein Papa im Krieg geblieben ist, und sie hat ja gesagt. Somit war der Fall für mich wieder erledigt, bis irgendwann die Hänseleien der anderen Kinder immer lauter wurden. Natürlich gab es im Dorf Gerüchte, und irgendwann konnte ich nicht mehr so tun, als würde ich nicht hören, dass sie mir ständig Schläge androhen und ›kleiner Polack‹ hinterherrufen. Nicht alle, aber doch die meisten.« Er hob seine buschige rechte Augenbraue, was seinem Gesicht einen Ausdruck deutlicher Missbilligung verlieh. »Also hab ich endlich eins und eins zusammengezählt und die Mama und den Milosz gefragt, ob er mein Vater ist.«

Seine Hand griff an die Nasenwurzel, als würde ihn die Erinnerung für einen Moment aus der Fassung bringen. »Sie hat ja gesagt, und der Milosz hat geweint, und dann hatte ich auch einen Vater bis zu seinem Unfall vier Monate später.«

»Was war das für ein Unfall?«

»Irgendwas im Boandlforst. So heißt das kleine Wäldchen über dem Hof, weil dort irgendein Vorfahr angeblich auch einmal menschliche Knochen gefunden hat. Liegt vielleicht in der Familie.« Gerd Schönberger hielt kurz inne, schüttelte dann jedoch etwas behäbig den Kopf. Langsam schien er müde zu werden. »Aber so genau hat man mir das nicht gesagt. Nur dass der Papa, der für mich immer der Milosz war, tot ist.«

»Das ist aber eine traurige Geschichte.« Lene bedachte den alten Herrn, den die Erinnerung sichtliche Mühe gekostet hatte, mit einem warmen Lächeln.

»Ja«, stimmte er zu. »Aber ich hatte es trotzdem schön als Kind, trotz der harten Zeit. Dafür haben meine Mama und die Tante und der Onkel gesorgt. Und, solange er gelebt hat, auch der Milosz.« Aufgeräumt sank er ein wenig tiefer in seinen Rollstuhl.

Es war an der Zeit, zu einem Ende zu kommen, das war Lene bewusst. Dennoch schien ihr gerade diese familiäre Verwicklung Grund zum Nachhaken zu sein. »Vielleicht lebten sie deswegen so zurückgezogen. Um die Liebesbeziehung und die Vaterschaft geheim zu halten?«

Gerd Schönberger nickte verhalten. »Wahrscheinlich, ja.« Einen kurzen Moment schien er nachzudenken, bevor er fortfuhr: »Aber ich habe Ihnen jetzt auch alles gesagt, was mir eingefallen ist. Und wenn Sie noch was wissen wollen, dann können wir ja auch eine Videokonferenz machen, Frau Kommissarin.«

Lene blickte verblüfft auf das Fensterbrett, wo unter Kopfhörern ein Tablet lag, das Gerd Schönberger lässig antippte.

»Das hätten Sie nicht gedacht, gell?« Er grinste sein schiefes Grinsen. »Dank Sebastian bin ich auf dem neuesten Stand.«

Lene erwiderte sein Lächeln, legte ihre Visitenkarte auf den Tisch und erhob sich. »Vielen Dank für das Gespräch. Und wenn Ihnen noch etwas einfällt …«

»Erfahren Sie es sofort«, ergänzte er den Satz. »Sebastian, schickst du mir jemanden zum Helfen? Ich muss mich jetzt hinlegen.« Wieder drückte er seinen Enkel, der aufgestanden war und sich zu ihm hinunterbeugte, mit dem rechten Arm fest an sich. »Grüß mir Marie und die Kleine. Und auch deine Tante, wenn du sie siehst.« Sebastian Paulus' Gesicht schien sich für einen Augenblick zu verdüstern, doch dann hatte er sich wieder im Griff und nickte.

»Bis morgen Abend.« Gerd Schönberger tippte erneut auf das Tablet und verabschiedete Lene und seinen Enkel, die sich die Masken wieder über die Nasen schoben, mit einem letzten schiefen Lächeln.

Die Tür hinter ihr war noch nicht ins Schloss gefallen, als Lene ein leises, heiseres »Uff« aus seinem Zimmer hörte.

Mit gerunzelter Stirn hatte Sebastian Paulus seinen Bus ausgeparkt und wieder Kurs auf die Dienststelle genommen. Erst, als er Lenes Seitenblick auf sich ruhen spürte, brach er das Schweigen. »›Ich habe Ihnen ja gesagt: Er ist mittlerweile ganz schön eigensinnig.« Sein Lächeln machte allerdings klar, dass ihm dieser Wesenszug seines Großvaters keineswegs missfiel.

»Aber sehr sympathisch«, stellte Lene fest. »Ich habe Sie beobachtet«, fuhr sie vorsichtig fort. »Als Ihr Großvater Ihre Tante erwähnt hatte, wirkten Sie für einen Moment sehr bedrückt.«

Wie auf Knopfdruck verdüsterte sich sein Gesichtsausdruck sofort wieder, unwillig strich er sich die braunen Locken aus der Stirn.

»Vielleicht habe ich mich auch getäuscht«, fügte Lene hinzu.

Sebastian Paulus atmete tief ein. »Nein, haben Sie nicht«, antwortete er endlich, ohne den Blick von der Straße zu lösen. »Wir haben mittlerweile ein sehr schwieriges Verhältnis zueinander. Wobei, eigentlich haben wir gar kein Verhältnis mehr.«

Lene sah ihn nach wie vor an, beschloss aber, nicht weiter nachzufragen. Im Grunde ging es sie auch nichts an.

»Dabei sind wir uns früher so nahegestanden«, brach es aus ihm heraus. »Simone war wie eine große Schwester für mich, und ihre Kinder, Luna und Finn, wie kleine Geschwister.«

»Und dann kam Corona?«, fragte Lene, einer Eingebung folgend.

»Ja. Es ist so albern, dass unterm Strich wahrscheinlich alle das Beste wollten, aber keiner das dem anderen zugesteht.« Er seufzte. »Egal, jetzt ist es eben so. Am Anfang ging es vor allem um Opa. Der erste Lockdown war die Hölle für ihn, kein Besuch, völlige Isolation im Heim, nur Telefonate, bei denen seine Schwerhörigkeit natürlich sehr hinderlich war, er erschien von Anruf zu Anruf depressiver. Meine Tante ist berufstätig, meine Oma selbst schon sechsundsiebzig, die beiden können Opa also nicht pflegen. Ich habe dann mit dem Gedanken gespielt, ihn zu uns zu holen.« Er warf einen Blick in den Rückspiegel, bevor er fortfuhr. »Wir haben damals zwar noch in einer Mietwohnung in Regensburg gelebt, aber nachdem wir ein Gästezimmer hatten, wäre es zumindest vorübergehend schon irgendwie zu wuppen gewesen. Marie und ich haben damals beide im Homeoffice gearbeitet, und wie es längerfristig weitergeht, ob man vielleicht eine ambulante Pflege engagiert oder so, hätten wir uns dann eben noch überlegt. Aber meine Tante – und dann natürlich auch meine Oma – meinte, er wäre im Heim sicherer vor dem Virus, zumal wir Lioba auch nach zwei oder drei Wochen nicht mehr vollständig von anderen Kindern isoliert haben.« Er zuckte die Achseln. »Frau Meindl – das ist die Pflegerin, die Sie heute kennengelernt haben – hat dann irgendwann meine Großmutter angerufen, weil sie im Zimmer meines Großvaters einen Berg seiner täglichen Tabletten gefunden hatte, die er offensichtlich schon über zwei Wochen nicht mehr eingenommen hatte. Daraufhin hat er sie gebeten, ihm etwas zu geben, damit er endlich friedlich einschlafen kann. ›Das hier ist nicht Leben, sondern Vegetieren‹, hat er gesagt. Und: ›Davon habe ich jetzt genug.‹«

Lene schüttelte traurig den Kopf. Sie hatte mit Gerd Schönberger einen ausgeglichenen alten Herrn kennengelernt. Es fiel schwer, ihn sich so verzweifelt und des Lebens überdrüssig vorzustellen.

»Meine Tante – und somit auch meine Großmutter – meinte, es wäre ja ein Ende absehbar, und Frau Meindl müsse eben die Medikamenteneinnahme besser überwachen. Daraufhin kam mir die Idee, ein Tablet für Opa ins Heim zu bringen. Frau Meindl hat ihm mit einer Engelsgeduld alles erklärt.« Ein aufgeräumtes Lächeln stahl sich auf Paulus' Gesicht. »Seither pflegen wir die Tradition unserer Videokonferenz an jedem zweiten Abend. Irgendwie scheint ihm das geholfen zu haben.«

»Das war ein guter Einfall. Auch Ihrer Tante und Oma muss ein Stein vom Herzen gefallen sein.«

»Keine Ahnung, ob sie das überhaupt in einen Zusammenhang gebracht haben. Ich habe das Tablet zwar erwähnt, aber sie haben das als Spinnerei abgetan. Wahrscheinlich wissen sie gar nicht von unseren regelmäßigen ›Konferenzen‹.« Er warf Lene einen schnellen Blick zu, wie um sich zu vergewissern, dass sie noch zuhörte. »Jedenfalls wurde es dann schwierig, als ich angefangen habe, mich aktiv gegen die Coronapolitik zu engagieren. Der endgültige Bruch kam im letzten Winter. Aber davon weiß Opa nichts, das ist so eine Art stillschweigender Konsens zwischen Simone, Oma und mir.«

»Sind Sie sicher?« Es erschien Lene unwahrscheinlich, dass dieser aufgeweckte Mann so erfolgreich hinters Licht geführt wurde.

»Manchmal habe ich das Gefühl, er ahnt etwas. Vor allem, seit Simone versucht, ihn dazu zu bewegen, ihr den Sonnenhof zu überschreiben.«

»Den Sonnenhof?«, fragte Lene verblüfft. »Was will sie denn plötzlich damit?«

»Uns rauswerfen vermutlich«, antwortete Paulus spröde. »Der Frau Marktgemeinderätin ist die sogenannte Querdenker-Kommune ihres Neffen ein Dorn im Auge.«

»Uff«, sagte Lene und fühlte sich an den erschöpften Gerd Schönberger erinnert. Dieser Familienzwist schien wirklich einer der gravierenden Sorte zu sein.

Sebastian Paulus ließ ein bitteres Lachen ertönen. »Ein ›Uff‹ fasst die Sachlage gut zusammen. Am Anfang habe ich gedacht, die Pandemie wäre schuld daran, dass alles den Bach runtergeht, sogar meine Familie. Mittlerweile denke ich, sie hat nur gezeigt, wie wir wirklich sind. Und dass es eben nicht zwangsläufig eine gemeinsame Grundlage gibt, selbst in der eigenen Familie. Aber auch diese Kröte ist schwer zu schlucken.« Entgegen seinen bitteren Worten wandte er sich grinsend zu Lene, bevor er nach links in den Parkplatz der Dienststelle einbog. »Opa hat übrigens noch nicht eingewilligt. Irgendwie erscheint ihm Simones Sinneswandel in Bezug auf den Sonnenhof wohl nicht ganz koscher.«

Umso mehr hegte Lene den Verdacht, dass der alte Herr sehr wohl das innerfamiliäre Zerwürfnis durchschaute, auch wenn er nicht darüber sprach. »Eine Frage noch, Herr Paulus.« Lenes Blick fiel automatisch auf das verwaschene Ringelshirt, das er an diesem Tag trug. »Ich habe im Internet gesehen, dass Sie auf dem Sonnenhof Yoga-Auszeiten und ähnliches anbieten. Läuft das gut?« Sie hatte bisher noch keine Gäste bemerkt, alle Bewohner schienen vollkommen in die Gruppe integriert zu sein. »Oder wie finanzieren Sie sich?«

»Was die buchbaren Auszeiten auf dem Hof angeht, haben wir tatsächlich ein kleines Problem«, antwortete er, wobei sich die feinen Lachfältchen um seine Augen vertieften. Er stellte den Bus am Rande des Parkplatzes ab und wandte sich Lene zu.

»Die Rezensionen?«, fragte sie.

Er antwortete mit einem Kopfschütteln. »Anfragen gibt es durchaus, allerdings haben sich einige unserer ehemaligen Gäste entschieden, dauerhaft zu bleiben. Zum Beispiel Tanja, die nach der Aufgabe ihrer Praxis eigentlich nur zwei Wochen Auszeit bei uns machen wollte. Mittlerweile ist sie seit vier Monaten da. Oder Claus und Nick, da haben sich ebenfalls Wochen zu Monaten entwickelt. Und unser reisendes italienisches Pärchen Barbara und Francesco, die über eine Onlineplattform zu uns gestoßen sind – Mitarbeit auf dem Hof gegen Kost und Logis – haben jetzt schon zum dritten Mal verlängert.« Er zuckte die Achseln. »Wir haben momentan außer einem leider nicht besonders komfortablen Kämmerchen im Haupthaus keine Kapazitäten, zumindest, bis endlich das Tipi fertig eingerichtet ist.«

Aus ökonomischer Sicht schien das Projekt zwar bestenfalls mittelmäßig zu laufen, aber immerhin konnte sich der Sonnenhof offensichtlich eines großen Wohlfühlfaktors rühmen. »Aber wovon leben Sie dann alle?«, hakte Lene nach.

»Insgesamt brauchen wir nicht viel.« Er wies mit einem belustigten Augenzwinkern auf sein abgetragenes Shirt. »Viele von uns essen kein Fleisch, und das meiste andere stellen wir bereits selbst her. Natürlich funktioniert die Selbstversorgung noch nicht komplett, vor allem, weil wir immer mehr geworden sind. Aber Gemüse,

Obst, Honig und alles, was wir aus der Ziegenmilch herstellen, reicht mittlerweile für alle aus, zumindest in der Erntezeit«, erklärte er mit durchaus vernehmbarem Stolz in der Stimme. »Dann, man mag es kaum glauben«, wieder zwinkerte er, diesmal eindeutig ironisch, »verdienen einige von uns tatsächlich Geld mit richtiger Arbeit. Ich bin zum Beispiel Webdesigner, das funktioniert auch von zu Hause. Meine Frau hat zwar ihren Praxisraum gekündigt und ihre Kassenzulassung abgegeben, aber sie betreut online nach wie vor einige Privatpatienten und schreibt Artikel für diverse Fachmedien. Claus war Landschaftsgärtner, bezieht Rente und arbeitet auf Abruf ab und an für eine kleine Firma in Roding. Clara, das ist unsere Yoga-Fee mit dem Berg blonder Dreadlocks auf dem Kopf, war schon vor Corona in der Szene etabliert und gibt jetzt Onlinekurse, auch ihre Mental-Coaching-Angebote werden gut angenommen. Tanja lebt momentan noch vom Erlös des Praxisverkaufs, Moritz hat zusammen mit seinen Geschwistern Immobilien geerbt und erhält einen Teil der Mieteinnahmen, außerdem ist er sowieso Lebenskünstler.« Der Gedanke an Moritz bewegte ihn zu einem amüsierten Grinsen. »Diejenigen, die finanziell nichts beisteuern können, bringen sich eben auf dem Hof mehr ein. Bea zum Beispiel war Allgemeinärztin und hat ihre Teilzeitstelle aufgegeben. Jetzt verarztet sie eben uns alle. Wenn man dazu bereit ist, seinen Konsum einzuschränken, dann funktioniert das schon.«

Lene musste zugeben, dass seine Worte sie wirklich beeindruckten. War es wirklich so einfach, auszusteigen, wenn auch nur Schritt für Schritt? »Und wie ist das mit den Kindern?«, fiel ihr ein. Deren stetige Wünsche nach diesem oder jenem abzuschlagen, erschien ihr beim Gedanken an ihre beiden Neffen, die spätestens mit der Pandemie dem Gaming verfallen waren, ziemlich schwierig.

»Da sparen wir wahrscheinlich am wenigsten«, räumte Sebastian Paulus ein, und prompt verdüsterte sich sein Gesichtsausdruck wieder. »Vor allem angesichts dessen, was ihnen in der Schule angetan wird, fällt es schwer, ihre Wünsche nicht zu erfüllen. Aber tatsächlich halten sich die sogar in Grenzen. Ich glaube, der dringlichste Wunsch wäre, von den Mitschülern in Ruhe gelassen zu werden.« Zwischen seinen Augenbrauen zeigte sich wieder eine steile Sorgenfalte.

Im Geiste schüttelte Lene den Kopf. Da bissen sich diese Leute durch, stellten in kurzer Zeit so vieles auf die Beine, und dann drohte ein Scheitern daran, dass die Kinder in der Schule gemobbt wurden? Wie unsinnig. »Vielleicht beruhigt sich ja die Lage«, versuchte sie ihn zu ermuntern und griff nach dem Türöffner.

»Vielen Dank übrigens«, sagte er mit einem Lächeln.

Lene war bereits ausgestiegen und schickte sich an, die Tür zu schließen. »Wofür?«

»Sie haben mir einen außerplanmäßigen Besuch bei meinem Großvater ermöglicht.«

Fünf

Frühsommer 2022

Das Nickerchen, zu dem Schwester Birgit ihn gebettet hatte, brachte Gerd Schönberger nicht die erhoffte Erholung. Die Unruhe ließ ihn nicht los, ein nervöses Magenkribbeln, wie er es schon lange Zeit nicht mehr empfunden hatte. Seine rechte Hand lag unter der Decke auf dem Tagebuch, das er sich noch hatte bringen lassen. Immer wieder ertappte er sich selbst dabei, wie er mit den Fingerkuppen darauf tippelte, wenn er ein weiteres Mal aus einem unerquicklichen Dämmerzustand, der ihm selbst wie Sekundenschlaf vorkam, aufgeschreckt war.

Nach dem Tod ihres Mannes hatte seine Mutter nicht mehr in das grüne Notizbuch geschrieben, stattdessen war es nun ein unscheinbares Heft mit hellbraunem Einband, in dem sie ihre Gedanken und Erlebnisse festgehalten hatte. Rudis Tod war auch in ihren Aufzeichnungen eine Zäsur gewesen.

Es half nichts. Gerd Schönberger seufzte. So müde er war, so ungeduldig war er auch, und natürlich lag das nicht zuletzt am Besuch der zugegebenermaßen recht sympathischen Polizistin. Sie machte einen offenen, unvoreingenommenen Eindruck, und sie schien sehr überlegt mit den Informationen, die sie erhielt, umzugehen. Umso schwerer fiel es ihm, das, was er wusste, zurückzuhalten. Dass seine Mutter selbst den Keller im Stall vehement gemieden hatte, war dabei noch das Harmloseste gewesen. Sein Herz machte einen Stolperer, den er überdeutlich spürte.

Das war nicht neu und passierte in den letzten Tagen öfter. Er musste vorsorgen, auch auf die Gefahr hin, langsam lästig zu fallen. Vielleicht würde er dann ein wenig mehr Ruhe finden. Umständlich drückte er die Klingel.

Zu seiner Zufriedenheit huschte Schwester Birgit nach wenigen Minuten Wartezeit in sein Zimmer. »Chef?«, fragte sie grinsend. »Langsam hege ich den Verdacht, Sie haben sich vorgenommen, mich herumzuscheuchen, um mich beim Abspecken zu unterstützen.« Sie klopfte auf ihr gut gepolstertes Hinterteil.

»Ich verehre jedes Pfund an Ihnen«, antwortete er heiser, aber sie verstand ihn trotzdem – zumindest gluckste sie belustigt unter ihrer Maske.

»Wenn ich sterbe …«, setzte er an, und Schwester Birgit wurde schlagartig ernst. Er hob die rechte Hand, als sie den Mund öffnete, um zu widersprechen. Es war zu wichtig, er wollte sich nicht unterbrechen lassen. »Wenn ich sterbe, muss die Schatulle mit den Büchern und dem Schlüssel meinem Enkel ausgehändigt werden.« Er krächzte schrecklich, das viele Sprechen am Vormittag hatte seine Stimme überlastet.

Dennoch hatte Birgit Meindl ihn offensichtlich verstanden. »Sie sterben aber nicht«, antwortete sie mit Nachdruck. »Jedenfalls nicht so bald.«

»Irgendwann wird es wohl so weit sein«, antwortete er lapidar. »Und dann soll Sebastian diese Bücher bekommen. Niemand sonst. Können Sie sich bitte darum kümmern?«

Sie schien zu verstehen, wie bedeutsam diese Bitte für ihn war, zumindest nickte sie.

»Haben Sie seine Telefonnummer noch?« Offiziell hinterlegt war sie bei der Verwaltung nicht, soweit er wusste, aber er hatte sie Schwester Birgit ausgehändigt, als es um die Absprache wegen des Tablets gegangen war.

»Die habe ich im Privathandy.«

»Gut. Versprechen Sie es mir?« Er räusperte sich angestrengt und suchte ihren Blick. »Versprechen Sie mir, dass Sie sich darum kümmern, wenn ich tot bin? Nur Sebastian soll die Schatulle bekommen.«

»Ich verspreche es«, antwortete sie gleichermaßen feierlich wie beschwichtigend. »Brauchen Sie noch etwas? Ich mach gleich Feierabend.«

»Ein bisschen höherstellen, bitte. Und die Brille«, krächzte er und ruckelte mit dem Kopf in Richtung Nachttisch.

»Eigentlich sollten Sie sich ausruhen.« Mit deutlicher Missbilligung seufzte sie, kam seinen Wünschen aber nach. »Na, Sie werden schon wissen, was das Richtige für Sie ist.«

»Alt genug bin ich mittlerweile«, erwiderte er verschmitzt und wartete, bis sich die Zimmertür hinter ihr geschlossen hatte. Dann zog er das Notizbuch unter der Decke hervor, suchte mit seiner funktionstüchtigen Hand mühsam nach der richtigen Stelle, fluchte in Gedanken über sein körperliches Gefängnis und begann zu lesen.

April 1937

Es war längst dunkel, als Antonia durch ein kräftiges Klopfen an der Tür aufgeschreckt wurde. Katha war bereits im Bett verschwunden, nur der Fritz saß ihr noch gegenüber, um mit ihr die späte Sommer- und Herbstsaat zu planen. Nach und nach hatten sie die noch vorhandenen Felder wieder bebaut und ein paar neue hinzugekauft. Freilich, ohne Fritz' finanzielles Zutun wäre ihr das nicht möglich gewesen. Aber nachdem Katha und ihr Schwager nach Rudis Tod beschlossen hatten, auf dem Sonnenhof zu bleiben, und Fritz den eigenen Hof seinem Bruder überschrieben hatte, waren einige finanzielle Mittel frei geworden. »Für was soll ich mein Eigentum behalten und mehren, wenn ich es am End' doch meinem Bruder hinterlass?«, hatte Fritz unter vier Augen zu Toni gesagt. »Dann bleiben wir lieber da, wo wir gebraucht werden.« Seither lebten sie beide und Toni ein zurückgezogenes, aber zufriedenes Leben. Über das Unrecht, das in der Welt geschah, sprachen sie selten, und nachdem Toni den Hof kaum verließ, keine Zeitung mehr las und nach wie vor keinen Volksempfänger im Haus duldete, vergaß sie manchmal sogar, was dort draußen vor sich ging. Nur gelegentlich konnten der Fritz oder die Katha vor Wut oder Entsetzen nicht an sich halten, wenn sie im Dorf Neues erfahren hatten, oder aber der mittlerweile schulpflichtige Manfred brachte irgendwelche Sprüche oder Aussagen mit nach Hause, die nur auf dem verdorbenen Boden der Nazis gediehen sein konnten, doch dann schaltete Antonia einfach auf Durchzug. Ändern konnte sie ja ohnehin nichts, also gab es auch keinen Grund, sich mit der Propaganda auseinanderzusetzen.

Sie konzentrierte sich auf ihre kleine Welt, den Sonnenhof, lebte für sich und ihre Liebsten und war auf diese Weise nun schon lange Zeit von Ortsgruppenleiter Spreitzer und seinen Handlangern verschont geblieben. Umso aufgeregter sprang sie jetzt auf, während das ungeduldige Klopfen an der Tür nicht nachließ. Niemand mit lauteren Absichten klopfte um diese Uhrzeit an fremde Türen! Auch Fritz' aufgerissene Augen machten deutlich, dass er die Angst nicht verloren, sondern höchstens verdrängt hatte.

Eine Wahl blieb Antonia nicht, das Licht in der Stube war vor dem Haus zu sehen. Sie straffte sich und bemerkte mit Erleichterung, dass auch der Fritz aufstand. Offensichtlich hatte er nicht vor, sie allein zur Tür zu lassen.

Im Flur vor der Stube war es frisch, und Antonia zog fröstelnd die Schultern zusammen. Vielleicht war es aber auch nur die Furcht vor dem unangekündigten Besucher, die sie dazu trieb. Sie vergewisserte sich mit einem schnellen Blick, dass der Fritz hinter ihr stand, und drehte den Schlüssel im Schloss um.

Der Besucher stand in der Dunkelheit, der breitkrempige Hut, den er tief ins Gesicht gezogen hatte, erschwerte es zusätzlich, den Mann zu erkennen. Aber dass es zumindest kein Offizieller war, verriet die leicht gebückte Haltung ebenso wie die zivile Kleidung.

»Toni, ich weiß, du willst nichts von mir wissen«, sagte er, und erst jetzt erkannte sie in ihm den früheren Weggefährten ihres Mannes. »Aber du bist meine letzte Hoffnung«, fuhr er fort. »Ich bitt dich, hör mich an.«

Nur zweimal war sie Franz Lautenschlager seit Rudis – und auch seiner eigenen – Verhaftung zufällig im Dorf begegnet. Sein Wirtshaus, das einzige in Grabenzell, hatte sie gemieden wie der Teufel das Weihwasser, und doch war sie ihm nicht ganz entkommen: Zweimal hatte er versucht, ihr sein Beileid auszusprechen, zweimal hatte sie ihn einfach stehen lassen. Der erste Impuls war auch jetzt, ihm die Tür vor der Nase zuzuschlagen, aber die Dringlichkeit in seiner Stimme ließ sie zögern. Sie tauschte einen schnellen Blick mit Fritz, der kaum merklich nickte. »Komm rein«, sagte sie schließlich unwirsch und trat einen Schritt zur Seite. Lautenschlager sah sich verstohlen um, als hätte er Angst, verfolgt worden zu sein, und zog sich dann in den Flur zurück.

»Mit in die Stube.« Barsch öffnete Toni die Holztür und trat wieder ins Warme. »Bevor du mir noch die anderen beiden aufweckst.«

Lautenschlager nahm den Hut ab und knetete ihn mit nervösen Handbewegungen, machte aber keine Anstalten, sich hinzusetzen. Alt war er geworden, das Haar schon recht grau und mit bis zum Oberkopf reichenden Geheimratsecken. Auch an ihm waren die vergangenen Jahre nicht spurlos vorbeigegangen.

Wie ein Wächter blieb Fritz an der Tür stehen und musterte den Besucher. Auf seinem Gesicht zeichneten sich Besorgnis und Mitleid ab.

»Also, was willst, Franz?« Auffordernd sah Toni ihn an.

»Ich weiß, du willst nix mit mir zu tun haben, Toni«, begann er. »Und wer weiß, vielleicht würd ich's an deiner Stelle genauso machen und mich von allem fernhalten. Aber ich brauch deine Hilfe, sonst …« Er ließ den Satz unvollendet im Raum hängen, der plötzlich erfüllt war von seiner Verzweiflung.

»Ich muss jemanden verstecken.« Flehend klang er, und aufgeregt. Als hinge alles davon ab, dass er mit seinem Anliegen Erfolg hatte. »Ich weiß von eurer Falltür im Stall und dem Raum darunter. Der Rudi hat mir oft genug davon erzählt. ›Wenn alle Stricke reißen‹, hat er immer gesagt, ›dann verstecken wir uns dort unten. Kein Mensch kommt uns drauf, wenn die Toni Dreck und Stroh auf dem Boden darüber verteilt.‹« Er schwieg einen Moment, verzog ein wenig schmerzlich das Gesicht. Vielleicht war ihm eingefallen, dass dieser Plan gar nicht erst umgesetzt werden konnte, so schnell wie sie damals aufgeflogen waren.

»Versteh ich das richtig?« Antonia konnte nicht glauben, was sie da hörte. Dass er die Dreistigkeit besaß, mit solch einer gefährlichen Bitte ausgerechnet zu ihr zu kommen! Und doch: Ein Funken Mitleid regte sich in ihr. Wie verzweifelt musste er sein, dass er sie um Hilfe bat, nach allem, was geschehen war? »Ich soll jemanden in meinem Stall verstecken, der was weiß ich was auf dem Kerbholz hat, weil du das so willst?«, fragte sie härter, als ihr mit einem Mal zumute war.

Er nickte mit gesenktem Kopf. »Es gibt keine andere Möglichkeit, Toni. Bloß solange, bis ich eine Gelegenheit hab, ihn fortzuschaffen. Ich beeil mich, ich versprech's dir«, flehte er. »Ich weiß, du trägst es mir nach, dass ich mehr Glück gehabt hab, dass ich zurückgekommen bin damals, nach einem halben Jahr Gefängnis, und dein Rudi nicht. Aber tot würd ich auch keinem mehr was nützen, Toni.«

»Und jetzt nützt du jemandem?«, fragte sie. Er hatte ganz richtig vermutet. Es war das Leben, das sie ihm nicht gönnte. Oder gegönnt hatte, bis jetzt. Was konnte er dafür, dass ihn die Nazis nicht auch umgebracht hatten? Gar nichts, wenn man es recht bedachte, und aus irgendeinem Grund, den sie selbst nicht kannte, konnte sie das eben erst jetzt bedenken. Eine kleine Last fiel von ihr ab, ohne dass sie es wollte. »Ist es ein Unschuldiger, den ich verstecken soll?«

Lautenschlager nickte. »Einer, der das Maul zu weit aufgerissen hat«, fügte er hinzu.

»Zwei Tage, Franz. Höchstens.« Toni spürte den ungläubigen Blick ihres Schwagers auf sich, doch sie sprach unbeirrt weiter. Ihr Gefühl sagte ihr, dass sie das Richtige tat. »Und keine Sekunde länger.«

Lautenschlager sah auf, und Tränen der Erleichterung rannen über sein breites Gesicht. »Ich dank dir, Toni. Ich dank dir von Herzen.«

»Schon recht«, antwortete sie knapp. »Wann?«

»Morgen Abend, wenn's dunkel ist«, antwortete er.

Toni nickte, und Franz Lautenschlager wischte sich über die Augen und verließ mit einem letzten Dank die Stube. Einen Augenblick später fiel die Haustür ins Schloss.

Antonia blickte aus dem Fenster, wo die Dunkelheit ihn bereits verschluckt hatte.

»Und wenn's eine Falle ist?«, ließ sich Fritz vorsichtig vernehmen.

Antonia schaffte es nicht, ihrem Schwager in die Augen zu sehen. »Dann gnade uns Gott.«

Natürlich war sie nervös gewesen, den ganzen Tag lang, und auch Katha, die ebenso hin- und hergerissen wie sie selbst zu sein schien, hatte nicht dazu beigetragen, Antonia zu beruhigen. Immerhin, der kleine Manfred und seine Schularbeiten, die er zwar willig und klug, aber doch außerordentlich langsam erledigte, hatten am späten Nachmittag für ein wenig Ablenkung gesorgt. Der Bub hatte sich mit der Einschulung verändert, war ruhiger geworden und hatte seinen Kopf zunehmend in den Wolken, was Toni schmerzlich an Rudi erinnerte. Der Gedanke an Rudi war es aber auch, der sie in der Gewissheit bestärkte, das Richtige zu tun: Wenn ihm damals jemand geholfen, ihn jemand vor den Nazis verborgen hätte, wie dankbar wäre sie dieser Person gewesen!

Während Manfred, der natürlich von alledem nichts mitbekommen durfte, in der Schule war, hatte sie den Raum unter der Falltür mit allem ausgestattet, was für einen wenn auch kurzen Aufenthalt dort vonnöten war. Eine kleine Petroleumlampe, eine alte Matratze mit Decke und Kissen, ein Eimer mit Abdeckung für die Notdurft, ein weiterer mit frischem Wasser zum Trinken und Waschen, Schüssel und Handtuch, ein paar von Rudis alten Büchern gegen die Langeweile und vor allem die Angst, Brot und ein Stück Käse, falls er außerhalb der Zeiten, in denen Toni ihm etwas brachte, Hunger verspürte. Zum wiederholten Male überlegte sie, ob sie alles bedacht hatte, um die Unruhe in ihrem Inneren zu bekämpfen.

»Also, dunkel wär's jetzt«, sagte Katha schon zum dritten Mal und sah mit gerunzelter Stirn aus dem Stubenfenster, obwohl sie in der draußen herrschenden Finsternis ohnehin nichts erkennen konnte.

»Ich glaub nicht, dass er schneller kommt, bloß weil du die Lichtverhältnisse draußen alle fünf Minuten kommentierst«, antwortete Fritz. Er war der Einzige, der nicht angespannt zu sein schien. Vielleicht verbat er es sich auch.

Sie rechnete jede Sekunde damit, dennoch erschrak die Antonia, als sie das diesmal recht leise Klopfen an der Haustür hörte. Auch die Katha zuckte zusammen, nur der Fritz stand in aller Gelassenheit auf und folgte Toni zur Haustür. Zumindest auf den ersten Blick war ihre Sorge unbegründet gewesen: Vor der Tür stand der nervös sich umblickende Lautenschlager, ein weiterer Mann, ebenfalls in Zivil, halb verdeckt hinter ihm.

Antonia nickte Fritz zu, griff nach dem Stallschlüssel, schlüpfte in die Arbeitsschuhe und ging den Männern voraus. Sie sprachen nicht, als würde das die Angelegenheit ungefährlicher machen. Nur das verschlafene Muhen einer Kuh und das Geräusch des Schlüssels im Schloss durchbrachen die Stille.

Erst als sie die kleine Lampe im Stall entzündete, die sie neben dem Tor deponiert hatte, sah Toni das Gesicht des Unbekannten. Die Ähnlichkeit mit Lautenschlager selbst war unübersehbar. Das musste der jüngere Bruder sein, der schon früh aus Grabenzell weggegangen war, um sein Glück in München zu suchen. Davon hatte ihr Rudi einst erzählt. Offensichtlich hatte er das gesuchte Glück nicht gefunden, sein gleichermaßen verstörter wie ängstlicher Gesichtsausdruck, der zu einem erwachsenen gestandenen Mann wie ihm kaum passte, sprach Bände.

Antonia leuchtete sich auf dem Weg zur Falltür und klappte sie nach oben. Leise quietschte das Gewinde, und Lautenschlagers Bruder zuckte zusammen wie ein geprügelter Hund. »Das schmier ich gleich morgen früh«, flüsterte Toni in die Stille. »Wasser findest unten, und neben der Matratze steht eine Petroleumlampe mit Streichhölzern. Dreimal am Tag komm ich und leer den Eimer und bring dir zu essen und was du halt sonst noch brauchst.«

Er nickte, dann wandte er sich seinem Bruder zu. Schweigend beobachtete Toni die feste Umarmung der beiden, dann leuchtete sie dem Verfolgten den Weg über die Leiter nach unten. Wendig stieg er hinab, orientierte sich und zündete die Petroleumlampe an. Dann suchte er Tonis Blick und nickte, als er ihn gefunden hatte.

Sie klappte die Falltür zu, ignorierte geflissentlich das Quietschen, konzentrierte sich stattdessen auf die beruhigenden Geräusche der schlafenden Tiere und verteilte das Stroh, das sie am Vormittag neben der Falltür aufgeschichtet hatte, weiträumig auf dem Boden. Fürs Erste war der Mann in Sicherheit, und doch beschlich sie ein beklommenes Gefühl, als sie die Stalltür von außen hinter dem Lautenschlager zusperrte.

»Ich kann dir nicht genug danken«, flüsterte er in die Nacht. »Und ich versprech dir, ich find eine Lösung, Toni. Spätestens in zwei Tagen ist er weg.«

Antonia nickte, und er wandte sich zum Gehen.

»Lautenschlager«, wisperte sie ihm hinterher, und in der Dunkelheit der mondlosen Nacht erahnte sie nur noch, dass er sich zu ihr umsah. »Passt schon. Es ist gut, helfen zu können.«

Mit schnellen Schritten, die auf dem Boden knirschten, eilte er davon.

Einen Augenblick sah sie ihm noch hinterher, dann machte sie sich auf den Rückweg zum Haus, wo Fritz in der offen stehenden Tür auf sie wartete. »Ich hab geglaubt«, sagte er, »du hättest mit dem Tod vom Rudi dein Mitgefühl verloren, sobald's nicht um deine Liebsten geht.« Im Licht des kühlen Flurs, der ihr mit einem Mal geradezu heimelig erschien, lächelte er auf sie herunter. »Schön, dass ich mich getäuscht hab.«

***

Frühsommer 2022

»Wir versuchen jetzt natürlich, mehr über die damaligen Bewohner des Sonnenhofs in Erfahrung zu bringen.« Lene setzte das Messer wieder an ihr Wagyu-Steak.

Henning hatte sie zur Lagebesprechung ins Restaurant Kreutzers eingeladen, das schon seit vielen Jahren die ansonsten industriell geprägte Hafengegend im Osten Regensburgs zumindest kulinarisch deutlich aufwertete. Auch bei der Gestaltung der Terrasse hatte man sich alle Mühe gegeben, selbst wenn sie naturgemäß schon aufgrund der Umgebung nicht ganz an das stilvoll-schummrige, moderne und dennoch gemütliche Interieur des Innenraums herankam. Dennoch, das schöne Wetter wollte genossen werden.

Wie üblich hatte Lene sich, was sie sich tagsüber gern ersparte, für den Abend in Schale geworfen, was Henning mit reichlich bewundernden Blicken honorierte. Nun aber schloss er für einen Moment, den nächsten Bissen Steak im Mund, genießerisch die Augen, und Lene musste sich eingestehen, dass sie diese Sinnlichkeit, vor allem in Kombination mit seinem vom Boxen muskelgestählten Körper, immer noch ziemlich anziehend fand.

Sie trank einen Schluck des schweren Roten, auf den sie sich an diesem Abend geeinigt hatten. »Vielleicht gibt es da ja irgendeine Ungereimtheit, oder zumindest einen Anhaltspunkt, an dem wir weiterforschen können. Ansonsten konnte Gerd Schönberger aber natürlich altersbedingt nichts wirklich Brisantes beitragen. Man hat wohl sehr zurückgezogen gelebt, aber das ist aufgrund der Umstände mit dem ungeplanten deutsch-polnischen Kind und dem Dritten Reich im Rücken nicht ungewöhnlich.«

Henning nickte und prostete ihr zu. Offensichtlich war er mit diesem spärlichen Fortgang der Ermittlungen zufrieden.

Nicht zum ersten Mal an diesem Abend schweiften Lenes Gedanken zurück zum Sonnenhof und seinen aktuellen Bewohnern. Was die Kinder zu erdulden hatten, beschäftigte sie weit mehr als die Leiche im Scheunenkeller.

Henning schien es ähnlich zu ergehen, zumindest hatte er in einer Geste der Hilflosigkeit die Fäuste geballt, als Lene ihm von Liobas Haaren, der nicht vorhandenen Unterstützung durch die Schule und der traurigen Resignation der Erwachsenen berichtet hatte. Kein Wunder, mit seiner Tochter im Teenageralter konnte er bestimmt besser als sie selbst nachempfinden, was in den Eltern vorging.

Seine Brusttasche vibrierte, mit einem entschuldigenden Lächeln für sie und einem bedauernden Blick auf das halbe Steak auf seinem Teller nahm er den Anruf entgegen, während Lene genüsslich weiteraß. Das Fleisch zerging wirklich auf der Zunge. Alles andere hätte sie aber angesichts des gesalzenen Preises, der außer für Großverdiener und reiche Erben einen regelmäßigen Verzehr unmöglich machte, auch bitter enttäuscht.

»Oh«, sagte Henning ins Smartphone und legte seine Stirn in Falten. »Shit.«

Abrupt hörte Lene auf zu essen.

»Alles klar. Ich sag ihr Bescheid. Danke.« Endlich hob er den Blick, der besorgte Ausdruck auf seinem Gesicht ließ Lene nichts Gutes erahnen. »Der KDD hat schon ein paarmal versucht, dich zu erreichen.«

Lene dachte schuldbewusst an das stummgeschaltete Handy in ihrer Handtasche.

»In einer Wohnung in Grabenzell wurde ein toter Mann aufgefunden. Massive Gewalteinwirkung. Kein Hinweis auf einen Raubüberfall.«

»Wer?« Ein Gefühl der Beklemmung stieg in Lene auf. Die Erfahrung hatte sie gelehrt, dass es sich bei solchen Überschneidungen, zwei Leichen binnen kürzester Zeit in einem kleinen Dörfchen, das sie bislang nur vom Hörensagen gekannt hatte, selten um reinen Zufall handelte.

»Der Zeitungsfuzzi. Andreas Mölln.«

Sechs

August 1939

Nun gab es also bald Krieg. Fritz hatte recht behalten, darauf hatte Hitler die ganze Zeit hingearbeitet, und die Unterzeichnung des Nichtangriffspaktes mit Stalin, die an diesem Tag so groß verkündet wurde, dass nicht einmal Antonia die Augen davor verschließen konnte, schien dieses Vorhaben endgültig zu besiegeln.

Die gegen das Vaterland gerichteten polnischen Provokationen waren schon das ganze Jahr lang in immer schrilleren Tönen geschildert worden, und niemand konnte noch beurteilen, ob es sich dabei um Lügen, um Übertreibungen oder doch die Wahrheit handelte. Einen großen Teil der Leute schien das allerdings auch gar nicht recht zu interessieren, der stete Tropfen hatte den Stein gehöhlt. Wenn auch eine regelrechte Begeisterung wie noch vor dem letzten Krieg ausblieb, so gab es doch eine stillschweigende, wenn auch widerwillige Akzeptanz dieser Entwicklung. Man hatte die Massen einigermaßen erfolgreich auf den gemeinsamen Feind im Osten eingeschworen, und ohnehin wagte es keiner mehr, dagegenzureden.

Antonia seufzte, auch wenn sie längst daran gewöhnt war, nicht mehr richtig nachvollziehen zu können, was in den Köpfen ihrer Landsleute vor sich ging. Fritz, der die Qualen an der Front nicht vergessen hatte, traf es härter. Wie sich die Menschen bloß all diesen Schrecken und Gräueln, all dem Leid und der Brutalität fügen konnten? Dagegen ausrichten konnte freilich auch er nichts.

Sie schloss das Stalltor auf und prüfte mit einem schnellen Blick, ob die Falltür gut verborgen war. Mittlerweile achtete sie nicht mehr nur darauf, dass zufällig verteiltes Stroh und Heu sie verdeckten, sondern schob zusätzlich einen schweren Anhänger darüber, selbst und vor allem dann, wenn jemand gezwungen war, dort auszuharren, bis der Lautenschlager einen Weg in die Freiheit organisiert hatte.

Es war nicht bei diesem einen Mal geblieben, dass sie ihm half, Unschuldige zu retten, im Gegenteil: Längst waren es nicht mehr nur die nach reichlichem Bierkonsum besonders mutigen Wirtshausredner, die in dem Kellerloch Zuflucht fanden. Umso zahlreicher die erklärten Feinde des deutschen Volkes wurden, umso unterschiedlicher waren auch die Menschen, die Antonia versteckte und am Leben hielt, bis der Franz eine Lösung gefunden und organisiert hatte. Die siebenköpfige jüdische Familie, die drei Tage zusammengepfercht dort unten gehaust hatte, die leeren Augen der Kinder, die hohlen Wangen der Großmutter, die verstörte Dankbarkeit der Eltern hatte sie bis heute nicht vergessen. Und doch hatte sie den Lautenschlager nie danach gefragt, ob die Flucht geglückt war, ob er aus irgendeiner seiner Quellen vom weiteren Schicksal der Familie wusste. Vielleicht scheute sie die Antwort zu sehr. Überhaupt, bis heute sprachen sie nur das Nötigste miteinander. Selbst in der Gefahr, der sie sich aussetzten, war es immer noch besser, möglichst wenig zu wissen. Und doch hegte sie keinerlei Vorbehalte mehr gegenüber dem Mann, dem sie einst das Leben nicht gegönnt hatte, bloß weil ihr Rudi tot war.

Für sie selbst und den Lautenschlager war der Krieg vielleicht noch nicht einmal das Schlechteste, sagte sie sich. Wenn sich das Reich im Krieg mit Polen befand, richteten sich die Augen weniger auf das, was in der Heimat geschah. Bestimmt würde es sogar leichter werden, konnte man noch mehr Verfolgten helfen, ließ sich eine Not lindern, die sich jetzt, unter dem unangenehm wachsamen Blick der Nazis, nicht lindern ließ. Und bei Gott, Not gab es mehr als genug.

Antonia schloss das Tor des Stalls ab und verstaute den Schlüssel tief in ihrer Rockschürze. Es war ein herrlich warmer Sommer gewesen, und auch jetzt, am späten Nachmittag, kühlte es noch kaum ab. Toni blickte den Hügel hinab zur Zufahrt, und tatsächlich sah sie ihren Sohn, der schon von der Ferne winkend auf das Gartentürchen zulief. Der Lederranzen schlackerte auf seinem Rücken hin und her, und Antonia fiel auf, wie groß und schlaksig er in den vergangenen Monaten geworden war.

»Mama«, keuchte er und ließ schon wieder das Gartentor hinter sich offen stehen.

Erst jetzt erkannte Toni, dass sein vermeintliches Winken vielmehr ein aufgeregtes Wedeln mit einem zusammengerollten Briefumschlag war.

»Mama, das hat mir die Frau vom Wirt unten im Dorf für dich gegeben!« Völlig außer Puste beugte er sich vornüber und streckte ihr die Hand mit dem Kuvert entgegen. »Ich bin gerannt, vielleicht ist es wichtig!«

Obwohl der Schreck Antonia in alle Glieder fuhr – schließlich hielt der Lautenschlager seine Familie für gewöhnlich mindestens ebenso aus der Angelegenheit heraus wie sie selbst –, strich sie Manfred liebevoll über die Schulter. »Dank dir, mein Lieber, das hast gut gemacht. Und jetzt gehst rein zur Tante Katha, die hat eine frische Kräuterlimonade für dich angesetzt.«

Manfred strahlte vorfreudig über sein ganzes Lausbubengesicht und trabte, aller Erschöpfung zum Trotz, in Richtung Wohnhaus. Mit einem schnellen Rundumblick vergewisserte Antonia sich, dass sie nicht beobachtet wurde, dann erst riss sie den Umschlag auf. In ihrer Aufregung dauerte es ein paar Sekunden, bis der Groschen gefallen war und sie verstand, dass der »neugierige Onkel X.«, von dem der Franz schrieb, niemand anderes als der verhasste Ortsgruppenleiter Xaver Spreitzer war, der ihm für die nächsten Wochen seinen Besuch angekündigt habe, weshalb sie einander wohl eine ganze Weile nicht treffen könnten. Auch die Ankündigung, dass es sich der Onkel vielleicht nicht nehmen lassen würde, sich mit eigenen Augen von Antonias Wohl zu überzeugen, verstand sie, und neben der Angst um den Lautenschlager und ihre eigenen Leute auf dem Sonnenhof war es Dankbarkeit, die sie angesichts Lautenschlagers Warnung überkam.

Am helllichten Tag war es zu gefährlich, aber sobald es dunkel wurde, würde sie mit dem Fritz das Kellerversteck ausräumen und die letzten verräterischen Spuren beseitigen. Hoffentlich blieb ihnen genug Zeit. Antonia schickte ein Stoßgebet zum Himmel, in das sie auch den Lautenschlager einschloss. »Herr«, murmelte sie leise, während sie angestrengt versuchte, die Angst in ihrem Inneren zurückzudrängen, »ich bitt dich inständig, beschütz uns und behüt uns alle miteinander. Halt deine Hand über uns und sei auf unserer Seite, wo wir doch alle bloß das Gute wollen.«

September 1939

Es gab Zeiten, in denen der Herrgott dazu neigte, Gebete zu erhören, die gar nicht erst lautstark an ihn gerichtet wurden, bloße kurze Gedanken vielleicht, die im Optimismus des Absenders sofort wieder versandeten, überdeckt von der Gewissheit, dass schon alles gut werden oder bleiben würde. Und es gab Zeiten, in denen sich der Allmächtige trotz inständigem Flehen nicht erweichen ließ, vielleicht, weil es zu viele verzweifelte Stimmen waren, die sich an ihn wandten, sodass er sich nur auf die gewichtigsten konzentrierte. In welcher dieser Zeiten sie lebten, das wusste die Toni schon lange, und dass das Bitten in den vergangenen Tagen noch mehr, lauter und dringlicher geworden sein musste, lag ohnehin auf der Hand: Hitler hatte seinen ersehnten Polenfeldzug begonnen, dem das Nachbarland nicht viel entgegenzusetzen hatte, und nachdem Frankreich und England dem Großdeutschen Reich daraufhin den Krieg erklärt hatten, flehten wohl noch mehr Frauen als zuvor um das Leben ihrer Männer und Söhne.

Dass aber schon am Tag nach Lautenschlagers Botschaft an sie die Nachricht von seiner Verhaftung in Grabenzell die Runde gemacht hatte, hatte Antonia doch erschüttert. Seither beherrschte sie die Angst. Bei jedem unerwarteten Geräusch, bei jedem Wort, das an sie gerichtet wurde, zuckte sie zusammen. Dass der Lautenschlager sie nicht mutwillig verraten würde, davon war sie längst überzeugt. Wie weit aber würde sein Widerstand, seine Loyalität reichen? Die Nazis spielten die Leute gegeneinander aus, das hatten sie von Beginn an getan. Was blieb vom Zusammenhalt, wenn das eigene Leben bedroht war, wenn man unter Folter Schmerzen litt, wenn man Schaden für die Liebsten befürchtete?

Sie legte den Stift beiseite, bewegte die rechte Hand, die vom Schreiben schmerzte, streifte über den kleinen hölzernen Sekretär, den früher ausschließlich ihr Rudi genutzt hatte. Das Schreiben war das Einzige, was sie nachts vom beständigen Lauschen auf die nahenden Motoren der Gestapoleute abzuhalten vermochte, also schrieb sie ihre Angst auf die Seiten ihres Notizbuchs, die Sorgen um ihr Kind, das nichts von alledem wusste, was die Mutter getan hatte, und dessen Leben doch verwirkt war, wenn der Lautenschlager nicht schwiege.

Vielleicht aber hatte der Fritz doch recht. Vielleicht hatte das ganze Nazipack mit Kriegsbeginn andere Interessen als eine kleine Oberpfälzer Bäuerin, die mit dem örtlichen Wirt Verfolgte versteckte. Jeder weitere Tag, der verging, sprach dafür, und es waren sogar schon Wochen vergangen.

Auch wenn sie dem Lautenschlager nichts weniger wünschte, als in irgendeinem dreckigen Loch vergessen oder ohne Vernehmung ins Lager gesteckt zu werden: Sein Schweigen war ihre einzige Hoffnung.

Frühsommer 2022

Erschöpft schlug Gerd Schönberger das unscheinbare Notizbuch zu. Mut und Angst, so nah beieinander. Andererseits hatte nur die Angst diesen Mut hervorgebracht. Die einen lähmte sie, die anderen wuchsen über sich selbst hinaus, so war es wohl meistens.

Eine Pflegekraft, deren Namen sich zu merken er noch nicht geschafft hatte, steckte ohne vorheriges Klopfen den Kopf durch die Tür. »Guten Morgen, Herr Schönberger!«, schloss er aus dem

Genuschel hinter der Maske. »Gleich gibt's Frühstück. Wieder auf dem Zimmer?«

Er nickte entschieden. Seine andauernde Weigerung, sich in die Gemeinschaftsräume zu begeben, hatte gute Gründe, wovon die Tatsache, dass ihn die Aufzeichnungen seiner Mutter viel zu sehr beschäftigten, nur der aktuellste war.

Seit Pandemiebeginn hatte er sich ans Alleinsein gewöhnt, auch wenn es anfangs kaum erträglich gewesen war. Zuvor waren sie hier im Heim ein munteres kleines Grüppchen von vier Leuten gewesen, das sich schnell zusammengefunden hatte. Sogar Bridgespielen hatte er auf seine alten Tage noch gelernt, und es hatte ihm tatsächlich Freude bereitet. Von dieser »Zockerrunde«, wie Sebastian sie damals schmunzelnd genannt hatte, war nichts übriggeblieben: Einen der beiden Herren, beide Schlaganfallpatienten wie er, hatte das Virus trotz aller Vorsichtsmaßnahmen des Stifts erwischt und dahingerafft, der andere war ebenfalls mittlerweile gestorben, ohne dass Gerd die genaueren Gründe dafür erfahren hätte. Nur die knapp neunzigjährige Rita war noch da. Oder auch nicht, dachte Gerd im Stillen, denn ihre Vergesslichkeit, die ihren Sohn dazu bewogen hatte, sie ins Heim zu geben, hatte sich schon in der ersten Phase der Isolation zu einer starken Demenz entwickelt. Sie erkannte ihn längst nicht mehr, hatte mittlerweile aufgehört zu sprechen und stierte nur noch stumm die Wand an.

Damit war sie beileibe nicht alleine. Der Anteil der apathischen Menschen, die in die Gemeinschaftsräume gekarrt wurden, ohne dass sie noch Sinn und Zweck dieses Tuns verstanden, die mit leerem Blick vor sich hindämmerten, war schon vor der Pandemie nicht klein gewesen. Seither war es jedoch noch viel schlimmer geworden. Was sollte er unter diesen armen alten Leuten, die gezwungen waren, dahinzuvegetieren, ohne auch nur einen letzten Rest Gestaltungsspielraum zu haben? Ihr Anblick war nicht dazu angetan, seine Stimmung zu heben.

Gerd schob das Notizbuch unter das Kissen. Später würde er es unter dem Tablet deponieren, sodass seine Frau es am Nachmittag nicht bemerkte, er es aber nach ihrem Besuch leicht selbst wieder erreichen konnte. Und er musste die Pflegerin an die dringend anstehende Rasur erinnern. Wenn Schwester Birgit nicht im Haus war, wartete er zu seinem Leidwesen oft ziemlich lange auf die Erfüllung etwaiger Wünsche. Dennoch, zeit seines Lebens hatte er auf ein gepflegtes Erscheinungsbild geachtet, da wollte er Elvira nicht zum Ende hin als ungepflegter Zausel gegenübersitzen.

Ob sie heute wieder so zerstreut war wie bei ihren letzten Besuchen? Ein wenig wirr kam sie ihm schon seit einer ganzen Weile vor, auch wenn sie es vor ihm zu verbergen suchte. Manchmal hatte er den Eindruck, sie führten beide eine Art Theaterstück auf, um den jeweils anderen nicht zu beunruhigen. Die vergangenen Jahre hatten ihnen wohl allen auf die eine oder andere Weise zugesetzt, den Alten wie den Jungen.

***

Lene unterdrückte ein Gähnen, als sie den Wagen vor der Dienststelle abstellte, direkt neben Hennings bereits geparkter Eva.

Mit einem knappen Gruß eilte sie am Pförtner vorbei, der kaum aufsah und mit seiner schlaffen Haltung in Lene das Bild des toten Andreas Mölln heraufbeschwor. Der alleinstehende Redakteur war übel zugerichtet worden, die blutverschmierte Leiche, die in gekrümmter Haltung auf dem Flurboden seiner Wohnung gefunden worden war, hatte nur noch wenig Ähnlichkeit mit dem geschniegelten Mann gehabt, den Lene auf dem Sonnenhof kennengelernt hatte. Bloße Fäuste konnten kaum zu solchen wuchtigen Verletzungen führen, der oder die Täter mussten mit schwerem Gerät auf den wehrlosen Mann eingeschlagen haben.

Zum Glück war er noch nicht allzu lang so gelegen: Sein Chefredakteur hatte angesichts eines ausbleibenden Artikels und der andauernden Nichterreichbarkeit seines Mitarbeiters beunruhigt Alarm geschlagen.

Der Erkennungsdienst und auch die Rechtsmedizin waren noch vor Ort zugange, die Sicherung aller Spuren würde noch einige Zeit in Anspruch nehmen. Lene und Henning hatten gegen vier Uhr morgens den Heimweg angetreten, um vor dem nächsten Arbeitstag zumindest noch eine Mütze voll Schlaf zu bekommen. Wirkliche Ruhe hatte Lene in ihrem Bett allerdings nicht gefunden.

Sie hastete den Flur entlang und stieß beinahe mit ihrer Kollegin Sarah zusammen, die, einen Maßkrug Kaffee in der Hand, mit nicht minder müdem Blick aus der Teeküche schlurfte. Beide tauschten einen mitfühlenden Blick aus, wobei Lene es wohl unterm Strich doch noch besser erwischt hatte. Sarah und ihr Mann Raphael, der das Kommissariat 1 vor einer Weile zugunsten einer neu gegründeten Ermittlungseinheit im Bereich Betäubungsmittel verlassen hatte, schlugen sich derzeit teamübergreifend mit einem Mord in der Drogenszene an der tschechischen Grenze herum, wobei Sarah für den Mord und Raphael für die Drogenszene zuständig war. Dass die beiden mittlerweile zwei gemeinsame Töchter im Kindergartenalter hatten, machte den Arbeitsalltag bestimmt nicht entspannter. Im Gegensatz dazu kam Lene wenigstens nachts zu ihrem ungestörten Schönheitsschlaf.

Meistens zumindest.

»Morgen«, murmelte Lene, als sie das Büro betrat, wo Nina und Henning ihr bereits ungeduldig entgegenblickten. Für einen »Guten« reichte ihre Laune an diesem Tag nicht aus.

»Schöne Scheiße«, erwiderte Nina. Ihre Aussage war an diesem Tag der passendere Morgengruß. »Setz dich, es gibt Neuigkeiten.«

»Ich bin mir nicht sicher, ob ich die hören will«, teilte Lene mit und ließ sich auf ihren Chefsessel sinken. Henning winkte ab, so dramatisch schien die Sachlage also nicht zu sein.

»Schneckmayr hat gesprochen«, erklärte Nina. »Der tote Mölln ist jetzt aus praktischen Gründen unser Fall.« Nina zuckte die Achseln, diese Entscheidung des Kommissariatsleiters hatten wohl alle erwartet. »Du kennst dich vor Ort aus, es gibt eventuell Verbindungen zum Knochenfund, alle anderen Teams haben ohnehin den Arsch voll Arbeit. Bedeutet also: Mit den Knochen aus dem vergangenen Jahrtausend befasst sich jetzt erstmal ein Kommissaranwärter, der in ein paar Tagen hier eintrudelt und unter unserer Regie am Katzentisch arbeitet.« Mit dem Kopf wies Nina auf den völlig zugemüllten kleinen Tisch, der neben den Regalen stand und einen malerischen Ausblick auf die weiße Wand bot. »Aus den gleichen Gründen hat der Oberstaatsanwalt die Leitung dieser neuen Ermittlungen Henning übertragen.«

Henning nickte und gähnte. Mehr war an diesem Morgen anscheinend nicht von ihm zu erwarten.

»Außerdem ist vor ungefähr einer Stunde ein anonymer Anruf bei der Einsatzzentrale eingegangen«, fuhr Nina ungebremst fort und strich sich eine kurze blonde Strähne aus dem Gesicht. »Die Rufnummer war unterdrückt, die Sache ist nicht zurückzuverfolgen, aber es gibt einen Mitschnitt, und der hat es in sich. Anhören?«

»Logisch.« Tatsächlich schwand die bleierne Müdigkeit, stattdessen stellte sich das leicht fiebrige Gefühl ein, das Lene immer dann antrieb, wenn die Chance auf einen raschen Ermittlungserfolg bestand.

Nina machte zwei Mausklicks, und schon ertönte die routinierte Stimme einer Mitarbeiterin der Einsatzzentrale. Die Antwort der Anruferin klang weit weniger routiniert, stattdessen aufgeregt und schrill. »Ich habe Informationen zum Mord in Grabenzell«, keifte die Stimme, ignorierte die Frage nach den persönlichen Angaben getrost und unterbrach stattdessen die Kollegin rüde mit den Worten: »Das geht niemanden etwas an. Aber ich kann Ihnen sagen, wer den Toten auf dem Gewissen hat! Suchen Sie mal auf dem Sonnenhof! Dieser Regensburger Querdenker, der Enkel vom alten Schönberger, der war beim Mölln und hat ihn bedroht. Ich hab's selber gehört! Ein Verbrecher ist das!« Dann war ein deutliches Klicken zu hören, die echauffierte Anruferin hatte aufgelegt.

»Okay«, sagte Lene zögerlich. Natürlich war die Sonnenhof-Kommune mit ihrer Wut auf den toten Redakteur auch ihr erster Gedanke gewesen. Allerdings hatte sie sich sofort selbst zur Ordnung gerufen, Vorverurteilungen waren immer fehl am Platz. Außerdem gefiel ihr der Gedanke, dass Sebastian Paulus ausgerastet war und dem schmierigen Pressemann das Licht ausgeblasen hatte, kein bisschen.

»Und last but not least …« Nina lief offensichtlich zur Hochform auf. »Du sollst zum Schneckmayr kommen, wenn du auf dem neuesten Stand bist. Also, praktisch jetzt.« In einer Geste der Unschuld hob sie beide Hände. »Er will wissen, was du jetzt zu tun gedenkst.«

Betroffen und schuldbewusst, stellte Lene fest, sah Sebastian Paulus drein, nachdem Lene ihn erneut auf die Terrasse hinter dem Wohnhaus gebeten und ihm eröffnet hatte, was geschehen war. Täterwissen wie den grausamen Zustand der Leiche hielt sie zwar zurück, aber über den anonymen Anruf mit der konkreten Beschuldigung hatte sie Paulus informiert. In diesem Fall schien ihr direkte Konfrontation geboten.

»Also, Herr Paulus«, sagte sie mit Nachdruck, »haben Sie Andreas Mölln zu Hause aufgesucht?«

Er nickte und hob den Blick, den er für einen Moment gesenkt hatte. »Ja. Ja, das habe ich. Vor drei Tagen, als Lioba mit den verklebten Haaren nach Hause kam, habe ich es nicht mehr ausgehalten. Sein Zeitungsartikel war nicht der einzige Grund für das, was meinem Kind angetan wurde, aber mit seiner Hetze hat er von Beginn an alles schlimmer gemacht.« Er ballte die Fäuste, und beim Gedanken an seine Tochter konnte Lene es ihm nicht verdenken. »Ich habe ihm gesagt, dass er mit seinen Verleumdungen unschuldige Kinderseelen auf dem Gewissen hat. Und ich habe ihm Fotos von Liobas Haaren gezeigt.«

»Und dann ist die Situation eskaliert?«, hakte Lene nach. »Die Anruferin hat gesagt, Sie hätten Mölln bedroht.«

»Das ist eine Lüge«, antwortete Paulus mit fester Stimme. »Ich habe sicher laut gesprochen, und ich war auch nicht freundlich, sondern wütend und verzweifelt. Aber ich habe niemanden bedroht, sondern versucht, an den letzten Rest Menschlichkeit in ihm zu appellieren.«

Er erschien Lene aufrichtig, aber die Erfahrung hatte sie gelehrt, dass darauf längst nicht immer Verlass war. »Waren Sie allein bei Mölln?«

Sebastian Paulus nickte wieder. »Moritz wollte mitkommen, vorsichtshalber. Aber ich habe ihm gesagt, dass ich das als Liobas Vater allein klären muss.«

»Es gibt also keine Zeugen für das Gespräch außer dieser Anruferin«, sagte Lene mehr zu sich selbst als zu ihm. Das Haus, in dem Mölln gewohnt hatte, beherbergte drei Mietswohnungen. Sofern in Grabenzell keine Hobbydetektivin ihr Unwesen trieb, musste es sich bei der anonymen Tippgeberin wohl um eine der Nachbarinnen handeln. »Wie hat Mölln reagiert?«

»Zunächst sehr abwehrend. Wollte mir die Tür vor der Nase zuschlagen, aber ich hatte schnell genug meinen Fuß drin und bin laut geworden.« Er zuckte entschuldigend mit den Achseln. »Ich wollte, dass er mir zuhört. Eigentlich also klar, dass das im Haus jemand mitbekommen hat. Dann habe ich ihm die Fotos von Lioba gezeigt, die ich gemacht habe, um die Schule und die Eltern der Mitschüler damit zu konfrontieren. Und ich habe Mölln von den anderen Kindern erzählt, davon, dass sie alle gemobbt werden, von Pauls Bauchschmerzen, davon, dass wir schreckliche Angst um unsere Kinder haben.« Er fuhr sich durch die braunen Locken, die von der Arbeit verschwitzt in die Stirn hingen. »Anscheinend hat ihn das doch irgendwie zum Nachdenken gebracht. Die Fotos von Lioba haben ihn schockiert, das habe ich gesehen. Er hat genickt und gesagt, dass er verstanden hat. Und, dass er das nicht wollte. Also habe ich meinen Fuß aus der Tür genommen und bin gegangen.«

»Sie haben die Wohnung nicht betreten?« Prüfend musterte Lene ihn.

Paulus schüttelte den Kopf.

»Das war am Mittwochabend, haben Sie gesagt? War das Ihr einziger Besuch bei Mölln?« Sobald der Tatzeitpunkt feststand, konnte sie vielleicht eher beurteilen, ob man Paulus' Aussagen Glauben schenken konnte.

»Klar«, antwortete Paulus. »Es war ja alles gesagt.«

Für den Moment, mit ihrem eigenen mangelhaften Wissensstand zu Möllns Ermordung, musste Lene sich mit diesen Antworten wohl zufriedengeben. »Sie halten sich bitte weiterhin zur Verfügung.«

»In Ordnung«, sagte er und wirkte nicht allzu besorgt.

»Außerdem gibt es einen Durchsuchungsbeschluss für den Sonnenhof«, ließ Lene die Katze aus dem Sack und warf einen schnellen Blick auf ihre Armbanduhr. »Die Kollegen werden in einer Stunde da sein, und ich bleibe ebenfalls vor Ort, um Ihre Mitbewohner zu befragen.«

Paulus' Blick verfinsterte sich.

Egal, ob sich ihr Anfangsverdacht erhärtete oder nicht: Es blieb ihr kein Wahl, sie musste jetzt schnell und rigoros sein. »Bis zur Feststellung aller Personalien verlässt niemand den Hof.«

Warum sie sich den Holzhacker Moritz Wagner als ersten Gesprächspartner ausgesucht hatte, wusste Lene selbst nicht genau. Vielleicht hatte sie sich einfach auf ihr Gefühl verlassen oder auf den Eindruck, dass er vergleichsweise unerschrocken über all den Dingen stand, die die Bewohner des Sonnenhofs derzeit beschäftigten.

Während also zwei der Kollegen von der Schupo die Personalien aller Bewohner aufnahmen und überprüften und die Durchsuchung ihren Lauf nahm, saß sie dem von Paulus so titulierten Lebenskünstler auf der hinteren Veranda gegenüber und fühlte sich angesichts seiner entspannt zurückgelehnten Haltung in ihrer Einschätzung bestätigt. Er hatte sich eine Kräuterlimo eingeschenkt und wirkte ganz so, als wäre ihm die unerwartete Unterbrechung seines Tagwerks durchaus willkommen.

»Also, fangen wir an, Herr Wagner.«

»Moritz«, korrigierte er sie. »Wenn's keine Umstände macht.«

Das widersprach zwar jeglicher professionellen Distanz, aber gerade ihre Bereitschaft, sich auf das Umfeld, in dem sie ermittelte, einzulassen, hatte Lene schon öfter zum Erfolg geführt. Wieso also nicht auch diesmal? »Okay, Moritz: Woher kennen Sie Sebastian Paulus und wieso sind Sie hier auf dem Sonnenhof?«

»Basti und ich haben uns während des Studiums kennengelernt«, erklärte er, und Lene betrachtete seine recht ausgeprägten Lachfalten um die Augen. Auch die am Hinterkopf zusammengewurstelten Haare waren noch grauer als ursprünglich gedacht. Aber immerhin nach wie vor dicht gewachsen, kam Lene nicht umhin festzustellen, und sein langer athletischer Körper zeigte auch noch keine übermäßigen Abnutzungserscheinungen.

»Bin zwar eine Ecke älter«, schien er zumindest zum Teil ihre Gedanken zu erraten, »aber im Gegensatz zu Basti war ich nicht besonders zielstrebig. Ich hab vorher drei Ausbildungen gemacht. Eine davon sogar abgeschlossen.« Wieder grinste er frech und kokettierte offensichtlich mit den Vorurteilen, die ein unsteter Lebensstil bei Otto Normalbürger auslöste. »Wirtschaftsinformatik war allerdings auch nicht das Richtige für mich, insofern waren Basti und ich nur zwei Semester lang gemeinsam an der Uni. Aber Freunde sind wir geblieben, bis heute. Also war klar, dass ich ihm helfe, den Hof zum Laufen zu bringen, ich hab ja keine Verpflichtungen.« Er nahm einen Schluck von seiner Limo, wischte sich über die Oberlippe und wandte seinen aufmerksamen Blick wieder Lene zu.

»Keine Verpflichtungen? Wovon leben Sie denn, wenn Sie nicht gerade früheren Kommilitonen bei der Inbetriebnahme eines Bauernhofs helfen?«

»Das ist eigentlich recht einfach«, antwortete er lapidar. »Ich brauche nicht viel, meine Wohnung ist der Bauwagen, und meine Schwestern und ich haben vier Mietshäuser geerbt. Von den Einnahmen bekomme ich einen Anteil. Nicht besonders viel, schließlich überlasse ich die Verwaltung meinen fleißigen Schwestern.« Er zwinkerte ironisch und deutete mit den Daumen auf sich selbst. »Aber dass der Kleine verhungert, wollen sie natürlich auch nicht, insofern zahlen sie mir ein kleines Gehalt fürs Nichtstun. Und ansonsten habe ich viele Bekannte über ganz Europa verstreut, arbeite mal hier und mal dort, gegen freie Verpflegung oder auch mal einen kleinen Obolus. Ich mache, was sich ergibt und worauf ich Lust habe.«

Herrje! Das klang nach einem absoluten Luftikus und herrlich verantwortungslos zugleich. »Holz hacken«, antwortete Lene spontan.

»Unter anderem, ja. Ich habe aber auch schon an einer Zirkusschule Jonglage unterrichtet, im Weinberg gearbeitet, einen Dachstuhl gebaut und einen Onlineshop eingerichtet. Zum Beispiel.«

»Sie wollen sich nicht festlegen«, antwortete Lene spröde. Dabei konnte sie sich wirklich nicht entscheiden, ob sie diese Haltung eher traurig oder doch befreiend fand.

»In Bezug auf Beruf und Lebensmittelpunkt nicht, nein. Ansonsten aber … Warum nicht?« Wieder zwinkerte er ihr zu.

Flirtete er jetzt etwa mit ihr? Lene überging seine Aussage und kam auf den Punkt, an dem sie sich von Moritz Wagner einen guten Überblick erhoffte, der nicht wie bei Paulus dadurch getrübt wurde, dass es sich bei der Bewirtschaftung des Sonnenhofs um das eigene Projekt handelte. »Wie läuft das hier eigentlich so ab? Wie funktioniert das Zusammenleben?«

Eine Männerstimme drang durch das gekippte Fenster aus dem Haus und gab Wagner die Zeit, einen Moment nachzudenken.

Lene blickt nach drinnen, wo einer der Beamten mit Marie Paulus sprach. Sehr höflich, stellte Lene zu ihrer Zufriedenheit fest, und Marie Paulus reagierte ebenso kooperativ auf die Bitte des Kollegen, das Zimmer zu verlassen, um eine Durchsuchung zu ermöglichen. Es hatte also schon wieder eine interessierte Lauscherin hinter der Gardine gegeben.

»Nun«, rang sich Moritz Wagner zu einer Antwort durch. »Es funktioniert gut. Von kleineren Diskussionen abgesehen, halten sich die Konflikte hier sehr in Grenzen. Was wohl daran liegt, dass wir alle eine ähnliche Einstellung haben«, erklärte er mit nachdenklich gerunzelter Stirn. »Leben und leben lassen. Toleranz und Verständnis füreinander. Das haben wohl einige von uns vorher vermisst.«

»Sie auch?«

Er schüttelte den Kopf. »Mein Lebensstil bringt es wahrscheinlich mit sich, dass ich ohnehin vor allem toleranten Menschen begegne. Und die wenigen anderen, die mich verurteilen, gehen mir ehrlich gesagt am Allerwertesten vorbei. Aber bei manchen von uns, oder sogar bei den allermeisten, verlief das Leben vor dem Sonnenhof eben in sogenannten geordneten Bahnen.« Nachdenklich legte er die Stirn in Falten. »Im Prinzip kann man die Menschen, die hier leben, in drei Gruppen einteilen: Gruppe Nummer eins pflegt schon länger einen eher freien, unabhängigen Lebensstil.« Klar, dass er sich zu dieser Gruppe zählte. »Für die beiden anderen Gruppen aber war Corona eine Zäsur. Es gibt hier einige, wie zum Beispiel Basti, denen das, was vor allem auf der gesellschaftlichen Ebene geschehen ist, psychisch den Boden unter den Füßen weggezogen hat. Für diejenigen ist der Sonnenhof eine Art Schutzraum geworden, sicheres Terrain, wo sie wissen, dass ihre Werte – Toleranz, Loyalität, Solidarität, offener Diskurs – noch gelten. Eine Art Disneyland der moralischen Integrität, wenn man so will.«

Lene nickte. Das war auch der Eindruck, den sie von Sebastian Paulus gewonnen hatte. »Und die dritte Gruppe?«

»Das sind die Wütenden«, erwiderte Wagner mit einem sehr leisen, aber unüberhörbaren Hauch Bitterkeit in der Stimme. »Deren Leben durch die vergangenen Jahre zerstört wurde.«

»Inwiefern?«, hakte Lene nach. Bei der Erwähnung von Wut erschien sofort das Bild des übel zugerichteten Andreas Mölln in ihrem Kopf.

»Na ja«, begann er zögerlich. Dann schien er allerdings zu dem Schluss zu kommen, dass er keine andere Wahl hatte als zu antworten. »Tanja zum Beispiel, das ist die schlanke Grauhaarige. Leidenschaftliche Physiotherapeutin, sie hatte eine eigene Praxis irgendwo in Oberbayern, die ihr Sohn später mal übernehmen sollte. Er war zwar schon mit der Ausbildung fertig, aber wollte noch ein paar Jahre Berufserfahrung sammeln. Zuletzt hat er in einem Krankenhaus gearbeitet.« Wagners markantes, sonnengebräuntes Gesicht, gerade noch entspannt, nahm plötzlich einen harten Ausdruck an. »Kaum, dass die Covid-Impfung auf dem Markt und für medizinisches Personal freigegeben war, hat er sich impfen lassen. Zwei Wochen später war er tot. Vierundzwanzig Jahre, Sinusvenenthrombose.« Er trank einen weiteren Schluck Kräuterlimo und entspannte sich wieder ein wenig. »Eine Weile hat Tanja darum gekämpft, seinen Tod als Folge der Impfung anerkennen zu lassen, aber irgendwann hat sie aufgegeben. Geld bringt ihr den Sohn schließlich auch nicht zurück. Dann allerdings hat sich in dem kleinen Städtchen, in dem ihre Praxis lag, herumgesprochen, dass sie selbst und ein großer Teil ihrer Angestellten die Impfung ablehnen, und plötzlich hagelte es schlechte Bewertungen. Ärzte, die ihre Praxis bis dahin noch empfohlen hatten, rieten den Patienten nun vehement davon ab, die Mundpropaganda entwickelte sich mehr und mehr zum Rufmord. Als dann im Dezember die einrichtungsbezogene Impfpflicht beschlossen wurde, hat sie den Laden verkauft, notgedrungen deutlich unter Wert.«

Lenes Smartphone klingelte, aber sie beachtete es nicht. Das Schicksal dieser Frau, auch wenn es nur ein einzelnes war, war zu tragisch für die Respektlosigkeit, das Gespräch an dieser Stelle zu unterbrechen.

»Starker Tobak, oder?« Herausfordernd sah Wagner sie an. »Genau deshalb gibt es die Wütenden.«

»Waren die Wütenden auch wütend auf Andreas Mölln?« Lene erwiderte unverwandt seinen Blick.

»Die Wütenden sind wütend auf alle, die das mitgemacht oder feige und unwidersprochen zugelassen haben«, antwortete er. »Und wenn du mich fragst, ist das ihr gutes Recht.«

»Das klingt jetzt aber durchaus auch wütend«, stellte Lene fest.

»Richtig, Unrecht macht mich wütend. Wie jeden halbwegs anständigen Menschen übrigens. Aber meine Wut beschränkt sich auf die Verantwortlichen und schließt nicht die ganze Welt mit ein. Und sie bestimmt nicht mein Leben. Das ist vielleicht der Unterschied.«

»Eines noch: Wer gehört zu den Wütenden hier auf dem Hof?« Mit diesen Bewohnern würde Lene sich zuerst befassen.

»Soll ich jetzt meine Leute anschwärzen?«, fragte er. »Keiner der hier Anwesenden verfügt über ein Aggressionspotenzial in der Größenordnung, die es für einen Mord braucht, da bin ich mir sicher.«

»Das beurteile ich lieber selbst, Herr …«

»Moritz«, fiel er ihr ins Wort. »Das üben wir besser noch, Frau Kommissarin. Also gut: Neben Tanja sehe ich da vor allem Claus, im tiefsten Inneren vielleicht auch Bea.« Er faltete die Hände wie zum Gebet. »Aber bitte sei lieb. Sie haben alle viel verloren.«

»Ich bin immer lieb«, gab Lene zurück.

»Das musst du mir erst noch beweisen.« Er stand grinsend auf, nahm sein Glas und schlenderte von dannen.

Kopfschüttelnd sah Lene ihm nach.

»Geht klar. Bin gleich unterwegs.« Lene beendete das Telefonat, trank noch einen Schluck von der Holunderblütenlimonade, die ihr Marie Paulus kredenzt hatte, und verließ die Terrasse. Dem Verdacht der Kollegen, dass es sich bei der gleichermaßen sensationslüsternen wie aufgebrachten Nachbarin, die in der Wohnung über Mölln residierte, um die anonyme Anruferin handelte, musste sie auf jeden Fall persönlich nachgehen. Dass die ältere Dame – absichtlich oder versehentlich – ihre Rufnummernübertragung deaktiviert hatte, hatten die Kollegen freundlicherweise überprüft.

Mit Bertl hatte sie bereits vor einer Stunde telefoniert, wie immer war schon die erste Einschätzung des Rechtsmediziners hilfreich gewesen: Aufgrund der Ausprägung von Totenstarre und Totenflecken ging er davon aus, dass Mölln am Abend oder in der Nacht vor anderthalb Tagen zu Tode gekommen war, was bedeutete: Er war nicht an dem Tag getötet worden, an dem ihn Sebastian Paulus aufgesucht hatte, sondern erst frühestens einen Tag später. Auch dass er über einen Tag lang verletzt in der Wohnung gelegen hatte, bis der Tod eingetreten war, schloss Bertl aus, denn dafür waren die Verletzungen und der damit einhergehende Blutverlust zu gravierend gewesen. Außerdem hatte er von einer großen, schweren Waffe gesprochen, mit der der Journalist erschlagen worden war, sodass nicht nur auf dem Sonnenhof, sondern auch rund um den Tatort nach dem Mordwerkzeug gesucht wurde. Was den Sonnenhof anging, so deckten sich bisher alle Aussagen zur mutmaßlichen Tatzeit: Man war am betreffenden Abend an der Feuerstelle zusammengesessen und hatte Stockbrot gegrillt. Alle Bewohner seien anwesend gewesen, nach und nach dann aber ins Bett gegangen. Was bedeutete: Für den Abend konnte jeder ein Alibi vorweisen, ob sich aber jemand noch in der Nacht auf den Weg zu Mölln gemacht hatte, um ihn zu töten, ließ sich weder bestätigen noch widerlegen. Lene hoffte darauf, dass sich im Zuge der Obduktion der Tatzeitpunkt genauer eingrenzen ließ.

Auf dem Gelände des Sonnenhofs herrschte trotz Lenes Anwesenheit und der stattfindenden Durchsuchung reges Treiben: Die Kinder spielten lautstark unter den Obstbäumen, einige Erwachsene arbeiteten an den Beeten und an der neuen Ziegenbehausung. Ein Grüppchen von fünf Leuten, darunter auch Moritz Wagner, hatte sich unter Regie von Clara Preißer, leicht zu identifizieren an dem Wust blonder Dreadlocks auf dem Kopf, zum Workout auf dem Yogadeck eingefunden.

Lene meldete sich bei einem der Schupo-Kollegen ab und verließ das Grundstück. Der Blick auf die hügelige Landschaft, die in der Vormittagssonne gleißte, bewog sie dazu, den Autoschlüssel stecken zu lassen. Ein kurzer Fußmarsch würde ihr guttun, zumal sie nach dem Gespräch mit Claus Biehl ohnehin das Bedürfnis hatte, den Kopf durchzulüften.

Der dreiundsechzigjährige Landschaftsgärtner war ihr zunächst mit großen Vorbehalten und reichlich Widerwillen gegenübergetreten, im Laufe des Gesprächs aber zunehmend aufgetaut. Woran es wohl lag, dass manche Menschen bereit waren, ihr gewohntes, glückliches Leben ihren Überzeugungen zu opfern, während für andere gar nichts anderes zur Debatte stand als das zu tun, was die Gesellschaft von ihnen erwartete?

Lene lief an den am Straßenrand parkenden Streifenwagen vorbei und die schmale Teerstraße hügelabwärts. Claus Biehl jedenfalls hatte alles riskiert und alles verloren, zunächst einzig und allein, weil er die Corona-Impfung verweigert hatte. Im Gegensatz zu Tanja Schwarz hatte es in seinem Umfeld niemanden gegeben, der nach der Impfung an gesundheitlichen Problemen litt oder gar verstorben war. Grund für seine Entscheidung war seine eigene Überzeugung: Was von der Regierung angepriesen wurde wie sauer Bier, konnte nicht zum Wohl der Menschen sein, und wenn es Druck und soziale Ächtung brauchte, um die Menschen zu etwas zu bewegen, war sowieso immer Misstrauen angebracht. Sein bitteres Auflachen klang Lene noch in den Ohren. »Eine Bratwurst zur Impfung, pah! Die da oben halten die Leute wirklich für blöd, und soll ich Ihnen was verraten, Frau Kommissarin? Sie haben völlig recht damit!« Triumphierend hatte er auf den Tisch geschlagen. »Aber mit mir nicht. Wenn eine Impfung funktioniert, dann nehme ich die gern und ganz ohne Bratwurst. Aber für diese sinnlose Brühe hätte es schon ein paar Millionen gebraucht, um mich umzustimmen.«

Hinzu kam seine Meinung, dass die »Plandemie«, wie er sie nannte, nur als Blaupause diente, um die Gesellschaft und damit letztlich die ganze Welt tiefgreifend umzubauen. »Haben Sie schon einmal vom Great Reset gehört?«, fragte er, nur um ungebremst fortzufahren: »Der Plan für Enteignungen im großen Stil liegt längst bereit. Am Schluss wird niemand von uns mehr frei sein, und uns wird nichts mehr gehören. Aber niemand wird sich wehren, weil sich keiner vorstellen kann, was da wirklich läuft. Und irgendwann ist es zu spät.«

Der bezahlte Preis für seine Überzeugung war hoch gewesen: Zunächst der Entzug der drei Enkel durch die Schwiegertochter, dann die Entzweiung mit der Ehefrau, die ihm, dem Schwurbler und Verschwörungsgläubigen, schließlich nach knapp vierzig gemeinsamen Jahren die Koffer vor die Tür gestellt hatte. Dass er, vorgeblich wegen der fehlenden Impfung, auch seine leitende Tätigkeit in einem großen Regensburger Betrieb verloren hatte, war letztlich nur noch das Tüpfelchen auf dem i gewesen.

Wobei Lene sich durchaus fragte, weshalb ein Landschaftsgärtner beruflich so zwingend eine Impfung benötigte. Sie konnte sich eines kurzen Schmunzelns nicht erwehren. Offensichtlich eignete sie sich das ketzerische Gedankengut langsam auch an.

Dennoch fiel es ihr schwer, Claus Biehls Gedankengänge vollständig nachzuvollziehen. Sie stimmte ihm zu, was die Polarisierung der Gesellschaft anging und die Meinungsübereinstimmung, von der nicht abgewichen werden durfte, ohne moralisch abgewertet zu werden. Als bewusst erzwungenen Wegbereiter für noch viel größeres Ungemach, das Claus Biehl auf sie alle zukommen sah, betrachtete sie diese Entwicklung jedoch nicht.

Hielt sie ihn für einen potenziellen Mörder? Allzu wahrscheinlich erschien ihr die Vorstellung von Claus Biehl als Racheengel nicht, zumal er Andreas Mölln mehr verachtet als gehasst zu haben schien – was nicht zur Handschrift des Täters passte. Überhaupt wirkte Claus Biehl auf Lene, als hätte er den Kampf, den er nach eigener Aussage geführt hatte, mittlerweile verloren gegeben. »Lohnt nicht, sich aufzuregen«, hatte er gesagt. »Das dumme Volk ist nicht zu retten.«

Abschließend hatte sie ihn gefragt, ob das Beharren auf seiner Meinung denn all das wert gewesen war. Seine Antwort hallte reichlich beeindruckend in ihren Ohren nach: »Jede Überzeugung ist es wert, dafür einzustehen.«

Mittlerweile hatte sie den Ortsrand von Grabenzell erreicht, das sich als typisches Dorf im Vorderen Bayerischen Wald präsentierte. Die gelb getünchte Kirche mit der Zwiebelhaube thronte im Zentrum, umringt vom zugehörigen Friedhof, und stellte die am Dorfplatz gelegene Schule ebenso wie die Reihen der unauffälligen Wohnhäuser und Höfe mit ihren meist gut einsehbaren Gärten in ihren Schatten. Wie so oft mutmaßte Lene angesichts des Mangels an Sichtschutz und hohen Hecken, dass man sich im kargen dörflichen Kulturleben zumindest mit Einblicken in Nachbars Garten zerstreuen wollte, wenn schon sonst nicht viel geboten war.

Der Putz eines ehemaligen Gasthofs bröckelte neben dem zerbrochenen gläsernen Speisekartenaushang ungebremst vor sich hin, die Fensterscheiben waren überzogen von blinden Schlieren. Nur beim gegenüberliegenden Metzger herrschte rege Betriebsamkeit. Die Leberkässemmel im Kopf, die sie sich auf dem Rückweg gönnen wollte, betrat Lene das Mietshaus, in dem sie bereits die halbe Nacht verbracht hatte. Aus dem ersten Stock hallten ihr die

Stimmen der Kollegen entgegen. Sie wurden jedoch im nächsten Augenblick von einer keifenden Frauenstimme übertönt. »Ich muss jetzt zum Einkaufen! Wenn die Polizei was von mir will, wird sie sich halt gedulden müssen!« Die aufgeregten Worte dröhnten schrill in Lenes Kopf, es gab keinen Zweifel: Der Tonfall, der Dialekt, die leichte Heiserkeit ließen nur den Schluss zu, dass die Kollegen den richtigen Riecher gehabt hatten.

Schwungvoll lief Lene die Treppen nach oben und sah sich mit einer masketragenden Frau konfrontiert, bestimmt schon jenseits der Fünfundsiebzig, die Haare sorgfältig in Löckchen gelegt, die einen Spurensicherungsbeamten mit grimmigem Blick musterte.

»Wie schön, dass Sie auf mich gewartet haben«, nahm Lene ihr den Wind aus den Segeln. »Sie müssen Frau Heimerl sein? Ich bin so froh, dass wir mit Ihnen eine so hilfreiche Zeugin haben.« Lene kramte nach der FFP2-Maske, die seit dem Besuch bei Gerd Schönberger irgendwo in der Tasche vor sich hingammelte, fand sie endlich und setzte sie mit dem gebotenen Eifer auf.

Trotz der Vermummung strahlte die Frau, offensichtlich begeistert davon, dass endlich jemand ihre Wichtigkeit zu würdigen wusste und sie mit dem gebotenen Respekt behandelte. »Und ich bin froh, dass ich endlich mit jemandem sprechen kann, der verantwortlich ist! Kommen Sie mit.« Sie stieg schnaufend die Treppen voran in die nächste Etage und bat Lene in ihr Domizil, das von der beige-braunen Blümchentapete im Flur bis zu den wuchtigen Möbeln in Eiche Rustikal so ziemlich jedes Klischee erfüllte, das Lene spontan einfiel. In den Regalen staubte allerlei Nippes ein, aus dem Wohnzimmer dröhnte lautstark der Fernseher.

Frau Heimerl huschte für ihr Alter erstaunlich flink voran und drehte den Ton ab. »Kommen S‘ rein, setzen Sie sich.« Einen Augenblick hielt sie nachdenklich inne, dann sank sie auf den beigen Sessel und wies Lene einen Platz auf der zugehörigen Couch zu. »Ich würd Ihnen ja einen Kaffee anbieten, aber …« Entschuldigend wies sie auf die Maske in ihrem Gesicht. »Mit der Infektionsgefahr …«

Lene winkte ab, ein gemütliches Kaffeekränzchen passte ohnehin nicht in ihren Terminkalender.

»Ich hab's zwar schon zweimal gehabt«, plauderte Frau Heimerl munter weiter, »wahrscheinlich hab ich mich in der Kirche angesteckt, oder beim Doktor, aber wer weiß das schon so genau?«

»Sie haben es ja gut überstanden«, versuchte Lene, den Redeschwall zu bremsen.

»Na ja«, antwortete Frau Heimerl mit sorgenvoll gefurchter Stirn. »Das erste Mal habe ich glatte drei Wochen flachgelegen. Zum Glück war ich frisch geboostert, sonst hätten Sie jetzt keine Zeugin mehr. Aber trotzdem … Long Covid brauch ich jetzt auf meine alten Tage nicht mehr, mir reichen schon die anderen Zipperlein. Und es ist ja keiner da, der sich kümmert!«

Lene nickte verständnisvoll, bevor sie schnellstens das Thema wechselte. »Können Sie mir sagen, was Sie im Zusammenhang mit dem Tod Ihres Nachbarn beobachtet haben?«

Frau Heimerl nickte ernst und bedeutungsschwer. »Der Paulus war's, der Enkel von den Schönbergers, der jetzt mit dieser Verbrechermeute auf dem Sonnenhof wohnt.« Einen Augenblick hielt sie inne und wartete auf eine angemessene Reaktion. Nachdem diese nicht kam, sprach sie mit gesenkter Stimme weiter. »Ich hab gehört, wie er mit dem Mölln gestritten und ihn bedroht hat. Dass er Mittel und Wege findet, um ihn zu stoppen, hat er gesagt! Dann bin ich die Treppe runtergeschlichen, um zu schauen, was da los ist. Ich habe ihn erkannt. Zweifelsfrei.«

Mord ist ihr Hobby, schoss es Lene durch den Kopf. »Wann genau war das, Frau Heimerl?«

»Am Mittwochabend«, antwortete sie sofort. »Weil ich mich dann wieder zurückgezogen und ›Aktenzeichen XY ungelöst‹ angeschaut habe. Schließlich weiß man ja nicht, was im Kopf dieses Verrückten vorgeht und ob er nicht noch mehr Unschuldige angreift!«

»Das heißt also, Sie haben den Ausgang des Streits nicht mitbekommen?«

Entsetzt schüttelte die alte Dame den Kopf. »Viel zu gefährlich! Das sind doch alles Querdenker da oben! Oder Reichsbürger, auf jeden Fall ein Sauverein, der unsere Demokratie gefährdet! Und ungeimpft noch dazu! Und die haben doch sowieso jemanden umgebracht und auf dem Hof verscharrt, das hat der Mölln, Gott hab ihn selig, in der Zeitung doch geschrieben! Da braucht man doch bloß eins und eins zusammenzählen, wahrscheinlich haben sie ihn deswegen aus dem Weg geräumt. Sie müssen da unbedingt nach Waffen suchen!«

Lene nickte, was Frau Heimerl aber nicht zu beschwichtigen schien. »Da macht die Frau Marktgemeinderätin auch was mit, das können Sie mir glauben! Das fällt ja alles auf sie zurück. Und dabei ist das eigentlich so eine anständige Familie! Die Simone kümmert sich rührend um ihre Mutter, seit der Gerd im Heim ist. Und die Kinder von der Simone sind vielleicht nett! Gut, daherkommen tun's schon ein bisserl wild, aber das ist ja bei den jungen Leuten normal. Aber grüßen immer so freundlich! Das hat ja heutzutage schon Seltenheitswert.« Ganz außer Atem schnappte sie nach Luft, die angesichts ihres Redeschwalls unter der Maske langsam dünn zu werden schien. »Wie dieser Paulus da so aus der Art schlagen kann … Aber in jeder Familie gibt's ja ein schwarzes Schaf, und wenn ein uneheliches Kind, um das sich der eigene Vater nicht kümmert, solche schlimmen Störungen entwickelt, dann ist's ja vielleicht auch kein Wunder. Da hat einfach die harte Hand gefehlt.« Verschwörerisch senkte sie die Stimme. »Der Gerd hatte ja immer einen Narren an dem Buben gefressen. Hat ihn verzogen nach Strich und Faden. Und ich hab immer gesagt, dass er dafür noch einmal die Quittung bekommen wird.« Den Triumph in ihrer Stimme konnte oder wollte sie nicht verhehlen. »Ja, jetzt ist es halt so. Jetzt ist der Bub ein Mörder.«

Lenes zunehmend irritierter Blick prallte an der Empfängerin gnadenlos ab. »Haben Sie die Polizei angerufen, nachdem Sie erfahren haben, dass Ihr Nachbar tot ist?«

»Ich?« Mit übertrieben erstaunt aufgerissenen Augen blickte Frau Heimerl Lene über ihre Maske hinweg an. »I wo. Es war ja klar, dass ich als Nachbarin befragt werden würd.«

»Ich meine nur …« Lene ließ sie nicht aus den Augen. »Es gab nämlich einen anonymen Anruf mit den gleichen Beschuldigungen.«

»Ich bin halt nicht die Einzige, die ihre Schlüsse zieht«, erwiderte Heimerl schnippisch.

»In der Rechnung gibt es aber offensichtlich einen Fehler«, bemerkte Lene ungerührt. »Herr Mölln wurde nicht am Mittwochabend getötet, sondern erst gut einen Tag später.«

»Der ist ja noch einmal gekommen!«, bestand sie auf ihrer Behauptung, als wäre Lene schwer von Begriff. »Mit seinen Kumpanen, am nächsten Tag! Natürlich mit dem Auto, und alle waren vermummt!«

»Am Donnerstagabend?«, fragte Lene irritiert nach. Wie kam man bloß auf die Idee, diesen weitaus brisanteren Hinweis bis jetzt zurückzuhalten? »Um welche Uhrzeit?«

»Spät, erst gegen halb zwölf, zwölf in der Nacht. Deswegen hätt die Frau Werner, die ganz unten wohnt, auch so oder so nix mitbekommen.« Sie runzelte abfällig die Stirn, ihre Meinung über besagte Frau Werner schien nicht allzu hoch zu sein. »Die ist ja alleinerziehend und schläft schon immer um zehn. Aber diese Woche war sie gar nicht erst daheim, sondern hat die Blagen ihrem Ex-Mann aufgebrummt und ist zu ihrem Gspusi nach München abgerauscht. Heute Vormittag ist sie erst zurückgekommen! Hat sich schnell getröstet, nachdem ihr Mann sie sitzengelassen hat, das muss man schon sagen.«

Dass Frau Heimerl es anständiger gefunden hätte, wenn die alleinerziehende Frau Werner nach der Trennung das Keuschheitsgelübde abgelegt hätte, wunderte Lene schon nicht mehr. »Haben Sie das Kennzeichen des Wagens notiert?«

»Von der Frau Werner?«, fragte die Dame verwirrt.

»Nein, von den Vermummten.« Im letzten Moment unterdrückte Lene ein genervtes Schnaufen.

»Dafür war ich viel zu aufgeregt.« Sie deutete auf das Fenster, das hinaus auf die Straße führte. »Und es war ja schon längst dunkel, wie hätte ich das sehen sollen?«

»Können Sie sonst etwas über das Auto sagen?«, fragte Lene hoffnungsvoll. »Marke, Farbe?«

Betroffen blickte Frau Heimerl wieder über ihre Maske hinweg. »Mit Automarken kenn ich mich nicht aus«, räumte sie ein. »Es war mittelgroß, glaub ich. Und schwarz. Oder blau. Oder grau. Auf jeden Fall nicht weiß.«

Diese neugierige Nachbarin würde wohl nicht ihre hilfreichste Zeugin werden, gestand Lene sich ein. Sie mochte sich gar nicht vorstellen, wie viele Autos es gab, auf die diese Beschreibung zutraf. »Sie sagen, es war eine Gruppe von Leuten, die mit dem Auto kam?«

»Zu dritt waren sie, diese Verbrecher. Hatten so schwarze Masken über dem Kopf, wie man es bei Überfällen sieht. Die haben geplant, den Mölln umzubringen!« Drohend schüttelte Frau Heimerl ihren Zeigefinger.

»Und Sie haben trotz der Sturmhauben in einem von ihnen Sebastian Paulus erkannt?«

»Ja, wer soll's denn sonst gewesen sein?«

Fast fand Lene die ehrliche Verblüffung der alten Dame lustig. Andererseits fragte sie sich, wie man als denkender Mensch so schnell solch brisante Urteile fällen und verbreiten mochte. »Haben Sie ihn trotz der Sturmhaube zweifelsfrei erkannt?«, fragte Lene erneut, diesmal mit mehr Nachdruck.

Störrisch schüttelte Frau Heimerl den Kopf. »Aber ich bin mir sicher …«

»Wie waren die Personen gekleidet?«, fiel Lene ihr ins Wort.

»Dunkel. Aber genau hab ich das nicht …«

Wieder unterbrach Lene sie. Langsam verlor sie die Geduld. »Könnte es sich bei diesen Personen theoretisch auch um Frauen gehandelt haben?«

Endlich etwas eingeschüchtert, nickte Frau Heimerl zurückhaltend. »Möglich wäre das schon, ja.«

»Ist Ihnen sonst etwas Besonderes aufgefallen? Die Statur der Vermummten, oder hatten die beobachteten Personen etwas bei sich, was als Waffe dienen konnte?«

Ratlos zuckte Frau Heimerl die Achseln. Sie musste sich wohl selbst eingestehen, dass sie als Hobbydetektivin nur bedingt geeignet war. »Ich hab ja nix Genaues gesehen«, jammerte sie. »Nur drei dunkle Gestalten, die ausgestiegen sind. Ich war ja so aufgeregt und es war ja so dunkel!«

»Und was haben Sie im Anschluss gehört? Gab es Lärm, ein Streitgespräch?«

»Meine Hörgeräte hatte ich schon herausgenommen«, leistete die alte Dame ihren endgültigen Offenbarungseid.

»Nun gut«, erwiderte Lene. »Bitte melden Sie sich, falls Ihnen noch etwas einfällt.«

Pflichtschuldig nahm Frau Heimerl Lenes Visitenkarte entgegen und nickte eifrig.

»Nehmen Sie die Querdenker jetzt in die Mangel?«, fragte sie an der Wohnungstür, ohne auf Antwort zu warten. »Seien Sie bloß vorsichtig. Die schrecken vor nichts zurück.«

Sieben

Frühsommer 2022

Das Theaterspiel war beendet, Simone hatte Elvira nach einer guten Stunde wieder abgeholt, und Gerd Schönberger kam nicht umhin, sich einzugestehen, dass die Situation für ihn von Besuch zu Besuch schwerer zu ertragen war. Dass es um die Harmonie in seiner Familie nicht zum Besten stand, vermutete er schon seit einer Weile: Neuigkeiten erfuhr er nur noch von den beteiligten Personen direkt. Wenn er Elvira oder Simone nach Sebastian fragte – oder andersherum –, so erhielt er nur noch vage Antworten, als hätte man den Austausch über Wichtiges längst eingestellt. Auch das plötzliche Interesse seiner Tochter am Sonnenhof, den sie bisher vor allem lästig gefunden hatte, war befremdlich.

Sein abtrünniger Sohn Milo scherte sich ohnehin nicht um die Familie und hatte ihn erst zweimal im Heim besucht, um dann möglichst schnell wieder nach Hamburg abzudampfen, wo er mit seiner Lebensgefährtin ein luxuriöses, aber wenig bodenständiges Leben führte.

Dass aber seine Nachfragen nicht einmal bei dem Menschen, mit dem er den Großteil seines Lebens geteilt hatte, Gehör fanden, bedrückte ihn zunehmend. Alles wäre in bester Ordnung, wurde Elvira nicht müde zu wiederholen, Simone würde sich hervorragend um sie kümmern, den Kindern ginge es gut, und in Grabenzell gäbe es auch nichts Neues. Hätte ihn Sebastian nicht informiert, hätte er die Zeitung nicht gelesen, hätte ihn die Polizei nicht aufgesucht, dann wüsste er noch nicht einmal davon, dass diese vermaledeiten Knochen auf seinem Hof gefunden worden waren. Elvira wollte sich jedenfalls nicht über diese unerfreuliche Angelegenheit, wie sie es nannte, unterhalten.

Mit einem unterdrückten Seufzen zog Gerd das Notizbuch unter dem Tablet auf dem Fensterbrett hervor und versuchte, das erwartungsvolle Kribbeln in seinem Inneren auszublenden. Bald würde er in Erscheinung treten, sein fremder, viel zu spät gefundener und dann so schnell wieder verlorener Vater mit dem harten Akzent und den traurigen Augen.

Februar 1940

Antonia trat aus dem Stall und blinzelte in die blasse Februarsonne, ihr Atem dampfte in der Kälte. Die Leiber der Kühe hatten eine Wärme abgestrahlt, die es fast mit dem Kachelofen in der Stube aufnehmen konnte, aber draußen war es bitterkalt, den ganzen Winter schon. Wie es den Menschen im besetzten Polen oder den Soldaten an der Westfront, die in angespannter Erwartung ausharrten, bei dieser Hundskälte erging, wollte sie sich lieber gar nicht erst vorstellen.

Auf dem Hof merkten sie noch nichts vom Krieg, und so versuchte Antonia, sich nicht zu viele Gedanken darüber zu machen. Vielleicht ging ja alles glimpflich ab. Aber den Fritz trieb es um, immer wieder fing er davon an. Auch wenn er als Kriegsversehrter nicht mit einer baldigen Einberufung rechnen musste: Die Angst ließ ihn nicht los.

Wenigstens ein bisschen lichter war es heute. Sie schloss die Stalltür hinter sich und zog sich das Wolltuch fester um die Schultern, als eine Bewegung auf dem Zufahrtsweg sie aufschreckte. Im Gegenlicht erkannte sie den Mann nicht, und doch reichte sein schneidiger Schritt aus, um sofort Spreitzers scharf geschnittenes Gesicht heraufzubeschwören. Ob es jetzt so weit war? Hatte der Lautenschlager sie letztendlich doch verraten? Sie atmete tief ein und versuchte, ihr plötzlich holperndes Herz zu beruhigen.

Die Spuren hatten sie und der Fritz längst verwischt, und sich tatsächlich auch nichts mehr zuschulden kommen lassen, obwohl ihnen die Nächstenliebe beinahe nochmals eine wagemutige Tat abverlangt hätte: Der Tochter der Hutzlerin, mittlerweile zweiundzwanzig Jahre alt, war das über die Jahre in Anbetracht all der neuen Schrecken in den Hintergrund getretene Erbgesundheitsgesetz letztlich doch zum Verhängnis geworden. Weshalb musste sie sich auch ausgerechnet in einen strammen Anhänger der Nationalsozialisten verlieben? Nach der Verlobung hatte der Herr Doktor, der all die Jahre geschwiegen hatte, es mit seinem Gewissen nicht mehr vereinbaren können, den jungen Mann aus Wörth beiseitegenommen und ihm von der Fallsucht berichtet, unter der seine Verlobte einst gelitten hatte. Die Hoffnung von Dr. Schindlbeck, der junge Mann möge die Verlobung mit seiner Angebeteten lösen, um erbkranken Nachwuchs zu verhindern, wurde durch den linientreuen Eifer des glühenden Nazis sogar noch übertroffen: Seiner Meldung folgte ein Sterilisationsantrag des Gesundheitsamtes Roding, und das verzweifelte Jammern der Hutzlerin, das bei Fritz, Katha und Antonia fieberhaftes Nachdenken darüber ausgelöst hatte, ob man es riskieren konnte, das Mädel zu verstecken, kam zu spät. Schon am nächsten Morgen wurde die Maria abgeholt, drei Wochen später kam die junge Frau verstört zurück. Hinter vorgehaltener Hand raunte man sich zu, dass man ihr in Karthaus, wie die Regensburger Heil- und Pflegeanstalt Karthaus-Prüll kurz genannt wurde, Schlimmes angetan habe. Immerhin, das Mädel war noch am Leben und hatte wieder nach Hause gedurft. Kathas Einschätzung zufolge aber war die Maria jetzt dem Wahnsinn weitaus näher als zuvor.

In der jüngsten Zeit hatte sich die Toni also nichts zuschulden kommen lassen, und von ihren Überlegungen konnte der Spreitzer schließlich nichts wissen. Aber wenn der Lautenschlager sie verpfiffen hatte, spielte das auch keine Rolle mehr.

Entschlossenen Schrittes marschierte Spreitzer über den Rasen und schleuderte ihr den deutschen Gruß entgegen, ohne eine Miene zu verziehen. Antonia murmelte eine Antwort, die alles und nichts bedeuten konnte, und strich sich das Wolltuch glatt wie eine Rüstung.

»Lang ist's her, Frau Schönberger«, eröffnete der Ortsgruppenleiter das Gespräch. Seine jovialen Worte täuschten nicht über die Kälte hinweg, mit der er Antonia musterte. »Heute gibt es aber einen erfreulichen Anlass für meinen Besuch. Ich will Sie gar nicht lange aufhalten, Sie haben bestimmt genug zu tun. Genau deshalb bin ich hier.«

Antonia zog fragend die Augenbrauen hoch. Antworten wollte sie diesem Menschenfeind nur, wenn es sich gar nicht vermeiden ließ. Und doch atmete sie insgeheim ein wenig auf. Sofern er sich nicht arg verstellte, schien er nicht gekommen zu sein, um sie eines Verbrechens zu beschuldigen.

»Wir bekommen Polacken«, fuhr er fort, »Kriegsgefangene, die die knappen Plätze in den Lagern blockieren. Das Volk taugt bekanntermaßen nicht viel, aber fürs Grobe wird's schon reichen. Ich kann mich dafür verwenden, dass dem Sonnenhof ein Arbeiter zugeteilt wird.« Er sah sich um, schien aber auf dem Gelände nichts zu entdecken, was sofort erledigt werden musste. »An Männern mangelt es ja hier, der kriegsversehrte Herr Schwager wird das Ruder wohl nicht herumreißen.«

»Danke, aber wir kommen zurecht«, antwortete Antonia knapp. Es fehlte ihr gerade noch, dass man ihr einen Fremden auf den Hof schickte, Pole hin oder her. Sie wollte unter ihresgleichen bleiben, und außerdem taugte sie nicht zur Ausbeuterin, denn dass die aus Polen Verschleppten, ob nun Soldaten oder Zivilisten, auf Geheiß der Gestapo mehr als Tiere denn als Menschen behandelt wurden, hatte sich längst bis nach Grabenzell herumgesprochen.

»Zurechtkommen reicht nicht«, antwortete Xaver Spreitzer mit deutlichem Widerwillen ob ihrer Reaktion. »Wir müssen produzieren, jetzt im Krieg umso mehr. Wer sich dem widersetzt und nicht alles tut, was in seiner Macht steht, widersetzt sich auch Volk und Führer.« Sein prüfender Blick lastete auf Antonias Gesicht.

So war das also. Eine als Angebot getarnte Gesinnungsprüfung, die nur eine Antwort zuließ. »In Herrgottsnamen, dann schicken Sie uns halt einen Polen.« Sie erwiderte seinen Blick unverwandt. »Für Führer, Volk und Vaterland.«

Wenn er den Sarkasmus in ihren Worten erkannte, so ließ er es sich auf jeden Fall nicht anmerken. »Dann verbleiben wir so«, sagte er mit einem zufriedenen Nicken. »Im Laufe des März können Sie mit der zusätzlichen Arbeitskraft rechnen.« Er hatte sich schon zum Gehen gewandt, als ihm plötzlich noch etwas einzufallen schien. »Ihr Sohn …« Vorgeblich angestrengt nachdenkend runzelte er die Stirn.

»Manfred«, kam sie ihm notgedrungen zu Hilfe, als das Schweigen unangenehm zu werden begann.

»Richtig, Manfred. Wie alt ist er doch noch gleich?«

»Zehn«, antwortete Antonia gepresst.

Ein triumphierendes Grinsen erhellte das Gesicht des Ortsgruppenleiters. »Dann freuen wir uns darauf, ihn baldigst beim Jungvolk begrüßen zu dürfen. Heil Hitler.«

Sie sah ihm nach, als er das Grundstück verließ und geschäftigen Schrittes die Straße hinuntereilte, und doch nahm sie ihn kaum mehr wahr. Stattdessen versuchte sie, das Bild Rudis aus ihren Gedanken zu vertreiben und der aufkommenden Übelkeit in ihrem Leib Herr zu werden.

***

Frühsommer 2022

In Gedanken versunken passierte Lene zunächst das rege Treiben von Kollegen und Bewohnern, dann das mittlerweile wieder verlassene Yogadeck.

Andreas Mölln schien zwar einerseits in Grabenzell bekannt wie ein bunter Hund gewesen zu sein, andererseits aber gab es offenbar niemanden, der ihm wirklich nahegestanden hatte. Sein älterer Bruder, zu dem er nur losen Kontakt gepflegt hatte, lebte in München, die Eltern waren schon vor einigen Jahren verstorben, und auch sonst hatte niemand sein Leben geteilt. Es schien, als hätte ihn sein Umfeld zwar weitgehend wohlwollend, aber doch mit Vorsicht und Distanz genossen.

»Frau Wagenbach?«

Lene wandte sich um und lächelte automatisch, als sie Marie Paulus erkannte. Obwohl Lene deren regelmäßig gespitzte Ohren hinter dem gekippten Fenster nicht entgangen waren, hegte sie Sympathie für die zurückhaltende, stets freundliche Frau, die sich mit ihrer knabenhaften Figur und dem langen blonden Haar etwas Mädchenhaftes bewahrt hatte, obwohl sie ebenso wie ihr Mann bereits Ende Dreißig war.

»Ja?«

Marie trat einen Schritt auf sie zu und senkte den Blick, bevor sie sich offenbar ein Herz fasste. »Ich wollte Sie darum bitten … Gerade weil ich Ihnen zutraue, dass Sie über das nötige Feingefühl verfügen.« Im Geiste schien sie nach den richtigen Worten zu suchen. »Bitte gehen Sie achtsam mit den Leuten hier um. Vor allem mit Tanja Schwarz und Beate Feuersänger.«

»Sie sind jetzt schon die Zweite, die mich darum bittet.« Lene runzelte die Stirn. Dass ihr im Zuge von Mordermittlungen nahegelegt wurde, besonders vorsichtig mit potenziellen Verdächtigen umzugehen, widerstrebte ihr einerseits. Andererseits rührte sie diese Fürsorge untereinander. Oder waren die Bitten nur Show, eine Finte, um sie weichzuspülen und einen berechtigten Verdacht zu zerstreuen?

»Das wundert mich nicht«, antwortete Marie Paulus. »Wir alle sehen, wie manche von uns leiden. Ich bin Psychologin, glauben Sie mir: Ich habe hier alle Hände voll zu tun.«

»Das soll mich jetzt hoffentlich nicht von weiteren Vernehmungen hier auf dem Sonnenhof abbringen?«, erwiderte Lene.

»Nein«, antwortete Marie Paulus frei heraus. »Aber vielleicht bringt es Sie von Vorurteilen ab. Oder von einer Art und Weise der Befragung, die Wunden weiter aufreißt. Wunden, die ich zu heilen versuche.«

»Welche Wunden sind das aus psychologischer Sicht?« Wenn sie schon Rücksicht auf mentale Probleme nehmen musste, dann wollte Lene wenigstens genau wissen, womit sie es zu tun hatte.

»Alle, die hier auf dem Sonnenhof leben, verabschieden sich von ihrem langjährigen Bild einer in ihren Augen zumindest einigermaßen funktionierenden Gesellschaft.« Marie Paulus' eindringlicher Blick schweifte über das rege Treiben auf dem Gelände und kehrte dann zu Lene zurück. »Die vielbeschworene Zeitenwende, das war für die meisten von uns nicht erst der Krieg in der Ukraine. Unsere Zeitenwende kam früher: mit zumindest zum Teil menschenverachtenden Lockdownregeln, mit Ausgangssperren, mit der Inkaufnahme von schlimmen Kollateralschäden ohne jegliche Abwägung, mit geschlossenen Kitas und Schulen, mit dem Vergessen derjenigen, die keine Stimme hatten, mit der Diffamierung all jener, die Kritik übten, zuletzt mit dem Psychoterror gegen diejenigen, die die Impfung für sich ablehnten, bis hin zur völligen beruflichen Zerstörung. Wenn ein Bundeskanzler betont, dass es bei der Pandemiebekämpfung keine roten Linien gibt, dann ist das beängstigend für viele Menschen. Wenn auch nicht für die Mehrheit.« Sie zuckte die Achseln, um die Selbstverständlichkeit ihrer Worte zu unterstreichen. »Daraus resultieren natürlich unschöne Dinge: posttraumatische Störungen, Verbitterung, Angststörungen, verschlimmerte Depressionen.«

»Und es ist für Sie nicht denkbar«, hakte Lene nach, »dass sich diese mentalen Probleme in Gewalt Bahn brechen?«

»In einzelnen Fällen irgendwo dort draußen bestimmt«, antwortete Marie. »Hier bei uns sehe ich aber den Rückzug als Folge. Eine Form innerer Kündigung, könnte man sagen.«

»Empfinden Sie eigentlich auch so?« Trotz aller Schwierigkeiten, mit denen die Sonnenhofbewohner konfrontiert waren, war ihr Marie Paulus stets fröhlich und ausgeglichen erschienen.

»Sie meinen, ob ich mich selbst therapieren muss? Ich bin stabil, danke der Nachfrage.« Maries Lächeln erhellte ihr frisches Gesicht bis zu den blauen Augen. »Die meisten hier sind das mittlerweile wieder. Und ein paar von uns – Moritz und Clara zum Beispiel – hatten schon im Vorfeld die Gabe, einfach frohen Mutes zu akzeptieren, was sie nicht ändern können, und sich dabei völlig auf sich selbst zu fokussieren. Aber wir anderen, ich eingeschlossen, haben Vertrauen verloren. In unsere Regierung, in unser Land, in unsere Mitmenschen, in unsere Medien. Das ist schmerzhaft und muss verarbeitet werden. Es wäre einfacher gewesen, wenn man nie Vertrauen gehabt hätte. Oder aber immer gewusst hätte, dass man anders tickt als die Mehrheit.«

»Wie tickt die Mehrheit denn?«, fragte Lene. »Wo liegen Ihrer Meinung nach die gravierenden Unterschiede?«

»Nur ein Beispiel«, antwortete Marie, als hätte sie nur darauf gewartet. »Es gibt unzählige Leute, die glauben, sie lesen die Tageszeitung oder sehen einmal am Tag die Nachrichten und sind damit gut informiert. Aber stellen Sie sich vor, Sie wollen es genauer wissen.« Sie deutete mit dem Zeigefinger beinahe in Trump-Manier auf Lene. »Also recherchieren Sie. Sie lesen Originaldokumente, Sie arbeiten Studien durch, und dann stellen Sie fest, dass in der Tageszeitung oder in der Tagesschau vieles verschwiegen wird. Entscheidendes. Vertrauen Sie weiterhin auf die Tageszeitung?« Sie zuckte die Achseln. »Sie sind eine vernunftbegabte Frau, also wohl eher nicht. Dann versuchen Sie, die Menschen in ihrem Umfeld aufzuklären. Gleichzeitig wird aber jeder, der sich ein differenzierteres Bild der Sachlage macht, der ähnliche Informationen weitergibt wie Sie oder Warnungen ausspricht, in der Tageszeitung oder in den Nachrichten als Spinner tituliert. Oder als Verschwörungsideologe, Aluhut – denken Sie sich einfach ein paar abwertende Begriffe aus. Für den Großteil der Menschen ist jetzt das Urteil einfach. Sie glauben der Tageszeitung und müssen sich nicht auseinandersetzen, sie müssen keine Zeit investieren, das vorgefertigte Urteil wird übernommen. Die Manipulation funktioniert.« Erneut hob sie die Schultern. »Aber das ist nur meine Meinung. Sehen Sie sich zum Beispiel den Artikel von Andreas Mölln über den Knochenfund hier an. Hat er wirklich gelogen? Nein. Hat er Tatsachen verdreht und Details verschwiegen? Ja. Die beabsichtigte und auch erzielte Wirkung dieses Artikels dürfte Ihnen nicht entgangen sein.« Sie bemühte sich gar nicht erst, den zumindest leisen Ärger in ihrer Stimme zu verhehlen.

»Aber unsere Pressestelle hat sich doch um die Gegendarstellung in der Zeitung gekümmert«, widersprach Lene.

»Mhm«, machte Marie mit gefurchter Stirn. »Die Gegendarstellung hatte einen Umfang von einer Spalte mit zehn Zeilen. Und Sie glauben wirklich, dass das die Leser im gleichen Maß erreicht wie Mölins reißerischer Artikel mit den drei Fotos vom Polizeiaufgebot auf dem Hof und, noch schöner, dem Archivbild eines Skeletts? Sie glauben, das hat das Bild in den Köpfen der Leute geändert? Das Urteil revidiert, dass auf dem Sonnenhof gefährliche, unsolidarische Irre, vielleicht sogar Mörder leben?« Sie schüttelte den Kopf. »Ich will wirklich nicht unverschämt sein, Frau Wagenbach, aber: Träumen Sie weiter.«

Lene nickte, der Punkt ging wohl an Marie Paulus. Sie konnte nicht umhin, sich einzugestehen, dass die Vernehmungen auf dem Sonnenhof ihren Blickwinkel zumindest zum Teil veränderten. Vielleicht hatte sie in der Vergangenheit wirklich nicht genug Fragen gestellt. Vielleicht stellten manche Menschen aber auch zu viele, zumindest zu viele, um sich ihr persönliches Seelenheil zu bewahren?

Mit ihrer hochgewachsenen, sportlichen Statur, den ausdrucksstarken dunklen Augen und dem graumelierten Haar machte Tanja Schwarz zunächst den Eindruck, sich, ganz ohne jegliche Eitelkeit, in ihrer Haut pudelwohl zu fühlen. Auch sie gab an, den Tatabend am Lagerfeuer verbracht und sich dann gegen zehn Uhr abends zum Schlafen in ihren Wohnwagen zurückgezogen zu haben, in dessen schmucklosem, zweckmäßigem Interieur sie nun Lene gegenübersaß. Sie hatte Lene eine Tasse Kaffee angeboten und sich sogar zu einem Lächeln durchgerungen, als sie sich auf ihren angestammten Platz niedergelassen hatte, und doch konnte sie keine Sekunde lang verbergen, dass es unter der höflichen Oberfläche der knapp sechzigjährigen Frau brodelte und gärte.

»Ich habe ihn ein paar Male im Dorf unten gesehen«, antwortete sie auf Lenes Frage nach ihrem Verhältnis zu Andreas Mölln. »Aber nie ein Wort mit ihm gewechselt. Eben deshalb bin ich ja hier«, fügte sie hinzu, und die steile Falte neben ihrer linken Augenbraue vertiefte sich. »Um mich mit solchen Menschen nicht mehr umgeben, mich nicht mehr an ihnen abarbeiten zu müssen. Mein selbstgewählter Lockdown.«

»Der ja jetzt nicht mehr nötig ist«, wandte Lene ein.

»Für mich schon.« Sie blickte einen Augenblick nach oben in Richtung der Wohnwagendecke, als wäre dort Hilfe zu finden.

»Nachdem man die Erkrankung ein wenig besser einordnen konnte, war ich eigentlich der Meinung, die von der Regierung geforderte Isolation ist in diesem Ausmaß nicht nötig und schadet vielen Menschen mehr als sie nützt, weil sie uns die Essenz des Menschseins nimmt. Und jetzt?« Nervös trommelte sie mit ihren schlanken Fingern auf ihr linkes Knie. »Jetzt umgebe ich mich freiwillig nur noch mit ausgewählten Leuten, weil ich die meisten dort draußen nicht mehr ertragen kann. Ich verachte sie, ich empfinde keinen Respekt mehr. Dummes Pack, das nichts Gutes verdient.« Wie schon einige Male zuvor presste sie diese Anklage zwischen beinahe gefletschten Zähnen hervor. »Wie klingt das aus dem Mund einer Physiotherapeutin, die ihren Beruf und die damit verbundenen Möglichkeiten, ihren Mitmenschen zu helfen, bis vor Kurzem noch von Herzen geliebt hat?«

»Es klingt bitter«, antwortete Lene wahrheitsgemäß. »Und ziemlich hasserfüllt.« Hasserfüllt genug, um einen Vertreter der Spezies Dummes Pack umzubringen?

»Sie haben recht«, erwiderte Tanja Schwarz und ihre Stimme klang hart. »Ich bin anders als die anderen hier«, fuhr sie deutlich ruhiger fort. »Ich bin voller Wut und Hass, weil mich sonst die Trauer um meinen Sohn und das Entsetzen über die Bösartigkeit und Herzlosigkeit der Menschen, die meine Existenz zerstört haben, umbringen. Nach Marvins Tod wollte ich die Menschen vor diesen im Rekordtempo auf den Markt geworfenen Impfungen warnen.« Sie stieß ein bitteres Lachen aus, dann presste sie erneut die Zähne aufeinander. »Mittlerweile hoffe ich, dass sich die Verantwortlichen und alle, die die Verunglimpfung, die Hetze, die Ausgrenzung und Zerstörung anderer mitgemacht haben, noch ein paar Booster holen, gerne wöchentlich. Und ja, ich hoffe, dass sie sich damit gesundheitlich ruinieren. Und wenn sie ruiniert sind, stehe ich höhnisch lachend daneben.«

»Wow.« Etwas anderes fiel Lene kaum ein. »Das klingt radikal.«

»Die berühmte Radikalisierung.« Tanja Schwarz schnaubte verächtlich. »Ich verrate Ihnen etwas: Meine Gewaltbereitschaft liegt keinen Deut höher als vor diesem ganzen Irrsinn. Ich kann keiner Fliege etwas zuleide tun, und auch diesem Schmierfinken, auf den Ihre Befragung abzielt, hätte ich niemals ein Haar gekrümmt. Aber dass ich mich über sein unschönes Ende von Herzen freue, genau wie sich so viele Mitläufer über meinen Ruin gefreut haben, wie er sich vermutlich selbst über den Erfolg seiner Hetzkampagne gegen uns gefreut hat, das kann ich nicht leugnen. Wenn Sie das als Radikalisierung bezeichnen, ja, dann habe ich mich radikalisiert.«

So viel blanker Hass sprach aus dieser Frau, so viel Enttäuschung. Sie erschien Lene aufrichtig und glaubwürdig, auch im Hinblick auf Andreas Mölln, aber konnte es nicht sein, dass sie sich mit ihrem dringenden Wunsch nach Gerechtigkeit oder vielleicht auch Rache im Recht fühlte und deshalb ohne Skrupel log? Auge um Auge, Zahn um Zahn? Die Zerstörung eines anderen Lebens für die Zerstörung des eigenen?

Als Lene aus dem Wohnwagen trat, atmete sie tief ein. Diese Offenbarungen musste sie ein paar Minuten sacken lassen.

***

März 1940

Es war noch früh am Morgen, als zwei Handlanger der Gestapo den Polen brachten, der – hochgewachsen, aber mit gesenktem Blick – reglos zwischen ihnen stand. Sehr schlank war er, aber nicht ausgemergelt, soweit Antonia das erkennen konnte. Das blonde, wellige Haar brauchte dringend einen Schnitt und seine alten Lederschuhe eine ordentliche Portion Leim. Oder vielleicht besorgte sie ihm auch neue, der Schuster Bücherl mit seinem immerwährenden Leberwursthunger würde ihr beim Preis bestimmt entgegenkommen.

»Jankowski, Milosz.« Der ältere Gestapo-Mann händigte Toni den Arbeitsausweis des Mannes aus. »Wenn's Probleme gibt …«

»Ist recht«, schnitt sie ihm das Wort ab.

»Er wurde ausführlich über die Erlasse der Reichsregierung informiert und hat deren Kenntnisnahme unterzeichnet«, fuhr der Gestapo-Mann fort. Offensichtlich hörte er sich selbst gerne reden. »Auch Ihnen ist der Inhalt der neuen Verordnung bekannt?«

»Natürlich«, antwortete Toni mit dem gebotenen Eifer. Dabei hätte sie dem Mann am liebsten vor die Füße gespien. Die sogenannten Polen-Erlasse waren nichts anderes als in Rechtsform gepresste Menschenverachtung.

»Das Abzeichen ist fortwährend gut sichtbar zu tragen«, fuhr der Polizist fort und hieb dem Polen, der den Schlag nicht kommen sah, aufs Revers, wo der auffällige gelb-lilafarbene Aufnäher mit dem stigmatisierenden P angebracht war. Der junge Pole geriet ins Straucheln, fing sich aber geschickt wieder.

»Kein Ausgang nach Dämmerung, kein persönlicher Kontakt, der über das Nötigste hinausgeht«, ratterte der Gestapo-Mann mit sichtlichem Triumph die für ihn wohl wichtigsten Punkte herunter.

»Natürlich nicht«, erwiderte Toni und hoffte, dass er den leisen Sarkasmus in ihrer Stimme überhörte.

Er sah sie prüfend an. »Die Triebhaftigkeit der polnischen Rasse ist weithin bekannt. Wahren Sie Distanz und behalten Sie ihn scharf im Auge.« Nach einem weiteren Nicken, das Antonia nur unter Anstrengung mit dem Anschein der Aufrichtigkeit erwidern konnte, warf er dem Polen einen letzten durchdringenden Blick zu, der diesem freilich, die Augen immer noch gesenkt, entging, dann gab er dem jüngeren Gestapo-Mann ein Zeichen und wandte sich endlich mit einem schneidig vorgetragenen deutschen Gruß zum Gehen. Antonia atmete auf. Sie konnte all diese Menschen, die Hitlers Irrsinn besonders glühend anhingen, einfach nicht mehr ertragen.

Erst als der Schotter der Zufahrt unter den Reifen des davonfahrenden Kastenwagens knirschte, hob der Pole langsam den Kopf. Im selben Augenblick schon ahnte Toni, dass sie diesen Moment so schnell nicht vergessen würde.

Jung war er, bestimmt noch keine Dreißig, und ein fescher Kerl noch dazu. Vor allem aber seine tiefblauen Augen, deren Melancholie, trotz aller bestimmt erlittenen Demütigungen, die Andeutung eines verschmitzten Lausbubenlächelns auf seinem Gesicht nicht vertrieb, rührten sie auf eine Art und Weise, die ihr die Kehle eng werden ließ. »Hast Hunger?«, fragte sie und untermalte ihre Worte gestisch.

Er nickte zurückhaltend.

»Dann gibt's jetzt erst einmal ein gescheites Frühstück.« Sie schritt die wenigen Meter bis zur Eingangstür besonders beherzt aus und führte ihn ins Haus. »Und danach zeig ich dir deine Kammer.« Sie versuchte sich an einem aufmunternden Lächeln, als sie die Tür zur Stube öffnete und ihn mit einer Handbewegung hereinbat. Zum Glück waren Fritz und Katha nirgends zu sehen. Die beiden hätten sofort bemerkt, dass das Auftauchen des jungen Polen Antonia auf eine Art und Weise verunsicherte, die ihr selbst nicht ganz geheuer war.

»Ich kann in Stall schlafen«, antwortete er, ohne das Lächeln zu erwidern. Wieder war es eine seltsame Kombination, diesmal aus Demut und Trotz, die in seiner rauen Stimme durchschien. Nur kurz streifte sein Blick durch die Stube, über den großen hölzernen Esstisch und den Kachelofen, dann hefteten sich seine Augen wieder auf Antonia.

»Wer hart arbeitet, kriegt bei mir auch ein vernünftiges Bett.« Sie versuchte, das Klopfen ihres Herzens zu ignorieren, wich seinem Blick aus, eilte in die Kochnische und holte einen Humpen frischer Milch, den sie neben den Korb mit dem Brot auf den Esstisch stellte. Erneut musste eine Handbewegung reichen, um ihm zu bedeuten, sich zu setzen, dann verließ sie mit schnellen Schritten die Stube, um Eier, Butter und Würste zu holen. Und um ihren kühlen Kopf zurückzuerlangen.

Milosz hatte sich schon in den ersten Tagen auf dem Sonnenhof als fleißiger Mann erwiesen, der zwar von der Landwirtschaft und dem Umgang mit dem Vieh keine Ahnung hatte, aber vor harter körperlicher Arbeit nicht zurückschreckte. In seiner Heimat war er Schreiner gewesen, der früh das Geschäft des verstorbenen Vaters übernommen hatte, und so wunderte sich Antonia nicht über sein handwerkliches Geschick. Mehr hatte er von seinem Leben vor dem Einmarsch der Deutschen, die seine Heimatstadt Chrzanów schon seit dem vierten September des vergangenen Jahres besetzt hielten, nicht preisgegeben.

Die Freundlichkeit, mit der man ihn auf dem Sonnenhof aufgenommen hatte, schien ihm nicht ganz geheuer zu sein, zumindest reagierte er verhalten und misstrauisch auf jedes nette Wort, auf jeden Arbeitsauftrag, der als Bitte und nicht als Befehl formuliert war, sogar auf jede Einladung, sich mit an den Tisch zu setzen und sich als Lohn für die harte Arbeit das Essen schmecken zu lassen. Wobei er brav allen Aufforderungen nachkam, und gerade den Räucherwürsten, die um diese Jahreszeit häufig auf dem Tisch landeten, offensichtlich nicht widerstehen konnte. Dennoch: Er schien in ständiger Habachtstellung zu sein, sodass die Toni sich unweigerlich fragte, wie schlecht es ihm wohl als Kriegsgefangenem ergangen sein musste. Andererseits wollte sie sich das auch gar nicht so genau vorstellen.

Nur dem Manfred gegenüber legte er keine Scheu an den Tag, und Manfred wiederum, der seine Sehnsucht nach einem Vater bisher mit seinem Onkel Fritz befriedigt hatte, schien den jungen Polen ab der ersten Minute ihrer Begegnung am Nachmittag regelrecht zu bewundern. Antonia hatte nicht bemerkt, dass ihr Stickzeug längst in den Schoß gesunken war, während sie sich in den Anblick der beiden vertiefte. Sie saßen auf der schmalen Holzbank neben der Anrichte, einen niedrigen Tisch vor sich, auf dem sich schon ein beachtlicher Berg von Holzspänen türmte, beide mit je einem handlichen Stück Holz ausgestattet, aus dem nun ein Tier entstehen sollte. Während das Schnitzwerk Milosz' eindeutige Ähnlichkeit mit einem Pferd aufwies, war Manfred trotz der unermüdlichen Tipps seines Lehrers mit dem Messer abgerutscht und hatte dem noch undefinierbaren Vierbeiner eine tiefe Kerbe ins

Hinterteil geschnitzt. »Wenn nicht ist perfekt, ist oft am Schönsten«, versuchte Milosz, seinen Lehrling zu trösten. Das galt auch für sein Deutsch, stellte die Toni fest, das zwar gebrochen, aber gut verständlich war. Hatte er das in Gefangenschaft gelernt? Es rang ihr großen Respekt ab, wie er sich ganz offensichtlich mühte, die Sprache, die noch dazu die der Besatzer und Feinde war, in verständliche Sätze zu zwängen.

Katha stieß Antonia sachte in die Seite und warf ihr einen fragenden Blick zu, und Antonia senkte die Augen und nahm ihre Stickarbeit wieder auf. Dass ihr dabei das Blut deutlich fühlbar ins Gesicht schoss, übersah die Katha hoffentlich.

»Ist schon spät«, sagte Milosz an Manfred gewandt, »morgen reparieren.« Er legte die Schnitzarbeit auf den Tisch, streckte die langen Glieder und machte sich daran, die Späne einzusammeln.

»Lass«, sagte Antonia. »Das räum ich dann schon weg.«

Er wandte sich ihr mit einem Ausdruck leisen Erstaunens zu, als hätte er ihre Anwesenheit längst vergessen, und sah sie unverwandt an. »Danke«, antwortete er, räusperte sich und verließ mit einem kurzen Gruß und einem letzten Lächeln für Manfred die Stube.

Antonia entging nicht, dass die Katha und der Fritz einen besorgten Blick austauschten. Sie wartete, bis die Schritte des Polen auf der Treppe zu den Schlafkammern verklungen waren, bevor sie sich Manfred zuwandte. »Du weißt schon«, sagte sie, »dass du niemandem davon erzählen darfst, dass der Milosz ein netter Kerl ist und dir das Schnitzen beibringt, gell, Manfred?«

Er nickte mit betrübtem Gesicht. »Es gibt doch eh niemanden, dem ich erzählen könnt, Mama.«

Seine Antwort schnitt Antonia ins Herz. Dass ihr eigentlich so fröhlicher Sohn ein Eigenbrötler war, der sich schwertat, Freunde zu finden, machte ihr zu schaffen – auch wenn es in diesen Zeiten besser war, niemandem zu vertrauen und keine Freunde zu haben.

»Der Josef hat auch einen Polen daheim, und er protzt andauernd damit, wie schlecht sie ihn behandeln«, fuhr der Manfred fort. »Dumm bin ich nicht, Mama. Ich weiß, dass es dem Milosz bei uns nicht gutgehen darf.«

Antonia nickte und nahm ihren Sohn, der zu ihr herüberkam und sich wie ein kleines Kind an sie schmiegte, fest in die Arme. In welch miserable Welt hatte sie bloß ihr Kind geboren?

Auch Antonia hatte es nicht mehr lang in der Stube ausgehalten und sich bald in ihre Schlafkammer zurückgezogen. Die vergangenen Tage hatten sie aufgewühlt hinterlassen, ohne dass sie genau sagen konnte, weshalb.

Sie war weder gleich zu Bett gegangen noch hatte sie nach dem Tagebuch gegriffen, stattdessen saß sie vor der niedrigen Kommode mit dem Spiegel und betrachtete sich nachdenklich, während sie mit der Bürste durch ihr langes Haar strich.

So jung wie er sah sie nicht mehr aus. Durch ihre braunen Locken schlängelten sich schon ein paar Silberfäden, und auch das Gesicht war älter geworden, schmaler und herber. War das schlecht? Sie hatte sich schon lang keine Gedanken mehr über ihr Aussehen gemacht, ja, konnte sich noch nicht einmal mehr erinnern, wann sie sich zuletzt genau im Spiegel angeschaut hatte. Aber dieser junge Pole hatte etwas an sich, das bewirkte, sich selbst mit seinen Augen sehen zu wollen. Ob sie ihm gefiel?

Sakrament, Toni, jetzt langt's aber! Sie hatte der Liebe nach Rudis Tod abgeschworen. In ihrem Herzen war kein Platz für einen Mann, denn das war schon besetzt: Von ihrem Sohn, von ihrer

Familie, ihrem Hof und ihrer Aufgabe, nämlich sie alle und vielleicht noch ein paar Unschuldige dazu wohlbehalten durch diese Zeit zu bringen. Sie brauchte keine Liebschaft, und erst recht keine, die sie selbst ins Lager und den Liebhaber an den Galgen brächte. Mit einem Schaudern legte sie die Bürste beiseite.

Am besten wär's, er hielte sie einfach für eine freundliche alte Schachtel mit besonders guten Räucherwürsten. Der Gedanke erheiterte sie, ein leises Lächeln stahl sich um ihren geschwungenen Mund, feine Fältchen umkränzten die hellgrünen Augen wie Sonnenstrahlen, die langen Locken fielen ihr jetzt seidig über die Schultern. Seufzend stellte sie fest, dass sich zwar alles Weiche, Mädchenhafte aus ihrem Gesicht verloren hatte, aber auch die alte Schachtel dort noch längst nicht zu finden war. Aber vielleicht hatte sie ja Glück. Vielleicht bemerkte der Pole es nicht.

Frühsommer 2022

Mit einem Lächeln, so schief es auch ausfallen mochte, schlug Gerd Schönberger das Notizbuch zu. Zwar war sein alter Körper mit all diesen Gefühlsaufwallungen der vergangenen Tage überfordert, das spürte er an seinem unregelmäßigen Herzschlag ebenso wie an der umfassenden Erschöpfung, die er seinem unruhigen Schlaf zu verdanken hatte. Und doch rührten ihn die Worte der Mutter, die die widersprüchlichen Erinnerungen an seinen Vater heraufbeschworen. Er hatte immer das Gefühl gehabt, dass ihm dieser Milosz, der gleichzeitig fester Bestandteil des Sonnenhofs war und dennoch, selbstgewählt, ein wenig außen vor blieb, bis zuletzt fremd gewesen war. Umso mehr erkannte er ihn wieder in den Beschreibungen der Mama, sah ihn im Geiste vor sich mit dem schmalen Gesicht und den eleganten hohen Wangenknochen. Die gerade schmale Nase, die ein wenig trotzig wirkenden Lippen, all das verdankte er selbst seinem Vater. Was noch? Er wusste zu wenig über Milosz' Seelenleben, um diese Frage zu beantworten.

Aber er wusste von seiner leisen Eifersucht auf den Bruder, die er schon seit jeher empfunden hatte. Manfred und Milosz schien etwas zu verbinden, was er nie wirklich verstanden hatte, und so sehr er seinen großen Bruder, der ja genau genommen ein Halbbruder war, auch geliebt und bewundert hatte: Er neidete ihm die Aufmerksamkeit, die er von Milosz bekommen hatte, die Zuneigung, die gemeinsame Zeit, die ihm durch den frühen Tod des Vaters fehlte. Gleichzeitig meldete sich das altbekannte schlechte Gewissen: Er durfte seinem mit knapp vierunddreißig Jahren tödlich verunglückten Bruder nichts neiden, wo er, Gerd, doch selbst auf ein solch langes und letztlich auch glückliches Leben zurückblickte.

Mit zitternder Hand schob er das Notizbuch zurück unter das Tablet. Bald würde sich Sebastian melden, bis dahin musste er es schaffen, seine flatternden Nerven zu beruhigen.

***

Lene nickte dem Kollegen zu, der die Durchsuchung geleitet hatte, und wünschte ihm einen schönen Feierabend. Aufgrund des vielköpfigen Teams war es gelungen, das gesamte Areal inklusive aller Behausungen auf einen Tag zu durchkämmen und sämtliche relevanten Gegenstände sicherzustellen. Lene hatte keinerlei Zweifel an der Gründlichkeit der Kollegen und dem bisherigen Ergebnis der Bemühungen, das sie allerdings keinen Schritt weiterbrachte. Es gab keinen einzigen wirklich verdächtigen Fund, keine Sturmhauben, bisher keinen Hinweis auf Blutspuren, keine verräterischen Waffen, keinerlei Hinweise auf Planung oder Durchführung eines Angriffs auf Andreas Mölln. Auch rund um den Tatort hatte man bisher keine potenzielle Tatwaffe gefunden, und zu allem Überfluss schienen die Grabenzeller ein stocksolides Völkchen zu sein: Von den befragten Nachbarn in den umliegenden Häusern war niemand zum mutmaßlichen Tatzeitpunkt wach gewesen. So blieb Frau Heimerl die einzige Zeugin.

Was den Sonnenhof anging, so musste Lene sich eingestehen, dass selbst sie als eigentlicher Störfaktor nicht unwillkommen zu sein schien. Es herrschte eine angenehm entspannte, oft sogar fröhliche Atmosphäre, trotz des Generalverdachts, der für alle offensichtlich im Raum stand. Dabei war Lene daran gewöhnt, auf Ablehnung zu stoßen, auf eine unsichtbare Mauer, die Verdächtige um sich aufbauten. Nichts von alledem war hier geschehen.

Sie lehnte am Zaun des Bauerngartens und beobachtete die Gruppe, die sich im Licht der schon tief stehenden Sonne um das Anfachen des Lagerfeuers kümmerte. Eines der Kinder schleppte eine große Packung Marshmallows an und wurde von den anderen freudig jauchzend empfangen. Zu allem Überfluss hatte Sebastian Paulus sie auch noch eingeladen, sich dem Tagesausklang bei Kartoffeln, Würstchen und Stockbrot anzuschließen, was sie aber zur Wahrung der professionellen Distanz abgelehnt hatte. Ihr Magen knurrte vernehmlich, der Sättigungseffekt der mittäglichen Leberkässemmel war längst verpufft und der Kühlschrank in ihrer Altstadtwohnung in der Regensburger Glockengasse unangenehm leer.

Mit den meisten Bewohnern hatte sie bereits gesprochen, auch mit dem jungen italienischen Pärchen, das, trotz aller derzeitigen Unannehmlichkeiten auf dem Hof, beschlossen hatte, erst zum Winter in wärmere Gefilde weiterzuziehen. Das Gespräch mit der Ärztin Dr. Beate Feuersänger stand neben wenigen anderen noch aus, ihr Mann Rainer hatte sie mit ihrem angegriffenen psychischen Zustand entschuldigt und Lene auf den nächsten Tag vertröstet.

»So nachdenklich, Frau Kommissarin?«

Lene schreckte auf. Vertieft in ihre Gedanken hatte sie Moritz, der ein letztes unliebsames Kräutchen aus einem Beet rupfte und sich dann die Hände sauber rieb, gar nicht bemerkt. Herrn Wagner, korrigierte sie sich selbst in Gedanken. Seine Stirn glänzte feucht, es war immer noch warm. Mit seinen braungebrannten Armen stützte er sich auf den Zaun.

»Ohne Nachdenken geht es noch nicht einmal im Polizeidienst«, antwortete Lene mit einem Grinsen. »Auch wenn das der breiten Bevölkerung nicht immer klar ist, befürchte ich.«

»Der ist vieles nicht klar«, antwortete Moritz. »Mal was ganz anderes …«

»Ja?« Lene wandte sich ihm zu und blieb mit dem Blick an dem charmanten Grübchen hängen, das sich zwischen den Stoppeln des graumelierten Dreitagebartes abzeichnete.

Mit einer etwas verlegenen Geste fuhr er sich durch das Haar. »Ich bin mittlerweile zu alt zum Herumscharwenzeln und ohnehin nicht der Typ, der gern um den heißen Brei herumredet.«

Lenes Grinsen geriet noch ein Stück breiter. »Das war mir noch gar nicht aufgefallen.«

»Na, jetzt weißt du's auf jeden Fall.« Er erwiderte das Lächeln und hielt ihrem Blick stand. »Die Sache ist so: Du interessierst mich, und ich würd dich gern besser kennenlernen. Wie stehen die Chancen?«

So unangebracht sie in dieser Situation auch war, fand Lene seine Direktheit dennoch erfrischend, und ohnehin musste sie sich eingestehen, dass die vor ihr stehende Mischung aus Naturbursche und Freigeist alles andere als uninteressant war. Mit leisem Bedauern schüttelte sie den Kopf. »Lass mich meinen Fall abschließen«, sagte sie und wandte sich zum Gehen. »Wenn du dann nicht im Knast sitzt, sprechen wir noch einmal.«

Acht

Frühsommer 2022

»Gut, dass du da bist.« Ninas Gesicht hellte sich auf, als Lene um kurz nach acht Uhr morgens ins Büro eilte.

»Hattest du Sehnsucht?«

»Auch«, erwiderte Nina ungerührt. »Aber vor allem gibt es ein paar Dinge zu besprechen.« Sie warf einen schnellen Blick auf den Notizzettel an ihrem Monitor, der Lene immerhin Zeit gab, an ihrem Schreibtisch niederzusinken.

»Ich habe zur Entspannung zwischendurch ein bisschen in den alten Dokumenten aus Falkenstein gewühlt.« Nina wedelte mit einem vergilbten Dokument. »Dabei bin ich auf den Totenschein von Milosz Jankowski gestoßen. Was hat Gerd Schönberger noch mal als Todesursache zu Protokoll gegeben?«

»Einen Arbeitsunfall«, erwiderte Lene. »Im Wald, wenn ich mich nicht irre.«

»Nun, das stimmt nicht. Auf dem Totenschein, ausgestellt im August 1951, ist als Todesursache Suizid vermerkt. Hat dich der alte Herr angelogen?«

Unschlüssig neigte Lene den Kopf. »Vielleicht hat man es auch vor ihm verheimlicht. Immerhin hatte sich dieser Jankowski gerade erst als sein Vater geoutet und Gerd Schönberger war damals neun Jahre alt. Ich kläre das ab.«

Ohne weiteren Kommentar ging Nina zum nächsten Punkt über. »Unser neuer Mitarbeiter, ein Kommissaranwärter namens Yannik Weber, beehrt uns ab morgen. Bedeutet also, er wühlt sich durch den Blätterwald und kann den Telefondienst übernehmen. Morgen Mittag wird Mölln obduziert. Soll ich mir das Spektakel in Erlangen ansehen?«

Lene betrachtete Nina prüfend, entdeckte jedoch nichts außer Tatkraft in ihrem offenen Blick. »Zieht es dich also langsam wieder nach draußen?« Sie wertete Ninas unergründliches Lächeln als Zustimmung und nickte. »Sehr gerne. Ich habe in Grabenzell ohnehin noch zu tun. War's das?« Lene erhob sich halb, wurde jedoch von Ninas Kopfschütteln gebremst.

»Ich habe darüber nachgedacht, was du gestern Abend am Telefon gesagt hast.« Wieder erschien ein schelmisches Lächeln auf Ninas Gesicht.

»Was genau meinst du?«

»Nun«, setzte Nina zu einer Erklärung an, »dass du die über die Sonnenhofbewohner kursierende Meinung nicht mit diesen Menschen in Einklang bringst und du nicht durchschaust, ob sie für dich ein überzeugendes Theaterstück aufführen. Oder ob du es tatsächlich mit enttäuschten, aber völlig friedlichen Menschen zu tun hast.« Lene nickte, das war eine überaus treffende Zusammenfassung.

»Man bräuchte also unverfälschte Einblicke, richtig?«

»Das wäre hilfreich«, stimmt Lene zu, ohne zu wissen, worauf Nina hinauswollte.

»Die Leute dort kennen mich nicht«, sagte Nina. »Weder persönlich noch telefonisch. Und ich könnte so ein Yoga Retreat ziemlich gut gebrauchen. Oder eine ›Naturauszeit‹. Oder beides.«

Endlich verstand Lene, worauf Nina abzielte, und stieß einen Laut der Verblüffung aus. »Du willst dich *undercover* auf dem Sonnenhof einmieten? Das ist nicht dein Ernst!«

»Warum nicht?«, fragte Nina mit Unschuldsmiene. »Ich könnte einzelne Verdächtige so weitaus besser unter die Lupe nehmen als du.«

Lene schüttelte intuitiv den Kopf. »Das kann ich nicht verantworten. Erstens wäre es wohl ziemlich prekär, nach einer Auszeit vom Außendienst gleich mit einer verdeckten Ermittlung wiedereinzusteigen …«

»Das lass mal meine Sorge sein«, unterbrach Nina sie. »Ich will wieder raus aus dem Büro, Lene. Und ich kann das jetzt auch. Es ist an der Zeit für Konfrontationstherapie. Sagt sogar mein Therapeut.«

»Das ist aber ein bisschen viel Konfrontation auf einmal, oder?«, wandte Lene ein. »Außerdem kriegen wir das nicht durch, weder bei der Staatsanwaltschaft noch beim Schneckmayr.« Wobei die Idee, das musste sie Nina immerhin zugestehen, etwas für sich hatte.

»Wir werden sehen. Henning ist jedenfalls dafür, mit dem habe ich schon telefoniert«, gestand Nina die Zusammenarbeit hinter Lenes Rücken ein. »Er meint, er kann den Oberstaatsanwalt überzeugen. Und den Schneckmayr übernehme ich.« Nina schien völlig überzeugt, und Lene hielt es für klüger, ihr diesen abgefahrenen Plan nicht auszureden. Darum würde sich der zwar obrigkeitshörige, aber risikoscheue Kommissariatsleiter schließlich bald selbst kümmern.

Dr. Beate Feuersänger stellte sich als attraktive, aber zurückhaltende Enddreißigerin heraus, die das hellbraune Haar raspelkurz trug, als wollte sie um jeden Preis verhindern, Aufmerksamkeit auf sich zu ziehen. Auch Farbe und Form ihrer Kleider unterstrichen diesen Eindruck, mit ihrer schlanken Figur verschwand sie fast in dem weiten Hängerchen aus grobem Leinenstoff.

Im Gegensatz zu den anderen Bewohnern lebte die Familie Feuersänger, der neben Beate auch noch ihr Mann Rainer sowie die beiden Kinder Hannes und Frieda angehörten, nicht in einem der Wägen auf dem Gelände, sondern zusammen mit Familie Paulus im Wohnhaus. Sie waren die Ersten gewesen, die sich den langjährigen Freunden auf dem Sonnenhof angeschlossen hatten.

Zum ersten Mal befand sich Lene für einen längeren Zeitraum im Esszimmer des Hauses, das seine Vergangenheit als Bauernstube nicht leugnen konnte. Eckbank, Anrichte, der große Holztisch mit zahlreichen Kratzspuren geselliger Zusammenkünfte und der Kachelofen hatten bestimmt schon mehrere Jahrzehnte auf dem Buckel. Interessant war, wie das in die Jahre gekommene Inventar mit aktuellen Akzenten aufgepeppt wurde: Moderne Hängeleuchten und Schwarz-Weiß-Bilder sowie die fast schon avantgardistischen Vasen, in denen frische und getrocknete Blumen arrangiert waren, schufen eine gelungene Symbiose aus Alt und Neu.

Lene, der die Nervosität ihrer Gesprächspartnerin nicht entging, überlegte, wie sie es der verstört wirkenden Frau ersparen konnte, mit allzu unschönen Gedanken konfrontiert zu werden und dennoch Antworten auf wichtige Fragen zu erhalten. »Kannten Sie Andreas Mölln persönlich?«, fragte sie schließlich. »Gab es jemals Kontakt, irgendwelche Berührungspunkte?«

Dr. Feuersänger schüttelte den Kopf, dennoch verstärkte sich das leichte Zittern ihrer Hände. »Ich kannte ihn nur vom Sehen, wie das eben so ist, wenn man im gleichen Dorf wohnt. Und ich wusste natürlich, dass er der Redakteur ist, der so erfolgreich gegen uns hetzt. Aber ich habe nie persönlich mit ihm gesprochen.«

»Haben Sie jemals beim Gedanken an ihn Wut verspürt?«

Fast schon überrascht riss sie die klaren braunen Augen auf, dann schweifte ihr Blick nachdenklich ab. »Nein«, erwiderte sie schließlich kopfschüttelnd. »Irgendwie habe ich keine Wut mehr in mir.« Etwas leiser fügte sie hinzu: »Eigentlich habe ich nur noch Angst.«

»Wovor?«, fragte Lene automatisch.

»Vor Menschen«, antwortete Beate Feuersänger. »Nicht vor allen natürlich. Aber vor den meisten schon.«

»Weshalb?«, fragte Lene.

»Weil meine Kinder gequält werden. Weil ich gequält wurde, und zwar so lange, bis ich meinen Beruf aufgegeben habe. Und gäbe es die Möglichkeit dazu, dann würde man mich noch immer quälen.« Ihre Stimme klang angestrengt emotionslos. Als würde sie es nicht ertragen, die Gefühle zu ihren Worten zuzulassen. Lene gestand sich ein, dass sie es sehr wahrscheinlich nicht schaffen würde, diese psychisch angeschlagene Frau vom Gegenteil zu überzeugen und schmerzliche Gedanken zu vermeiden.

»Und alle würden zuschauen«, fuhr Beate Feuersänger fort und schlang haltsuchend die Hände ineinander. »Niemand würde einschreiten. Aus Sicht der Menschen habe ich das verdient. Wie soll mir das keine Angst machen?«

Lene überlegte noch, wie sie das Gespräch in eine andere Richtung lenken konnte, als Beate Feuersänger schon weitersprach. »Ich war Ärztin.« Bei diesen Worten verdüsterte sich ihr Gesicht mit den feinen, klassischen Zügen. »Angestellt in einer großen Hausarztpraxis. Und skeptisch, was die Corona-Impfung anging, was offenbar die größte Verfehlung meines Lebens war. Das allein hat ausgereicht, um mein Leben zu zerstören.«

»Sie glauben also, dass diese Impfungen gefährlich sind?«

»Sie sind zumindest nicht nebenwirkungsfrei, das ist ja mittlerweile auch endlich öffentlich bekannt.« Ein kleiner Anflug von Triumph schlich sich auf ihr Gesicht, der aber gleich wieder verpuffte. »Damals habe ich offen meine Einschätzung mitgeteilt, nämlich, dass die Informationslage aus meiner Sicht zu schlecht ist, um zu einer Massenimpfung aufzurufen, und ich mir zudem nicht vorstellen kann, dass ein Schutz vor Infektion besteht. Die Auswirkungen wurden aus meiner Sicht auch viel zu wenig überwacht. Mir sind in der Praxis schon früh gravierende Nebenwirkungen aufgefallen, aber meine Kollegen haben kategorisch ausgeschlossen, dass es einen Zusammenhang zwischen diesen und den Impfstoffen geben könnte.« Ihre damals wohl empfundene Ungläubigkeit ließ sie auch heute noch den Kopf schütteln. »Ich selbst weigerte mich, mich impfen zu lassen. Und ich habe die Patienten offen aufgeklärt: Über die Möglichkeit von Nebenwirkungen, und natürlich über ihre individuelle Gefährdung durch Covid. Dass die für einen siebzigjährigen übergewichtigen Diabetiker höher ist als für eine gesunde Zwanzigjährige, lag ja längst auf der Hand. Wobei ich auch grundlegend denke, dass es die freie Entscheidung jedes Einzelnen sein sollte, was in den eigenen Körper injiziert wird. Ohne sozialen Druck, ohne finanziellen Druck, ohne Diskriminierung. Diese offene Aufklärung hat mir dann die erste Abmahnung seitens meines Chefs eingebracht.« Ihre Hände hörten zwar auf zu zittern, doch sie seufzte resigniert. »Ich wäre befangen, was in Pandemiezeiten absolut nicht angebracht sei. Danach habe ich zunächst versucht, mich gegenüber den Patienten zurückzuhalten, auch wenn ich das mit meinem Gewissen nur schwer vereinbaren konnte. Trotzdem wurde ich ab diesem Zeitpunkt sehr reserviert behandelt, von sämtlichen Kollegen genauso wie vom Chef.«

»Wie ging es weiter?«, fragte Lene, die den Eindruck gewann, dass Beate Feuersänger ruhiger wurde, je länger sie sprach.

»Ziemlich bald fingen dann die Panikattacken an«, antwortete die Ärztin. »Meistens vor Dienstbeginn, manchmal aber auch aus heiterem Himmel. Atemnot, Herzrasen, Todesangst, das volle Programm. Als die Impfung dann auch noch für gesunde Jugendliche empfohlen wurde, die ich, meiner Überzeugung folgend, eindeutig nicht impfen wollte, habe ich gekündigt. Ich liebe meinen Beruf sehr, aber ich würde diese Entscheidung immer wieder treffen.«

Lene nickte. Wenn Beate Feuersänger wirklich der Meinung war, dass die Corona-Impfung den Jugendlichen mehr schadete als nutzte, dann war ihre Entscheidung in jedem Fall Beweis für eine ordentliche Portion Rückgrat. »Wie geht es Ihnen mittlerweile?«

»Die akuten Attacken sind seltener geworden«, antwortete Beate Feuersänger und rieb sich mit dem Handballen fahrig über die Nasenwurzel. »Marie hilft mir sehr, aber auch Clara mit ihrem optimistischen Gemüt und ihren Yoga-Kursen. Und der Wald, der beruhigt mich auch. Trotz seines grusligen Namens.«

»Boandlforst«, erinnerte sich Lene.

Beate Feuersänger nickte mit einem kaum wahrnehmbaren Schmunzeln. »Aber ich habe eine generalisierte Angststörung entwickelt. Angst ist jetzt also mein ständiger Begleiter, wenn Sie so wollen.«

»Obwohl die direkte Gefahr für Sie vorbei ist?«, hakte Lene nach.

»Ist sie das?«, antwortete Beate Feuersänger mit einer Gegenfrage. »Vergessen Sie nicht, dass ich aufgrund der fehlenden Impfung hier in Deutschland noch immer nicht in meinen Beruf zurückkehren dürfte, selbst wenn ich wollte. Ohnehin befürchte ich, die Pandemie war erst der Anfang. Die Polarisierung wird noch weiter zunehmen, mit diesem Krieg in der Ukraine, mit dem Klima, und wer weiß, was noch alles auf der Agenda landet. Es wird nur noch die eine richtige Meinung geben, und alle Menschen mit abweichender Meinung werden ausgegrenzt oder abgewertet oder diffamiert oder gemobbt, mundtot gemacht, vielleicht sogar eines Tages ganz offen verfolgt.« Ihre Stimme war lauter geworden, mit Nachdruck fuhr sie fort. »Ich habe zwei Kinder. Bringe ich sie in Gefahr, wenn ich sie zu Menschen erziehe, die sich informieren, die selbstständig denken und sich ihre Meinung nicht verbieten lassen? So wie sie jetzt schon täglich in Gefahr sind, Schaden zu nehmen, wenn sie zur Schule gehen, einfach nur, weil wir ihre Eltern sind? Oder soll ich sie vorsichtshalber zu Jasagern und Mitläufern erziehen? Wenn ja, wie geht das? Ich kann das nicht.« Sie sank auf die Eckbank zurück, die Hand vor den Mund gepresst.

»Ich verstehe Ihre Bedenken«, versuchte Lene, sie zu beruhigen. Dass die Sorgen und Nöte dieser Frau echt waren, und sie somit als Täterin schon allein aufgrund ihrer fehlenden Nervenstärke ausschied, lag auf der Hand.

»Eigentlich will ich nur noch weg«, gestand Beate Feuersänger tonlos. »Weg aus diesem Land. Weg von den Menschen hier, die all das zugelassen haben.«

»Ist Auswanderung eine Option für Sie?« Angesichts ihrer Worte war das wohl die einzige logische Konsequenz.

Beate Feuersänger nickte. »Aber mein Mann meint, ich muss erst wieder ein bisschen auf die Beine kommen und stabiler werden, bevor wir die Kids aus der gewohnten Umgebung reißen können.« Sie hob unschlüssig die Schultern. »Vielleicht hat er recht. Ich bin mir aber nicht sicher, ob mir das hier gelingen kann.« Sie runzelte die Stirn, und Lene betrachtete sie nachdenklich.

Was diese Ermittlungen von den üblichen unterschied, war, dass die Befragten bisher allesamt reden wollten. Nicht zwangsläufig über den Mord, der ihre Gedanken nicht großartig zu beherrschen schien. Aber über das Unrecht, das ihnen aus ihrer Sicht widerfahren war.

***

Die kurze Videokonferenz mit seinem Enkel und der Polizistin hatte ihn erschüttert, auch wenn Gerd Schönberger dankbar dafür war, dass Sebastian ihn nach wie vor als mündigen, erwachsenen Menschen behandelte und nicht – wie der Rest der Familie – als kranken Alten, den es von der manchmal unschönen Realität abzuschirmen galt. Vielleicht war das der Grund, warum er so sehr an seinem Enkel hing und ihm mittlerweile mehr vertraute als seiner eigenen Frau.

Auch die Polizistin ging ungezwungen mit ihm um und nahm ihn ernst. Sein schlechtes Gewissen meldete sich sofort, die Frau war ihm leider wirklich sympathisch, und es fühlte sich nicht richtig an, ihr Informationen vorzuenthalten. Aber er war einfach noch nicht so weit, ihr alles zu erzählen. Nicht, bevor er sich nicht selbst damit auseinandergesetzt hatte.

Seine rechte Hand zitterte, er schob sie mühsam in die linke Achselhöhle, um sie zu fixieren. Sein Leben lang hatte er damit gehadert, dass ihm das Schicksal seinen Vater entrissen hatte, kaum dass er gefunden war. Und nun stellte sich heraus: Es war keine unglückliche Fügung gewesen, sondern Milosz' freier Wille. Oder vielleicht doch eine Form von Schicksal, gestand er ein. Vielleicht war diesem geliebten fremden Vater zu viel geschehen. Vielleicht hatte er einfach nicht die Stärke der Mutter besessen, oder ihre Gabe, den Blick auf das zu lenken, was einen am Leben hielt. Vielleicht hatte ihn die Schuld nicht losgelassen oder die Erschütterung darüber, was Menschen einander antun können.

Tatsächlich war die Offenbarung der Kommissarin die logische Antwort auf viele Fragen, die Konsequenz aus der Melancholie des Vaters oder aus der Schwermut, wie seine Mutter es genannt hatte, die ihm zu durchbrechen irgendwann kaum mehr gelungen war. Gerd hatte seine Erschütterung einerseits nicht vor der Polizistin verbergen können, aber andererseits auch eingestanden, dass Milosz' Suizid zu allem passte, was er von ihm und seinem Leben wusste.

Er zog seine rechte Hand, nunmehr nur noch kaum merklich zitternd, aus der Achselhöhle und betrachtete sie, die zahlreichen Flecken, die das Alter und viele sonnenreiche Arbeitsstunden darauf hinterlassen hatten, die faltige, spröde Haut über den deutlich sichtbaren Sehnen und Adern. Seine Zeit war fast verronnen. Vielleicht gelang es ihm ja zum Ende seines Lebens hin, dem Vater doch noch ein Stück näherzukommen.

August 1940

»Milosz, bist so weit?« Schon fünf Minuten hatte Antonia mit den Schubkarren und Körben draußen gewartet, was reichlich selten vorkam. Normalerweise war Milosz immer überpünktlich zur Stelle. Wo blieb er denn heute bloß? Es war höchste Zeit, aufs kleine Feld zu kommen und endlich mit dem Klauben der ersten Kartoffeln anzufangen. Fritz und Lenka, die junge, recht stille Polin, die vor ein paar Wochen ihren Dienst auf dem Sonnenhof angetreten hatte, waren schon längst auf dem großen Feld zugange, das diesen Sommer reichlich Weizen trug.

Ungeduldig steckte Toni ihren Kopf durch die Tür in die Stube und fand Milosz an Kathas Nähkorb, den er vorsichtig durchsuchte. »Brauchst was?«, fragte sie ihn und streifte die schmutzigen Arbeitsschuhe von den Füßen. »Ist dir was kaputt gegangen?«

Ertappt richtete er sich aus der gebückten Haltung auf, die er eingenommen hatte, um den auf zierliche Frauengröße ausgerichteten Korb zu erreichen. Er nickte beschämt, sagte jedoch nichts.

Katha kam in den Raum geeilt, eine Schüssel Mehl, ein Stück Hefe und den Beutel mit dem Brotgewürz an die Brust gepresst. »Das Abzeichen?«, fragte sie und wies mit dem Kopf auf Milosz' grauen Arbeitsjanker, an dessen Revers sich das violette P auf gelbem Grund zur Hälfte gelöst hatte. Kurzerhand stellte sie die Zutaten für den Brotteig auf der Anrichte ab und neigte sich nun ihrerseits über den Nähkorb. Mit flinken Fingern griff sie eine Nadel und den passenden Faden. »Geh, gib her, ich näh's dir schnell fest.« Schon fädelte sie den Faden in das Öhr.

Milosz nickte, das Gesicht ausdruckslos, und schlüpfte aus dem Janker. Er würde bald ein paar neue Hemden brauchen, stellte Antonia fest. Die körperliche Arbeit hatte die Statur des schlanken Mannes verändert, an Rücken und Schultern spannte der Stoff bedenklich. Es stand ihm gut, fand sie. Er sah gesund und kräftig aus. Vielleicht konnte man sich auch mit ein paar Stoffeinsätzen behelfen; Katha vollbrachte bei ihren Näh- und Ausbesserungsarbeiten wahre Wunder.

»Danke«, sagte Milosz verhalten und reichte Katha den Janker. »Auch wenn ich nicht haben will«, fügte er trotzig hinzu.

»Das Abzeichen meinst?« Katha überlegte einen Moment, dann schüttelte sie den Kopf. »Trag's mit Stolz, Milosz. Die Verbrecher sind die anderen. Es gibt nix, wofür du dich genieren müsstest.«

Sie arbeiteten Seite an Seite, während die Sonne gnadenlos vom Himmel brannte, ihnen den Schweiß auf die Stirn trieb und Milosz, der nur eine Kappe trug, den Nacken versengte. Reihe um Reihe arbeiteten sie sich vor, schweigend, fast im gleichen Tempo, und füllten die reiche Ernte in Körbe und Säcke. Gut die Hälfte des Ackers war geschafft, als die Sonne im Zenit stand und die Hitze kaum noch erträglich war. Dabei trug Antonia, die schon immer eher praktisch als eitel veranlagt gewesen war, nur ein Leibchen mit kurzen Ärmeln und eine von Katha genähte Latzhose, die ihr mit ihren zahlreichen Taschen die Arbeit erleichterte. Der Schweiß rann ihr unter dem leichten Kopftuch hervor und in die Augen, rigoros wischte sie ihn sich von der Stirn. Antonia war seit jeher schlank gewesen, die Arbeit der vergangenen Jahre aber hatte zusätzlich für Muskeln gesorgt. Wahrscheinlich war sie jetzt, mit ihren zweiunddreißig Jahren, in der besten Verfassung ihres Lebens. Wie aber Milosz, der an all diese Arbeit nicht gewöhnt war, es schaffte, sogar immer wieder leise summend ein Liedchen anzustimmen, Melodien, die Antonia nicht kannte und die sie dennoch in ihren Bann zogen, das blieb ihr ein Rätsel. Wäre Rudi ein bisschen mehr wie der Milosz gewesen, mit Freude an der eigenen Hände Arbeit und dem Gedanken, dass man, wenn man seine Zeit ohnehin mit seinem Tagwerk, ob nun geliebt oder ungeliebt, zu verbringen hatte, sich genauso gut auch anstrengen konnte, vielleicht wäre dann noch alles gut geworden damals. Entschlossen schob Toni den Gedanken an den Rudi beiseite.

Ihr wurde langsam die Luft knapp, und auch ohne einen Blick auf die Uhr gab es keine Zweifel: Es musste längst Mittagszeit sein.

Mit einem Stöhnen richtete sie sich auf und stemmte die Hände in die Hüften. »Machen wir Brotzeit, Milosz«, sagte sie mit einem schnellen Seitenblick. »Sonst haut's mich bei der Hitze noch um.« Sie wies mit dem Kopf zum Waldrand, wo sie auf einem im Schatten querliegenden Holzstamm die gepackte Tasche abgelegt hatte.

Milosz richtete sich auf, und auch ihm entfuhr ein leises Ächzen, als er die Hände in die Lenden stemmte. War er also doch auch bloß ein Mensch, zum Glück. Obwohl sein Kopf bestimmt nicht so rot leuchtete wie der ihre. Ihre Blicke trafen sich, und im gleichen Moment erschien auf seinem Gesicht ein amüsiertes Schmunzeln.

»Was ist?«, fragte sie.

Er zögerte, dann deutete er auf ihr Gesicht. »Sehr viel Erde«, sagte er.

Natürlich, sie hatte sich nicht nur einmal die Schweißtropfen abgewischt. Rasch schlüpfte sie aus den Arbeitshandschuhen, stopfte sie in eine der Hosentaschen und versuchte, den Dreck aus ihrem Gesicht zu entfernen. Was aufgrund des Schweißfilms, der ihre Haut bedeckte, vermutlich nicht sonderlich gut gelang.

Milosz' Grinsen verstärkte sich. »Jetzt sieht aus wie ein …« Auf der Suche nach dem richtigen Wort brach er ab.

»Maulwurf?«, kam Toni ihm zu Hilfe. »Wühlmaus?«

»Nein, wie eine …« Wieder stoppte er, dann machte er ein grunzendes Geräusch.

»Wie ein Schwein?« Unweigerlich musste Toni lachen. »Na warte!«

»Wie ein sehr junge, sehr nette Schwein!«, beharrte Milosz auf seiner Aussage, doch Toni schmierte ihm schon die zerriebene Erde ins Gesicht und grunzte nun ebenfalls. Lachend ließ er sie gewähren, bis es ihm wohl doch zu bunt wurde und er ihre Hand festhielt.

Erst in diesem Moment wurde Antonia bewusst, dass selbst dieser harmlose Spaß schon weit über das hinausging, was als Umgang zwischen deutscher Bäuerin und polnischem Fremdarbeiter als schicklich galt. Milosz schien es ähnlich zu ergehen, fast erschrocken ließ er ihre Hand los und sah sich um.

Zum Glück war auf dem Nachbarsfeld niemand zugange, weit und breit war keine Menschenseele zu sehen. Wie närrisch, dass man Stunde um Stunde nebeneinander schuften musste, aber keine Sekunde lang schäkern durfte. Wie gern hätte sie ihn einmal mit in den Falkensteiner Felsenpark genommen, sich mit ihm durch das Herzbeutelgässchen gezwängt, über den Teufelssteg den Weg zur Burg hinauf erklommen, ihn die Himmelsleiter hinaufgescheucht! Wenn man ab und an sehen durfte, wie schön die Welt war, fiel das harte Leben doch gleich viel leichter. Vielleicht ließe sich sogar seine Melancholie damit für eine Weile vertreiben. Schnell schob sie auch diesen Gedanken wieder beiseite, es half ja doch nichts.

Mit einem letzten Grunzen, gefolgt von einem ebenfalls letzten Kichern, ging sie voran zum Holzstamm. Das kühlende Dach der

Bäume war ein Segen, und sich in aufrechter Haltung an den Stamm lehnen zu können, entlastete die gemarterten Wirbel und Gelenke aufs Wohltuendste. Dieses Mal war es kein Stöhnen, sondern ein wohliges Seufzen, das Toni nicht unterdrücken konnte, bevor sie Milosz die Wasserflasche reichte und Brot, ein Stück Wurst, Käse, Tomaten und Messer aus der Tasche holte.

Einträchtig schweigend verzehrten sie ihre Mahlzeit. Milosz schien seinen Gedanken nachzuhängen, im Schatten des Waldes erschienen seine dunkelblauen Augen fast schwarz. Was ihm wohl durch den Kopf ging? Obwohl er sich im Kreis der Leute auf dem Hof mittlerweile sogar wohlzufühlen schien, redete er nicht viel. Dabei verstand er alles und konnte sich selbst, auch wenn er das eine oder andere Wort nicht sofort fand, hervorragend verständigen. Und doch: Abgesehen von seiner Tätigkeit als Schreiner, die mit dem Einmarsch der Deutschen und der Kriegsgefangenschaft ein jähes Ende gefunden hatte, war sein früheres Leben auch nach fünf Monaten auf dem Hof noch ein Rätsel.

»Ich weiß gar nix von dir«, stellte Toni fest. Sie war seine Arbeitgeberin, wenn auch nicht freiwillig gewählt. Da durfte man nach einer Weile doch wohl einmal fragen. »Hast du ein Zuhause, eine Frau? Kinder?«

»Nein«, antwortete er knapp. »Ich allein.«

»Eine Mutter? Geschwister?«, ließ Toni sich nicht beirren. »Wenn du nach Polen schreiben willst …«

»Niemand«, unterbrach er sie mit einem Anflug von Trotz in der Stimme und senkte den Blick.

»Magst nicht drüber reden«, stellte Antonia fest. Und nicht dran denken, ergänzte sie für sich. »Ist auch recht. Manches behält man lieber für sich.«

Vielleicht hatte er ja seine Leute allesamt im Krieg verloren, wer wusste das schon? Oder aber, er war einfach ein Eigenbrötler wie er im Buche stand. Sie würde ihn auf jeden Fall in Ruhe lassen, vielleicht fing er ja irgendwann von selbst damit an.

»Und du?«, riss er sie aus ihren Gedanken und sah sie unverwandt an. Ein Sonnenstrahl verirrte sich durchs Geäst und ließ seine Augen dunkel glitzern. »Muss dein Mann kämpfen?«

Anscheinend gab es also noch mehr Geheimniskrämer auf dem Hof, nicht nur den Milosz. Tatsächlich fiel Antonia auf, dass sie schon seit langer Zeit kein Wort mehr über den Rudi verloren hatte. Nur sein Bild auf der Anrichte gemahnte noch daran, dass es ihn einst gegeben hatte. Und natürlich der Manfred, der aber das Andenken an den Vater schon allein deshalb nicht hochhalten konnte, weil er sich nicht mehr an ihn erinnerte. Er war damals einfach noch zu klein gewesen.

Toni schüttelte den Kopf. »Der ist schon lang tot.« Allzu weh tat es endlich nicht mehr. Aber wütend machte es sie immer noch. »Den haben die Nazis auf dem Gewissen.«

»Ah, deswegen Bild von Hitler nicht an der Wand«, antwortete Milosz, als würde er jetzt endlich verstehen. »Deswegen freundlich. Deswegen gutes Essen, gute Schuhe, gutes Bett für mich.«

»Nein, Milosz, nicht deswegen«, sagte Antonia und sah ihn mit plötzlich wehem Herz an. »Sondern, weil wir doch alle Menschen sind.«

***

Frühsommer 2022

Ohne große Erkenntnisse hatte Lene auch noch die letzten Bewohner auf dem Sonnenhof befragt, darunter einen aus dem – wie er es selbst nannte – Hamsterrad ausgestiegenen Bauingenieur ungefähr ihres Alter namens Nick Wiegand, der in seinem Campingbus wohnte und sich um Politik und Gesellschaft im Gegensatz zu den vorher Befragten keinen Deut scherte, und die Yoga-Fee Clara Preißer, eine gute Freundin von Marie Paulus, die sich trotz ihrer beiden Kinder Paul und Leonie, die sie allein erzog, mit ihren Kursen und Coaching-Angeboten schon vor der Pandemie ein sicheres Standbein geschaffen hatte. Diese Frau, deren blonde Dreadlocks ihren Kopf wie ein Heiligenschein umkränzten, schien so etwas wie die Stimme der Liebe auf dem Hof zu sein, die in all der Enttäuschung, Trauer und Wut den für Spiritualität Empfänglicheren Halt verlieh. Von Zorn oder Angst war im Gespräch mit ihr tatsächlich nichts zu spüren, stattdessen verströmte sie mit ihrer menschenfreundlichen Einstellung solch positive Vibes, dass Lene an ihrer Aufrichtigkeit keinen Zweifel hegte.

Mit einem Blick in das Schaufenster der Metzgerei stellte Lene den Wagen am Straßenrand ab. Es herrschte reger Betrieb in dem kleinen Ladengeschäft, trotzdem wollte sie das Knurren ihres Magens nicht länger ignorieren. Fünf Bauarbeiter verließen die Metzgerei und rissen sich die Masken vom Gesicht, an deren Tragen ein Schild an der Tür gemahnte. Offensichtlich hatte sich das zumindest vorläufige Ende der Tragepflicht im Einzelhandel noch nicht bis nach Grabenzell herumgesprochen. Lene wühlte ihr zerknautschtes Exemplar aus der Tasche und quetschte sich an der Horde vorbei durch die Tür.

So pflichtschuldig man sich dem Maskengebot auch beugte, die Bitte um Wahrung des Abstands schien hier niemanden mehr zu interessieren. Um einen Stehtisch herum hatten sich drei ältere Herren gruppiert, neben der jungen Frau mit Baby im Tragetuch stand eine kleine silbergelockte Dame, die neugierig den Säugling beäugte und die Mutter ungefragt und lautstark mit Erziehungstipps versorgte, die diese mit einem höflichen Nicken quittierte. »Einfach auch mal schreien lassen«, schärfte sie der jungen Frau ein. »Das kräftigt die Lungen, der Bub wird Ihnen das später danken.«

»Es ist ein Mädchen«, antwortete die Mutter.

»Aber er trägt doch blau!«, beharrte Silberlöckchen störrisch.

»Wir erziehen sie zweifarbig«, erwiderte die junge Frau ungerührt.

Lene tarnte ihr Glucksen als Husten, was sich als schlechte Idee erwies. Silberlöckchen machte einen Satz nach vorne und funkelte Lene über den Rand ihrer FFP2-Maske hinweg erbost an. »Mit Husten bleibt man heutzutage daheim«, meckerte Silberlöckchen. »Sie könnten uns ja alle umbringen! Rücksichtslos …« Kopfschüttelnd blieb sie in sicherer Entfernung stehen.

»Verschluckt«, erklärte Lene hastig und erwiderte das Lächeln, das sie hinter der Maske der jungen Mutter erahnte.

»Husten Sie ruhig weiter«, flüsterte die junge Frau ihr zu, kaum dass Silberlöckchen sich weggedreht hatte und das Angebot an der Verkaufstheke in Augenschein nahm. »Dann rückt sie wenigstens mir nicht mehr so nah auf die Pelle.«

Zwei weitere Damen im Rentenalter standen direkt am Tresen und beäugten nun sowohl Lene wegen ihres Hustens als auch Silberlöckchen äußerst skeptisch – wohl aus Angst, dass diese danach trachtete, sich vorzudrängeln, um ihnen das letzte Stück Presssack vor der Nase wegzuschnappen. Eine der beiden, eine stämmige Mittsechzigerin mit kurzärmliger Blümchenbluse, plusterte sich zu voller Größe auf und fixierte die Verkäuferin, die mit einem großen Behälter voll Hack zurück an die Theke eilte. »Da nehm ich gleich ein Kilo mit«, sagte Blümchenbluse lautstark, bevor ihr jemand zuvorkommen konnte. »Heut Mittag mach ich einen Hackbraten«, teilte sie ihrer Kumpanin mit, die von Kopf bis Fuß in mehr oder minder schmeichelhaften Erdtönen gekleidet war. »Wenn der Heinz vom Rehasport heimkommt, dann braucht er immer was Deftiges.«

»Wie geht's ihm denn?«, fragte das Erdferkel mitfühlend.

Die Blümchenbluse seufzte kummervoll, während sie jeden Handgriff der Verkäuferin genau überwachte. »Diese Reha, ich weiß nicht. Fix und fertig kommt er jeden Tag heim, der Arme, und schnauft dann bei jedem Schritt, den er noch tun muss.«

»Abspecken müsst er halt dringend«, gab Silberlöckchen auch in Bezug auf den unbekannten Heinz ihre Meinung von der Seitenlinie zum Besten. »Gerade nach dem dritten Herzinfarkt. Dann würd er auch nicht schnaufen wie ein Walross, bloß weil er mal drei Schritte gehen muss.«

Dieser unqualifizierte Einwurf wurde erfolgreich ignoriert, weil die Verkäuferin das Hackfleisch in der Tüte verstaut hatte und ansetzte, nach weiteren Wünschen zu fragen.

»Drei Scheiben Leberkäs nehm ich noch mit«, kam Blümchenbluse der Frage zuvor. »Schön dicke, für die Brotzeit heute Abend. Und einen Ring Lyoner. Die mag der Heinz so gern. Oder geben Sie mir noch einen zweiten mit, dann reicht's ihm für morgen Abend auch noch.«

Lene entging nicht, dass die Kindsmutter vor ihr sich erneut zu ihr umdrehte und genervt gen Ladendecke blickte.

»Darf er die mit seinem Diabetes überhaupt essen?«, stichelte Silberlöckchen munter weiter.

»Natürlich«, trumpfte die Blümchenbluse auf. »Er spritzt sich ja regelmäßig Insulin.« An die Verkäuferin gewandt fragte sie: »Ist das Brüst'l noch im Angebot?«

Die Verkäuferin nickte, während sie die abgewogenen Fleischerzeugnisse in die Tüte stapelte.

»Dann gibt's morgen Mittag einen Schweinsbraten.« Dass ihr Heinz mit diesem Speiseplan nicht einmal den Hauch einer Chance hatte, Gewicht zu verlieren, schien die Dame nicht zu beirren. »Ein Kilo bitte. Und die Schwarte schön einschneiden. Und dann noch vierhundert Gramm Aufschnitt, zum Frühstück brauchen wir ja auch was. Das wär dann alles.«

Halleluja, endlich. Zunehmend nervös warf Lene einen Blick auf ihre Armbanduhr. Hoffentlich hatten Silberlöckchen und Erdferkel nicht auch einen vom Rehasport ausgehungerten Heinz zu Hause, den sie jetzt mit permanenter Schweinefleischüberdosierung langsam zu töten gedachten.

Als Lene gute zehn Minuten später fluchtartig die Metzgerei verließ, die sich auch im weiteren Verlauf des Einkaufs als geselliger Tummelplatz vor allem für die ältere Generation der Grabenzeller erwiesen hatte, standen Blümchenbluse und Erdferkel noch immer eifrig miteinander tuschelnd am Gehsteig und warfen neugierige Blicke auf die Fenster von Andreas Möllns Wohnung, durch die zwei der Kollegen von der Spusi deutlich zu sehen waren.

»Hoffentlich buchten sie den Paulus bald ein«, raunte das Erdferkel. »Gestern hab ich die Frau Graf beim Spazierengehen getroffen, die lebt jetzt natürlich in blanker Angst vor ihrem Neffen.«

Lene blieb wie zufällig stehen und holte zur Tarnung ihr Handy aus der Tasche.

»Furchtbar ist das«, erwiderte Blümchenbluse mit banger Miene. »Da kannst jetzt darauf warten, dass das Gesindel vom Sonnenhof jeden aus dem Weg räumt, der ihnen nicht passt. An der Stelle von der Frau Graf hätte ich auch Angst.« Entsetzt schüttelte sie den Kopf. »Wie man sich nur innerhalb einer Familie so entzweien kann? Irgendwo ist der Paulus falsch abgebogen, sagt der Heinz immer. Derweil war das früher so ein netter Bub.«

Besagte Frau Graf musste also die Tochter von Gerd Schönberger sowie die Marktgemeinderätin sein, von der schon öfter die Rede gewesen war, zählte Lene eins und eins zusammen.

Allzu lange konnte sie ihrem Lauschen nicht mehr den Anstrich von Zufälligkeit geben. Vielleicht sollte sie diesbezüglich einmal Nachhilfestunden bei Marie Paulus nehmen? Während Lene noch überlegte, ob sie die beiden Frauen ansprechen sollte, fuhr Erdferkel fort. »Auf jeden Fall weiß der Paulus natürlich, dass die Frau Graf einen besonderen Draht zum Mölln gehabt hat. Könnte also gut sein, dass sie die Nächste auf der Liste ist.«

Lene steckte die in Alufolie gewickelte Fleischpflanzerlsemmel in ihre Tasche. Schmeckte schließlich auch kalt noch. »Entschuldigen Sie, die Damen.« Forsch trat sie auf die beiden zu und zückte den Dienstausweis. »Ich ermittle im Fall Andreas Mölln.«

Ertappt zuckten die Frauen zusammen.

»Ich habe gerade zufällig Ihr Gespräch mitgehört. Können Sie diesen besonderen Draht zwischen Frau Graf und Herrn Mölln konkretisieren?«

Erdferkel und Blümchenbluse tauschten einen betretenen Blick. »Ja, also …«, fing Blümchenbluse an, verstummte dann aber.

Schließlich fasste sich Erdferkel ein Herz. »Der Herr Mölln, der stammt zwar von hier, aber der war eine Zeitlang in München, bei einer großen Zeitung … Ich weiß nicht mehr, bei welcher. Bei welcher war das jetzt, Carola?«

»Beim ›Merkur‹«, kürzte Lene ab. »Was hat das mit Frau Graf zu tun?«

»Ja, also, da haben sie ihn wohl rausgeschmissen, zumindest wird das erzählt. Als er wieder zurückgekommen ist, hat ihm die Frau Graf ein bisschen unter die Arme gegriffen.« Das Erdferkel warf ihrer Kumpanin einen verlegenen Blick zu.

»Inwiefern?«

»Sie kennt den Eigentümer des Hauses«, sagte sie mit einer raschen Kopfbewegung auf die andere Straßenseite deutend, »und hat dem Mölln die Wohnung beschafft.« Bekräftigend nickte sie. »Und die Stelle bei der Zeitung auch«, fügte sie etwas leiser hinzu. »Nett, wie sie halt ist, die Frau Graf. Setzt sich immer für ihre Mitmenschen ein.«

»Hat Andreas Mölln im Gegenzug auch etwas für Frau Graf getan?«, fragte Lene.

Die beiden Frauen lachten peinlich berührt, als hätten sie sich abgesprochen. »Kann schon sein, dass er dafür den einen oder anderen Artikel geschrieben hat, der der Frau Graf damals geholfen hat, in den Marktgemeinderat gewählt zu werden«, antwortete das Erdferkel. »Aber sie ist wirklich eine hervorragende Kommunalpolitikerin! Und ganz ohne Beziehungen geht's halt nicht. Nirgends.«

»Und was Herrn Mölln Artikel über den Sonnenhof angeht?«, fragte Lene und sah das Erdferkel unverwandt an. »Waren das auch kleine Gefälligkeiten für Frau Graf?«

Die Frau zuckte die Schultern, stattdessen ergriff Blümchenbluse wieder das Wort: »Die Frau Graf geniert sich zu Tode wegen dem Pack, das sich da mitsamt dem Paulus eingenistet hat. Immerhin gehört der Hof ihrem Vater, das fällt doch alles auf die Familie zurück! Und natürlich will sie ihr Eigentum retten, gerade vor solchen …«

»Genau!«, fiel das Erdferkel ihr ins Wort. »Ob sie nun den Mölln darum gebeten hat oder nicht, ändert doch nichts daran, dass das alles Coronaleugner sind. Solch unsolidarisches Gesindel wollen wir hier nicht!«

»Richtig!«, riss die Blümchenbluse wieder das Wort an sich. Jetzt ging es aber plötzlich hoch her hier. Anscheinend war eine sachliche Unterhaltung über den Sonnenhof und seine Bewohner in Grabenzell einfach nicht möglich. »Wer sich nicht aus Rücksicht auf die Alten und Kranken hat impfen lassen, hat sich gegen die Gesellschaft entschieden, sagt mein Sohn immer, und ich finde, da hat er recht.« Ihr Gesicht hatte sich bereits rot verfärbt vor Ärger. »Stellen Sie sich doch einmal vor, mein Heinz bekäme wieder einen Herzinfarkt, und dann nimmt ihm so ein dahergelaufener Ungeimpfter den Platz auf der Intensivstation weg. Und das alles wegen irgendeinem Unfug von irgendwelchen selbsternannten Experten, die behaupten, dass die Impfung vielleicht schaden könnte! Schwurbler von der YouTube-Universität, sagt mein Sohn immer! Wir haben die Impfung ganz wunderbar vertragen!«

»Wir auch«, pflichtete Erdferkel ihr bei. »Nebenwirkungen, pah! Dass ich nicht lache. Das sind doch alles eingebildete Kranke.

Wahrscheinlich arbeitsscheu. Genau wie der Abschaum auf dem Sonnenhof! Die sollen sich einfach schleichen, alle miteinander.«

Wahrscheinlich war es diese Verunglimpfung als arbeitsscheu, die das Fass zum Überlaufen brachte. Lene hatte in den vergangenen Tagen so viele Leute auf dem Sonnenhof zwar mit guter Laune, aber hart und im Schweiße ihres Angesichts schuften sehen, dass sie die Selbstgerechtigkeit dieser beiden Frauen nicht unerwidert stehen lassen wollte. »Dass ungesunde Ernährung oft genug direkt auf die Intensivstation führt, darin sind sich ja alle Experten einig, ob nun selbsternannt oder nicht«, bemerkte sie kühl und wies auf die prall gefüllten Einkaufstaschen der Frauen, aus denen das tote Schwein quoll. »Schönen Tag noch.«

»Wohin des Wegs, Frau Kollegin?« Ninas Stimme rauschte ungewöhnlich beschwingt gegen das schnurrende Motorengeräusch des Dienstwagens an.

»Zu Möllns Chefredakteur«, antwortete Lene. »Ich will noch einmal persönlich mit ihm sprechen. Wie war die Obduktion?«

»Knapp zusammengefasst«, teilte Nina mit, »ist Mölln an einer Milzruptur und den daraus resultierenden Einblutungen in den Bauchraum verstorben. Passt natürlich zur stumpfen Gewalteinwirkung, die ja nicht zu übersehen war. Bertl hat in diesem Zusammenhang auch von Übertötung gesprochen, der Täter hat seiner Aggression freien Lauf gelassen und Mölln gleich mehrere Verletzungen zugefügt, die potenziell tödlich waren. Anscheinend wurde das Opfer nicht nur mit der verschollenen Tatwaffe, sondern auch mit festem Schuhwerk traktiert und dann, dem Tod schon näher als dem Leben, einfach liegengelassen. Nach Täter-DNA wird noch gesucht.«

Lene nickte, was Nina natürlich nicht sehen konnte, setzte den Blinker rechts und hielt am Straßenrand an.

»Außerdem gibt es genauere Erkenntnisse zur Tatwaffe«, fuhr Nina fort. »In einigen der Wunden und insgesamt an der Leiche hat Bertl Spuren von Erde gefunden. Nichts, was man genauer eingrenzen könnte, aber damit steht natürlich der Verdacht im Raum, dass Mölln mit einem größeren Gartengerät umgebracht wurde.«

Lenes Gedanken eilten zurück zur Durchsuchung der Scheune, in der die Gartenwerkzeuge der Sonnenhofbewohner deponiert waren. Man hatte sie zwar allesamt gesichtet und überprüft, aber unter diesen Umständen führte an einer Sicherstellung und weiterer gezielter Suche nach Spuren des Opfers kein Weg vorbei.

»Die Kleidung des Toten wird noch untersucht, ebenso läuft die Analyse der Fingernagelproben noch. Bertls Bericht kommt morgen, dann dürfte alles vollständig sein. Soweit zur Obduktion«, schloss Nina. »Seit heute früh ist übrigens unsere Verstärkung Yannik da und wühlt sich durch die alten Dokumente. Macht einen guten Eindruck.« Nina räusperte sich, bevor sie fortfuhr. »Und dann gibt es noch eine Neuigkeit.«

Lene schwante Böses, auch weil die Stimme der Kollegin in freudiger Erwartung fast schon vibrierte. »Welche?«, fragte sie misstrauisch.

»Der Schneckmayr fand meine Idee gut. Ab morgen gönne ich mir also eine kleine Yoga- und Naturauszeit auf dem Sonnenhof.« Es gelang Nina nicht, den – wenn auch freundlichen – Triumph in ihrer Stimme zu verbergen.

»Uff«, erwiderte Lene überrumpelt. »Wie hast du das denn geschafft?«

»Ich habe ein psychologisches Gutachten vorgelegt, eine Art mentale Gesundschreibung. Und, Lene, um dein eigentlich richtiges Bild vom Chef nicht vollends zu zerstören … Bevor ich nach Regensburg gekommen bin, habe ich drei Jahre lang verdeckt in Nürnberg ermittelt. Meine Qualifikation für diesen Einsatz ist praktisch erdrückend.«

»Deine Kollegin, das unbekannte Wesen!«, erwiderte Lene bloß. Ganz wohl war ihr bei der Vorstellung nicht, Nina allein unter zwar größtenteils freundlichen, deshalb aber noch längst nicht unverdächtigen Menschen im derzeitigen Epizentrum dieses Falls zu wissen. Andererseits: Sie hatte Nina als ruhige, jederzeit besonnene Polizistin kennengelernt, die auch und vor allem mit ihren psychischen Problemen überaus verantwortungsbewusst umgegangen war. Wenn sie diesen Schritt für richtig hielt, sollte Lene wohl einfach auf ihre Entscheidung vertrauen. Dass es sinnvoll war, die Sonnenhof-Kommune aus einem internen Blickwinkel zu beleuchten, stand ohnehin nicht zur Debatte.

Mit diesem Gedanken beendete Lene das Gespräch und setzte den Blinker links, als das Smartphone erneut klingelte. Ihr schlechtes Gewissen meldete sich, eigentlich war es Teil ihres Jobs, den zuständigen Staatsanwalt auf dem Laufenden zu halten, selbst wenn sie mit diesem Staatsanwalt befreundet war. Seufzend setzte sie den Blinker wieder rechts.

»So hatte ich mir das nicht vorgestellt«, beschwerte Henning sich prompt, kaum dass sie den Anruf angenommen hatte. »Normalerweise verzichte ich in deinem Fall ja gerne darauf, dass du mich schriftlich über den Stand der Ermittlungen informierst, aber wenn man von dir überhaupt nichts sieht und hört, dann muss ich wohl doch auf dieser Fleißarbeit bestehen.«

»Alles, bloß das nicht«, antwortete Lene. »Ich bin am Rotieren, mein Kopf quillt mittlerweile über.«

»Das schreit nach einer sogenannten Kopfsortiersession in meinem Badezimmer. Heute Abend?«

Lene schmunzelte beim Gedanken an dieses seltsame Ritual. Ihren ersten gemeinsamen Fall hatten sie durch kollektives Brainstorming gelöst, während Henning mit Zigarre in der Wanne gesessen war und sie auf dem Zuschauerposten die Aussicht genossen hatte. Seither war die Besprechung in Hennings Nasszelle bei jeder Zusammenarbeit schon allein aus abergläubischen Gründen obligat. Aber auch aus ästhetischen.

»So weit bin ich noch nicht«, antwortete sie bedauernd.

»Wie du weißt, stecke ich jeden Korb, den du mir gibst, zumindest äußerlich unbeirrt weg. Darf ich dich stattdessen bekochen? Pasta mit Salsiccia, vorab ein leichter Salat, danach meine berühmtberüchtigte Zabaione? Begleitet natürlich von einem erlesenen Tropfen, den mir unser Lieblingsdealer vergangenen Samstag wärmstens ans Herz gelegt hat.« Er schien wirklich Sehnsucht nach ihr zu haben. Oder zumindest nach einem ausführlichen Update.

»Jetzt ziehst du aber alle Register«, stellte Lene fest und warf einen Blick auf die Uhr. »Um acht?«

»Perfekt«, antwortete Henning. »Auch wenn es mir zu denken gibt, dass ich dich mit italienischer Wurst eher locken kann als mit nackter Haut.«

»Alles zu seiner Zeit«, antwortete Lene kryptisch und beendete das Gespräch. Wenigstens für kurze Zeit hatte das altbekannte Spiel mit dem Feuer die undurchsichtige Situation in Grabenzell aus ihrem Kopf vertrieben.

Neun

Frühsommer 2022

»Guten Morgen, Herr Schönberger!« Auf Birgit Meindls fröhliches Schmettern, kaum dass sie das Zimmer betreten hatte, war Verlass. Sie zog die Vorhänge auf, dann fiel ihr Blick auf Gerd. »Geht es Ihnen nicht gut? Sie sind so blass.«

Mit der Andeutung eines Kopfschüttelns wehrte er sie ab. Er weilte seit über acht Jahrzehnten auf dieser Erde, da durfte man doch wohl einmal blass sein. Und etwas schwach, zugegeben. Aber irgendwann ging eben alles zu Ende, damit musste sich wohl auch die resolute Schwester Birgit abfinden. »Schön, dass Sie wieder da sind«, krächzte er hervor.

»Keinen Augenblick zu früh, wie mir scheint«, erwiderte sie und postierte sich mit prüfendem Blick neben seinem Bett. »Sie gefallen mir gar nicht.«

»Das war jetzt aber nicht charmant«, stellte Gerd fest und tastete nach dem Notizbuch, das er am Abend neben sich unter die Decke gelegt hatte.

»Charmant sein rettet keine Leben«, erwiderte Schwester Birgit ungerührt und legte ihm das Blutdruckmessgerät an. »Wie fühlen Sie sich?«

»Gut, alles in Ordnung.« Leider ließ seine heisere Stimme Nachdruck vermissen. Er wartete, bis sie das Gerät mit einem halbwegs beruhigten Nicken wieder entfernt hatte. »Sie erinnern sich doch noch an das, was ich Ihnen über die Schatulle und die Bücher gesagt habe, oder?«

Schwester Birgit nickte und trug das Ergebnis ihrer Messung in den Kontrollbogen ein.

»Es ist wirklich wichtig, dass niemand außer Sebastian die Bücher in die Hände bekommt.« Gerd räusperte sich, das Reden strengte ihn heute mehr an als sonst. »Wenn ich nicht mehr da bin …«

»Wollen Sie wohl endlich aufhören, die ganze Zeit vom Sterben zu sprechen?« Ihre Stimme klang streng, aber ihre warme Hand auf seinem Oberarm milderte ihre Worte.

»Glauben Sie etwa, dass mir das Sterben erspart bleibt, nur weil ich nicht mehr darüber rede?«

Schwester Birgit lachte auf. »Ein Punkt für Sie. Trotzdem, ich lasse den Arzt kommen, der soll Sie mal genau anschauen.« Sie erhob sich und strich ihm noch einmal fast mütterlich über die Schulter. »Und ja, Sie können sich auf mich verlassen. Was die Bücher angeht, meine ich.«

Zufrieden nickte Gerd. »Die Brille!«, krächzte er und wies mit einem Kopfrucken auf den Nachttisch.

Seufzend kam Birgit Meindl der Aufforderung nach. Gerd bekam kaum mehr mit, wie sie schließlich das Zimmer wieder verließ, seine Gedanken schweiften zurück zu dem Buch, das er mit einiger Anstrengung nun wieder unter der Decke hervorzog. Als er die Aufzeichnungen seiner Mutter vor vielen Jahren gelesen hatte, war dies schnell geschehen, oberflächlich, wie getrieben, ohne ihre

Worte an sich heranzulassen. Dieses Mal war es anders: Er fühlte sich endlich als der Teil des Ganzen, der er immer schon gewesen war.

November 1940

Es war mollig warm in der Stube. Manfred lag bereits im Bett, und Fritz und Katha lieferten sich schon den ganzen Abend einen liebevoll-neckischen Schlagabtausch, der alle Anwesenden gut unterhielt. Nur Antonia vermochte sich nicht darauf zu konzentrieren, genau wie auf die Strickarbeit, die sie längst wieder beiseitegelegt hatte. Ihre Hände zitterten, und so beugte sie sich immer wieder über das Heft, in dem sie die Buchhaltung führte – weiter kam sie mit der Arbeit ohnehin nicht, aber der vermeintlich vertiefte Blick in die Zahlen verschaffte ihr eine gute Tarnung für ihre Nervosität.

Milosz jedoch ließ sich nicht täuschen. Wiederholt warf er ihr fragende Blicke zu, als wollte er auf den Grund ihrer Seele tauchen und die Ursache für ihre Unruhe erforschen. Die junge Polin Lenka hingegen schien von Tonis innerem Aufruhr nichts zu bemerken. Immer wieder stimmte sie zarte polnische Weisen an, in die Milosz leise summend einfiel. Das Mädchen, gerade einmal siebzehn Jahre alt, war im Juli verstört und verschüchtert auf dem Hof eingetroffen. Mittlerweile allerdings hatte sie sich eingewöhnt, sie war freundlich und guter Dinge, und die Zurückhaltung, die sie an den Tag legte, wohl einfach ein Teil ihrer Persönlichkeit.

Katha und Fritz wussten ohnehin, was die Toni umtrieb, immerhin hatte sie die beiden im Vorfeld um ihr Einverständnis gebeten. Vielleicht zündeten sie deshalb mit voller Absicht ein solches Feuerwerk an Späßen, um die anderen von Tonis Anspannung abzulenken.

Es war riskant, das wusste sie. Auch wenn sich der Spreitzer und sein Handlanger Geiger nur noch selten auf dem Hof einfanden, vorgeblich, um zu sehen, ob die Polen fleißig und folgsam waren und angemessen schlecht behandelt wurden. Bisher hatten sie immer Glück gehabt und waren in keiner Situation, die nicht den »Polen-Erlassen« entsprach, ertappt worden, obwohl es sie reichlich gab. Vielleicht hielt der Herrgott ja doch seine schützende Hand über sie alle.

Trotzdem, die Menschen hatten sich verändert, allesamt. Keiner traute mehr dem anderen über den Weg, jeder witterte Denunziation und Verrat. Insofern hatte aus dem Schuster Bücherl wohl mehr die Verzweiflung als das Vertrauen gesprochen, als er mit seiner Bitte an Antonia herangetreten war. Ausgerechnet sein Zweitgeborener, der sechzehnjährige Ludwig, hatte am Vorabend beim Wirt in Michelsneukirchen zu tief ins Glas geschaut und den Führer lautstark über die Köpfe seiner Begleiter hinweg ein Arschloch geheißen, ungeachtet der Tatsache, dass sich am Nebentisch einer der Michelsneukirchener Blockwarte seinen Hintern plattgesessen hatte. Darauf hingewiesen, war der Bub immerhin schlau genug gewesen, das Wirtshaus in Windeseile zu verlassen, und tatsächlich: Schon am Morgen war die Gestapo auf der Suche nach dem jungen Mann in seines Vaters Haus gestanden. Zwar hatte sich Ludwig geistesgegenwärtig noch in der Nacht dem Vater anvertraut, der ihn dann kurzerhand und ohne dessen Einverständnis im unverschlossenen Silo des Nachbarn versteckt hatte. Natürlich konnte Ludwig dort aber nicht bleiben, und so hatte sich der Bücherl als früherer Vertrauter von Rudis altem Parteigenossen Lautenschlager, der immer noch in Gefangenschaft darbte und sein Grabenzell wohl in diesem Leben nicht mehr sehen würde, der Toni und ihrer Hilfsbereitschaft erinnert und ihr sein Leid und das des großschnäbeligen Sohnes geklagt. Antonia brachte es nicht übers Herz, um ihrer aller Sicherheit willen den Schustersohn seinem Schicksal zu überlassen. Sie seufzte und zuckte ertappt, als Milosz sie wieder aus seinen dunkelblauen Augen musterte.

Lenka gähnte, die Augen schon ganz glasig, und erhob sich schließlich, um ins Bett zu gehen, was Antonia mit beträchtlicher Erleichterung registrierte. Sie wollte keine Geheimnisse vor ihren Leuten auf dem Hof haben, aber deutlich ins Bild setzen konnte sie weder die Lenka noch den Milosz, die ohnehin noch vorsichtiger sein mussten als die Deutschen.

Kaum hatte das Mädchen die Stube verlassen und sich in ihre Kammer zurückgezogen, hörte Toni die Haustür leise quietschen. Sie tauschte einen schnellen Blick mit der Schwester, die ihr beruhigend zunickte, sprang auf und eilte in den Flur, wobei sie die Stubentür mit Nachdruck hinter sich schloss.

Der Bücherl war an der Haustür stehen geblieben und nickte mit angespanntem Gesicht. Sein Bub, ein schmales Bürschchen, dem die Angst vor allem, was noch kommen würde, ins Gesicht geschrieben stand, traute sich kaum, die Toni anzuschauen.

»Grüß dich, Alois«, sagte die Toni leise. »Und du musst der Ludwig sein?«

Der Bub, sein geschnürtes Bündel über der Schulter, nickte schüchtern. Dass er nach ein paar Halben seine Goschen ganz schön weit aufreißen konnte, merkte man ihm beileibe nicht an.

»Es ist bloß für ein paar Tage«, sagte sein Vater. »Weil's halt jetzt schnell gehen muss. Dann hol ich ihn in der Nacht und bring ihn zu meiner Schwester nach Tirol auf den Hof. Die hat genug Gesinde, dass er hoffentlich nicht auffällt.«

»Schon recht«, antwortete die Toni. »Das Versteck ist halt nichts, was man lang aushält, ohne schwermütig zu werden.« Sie griff nach der bereitgestellten Petroleumlampe neben der Tür. »Kommt's mit.«

Sie führte den Bücherl und seinen Sohn quer über den Hof in den Stall, fegte das Stroh über der Falltür weg, entzündete die Lampe, obwohl sich ihre Augen schon gut an das Dunkel gewöhnt hatten, und nickte dem Buben auffordernd zu. Dann leuchtete sie ihm, als er die Leiter nach unten stieg. Flink drückte sie dem Bücherl die Leuchte in die Finger und kletterte selbst nach unten. »Komfortabel ist es nicht«, räumte sie ein. »Aber es ist alles da, was du brauchst. Da drüben auf dem Tisch findest eine Lampe, die Streichhölzer, ein paar Bücher und Schreibzeug. Dreimal am Tag bring ich dir Essen und Trinken, dann kannst mir auch den Eimer mitgeben.« Mit dem Kopf wies sie auf den Vorhang, hinter dem sich der provisorische Abort verbarg. »Jetzt ruhst dich erst einmal aus, verschnaufst und schiebst die Angst weit weg.«

Sie drückte dem Buben kurz die Hand, ein bisschen Ermutigung schien er gut gebrauchen zu können. Dann stieg sie wieder nach oben, ließ den Vater dem Sohn noch ein paar Abschiedsworte zumurmeln und schloss die Falltür. Erst als sie das Stroh wieder ausgebreitet hatte und mit dem Bücherl den Stall verließ, sagte sie leise: »Wenn mit uns was sein sollt und wir ihn nicht mehr versorgen können, weißt jetzt, wo du ihn findest.«

Der Bücherl nickte, dann schluckte er schwer. »Ich dank dir recht herzlich, Toni. Dass du das für uns machst …«

Antonia schüttelte abwehrend den Kopf. »Ist schon recht, Alois. Ich könnt mich ja selber nimmer leiden, wenn ich's nicht tun würd. Wenigstens die paar Leut', die sich von dem Wahnsinn nicht anstecken lassen, müssen doch zusammenhalten.«

Als der Wagen vom Bücherl nicht mehr zu sehen und zu hören war, ging sie zurück zum Haus, in Gedanken beim armen Ludwig, der jetzt allein und verängstigt in dem finsteren Loch ausharren musste. Erst als sie ein Räuspern hörte, sah sie den Milosz auf der Bank vor dem Haus sitzen.

Im ersten Augenblick erschrak sie, obwohl sie genau das nicht gewollt hatte. Ihr Hof war für sie der einzige Platz zum Vertrauen, den es noch gab.

»Du bist sehr mutig«, sagte er leise in die Dunkelheit.

»Ach, Milosz.« Mit einem zaghaften Lächeln ließ sie sich neben ihm nieder. »Wenn du wüsstest, wie viel Angst ich manchmal hab.«

Es war schon spät in der Nacht, und Antonia hatte sich eine ganze Weile schlaflos in ihrem Bett hin und her gewälzt. Hoffentlich hielt der Bücherl sein Wort. Hoffentlich sorgte er dafür, dass der Bub schnell wieder verschwand, so leid er ihr auch tat.

Fast dankbar registrierte sie das leise Klopfen an der Tür, das wenigstens für einen kurzen Augenblick Ablenkung von der Sorge bot. Der Manfred? Konnte er nicht mehr schlafen? Oder hatte er schlecht geträumt? Aber der klopfte nicht an, das hatte sie ihm in seinen zehn Lebensjahren noch nicht beibringen können.

Schnell sprang sie aus dem Bett, zupfte das lange weiße Nachthemd zurecht, strich sich die Haare glatt und öffnete die Tür. »Milosz«, flüsterte sie, um die anderen Hausbewohner nicht zu wecken. Es war nicht unbedingt schicklich, sich ihm dergestalt bekleidet und mit offenem Haar zu zeigen. Andererseits war es auch nicht schicklich, zu nachtschlafender Stunde an ihre Tür zu klopfen, sofern es sich nicht um einen Notfall handelte. »Warum schläfst denn nicht? Fehlt dir was?«, fragte sie.

Er schüttelte den Kopf, stand bloß da und schaute auf sie herunter, als wollte er in ihrem Gesicht lesen. Jetzt schimmerten seine Augen wieder schwarz, wie der Dorfteich, wenn sich die Sterne in ihm spiegelten.

Im Nachhinein konnte Antonia nicht mehr sagen, wie lang sie so gestanden waren. Es konnten dreißig Sekunden oder fünf Minuten gewesen sein, in denen sie sich nicht gerührt hatte, nicht weggeschaut, noch nicht einmal gefragt, was los war und warum er seinen Mund nicht endlich aufbrachte.

Er streckte seine Hand nach ihr aus, scheu und doch ohne Zögern, und Toni ergriff sie, zog ihn mit sich in ihre Kammer und ließ sich lieben, als ginge die Welt am nächsten Tag unter.

Auf Knien scheuerte Antonia den Stubenboden, der nach dem langen Sommer, in dem keine Zeit für allzu gründliche Hausarbeit geblieben war, nach einer gründlichen Reinigung lechzte. Normalerweise überließ sie solche Arbeiten gerne der Katha, aber an diesem Tag wollte sie die Energie nutzen, die sie bis ins kleinste Fingerglied durchströmte. Nur der Gedanke an den Ludwig, der allein in seinem dunklen Loch zuwarten musste, trübte ihre Euphorie, ansonsten aber war die leidenschaftslose Zufriedenheit, die sie sich in den vergangenen Jahren angeeignet hatte, eben weil sich ja doch nichts ändern ließ, in der vergangenen Nacht einem wilden Glücksgefühl gewichen, das ihr Herz auch am Vormittag noch erfüllte. Warum hatte sie eigentlich gedacht, das Leben hielte nichts Großartiges mehr für sie bereit? Warum hatte sie nicht nach Großartigem gestrebt? Sie war immer noch jung, sie war stark und gesund, sie hatte sich ihre Fähigkeit zu lieben bewahrt. Warum hatte sie das nicht bemerkt?

»Wenn das die Mutter sehen könnt, die würd vom Glauben abfallen.« Mit einem Kopfschütteln betrachtete Katha die Schwester. »War dein Zwetschgenknödel gestern Abend schlecht? Muss das erste Mal sein, dass du freiwillig den Boden schrubbst.«

Antonia konnte das Lächeln nicht unterdrücken, das sich auf ihrem Gesicht abzeichnete, und ein schneller Blick auf Milosz, der das nicht mehr schließende Türchen der Anrichte reparierte, verriet ihr, dass auch er in sich hineinschmunzelte. »Weißt, Katha, ich hab mir halt gedacht, dass man diese Arbeit deinen alten Knien nicht mehr zumuten kann.«

»Das wär das erste Mal, dass du dich aus Rücksicht auf meine um drei Jahre älteren Knochen um die Hausarbeit reißt.« Katha ging zurück in die Küche, drehte sich allerdings noch einmal um – genau in dem Moment, in dem Milosz den Kopf hob und Toni zulächelte, was Toni, plötzlich ein wenig befangen, verschwörerisch erwiderte. Katha warf erst ihr, dann dem Milosz einen strengen Blick zu, bevor sie sich wieder den Kartoffeln und dem Rosenkohl zuwandte.

»Brauche Werkzeug«, murmelte Milosz und verließ fluchtartig die Stube.

Antonia spürte, wie ihr das Blut in den Kopf stieg, und scheuerte hingebungsvoll weiter, ohne den Blick von den Holzdielen zu lösen. Hatte Katha durchschaut, was geschehen war? Das Klappern in der Küche verstummte.

»Hast ihn endlich erhört?«, fragte Katha leise. »Ich gönn dir jedes Glück der Welt, Toni«, fuhr sie fort, ohne auf Antwort zu warten. »Und dem Milosz auch. Aber seid's um Himmels willen vorsichtig.«

Die Dunkelheit hatte sich schon vollständig über die Landschaft gesenkt, als Antonia das Stalltor hinter sich schloss und verriegelte. Sie hatte Ludwig eine deftige Brotzeit, frisches Wasser und sogar eine Halbe Bier gebracht, den Eimer geleert und mit Wasser ausgespritzt, und sich dann ein paar Minuten zu ihm gesetzt, als er sie darum gebeten hatte. Viel geredet hatten sie nicht, aber trotzdem blieb das Gefühl, ihm die Zeit dort unten, so ganz allein mit der Furcht, ein klein wenig angenehmer gemacht zu haben.

So wie das Tageslicht gewichen war, so hatte sich endlich auch Tonis Aufregung gelegt, diese fast mädchenhafte Euphorie, die für eine erwachsene Frau und Witwe alles andere als angebracht war. Und doch, das überwältigende Gefühl des Glücks und der Lebendigkeit war geblieben. Langsam gewöhnten sich die Augen an die Finsternis, mit einem Lächeln schweifte ihr Blick über den Hof. Ihr Zuhause. Es waren nicht nur die wenigen Menschen in ihrem Leben, an denen sie hing. Es war auch der durch ihre Heirat erworbene Sonnenhof, der sie mit Wärme und Geborgenheit, die sie selbst ihm verliehen hatte, umhüllte. Vielleicht konnte er auch für Milosz und Lenka ein wirkliches Zuhause sein, wenigstens auf Zeit. Und für den jungen Ludwig eine sichere Zuflucht, an die er sich trotz aller Widrigkeiten mit einem leisen Gefühl der Wärme erinnerte.

Das Licht der Stube schien durch das Fenster, aber Antonia schlug den Weg neben dem Haus ein, wo nur der wolkenverhüllte Mond für eine schemenhafte Wirklichkeit sorgte. Mit geschlossenen Augen lehnte sie sich an die Hauswand, fühlte die kühle Mauer in ihrem Rücken und die frische, novemberfeuchte Luft in ihren Lungen.

Es waren leise Schritte, die die Stille durchbrachen und Antonia veranlassten, die Augen zu öffnen. Ganz automatisch lächelte sie Milosz an, der sich ihr zögerlich näherte.

»Geht ihm gut?«, fragte er und wies mit einer raschen Kopfbewegung auf den Stall.

»Es geht. Er hat sich auf jeden Fall beruhigt.«

Milosz nickte und trat noch einen Schritt näher, sodass er sie fast berührte. »Und du?« Er suchte ihren Blick. »Bereust du?«

»Du meinst, was letzte Nacht passiert ist? Keine Sekunde, Milosz.« Dieses Mal war sie es, die die Hand nach ihm ausstreckte. Jäh zog er sie in seine Arme und hielt sie so fest, dass sie sein Herz unter dem warmen Stoff der Wolljacke schlagen hörte.

»Toni?«, durchschnitt eine Stimme die Dunkelheit, und Antonia und Milosz fuhren auseinander.

»Alois!« Antonia hörte selbst, wie ertappt sie klang. »Falls dich die Sorge hertreibt«, sagte sie schnell. »Deinem Buben geht's gut, ich war gerade bei ihm und hab ihm das Abendbrot gebracht.«

Alois Bücherl nickte, als hätte er nichts anderes erwartet. »Ich wollt dir bloß Bescheid geben: Morgen Abend, sobald's dunkel ist, kommt mein Schwager aus Tirol und holt den Ludwig ab.«

»Du kommst nicht mehr her?« Wie immer, wenn sich jemand auf dem Hof einfinden sollte, den sie nicht kannte, beschlich Antonia ein unwohles Gefühl. Noch dazu, wenn dieser Jemand Kenntnis von etwas Strafbarem hatte. Andererseits war es vielleicht gut, wenn der Bücherl nicht noch einmal riskierte, auf dem Weg zu ihr gesehen zu werden.

Der Schuster schüttelte den Kopf. »Sagst dem Ludwig von mir, er soll auf sich aufpassen. Und von seiner Mutter sollst ihm den hier geben.« Er hielt Antonia einen kleinen Plüschbären entgegen, der schon arg gelitten hatte. Der Bauch war durchgewetzt, eines der runden Ohren fehlte ganz. »Das war ihm der liebste, wo er noch ganz klein war. Die Mama hat ihn aufgehoben. Damit er die Heimat und die Familie nicht vergisst, sagst ihm.«

Antonia nickte und zwang das Gefühl, dass ihr der Hals eng wurde, beiseite. Wahrscheinlich würde der Ludwig, halbstark wie er war, erst einmal recht verächtlich schauen. Und dann den Bären doch an sich drücken, wenn er erst im fremden Bett in Tirol lag. »Ist recht, Alois. Gräm dich nicht, es wird schon werden.«

Der Schuster nickte, drückte Antonias Hand und verschwand wieder in der Dunkelheit.

»Er hat gesehen«, sagte Milosz, als Alois Bücherl außer Hörweite war.

»Und wenn schon.« Antonia hatte ihre Stimme wieder im Griff. Zumindest klang sie in der Dunkelheit entschiedener, als ihr zumute war. »Wir retten seinem Sohn das Leben. Da wird er wohl nicht zum Dank das unsere opfern.«

***

Frühsommer 2022

»Und, wie bist du aufgenommen worden?« Tatsächlich fragte Lene sich schon die ganze Zeit, ob auf dem Sonnenhof eine Gesinnungsprüfung der anderen Art stattfand, Nina zum Beispiel einen Ungeimpftennachweis vorlegen musste oder erst nach feierlicher Verbrennung einer FFP2-Maske Zugang erhielt.

»Herzlich und entspannt, würde ich sagen.« Nina, völlig ungewohnt mit buntem Stirnband im Haar und einem Trägertop im Batiklook, zwinkerte beruhigend aus Lenes Büromonitor. Die Kollegin hatte es sich offensichtlich in ihrem Wagen bequem gemacht. »Ich kann deinen Eindruck bisher nur bestätigen.«

»Sind Corona und deine persönliche Meinung kein Thema?«

Abwägend neigte Nina den Kopf. »So würde ich das nicht sagen«, schränkte sie ein. »Sebastian Paulus hat sich direkt nach meiner Ankunft vergewissert, dass ich mich im Internet gründlich über den Sonnenhof informiert habe, denn dann wüsste ich ja, dass er und seine Leute den Kurs der Regierung, gerade in Bezug auf Corona, strikt ablehnen. Er hat aber auch gesagt, dass ich gerne Maske tragen, mich testen und so oft impfen lassen kann, wie ich mag, wenn ich mich dann sicherer fühle, solange ich das von niemandem auf dem Hof erwarte.« Lapidar zuckte Nina die Achseln. »Finde ich eigentlich okay.«

»Ich auch«, räumte Lene ein. Das vorherrschende Bild der militanten Querdenker schien sich auf dem Sonnenhof ums Verrecken nicht bestätigen zu wollen. Lene lächelte über ihren PC hinweg zu Yannik Weber, der kurz innegehalten hatte und neugierig die Ohren spitzte. Der neue Mitarbeiter hatte sich als sehr jung, aber auch sehr motiviert erwiesen, trotz der drögen Recherchearbeit, die ihn wohl eine ganze Weile beschäftigen würde. Dass er jetzt die Neuigkeiten vom Sonnenhof nicht verpassen wollte, sprach durchaus für ihn.

»Er hat mich auch, kaum dass ich da war, ganz offen über die derzeit stattfindenden Ermittlungen informiert.« Nina lehnte sich entspannt gegen das Fahrerfenster. »Allerdings kam kurz danach ohnehin der Erkennungsdienst an, um die relevanten Gartengeräte sicherzustellen. Wahrscheinlich fluten die Kollegen gerade die Scheune mit Luminol. Hat übrigens alles geklappt, aber ich tauche ja sowieso in der bunten Truppe unter.«

Lene nickte beruhigt. Sie hatte den beiden Erkennungsdienstlern eingeschärft, die Kollegin ja nicht zu enttarnen. »Wo bist du gerade?«

»Im Ort, auf dem Parkplatz neben der Kirche«, erwiderte Nina, bevor sie die Stimme senkte. »Eine Sache noch, Lene: Moritz Wagners Spaten ist anscheinend verschwunden. Er hat die Spusi spaßeshalber gebeten, danach zu suchen.«

»Seit wann?«, fragte Lene.

»Unklar. Ist ihm vor ein paar Tagen wohl erstmalig aufgefallen, aber seine Suche danach war bisher vergebens.«

»Wenn sich einer seiner Mitbewohner den Spaten für den Mord an Mölln ausgeliehen hat, wird er wohl auch nicht mehr auftauchen«, unkte Lene. »Halt die Augen offen, ja? Und vielleicht kannst du ja auch im Boandlforst schauen, ob …«

»Hatte ich ohnehin vor«, unterbrach Nina sie und warf einen prüfenden Blick auf die Armbanduhr. »In zwanzig Minuten geht mein Programm weiter: Eine kleine Wanderung mit Sebastian, er will mir den Schlosspark in Falkenstein zeigen. Scheint irgendwie ein bedeutungsvoller Ort für ihn zu sein, als Kind hat ihn sein Opa oft dorthin mitgenommen. Ansonsten mache ich übrigens täglich bei Claras morgendlicher Yogastunde vor dem Frühstück mit, danach habe ich dann eine Einzelmeditation mit Marie, am späteren Vormittag begebe ich mich in Tanjas heilende Hände, im Anschluss versuche ich mich in Atemarbeit, wieder mit Clara. Ich dachte, es würde auffallen, wenn ich keine Kurse buche. Die restliche Zeit habe ich aber frei und kann mich bei der Mitarbeit oder auch so nach Lust und Laune an alle heranwanzen.«

»Gab's beim wütenden Claus nichts zu buchen?«

»Leider nein«, antwortete Nina. »Aber ihm helfe ich heute Nachmittag mit den Stufen für das Yogadeck.«

»Möge er dabei einen blutverschmierten Spaten aus dem Hut ziehen«, brachte Lene ihren Wunsch nach einer schnellen Lösung des Falls zum Ausdruck.

»Das wäre sogar mir zu einfach.« Nina grinste schelmisch. »Gibt's bei dir was Neues?«

Mit einem stummen Kopfschütteln gestand Lene ein, dass sie nach wie vor im Trüben fischte und der vermisste Spaten der bisher interessanteste Anhaltspunkt war. Auch das Gespräch mit Möllns Chefredakteur hatte keinerlei Hinweis ergeben: Zwar war es wegen des Artikels über den Knochenfund auf dem Sonnenhof zu Unstimmigkeiten gekommen, aber Lene gewann den Eindruck, dass es dabei weniger um Möllns realitätsverzerrende Darstellung ging als um die Tatsache, dass sogar die Polizei auf Richtigstellung bestanden hatte. Ansonsten war Mölln kein allzu beliebter, aber auch kein verhasster Kollege gewesen, der ohnehin vorwiegend im Homeoffice gearbeitet und per E-Mail mit Vorgesetzten und Kollegen kommuniziert hatte. Wie sie es auch drehte und wendete: Alle Wege in diesem Fall schienen immer wieder zum Sonnenhof zu führen. »Wie ist eigentlich die Stimmung auf dem Hof, wenn ich nicht da bin?«, fragte sie.

»Gut. Was ich angesichts der Situation wirklich bemerkenswert finde. Vor allem Clara, die ›Yoga-Frau‹, hat ein echt sonniges Gemüt und die Fähigkeit, alles positiv zu sehen. Das negative

Feedback im Internet findet sie zum Beispiel super, weil durch diese Bewertungen Leute fernbleiben, die nicht so gut auf den Hof passen.« Nina schmunzelte. »Ist ja irgendwie auch eine Begabung, diese Sichtweise. Und sie färbt auf die anderen ab.« Nachdenklich blickte sie für einen Augenblick an ihrer Kamera vorbei. »Das Einzige, was wirklich alle belastet«, fuhr sie schließlich fort, »ist die Situation der Kinder. Vor allem natürlich die Eltern überlegen, wie sie die Kids aus der Schusslinie bringen. Momentan klopfen sie gerade die privaten Grundschulen im erweiterten Umkreis ab, damit die Kinder im besten Fall nach den Sommerferien gemeinsam wechseln können. Einige der Eltern sind zwar nicht allzu überzeugt von Konzepten wie Montessori und Co., aber dass es so nicht weitergeht, darüber herrscht Einigkeit. Wie überhaupt in den meisten Dingen, habe ich das Gefühl.« Wieder warf Nina einen Blick auf die Uhr, bevor sie sich erneut Lene zuwandte. »Jetzt muss ich aber los, ich will Sebastian Paulus nicht warten lassen.« Mit einem verschmitzten Grinsen beugte sie den Kopf. »Also dann, Namasté, liebe Lene.«

»Jaja, dir auch«, antwortete Lene und begrub ihre Zweifel. Nina war eindeutig in ihrer neuen Rolle angekommen.

Das schmucke Einfamilienhaus am Ortsrand von Grabenzell lag eingebettet in einen idyllischen, perfekt gepflegten Garten mit intensiv blühenden Stauden und einem kleinen Gewächshaus, in dessen Scheiben man sich spiegeln konnte. Schon allein aufgrund der Arbeit, die dahinterstecken musste, rang Lene die Gestaltung des Anwesens allerhöchsten Respekt ab.

Sie schritt über den mäandernden Schotterweg auf die Treppe zu, die zum Hauseingang führte. Auch hier war alles blitzeblank gefegt, ein Emailleschild hieß die Besucher der Familie Graf willkommen. Beherzt drückte Lene den Klingelknopf.

Es dauerte nicht lange, bis sich die Tür öffnete und Simone Graf sie mit einem freundlichen Lächeln hereinbat. Die hochgewachsene, blonde Frau, ein paar Jährchen älter als Lene, führte sie in ein penibel aufgeräumtes Wohnzimmer, das dank reichlich hellem Holz und fröhlich bunten Kissen auf der Couch dennoch gemütlich wirkte. Eine Karaffe Wasser mit Zitronenscheiben und Minze stand bereit, mit sicherem Griff schenkte Simone Graf zwei Gläser voll, die mit Sicherheit nicht vom Ramschtisch eines namhaften schwedischen Möbelherstellers stammten. Simone Graf selbst passte optisch perfekt in ihre Umgebung: Sie trug ein wollweißes zweiteiliges Ensemble aus leichtem Strick, das halblange Haar saß perfekt und ihr dezentes, sommerliches Make-up ergänzte den makellosen Gesamteindruck. Es schien Lene, als hätte Simone Graf keine gesprächswillige Polizistin, sondern einen interessierten Redakteur der Zeitschrift »Schöner wohnen« erwartet. Allerdings musste Lene sich eingestehen, dass es nun einmal Menschen gab, denen diese perfekte Außenwirkung jederzeit und völlig mühelos gelang. Ein besonderes Talent vermutlich, das Lene selbst bei der Verteilung der Talente weiträumig übersprungen hatte.

Simone Graf setzte sich mit übergeschlagenen Beinen auf einen Ledersessel Lene gegenüber und nickte auffordernd.

»Ich habe erfahren, dass Sie den kürzlich ermordeten Andreas Mölln kannten und ihm wohl auch das eine oder andere Mal behilflich waren, als er nach Grabenzell zurückgekehrt ist«, erklärte Lene ohne Umschweife. »Können Sie das genauer erläutern?«

»Natürlich«, erwiderte Simone Graf unaufgeregt. »Ich habe ihm bei seiner Rückkehr ein wenig unter die Arme gegriffen, was den

Job und die Wohnung anging. Nachdem ich mein ganzes Leben hier in Grabenzell verbracht habe, habe ich recht gute Verbindungen.«

»Hat Andreas Mölln im Gegenzug auch Ihnen unter die Arme gegriffen?«, fragte Lene freiheraus.

»Wie kommen Sie darauf?« Simone Grafs eben noch so offene Miene wirkte mit einem Mal deutlich verschlossener. »Wer behauptet so etwas?«

Lene schaffte es gerade noch so, die Frage nicht mit »Frau Erdferkel und Frau Blümchenbluse« zu beantworten. »Niemand«, erwiderte sie stattdessen. »Das war nur ein Gedankengang von mir.«

»Von Gefälligkeiten kann keine Rede sein«, stellte Simone Graf mit Nachdruck, aber wieder deutlich gelassener klar. »Er hat natürlich über einige meiner Projekte berichtet, aber es gab keinerlei Absprachen. Offensichtlich war er von sich aus der Meinung, dass eine wertschätzende Berichterstattung angebracht ist.«

»So wertschätzend ist seine Berichterstattung ja nicht grundlegend gewesen«, konnte Lene sich nicht verkneifen zu erwähnen.

»Wie meinen Sie das?« Interessiert neigte Simone Graf den Kopf zur Seite.

»Sein Artikel über den Knochenfund auf dem Sonnenhof war durchaus irreführend.« Lene lehnte sich zurück und schlug nun ihrerseits die Beine übereinander. »Und wenn man die vorherigen Artikel liest, kann man zu dem Schluss kommen, dass das Absicht war.«

Simone Graf zog die Stirn in Falten, als müsse sie darüber erst nachdenken. »Meiner Meinung nach hat er immer auf konkrete Anschuldigungen verzichtet. Wenn dann irgendwer etwas herausliest oder hineininterpretiert, was nicht stimmt, ist das ja nicht die Schuld des Verfassers.«

»Na ja …«, wandte Lene ein, aber Simone Graf unterbrach sie.

»Sehen Sie«, sagte sie und beugte sich nach vorne. »Die Grabenzeller haben natürlich eine Meinung zu dem, was auf dem Sonnenhof geschieht, seit mein Neffe hierhergezogen ist. Dass man diesem Sammelsurium an Verschwörungsgläubigen und Querdenkern, die sich dort oben zusammengefunden haben, noch weit Schlimmeres zutraut als unsolidarisches Verhalten, war nun wirklich nicht Andreas Möllns Schuld. Auch wenn ich mir recht sicher bin, dass mein Neffe sich wieder einmal als Opfer darstellt: Dass man ihn hier genauso wenig haben will wie anderswo, hat er sich selbst zuzuschreiben.«

»Warum sind Sie so schlecht auf ihn zu sprechen?« Während Lene bei Sebastian Paulus vor allem maßlose Enttäuschung wahrgenommen hatte, war es hier Verachtung, die ihr entgegenschlug.

»Weil er in den vergangenen Jahren sein wahres Gesicht gezeigt hat«, antwortete Simone Graf, ohne ihren Ärger über den Neffen noch zu verhehlen. »Und weil dieses Gesicht abscheulich ist.«

»Was ist denn sein wahres Gesicht?«

»Das eines gnadenlosen Egoisten«, presste Simone Graf wütend hervor. »Eines Menschen, der sein Leben in Freiheit leben will und den Tod anderer, schwächerer Menschen dafür billigend in Kauf nimmt.«

»Wirklich?«, fragte Lene. So hatte sie Sebastian Paulus nicht kennengelernt. »Wie kommen Sie darauf?«

»Wissen Sie noch gar nicht von den Naziaufmärschen, die er organisiert hat?« Simone Graf wartete nicht auf eine Antwort. »Ich dachte, Sie ermitteln längst auf dem Hof! Für diesen Haufen Irrer, die in Regensburg auf die Straße gegangen sind, um gegen die Pandemiemaßnahmen zu demonstrieren, war er mitverantwortlich! Und das, während die alten und kranken Leute um ihr Leben fürchteten.« Wieder schüttelte sie ungläubig den Kopf. »Abscheulich. Und umso abscheulicher, wenn man bedenkt, dass er ja mehr oder weniger von meinen Eltern großgezogen wurde, die beide zur vulnerablen Gruppe gehören. Undankbarer kann man kaum sein.« Sie lehnte sich wieder zurück, schloss für einen Moment die Augen und griff sich mit geneigtem Kopf an die Nasenwurzel. Sichtlich ruhiger sah sie wieder auf und fuhr fort: »Am Anfang hat er noch versucht, diese Demonstrationen vor uns geheim zu halten, aber irgendwann stand es dann ja auch in der Zeitung. Da gab es aber in der Familie schon so viele Differenzen, dass ein normaler Umgang miteinander ohnehin kaum noch möglich war.«

»Von welchen Differenzen sprechen Sie?« Mit leisem Bedauern stellte Lene fest, dass sich das Gespräch viel zu schnell von Andreas Mölln entfernt hatte. Andererseits bot sich jetzt vielleicht die Chance, zu begreifen, was in dieser Familie so schrecklich schiefgelaufen war.

»Am Anfang war das noch einigermaßen harmlos«, erklärte Simone Graf. »Da ging es ihm vor allem um meinen Vater und die Schutzmaßnahmen im Heim. Er hat behauptet, dass Papa durch die Isolation massiv abbaut und seinen Lebensmut verliert. Ich glaube aber eher, dass Sebastian ihm das am Telefon eingeredet hat. Dann hat sich das ausgeweitet auf Diskussionen um Lioba und die Kinder im Allgemeinen und Sebastians Meinung, dass die Isolation ihnen schadet.« Sie zuckte die Achseln. »Kurze Zeit später war dann aber der erste Lockdown schon vorbei, und auch meinem Vater ging es wieder besser.«

Dass die Besserung von Gerd Schönbergers Gesundheitszustand mutmaßlich dem Engagement von Birgit Meindl und den Videokonferenzen mit seinem Enkel zu verdanken war, behielt Lene für sich. Immerhin wusste sie nicht, inwiefern die regelmäßigen Gespräche der beiden innerhalb der zerstrittenen Familie toleriert wurden oder überhaupt bekannt waren.

»Letztlich hat Sebastian mit seinem Aufstand wegen Papa nur meine Mutter unnötig aufgebracht«, sprach Simone Graf weiter. Zu Lenes Erstaunen machte auch sie mittlerweile den Eindruck, als täte es ihr gut, sich die Gründe für das Zerwürfnis von der Seele zu reden. »Der ganze Irrsinn gipfelte damals sogar in dem absurden Vorschlag, dass Sebastian Papa zu sich nimmt. Was natürlich völlig hanebüchen gewesen wäre. Da hätte man ja darauf warten können, dass Lioba ihn ansteckt.« Sie sah Lene eindringlich an. »Stellen Sie sich mal vor, die haben Lioba sogar während des Lockdowns zu den Nachbarskindern hinübergelassen!«

Auch Lenes beide Neffen hatten sich nach drei Wochen Isolation, wenn auch verstohlen und im kleinen Kreis, wieder mit Freunden getroffen. Was man im Extremfall Erwachsenen zumuten konnte, ließ sich eben nicht problemlos auf Kinder übertragen. »Glauben Sie nicht, dass auch Ihr Neffe nur das Beste im Sinn hatte?«, fragte Lene. »Für die älteren Leute, für die Kinder, letztlich für alle Menschen, die mit dieser Pandemie zurechtkommen mussten?«

»Da haben Sie sich aber schön einlullen lassen«, erwiderte Simone Graf enttäuscht, schickte aber direkt ein versöhnliches Lächeln hinterher. »Entschuldigen Sie bitte, das Thema berührt mich emotional sehr.«

Damit war sie wohl nicht alleine. Und doch, Lene konnte Sebastian Paulus' Sichtweise mittlerweile ebenso nachvollziehen wie die von Simone Graf. »Dass die Isolation der Kinder und die geschlossenen Schulen Schaden angerichtet haben, ebenso wie die strikte Isolation der älteren Leute im Heim, ist ja mittlerweile hinlänglich bekannt«, wandte Lene ein. »Vielleicht war Ihr Neffe in diesem Punkt einfach vorausschauender?«

»Was bringt es den alten Leuten, Gesellschaft zu haben, wenn sie dann an der Gesellschaft sterben?«, entgegnete Simone Graf leidenschaftlich.

Lene hielt das Leben nur um des Lebens willen, ohne Glücksmomente und Kontakt zu den Liebsten, nicht unbedingt für erstrebenswert, aber vermutlich fehlte ihr diesbezüglich auch die Fähigkeit, sich in die Seele eines vom Sterben bedrohten Menschen einzufühlen. Dennoch war sie froh gewesen, dass ihre Mutter zu Lockdownzeiten längst bei ihrer Schwester Maria und deren Familie gelebt hatte, und nicht mehr in der eigenen kleinen Wohnung, als einzige Gesellschaft den Fernseher, der von immer neuen Horrormeldungen kündete.

»Haben Sie Kinder?« Simone Graf musterte Lene prüfend.

Lene verneinte wahrheitsgemäß, auch wenn sie diese Frage hasste. Sie maßte sich ohnehin nie an, aus der Sicht einer Mutter zu sprechen.

»Dann sage ich Ihnen als zweifache Mutter Folgendes«, sprach Simone Graf weiter. »Wer es nicht schafft, seinen Kindern in Zeiten einer Pandemie Halt zu geben, ihnen den Lernstoff zu vermitteln, ihnen zu erklären, weshalb sie niemanden treffen dürfen, sodass sie es auch verstehen und selbst unterstützen, der hat mit der Familiengründung sowieso einen Fehler gemacht.« Mit einem verständnislosen Kopfschütteln schob sie das Kinn vor. »Meine Kinder sind schon groß, aber glauben Sie mir: Ich hätte selbstverständlich das nötige Engagement aufgebracht, um sie gut behütet und ohne Probleme durch ein paar Monate Homeschooling zu bringen. Da machen es sich die Eltern heutzutage zu einfach, wenn Sie mich fragen.«

»Es gab also von Pandemiebeginn an Differenzen zwischen Ihnen«, kam Lene zum Thema zurück, um weiteren Belehrungen zu entgehen. »Obwohl Sie sich vorher gut verstanden haben?«

»Ja, früher waren wir tatsächlich ein Herz und eine Seele«, antwortete Simone Graf mit dem Anflug eines melancholischen Lächelns. »Das hat sich dann alles ziemlich hochgeschaukelt. Es gab ein paar unschöne Vorfälle, zum Beispiel am Geburtstag meiner Mutter im vergangenen Sommer. Ich habe darauf bestanden, dass Sebastian, Marie und Lioba als einzige ungeimpfte Gäste vorab einen PCR-Test machen.« Sie hob die Hände, wie um anzudeuten, dass dieses Vorgehen aus ihrer Sicht das Selbstverständlichste der Welt war. »Die Feier fand zwar auf der Terrasse statt, aber ich wollte natürlich trotzdem kein Risiko eingehen. Sebastian und Marie haben sich sogar darangehalten, aber für Lioba hatten sie kein aktuelles negatives Testergebnis dabei. Sie würde in der Schule ja ohnehin ständig getestet.« Bitter lachte sie auf. »Diese Argumentation war natürlich der absolute Hammer. Ausgerechnet in der Schule, wo sowieso jeder jeden ansteckt!« Ungläubig verdrehte sie die blauen Augen. »Finn, mein Sohn, hat zum Glück schnell reagiert und sie allesamt hinausgeworfen. Meine Mutter war natürlich völlig aufgelöst, das können Sie sich ja vorstellen. Wie man es schafft, einer alten Dame sogar einen solchen Tag zu versauen, verstehe ich wirklich nicht.«

Nachdem sie auf Bestätigung zu warten schien, nickte Lene.

»Aber ich verstehe mittlerweile vieles nicht mehr«, fuhr Frau Graf ungebremst fort. »Die Maßnahmen haben doch gut funktioniert.

Und die Impfstoffe sind vielleicht nicht perfekt, aber sie sind die beste Waffe, die wir im Kampf gegen das Virus haben. Der Schutz vor schweren Verläufen ist doch das Entscheidende.« Sie nahm einen Schluck Wasser, als wollte sie sich selbst wieder auf normale Betriebstemperatur herunterkühlen. »Die Impfung hat unzählige Menschenleben gerettet, das ist doch wissenschaftlicher Konsens. Dazu gibt es zig Studien. Und die braucht man noch nicht einmal zu lesen, ein Blick in die Nachrichten reicht völlig aus.«

Mittlerweile hatte Lene den Eindruck, als war für jede Meinung die passende Studie vorhanden. Es schien vor allem ein Informationskrieg zu sein, der dort draußen tobte.

»Dass die allgemeine Impfpflicht gescheitert ist, ist ein absolutes Drama«, schloss Simone Graf. »Zwingen hätte man die Leute sollen. Wenn sie unter uns leben wollen, kann man sie auch ohne Skrupel zur Solidarität nötigen. Für die Freiheit aller.«

Lene setzte zu einer Entgegnung an, aber Simone Graf sprach unbeirrt weiter. Die Markträtin schien in ihrem Element zu sein. »Es gab ja dann sogar Leitlinien und Beratungsstellen der Regierung, wie man am besten mit Verschwörungsgläubigen und Impfgegnern umgeht. Ich habe wirklich alles versucht, glauben Sie mir. Aber Sebastian ist nicht zugänglich.«

»Ist das nicht schrecklich, wenn die Spaltung sogar bis in die Familie hineinreicht?« Lene dachte an ihre Schwester Maria, mit der sie beileibe nicht immer einer Meinung war. Dennoch teilten sie beide die feste Überzeugung, dass es immer einen kleinsten gemeinsamen Nenner gab, auf den man sich einigen konnte. Und wenn nicht, sollte eben jeder auf seinem Nenner bleiben.

»Sebastian hat sich selbst abgespalten«, antwortete Simone Graf mit undurchdringlicher Härte im Gesicht. »Spätestens dadurch, dass er die Impfung verweigert hat. Wie alle dort oben übrigens. Jetzt soll das auch so bleiben. Menschen mit dieser Haltung dürfen sich ruhig separieren, die vermisst keiner.«

Unweigerlich dachte Lene an die Zahlen, die sie am Wochenende aus Neugier in Erfahrung gebracht hatte: Rund zehn Millionen Erwachsene hatten sich in Deutschland bewusst gegen die Corona-Impfung entschieden. Rechnete man nun noch diejenigen dazu, die sich nur aufgrund des ausgeübten Drucks, ob nun von Berufs wegen oder um der gesellschaftlichen Ächtung oder dem Ausschluss aus Freundeskreis und Familie zu entgehen, doch noch dazu durchgerungen hatten, so war dieser Anteil eindeutig zu groß, um ihre Abspaltung freudig willkommen zu heißen. Gute Nacht, Deutschland, würde Lenes Mutter wohl dazu sagen. »Kam es durch diese Geburtstagsfeier dann zum Bruch, Frau Graf?«

»Nein, endgültig geschah das erst letztes Jahr an Weihnachten.« Mit wiedergewonnener Ruhe zuckte Simone Graf die Achseln. »Wir haben trotz aller Widrigkeiten meiner Mutter zuliebe in der Zeit zuvor immer versucht, gemeinsam zu feiern, zumindest über die Feiertage verteilt, sodass jeder jeden sehen konnte. Aber drei Ungeimpfte wollte ich natürlich nicht im Haus haben.«

Wieder nickte Lene, eher automatisch als aus Überzeugung. Wenn sie genauer darüber nachdachte, dann hatte sie bis heute keine Ahnung vom Impfstatus des Schwagers. Nachdem ihre Mutter das vermeintlich schützende, dann immerhin hoffentlich abmildernde Elixier in den Blutbahnen gehabt hatte, war diese Impfung in ihrer Familie einfach kein Thema mehr gewesen.

Simone Graf verstand Lenes Nicken offensichtlich als Bestätigung. »War ja sogar gesetzlich untersagt, und ganz ehrlich: Wie soll man mit jemandem das Fest der Liebe feiern, der nicht einmal über ausreichend Nächstenliebe verfügt, um sich mit bestens erprobten Impfstoffen zum Wohle aller impfen zu lassen? Also habe ich Sebastian angerufen und mitsamt seiner Familie ausgeladen.«

Diese Situation hatte es wohl im vergangenen Jahr so einige Male gegeben. Wie viele Familien wohl auf diese Weise zerstört worden waren? »Wie hat er reagiert?«, fragte Lene.

»Das weiß ich noch sehr genau«, erwiderte Simone Graf. »Er hat gesagt, dass er beim besten Willen nicht weiß, wie er diesen ganzen Irrsinn jemals seiner Tochter erklären soll. Und dann hat er noch gemeint, dass sich eine Familie, die diese Bezeichnung verdient, nicht von Politik und Medien aufhetzen lassen würde.« Sie schüttelte den Kopf. »Ich sage ja, er sieht sich selbst als Opfer. Das war das letzte Mal, dass wir miteinander gesprochen haben. Und jetzt reißt er sich den Sonnenhof unter den Nagel, und mein Vater tut nichts dagegen.«

»Was sollte Ihr Vater denn, Ihrer Meinung nach, tun?«

»Sebastian klarmachen, dass er mit seiner kriminellen Bande von hier verschwinden soll«, antwortete Simone Graf rigoros. »Stattdessen macht er sogar ein Geheimnis um die Erbschaft. Wobei meine Mutter sagt, dass sie die Haupterbin ist. Vermutlich stimmt das auch.« Sie nickte, wie um sich selbst zu beruhigen.

»Haben Sie selbst denn nicht mit Ihrem Vater darüber gesprochen?«

»Ich war schon länger nicht mehr bei ihm«, erklärte sie entschuldigend. »Es darf ja immer nur ein Besucher ins Heim, und ich fahre meine Mutter wöchentlich zu ihm. Aber natürlich habe ich versucht, telefonisch auf ihn einzuwirken. Nur will er davon leider nichts wissen. Entweder, er tut so, als würde er mich nicht richtig verstehen, oder aber er sagt, dass er froh ist, wenn sich jemand so gut um den Hof kümmert wie derzeit Sebastian.« Sie trank ihr Wasserglas leer, dann winkte sie ab. »Vermutlich wird die Zeit das Problem lösen.«

»Lassen Sie uns noch einmal über Andreas Mölln sprechen«, kam Lene auf den eigentlichen Grund ihres Besuchs zurück. Von all den Familienzwistigkeiten schwirrte ihr ohnehin der Kopf. »Wann haben Sie ihn zuletzt gesehen?«

»Ein paar Tage vor seinem Tod«, antwortete Simone Graf. »Ich glaube, es war am Montag. Wir haben uns zufällig beim Metzger getroffen.«

»Und worüber haben Sie sich unterhalten?«

Ein verlegenes Lächeln zeichnete sich auf ihrem Gesicht ab. »Ehrlicherweise: über den Knochenfund und seinen Artikel dazu. Er hatte deshalb wohl Ärger in der Redaktion und wurde sogar angehalten, sich in Zukunft zurückzuhalten. Ich fand den Artikel aber gut, und das habe ich ihm auch gesagt.«

»Wurde noch mehr besprochen?«

Simone Graf schüttelte den Kopf und warf einen prüfenden Blick auf ihre wohlmanikürten Fingernägel.

»Wirkte Andreas Mölln beunruhigt oder besonders nervös?«, fragte Lene.

»Nein, mir ist nichts aufgefallen.« Mühsam unterdrückte Simone Graf ein Gähnen.

Lene nahm das als sportliche Aufforderung, sie noch einmal aufzuschrecken. »Haben Sie Andreas Mölln jemals aufgefordert, über die Sonnenhofbewohner zu berichten?«

Grimmig erwiderte Simone Graf Lenes Blick. »Nein, das habe ich nicht. Aber ich habe ihm für Auskünfte zur Verfügung gestanden. Und ich positioniere mich sehr offen und klar gegen dieses

Querdenkerrefugium, zu dem sich der Hof meiner Eltern entwickelt hat.«

Lene nickte wenig überrascht. Somit hatte also die Tante maßgeblich dazu beigetragen, dass ihr Neffe in Grabenzell kein Bein auf den Boden bekam. »Können Sie mir sonst etwas über Andreas Mölln sagen? Hatte er engere Kontakte, vielleicht aus dem Dorf?«

»Eher nicht«, antwortete Simone Graf schlicht. »Er wurde nicht gehasst, aber er ist auch kein allzu großer Sympathieträger gewesen, vermute ich. Die meisten Grabenzeller kannten ihn bestimmt, aber von engeren Freundschaften weiß ich nichts.«

»Und von Feindschaften?«

»Wollen Sie eine ehrliche Antwort?« Mit einem feinen Lächeln legte Simone Graf ihren Arm auf der Lehne ab. »Dazu fällt mir nur ein, dass die Leute auf dem Hof, allen voran mein Neffe, natürlich einen Riesenhass auf ihn hatten. Mölln hat öffentlich gemacht, dass sich mit Sebastian einer der Organisatoren der Regensburger Coronademos hier verschanzt. Und selbstverständlich hat er mit seiner Meinung über diesen geistig verwirrten Schwurblerhaufen nicht hinter dem Berg gehalten. Ich habe keine Beweise, aber die Beobachtungen der vergangenen Monate und mein Bauchgefühl. Genau deshalb bin ich überzeugt: Der Mörder von Andreas Mölln lebt auf dem Sonnenhof.«

»Und du bist dir sicher, dass du dich nicht verrennst?« Henning stapelte die leeren Pizzakartons und warf Lene einen nachdenklichen Blick zu.

Auch diesen Abend verbrachte sie in der hochherrschaftlichen Villa im Inneren Westen am Rande der Regensburger Altstadt, die ihr favorisierter Staatsanwalt von seinen Eltern geerbt hatte. Die laue Abendluft strich über den kleinen Balkon, auf dem sie die von Lene in der L'Osteria erbeutete Pizza verzehrt hatten. Ein Tisch, zwei Stühle, mehr hatte hier keinen Platz. Vielleicht fühlte Lene sich deshalb auf dem Balkon heimeliger geborgen als in den beiden großzügig geschnittenen Etagen, die Henning in dem vierstöckigen Anwesen bewohnte.

»Du meinst, weil ich mich so sehr auf Grabenzell konzentriere?« Lene hob zweifelnd die Schultern und nickte dankend, als Henning ihr Wein nachschenkte. Seine Einkäufe bei Bert's Wein-Express in Regensburg-Winzer hatten sich wieder einmal als äußerst qualitätsvoll erwiesen, und der intensive Sauvignon Blanc aus dem Friaul hatte es ihr besonders angetan.

Vielleicht hatte Henning ja recht. Vielleicht sollte sie noch weiter in Möllns Münchner Vergangenheit stöbern, die nun allerdings schon fast sieben Jahre zurücklag, oder sich endlich darauf fokussieren, ob er auch mit anderen beruflichen Themen Kränkungen verursacht hatte. Und doch: Ihr Bauchgefühl wies nach Grabenzell, auch wenn es ihr schwerfiel, die Gründe dafür in Worte zu fassen. »Weißt du, die Situation in diesem Dorf birgt so viel Zündstoff«, versuchte sie zu erklären. »Es kommt mir so vor, als würden sich die verfeindeten Seiten, die beiden Extreme, die sich seit Pandemiebeginn entwickelt haben, dort stellvertretend gegenüberstehen. Da ist so viel Unversöhnlichkeit, so viel Enttäuschung und Wut. Und Andreas Mölln war aus meiner Sicht eine Art Schlüsselfigur, die diese Unversöhnlichkeit durch seine Arbeit in den Ort hineingetragen hat.«

»Warum ist das so?«, fragte Henning sinnierend und drehte sein Glas in der Hand. »Warum gibt es diese Extreme?« Er nahm einen

Schluck Wein und richtete dann den Blick über die Dächer, hinter denen sich der Himmel rot verfärbte.

»Ein Faktor ist sicher die persönliche Lebenssituation«, setzte Lene an, beruhigt darüber, dass auch er sich diese Frage stellte, die sie seit dem Wochenende für sich zu beantworten suchte. »Uns beide hat diese ganze Pandemie letztlich nur am Rande tangiert. Abgesehen von ein paar Abenden mehr, an denen wir selbst gekocht oder uns Essen geholt haben, weil die Restaurants geschlossen hatten, ging unser Leben relativ normal weiter. Aber was ist mit denen, die es mehr beeinträchtigt hat?«

Henning nickte und rieb sich in seiner üblichen Denkerpose über den kurzen Vollbart.

»Wir haben keine kleinen Kinder, keine kranken oder vielleicht sogar pflegebedürftigen Angehörigen, um die wir uns übermächtig sorgen mussten«, fuhr Lene fort. »Unsere Jobs waren nicht durch die Lockdowns bedroht oder an eine Bedingung geknüpft, wir stehen beide keinem Coronatoten nahe, niemandem, der an Long Covid leidet, keinem Impfgeschädigten. Es liegt vielleicht in unserer Natur, uns weder durch den Staat noch durch ein Virus sonderlich bedroht zu fühlen, aber auch die Rahmenbedingungen waren für uns einfach günstig.«

Abwägend neigte Henning den Kopf. »Um Laura habe ich mir schon zeitweise große Sorgen gemacht«, sagte er. »Aber sie hat die Kurve ganz gut gekriegt. Wohl auch, weil meine Ex ab und an beide Augen zugedrückt hat. In ihrer Klasse ist die Anzahl der Jugendlichen mit psychischen Problemen und Essstörungen aber durchaus deutlich nach oben geschnellt.« Hennings Tochter lebte zwar bei seiner Ex-Frau, aber seit die heftigsten Anwandlungen der

Pubertät überwunden waren, pflegte sie auch den Kontakt zu ihrem Vater wieder rege. »Und was ist mit deiner Mutter?«

Lene schüttelte den Kopf. »Mama ist robust und ziemlich zäh. Abgesehen von ihrem Alter gab es auch keine Risikofaktoren, insofern hielt sich Marias und meine Panik in Grenzen. Und Mamas sowieso.« Beim Gedanken an ihre überaus pragmatisch veranlagte Mutter, die die Pflicht zum Maskentragen mit einem trockenen ›Bei manchen Gesichtern ist das auch besser so‹ kommentiert hatte, musste Lene unweigerlich schmunzeln. »Wir hatten aufgrund unserer Lebenssituation Glück, Henning. Und damit gehören wir wohl zum großen Teil derjenigen, die einfach nicht so schlimm betroffen waren und sich deswegen auch nicht übermäßig mit der Sache befasst haben.«

Lene empfand Simone Graf als ein bisschen zu sehr auf Außenwirkung bedacht, um wirkliche Sympathie für die Frau zu entwickeln, aber ihre Entrüstung über den Neffen und die Angst um das Leben der Eltern waren aufrichtig gewesen, daran zweifelte Lene nicht. Wahrscheinlich war das eine weitere Wurzel des Übels. »Angst«, sagte sie mit Nachdruck. »Angst ist auch ein Grund für all das. Die einen haben oder hatten eine Höllenangst vor dem Virus und sahen jeden, der nicht alles willig mittrug, was beschlossen wurde, als bedrohlichen, verblödeten oder gar kriminellen Infektionsherd. Was ja, da muss ich den Sonnenhofleuten durchaus zustimmen, von der Politik und den Medien absolut befeuert wurde. ›Gefahr für die Demokratie‹ und so weiter, das war doch albern. Die anderen wiederum hatten eine Höllenangst vor den Beschlüssen der Regierung, und irgendwann auch vor den Menschen, die all das gut fanden. Oder auch bloß nichts hinterfragten.« Zu denen genau genommen sie auch zählte. »Und zuletzt, denke ich, ist es auch einfach eine Frage der Persönlichkeit. Oder der persönlichen Erfahrungen.« Dass sich auf dem Sonnenhof vor allem unabhängige, teils sogar rebellische Geister zusammengefunden hatten, war sicher kein Zufall.

»Du meinst, es gibt diejenigen, die in einer Krise an die Hand genommen werden wollen«, brachte Henning den Gedanken auf den Punkt. »Die darauf vertrauen, dass die Mächtigen schon in ihrem Sinne und zum Wohle aller entscheiden?«

»Genau. Und im Gegensatz dazu eben diejenigen, die vor allem sich selbst vertrauen und auf ihre Selbstbestimmung pochen. Diese Gegensätze haben sich nur vor Corona, in Ermangelung wirklich bedrohlicher Krisen, lange nicht in diesem Ausmaß gezeigt.«

»Und wie bekommt man diese beiden Seiten wieder zusammen?« Henning fixierte sie, als erwartete er, dass Lene ein Kaninchen aus dem nicht vorhandenen Zylinder zauberte. Oder besser eine Friedenspfeife.

Unweigerlich kam ihr die verängstigte Dr. Beate Feuersänger in den Sinn, die so hart mit den psychischen Folgen der vergangenen Jahre kämpfte. Die wütende Tanja Schwarz, die sich in ihre Verachtung hineinsteigerte, um sich der Trauer um ihren Sohn nicht stellen zu müssen. Der verbissene Claus Biehl, der seinen Überzeugungen jederzeit wieder seine Familie opfern würde, daran gab es für Lene keinen Zweifel. Auch die von ihrem Neffen aufs Bitterste enttäuschte Simone Graf, die sich ebenfalls mit Entrüstung behalf, der nicht minder enttäuschte Neffe wiederum, der sich von seiner eigenen Familie nicht nur ausgegrenzt, sondern sogar heftig bekämpft sah. Es war zu viel geschehen. Es geschah immer noch zu viel. »Wenn du mich fragst …« Ließen sich diese Gräben jemals wieder zuschütten? Lene hatte nicht den Eindruck, dass auch nur einer der Beteiligten das noch wollte. »Gar nicht.«

Das erhoffte Durchlüften des Kopfes, das in Hennings Gesellschaft so oft wunderbar funktionierte, war an diesem Abend ausgeblieben. Unruhig wälzte Lene sich in ihrem Bett hin und her. Der Wein, so sehr sie ihn auch genossen hatte, bescherte ihr eine leichte Übelkeit, die sie auch im Schlaf unterschwellig spürte, und durch ihren Kopf wanderten im Traum sämtliche Grabenzeller, die sie in den vergangenen Tagen kennengelernt hatte, mit verschiedenen Motiven, den Redakteur zu ermorden, die sich jedoch immer dann verflüchtigten, wenn Lene sie im Geiste zu fassen suchte.

Als das Smartphone auf ihrem Nachttisch ungeachtet ihres unerquicklichen Dämmerzustands seine enervierende Melodie pfiff, schreckte Lene im Bruchteil einer Sekunde hoch. Hatte sie überhaupt geschlafen? Es fühlte sich nicht so an, aber die roten Leuchtbuchstaben des Radioweckers kündeten davon, dass es bereits vier Uhr morgens war. Unmotiviert griff Lene nach dem Handy und erschrak, als sie den Namen ihrer Kollegin las. War Nina aufgeflogen? Mit schwerem Kopf und rauer Stimme nahm sie den Anruf entgegen.

Nina wartete kaum das Ende von Lenes verhaltenem Morgengruß ab. »Du musst herkommen«, sagte sie eindringlich. Meckerte da eine Ziege im Hintergrund?

»Hier ist die Hölle los«, fuhr Nina aufgeregt fort. »Auf den Sonnenhof ist ein Anschlag verübt worden.«

Zehn

April 1941

»Wo sind die Polacken?« Die beiden ihr unbekannten Männer, die sich als Mitglieder der Geheimen Staatspolizei ausgewiesen hatten, musterten Antonia misstrauisch.

»Die Lenka ist im Haus, der Milosz im Geräteschuppen«, antwortete sie wahrheitsgemäß und zwang sich zur Ruhe. Jetzt war es sowieso zu spät, um noch jemanden zu verstecken. »Was wollen Sie von ihnen?«

»Das werden sie dann schon sehen«, antwortete der größere der beiden und bedeutete dem anderen, das Wohnhaus zu übernehmen. Er selbst schlug den Weg zum Geräteschuppen ein, wo Milosz sich eine provisorische Schreinerwerkstatt eingerichtet hatte. Gerade arbeitete er an einem neuen Bett für den Manfred, der beständig in die Höhe schoss. Es war allerhöchste Zeit für eine neue Schlafstatt.

Antonia wischte sich hastig die Erde vom Rock, ließ den Gemüsegarten Gemüsegarten sein und lief quer über den Hof hinter dem Mann her. War das ein Kontrollbesuch? Aber weshalb übernahm das nun die Gestapo, und nicht mehr der Spreitzer oder der Geiger selber? Bisher hatten sie bei den Stippvisiten des Blockwarts immer Glück gehabt, und so hatte sein Interesse deutlich nachgelassen. Hatte es nun eine Anzeige gegeben? Vielleicht hatte sich auch der Manfred in aller Unschuld verplappert. Vielleicht durchschaute mittlerweile auch der Bub, dass sich der junge Pole und die Mama liebhatten. Nein, das durfte einfach nicht sein! Bestimmt war der Manfred schlau genug, einen solchen Verdacht, falls er ihn hatte, für sich zu behalten. Außerdem würden sich die beiden Männer dann kaum auch für die Lenka interessieren.

Antonia schloss zu dem Mann auf, der im Stechschritt auf den Schuppen zueilte. »Vielleicht kann ich Ihnen helfen?«

Er schüttelte unwirsch den Kopf und blieb vor der offenen Schuppentür stehen. Milosz hatte ihn nicht kommen sehen. Als der Schatten des Mannes in den Schuppen fiel, fuhr er zusammen und stellte das muntere Pfeifen ein, das seine Arbeit begleitet hatte. Der Polizist zog einen Bogen Papier aus der Jackentasche. »Jankowski Milosz?«, fragte er barsch.

Milosz nickte, und Antonia entging nicht, dass er sofort seinen Blick senkte und versuchte, das Zittern seiner Hände zu verbergen. Hastig schlang er sie ineinander.

»Mitkommen.« Mit einer Geste, die keinen Widerspruch duldete, trat der Mann beiseite und wies Milosz an, den Schuppen zu verlassen.

»Ich verlange Auskunft darüber, was Sie von ihm wollen«, sagte Antonia nun ihrerseits in schroffem Tonfall. Auch wenn das nicht unbedingt klug war, hatte sie keine Lust mehr, sich von diesen Nazischergen den Schneid abkaufen zu lassen. »Ich brauche ihn hier, wir wollen jetzt aufs Feld und Kartoffeln setzen.«

»Das wird warten müssen«, antwortete er kühl.

Antonia fing Milosz' verängstigten Blick auf.

»Oder Sie machen die Arbeit allein. Wir haben Anweisung, alle Polacken mitzunehmen.«

Antonia versuchte erneut, Milosz' Blick zu erhaschen, ihm stumm Mut zuzusprechen, ihm zu bedeuten, dass sie alles in ihrer Macht Stehende für sein Wohlergehen tun würde, auch wenn ihre Macht, das gestand sie sich mit schweißnassen Händen und pochendem Herzen ein, in diesen Zeiten begrenzt war. Doch Milosz sah nicht mehr auf, hielt stur den Kopf gesenkt und blickte auch nicht zurück, als Lenka und er zwischen den beiden Beamten den Hügel hinab ins Dorf marschierten.

Obwohl Milosz mühelos Schritt hielt, stießen sie ihn alle paar Meter vorwärts, und Antonia fühlte mit jedem Stoß das Taumeln, als wäre sie es, die von den Gestapomännern vorangetrieben wurde. Milosz tat ihnen nicht den Gefallen zu stürzen, zumindest nicht, bis er aus Antonias Blickfeld verschwunden war und Katha wie ein aufgescheuchtes Huhn aus dem Wohnhaus gelaufen kam, um ihre Schwester, die sich mit geschlossenen Augen an den Schuppen lehnte und nun ihrerseits darum kämpfte, ihrer Angst Herr zu werden, in die Arme zu schließen.

Antonia füllte die Stunden damit, im Hof kleinere Arbeiten zu verrichten, um so beständig Ausschau nach Lenka und Milosz halten zu können, und ertappte dabei auch immer wieder die Katha, wie sie in der Haustür stand, die Straße hinunterblickte und ungeduldig die Rückkehr der beiden erwartete. Für Führer, Volk und Vaterland krümmten sie an diesem Vormittag jedenfalls keinen Finger, und einen Augenblick lang erfüllte Toni dieser Gedanke mit Häme, auch wenn die dringend nötige Feldarbeit nur verschoben war.

Am Mittag kehrten Lenka und Milosz endlich zurück: das Mädchen weinend, Milosz, der tröstend den Arm um sie gelegt hatte, blass, zitternd und stumm, aber, gottlob, beide am Leibe unversehrt.

Auch nach ihrer Rückkehr wurde an diesem Tag auf dem Hof nur das Nötigste erledigt, als weitete sich die Verstörung der beiden aus und lähmte auch Antonia und Katha. Milosz hatte sich wieder in seinen Schuppen zurückgezogen, und so oft Toni auch daran vorbeiging, er wich ihren Blicken aus und schien ganz in sich selbst zurückgezogen, während die Lenka mit stummen Tränen in den Augen die Hausarbeit verrichtete, die man ihr auftrug. Das Mädchen hatte abgewehrt, als Katha sie nach den Ereignissen des Vormittags gefragt hatte, und bei Milosz hatten sie es gar nicht erst gewagt. Als müsste die Blutung erst versiegen, bevor man die Wunde untersuchen konnte.

Erst am frühen Abend, als der Fritz von der Feldarbeit zurückkehrte und berichtete, dass er auf dem Heimweg der wie immer bestens informierten alten Eichenseherin über den Weg gelaufen war, erfuhren sie, was geschehen war. Von der Verhaftung des jungen Polen Julius, der in einer Gast- und Landwirtschaft in Michelsneukirchen untergekommen war, hatten sie schon im vergangenen Spätherbst gehört: In ein Mädchen aus dem Dorf hatte er sich verliebt und ihr zu allem Überfluss noch ein Kind gemacht, und so war es nur eine Frage der Zeit gewesen, bis die verbotene Liebschaft aufgeflogen war und die Gestapo den Mann festgenommen hatte. Schon damals war dem Milosz das Schicksal des Landsmannes nah gegangen, zumal er den Polen, der eigentlich Julian Majka hieß, aus seiner Zeit im Gefangenenlager kannte. Und doch hatten Toni und wohl auch er die Furcht weggeschoben und sich mit dem

Gedanken beruhigt, dass es für diesen jungen Polen und seine deutsche Geliebte schon nicht so schlimm kommen würde, zumal der Pole im Ruf stand, freundlich und fleißig zu sein, und auch der Vater des Mädchens eine Eindeutschung des jungen Mannes und eine Heirat befürwortete.

Mehr hatte man seither nicht gehört, und Toni musste sich eingestehen, dass sie nicht viel darüber nachgedacht hatte. So war der Mensch nun einmal, selbst der Unbequemste: Bedacht auf sein eigenes sicheres Refugium, ohne sich unnütz die Nöte der anderen Leute gewahr zu machen, weil man sonst unter diesen Nöten vielleicht noch den Lebensmut verlöre. Und so handhabten es wohl die meisten Leute, und vielleicht genau deshalb war es ein Schock für die Michelsneukirchener gewesen, als eilends ein Galgen im nahe gelegenen Wäldchen am Irlberg errichtet worden war, an dem man den schönen Julius, nach Ablehnung des Antrags auf Eindeutschung, an diesem Vormittag kurzentschlossen aufgeknüpft hatte.

Das berichtete Fritz Toni und Katha, in der Stube sitzend, den Bierkrug umklammernd und mit Tränen in den Augen, und am schlimmsten traf es ihn, dass die Eichenseherin auch noch recht zufrieden zu sein schien. Nun habe der triebhafte Pole die längste Zeit sein Unwesen getrieben, dem angereisten Exekutionskommando aus dem Lager Flossenbürg sei Dank. Nur das zügellose Frauenzimmer müsse man jetzt noch für seine Liederlichkeit bestrafen. Den dreckigen Ostarbeitern dürfte aber jetzt der Appetit auf Liebschaften mit deutschen Frauen fürs Erste vergangen sein, nachdem man sie alle der Reihe nach an der am Strick baumelnden Leiche des Mannes vorbeigeführt hatte.

Antonia stand auf, mit wehem Herzen und Knochen, die sich älter anfühlten als an den arbeitsreichsten Tagen. Sie spürte Kathas

Blick auf sich, bis sie die Stube verlassen hatte. Schnell ging sie nicht, sie hatte keine Eile, und doch war der Gang zu Milosz, der trotz der anbrechenden Dämmerung im Schuppen hämmerte und sägte, unausweichlich.

Er sah kurz auf, als sie in der Tür stand, machte aber keine Anstalten, seine Arbeit zu unterbrechen.

»Ich weiß, was passiert ist«, sagte sie mit fester Stimme. »Im Dorf unten erzählen sie davon.«

Milosz hielt inne, den Blick immer noch starr auf den Holzbalken gerichtet, den er sorgfältig abschmirgelte. »Er war geboren wie ich«, sagte er. »1913.«

Mit einem Gefühl plötzlicher Schwäche lehnte Antonia sich an den Türrahmen. So jung, und bestraft fürs Lieben. Genau wie das Mädchen, dem jetzt nur noch ein uneheliches Kind von ihrem Schatz blieb. Sofern man sie überhaupt am Leben und den Buben, der im Februar zur Welt gekommen war, bei ihr ließ.

»Ich kann nicht verstehen.« Endlich sah Milosz auf, seine Augen glänzten dunkel. »Ich kann die Menschen nicht verstehen.«

»Was glaubst, warum wir hier auf dem Hof die Welt da draußen seit Jahren aussperren, so gut es eben geht?« Antonia schüttelte den Kopf und ging dann einen Schritt auf ihn zu. Als er nicht zurückwich, trat sie noch näher, bis sie direkt vor ihm stand. Auf einmal war sie so müde wie schon lang nicht mehr. Auch wenn sie immer unverdrossen weitergemacht hatte, weil sie halt eine Mutter war, die ein Kind durchbringen musste: Wenn sie dem Schmerz für einen Augenblick nicht ausweichen konnte, traf er sie noch mit der gleichen Wucht wie früher. »Weil wir sie und ihre Grausamkeit schon lang nimmer verstehen, Milosz.«

Milosz' tieftrauriger Blick ruhte auf ihr, liebkoste ein letztes Mal ihre Lippen, ihre Augen, ihre Wangen. Er musste nichts sagen, sie verstand ihn auch so.

Ab diesem Abend erklang das leise Klopfen an ihrer Kammertür nicht mehr, und keine kräftigen Armen hielten und bargen sie, und kein einsames Herz gesellte sich zu ihrem und flüsterte ihm zu, dass es nicht allein war.

Frühsommer 2022

Gerd Schönberger spürte der Trauer der Mutter und des Vaters nach, der schweren und letztlich doch so einfachen Abwägung, ob die Liebe oder doch der Durst nach Leben überwog. Je tiefer er in die Geschichte der Mutter eintauchte, desto klarer wurde ihm, was sie aus dem Sonnenhof gemacht und über die Zeit bewahrt hatte, trotz aller Schrecken und Veränderungen, die die Jahre diesem Ort aufgezwungen hatten. Vielleicht hing er deshalb so an diesem Hof, vielleicht sträubte er sich deswegen so dagegen, ihn zu verkaufen. Dabei konnte ihm doch eigentlich egal sein, was mit dem Hof geschah, wenn er den Löffel endlich abgab, und ohnehin würde Elvira ihn überleben und somit über den Fortgang entscheiden. Und doch, die Vorstellung, den Hof in anderen Händen als denen seines Enkels zu wissen, behagte ihm kein bisschen, ob er nun tot war oder nicht. Nicht zuletzt über den Sonnenhof fühlte er sich mit Sebastian verbunden, denn genau wie Gerd empfand er das Anwesen nicht als Bürde, sondern als Zuhause, als Ort, an dem man in Sicherheit einfach man selbst sein konnte.

Und er war er selbst gewesen all die Jahre, und der Spott der Kinder aus dem Dorf, die ihm, dem kleinen Polacken, so gerne Schläge androhten, war vergessen gewesen, sobald er das Gartentor passiert hatte und umgeben von den Menschen gewesen war, denen er blind vertraute.

Gerd war an diesem Tag gar nicht erst aufgestanden, er hatte sich zu schwach für diese unnötige Strapaze gefühlt, und Schwester Birgit hatte ihm seinen Willen gelassen. Jetzt sank sein Arm, der sich durch das Halten des Tagebuches immer wieder verkrampfte, zurück auf die Decke, und Gerd wehrte sich nicht dagegen, dass ihm die Augen zufielen. Im Traum saß er vor dem bollernden Kachelofen, sah in die freundlichen Augen von Tante Katha und Onkel Fritz, beobachtete Milosz, der ihm den gewünschten hölzernen Hirschen schnitzte, ließ sich von seinem Bruder Manfred necken und von der Mama übers Haar streicheln. Es tat gut, wenigstens im Traum unter ihnen zu sein.

***

»Verdammt noch mal, das ist heftig.« Lene starrte auf die grellroten Buchstaben, die sich über die gesamte Fassade des Wohnhauses sowie der Scheune erstreckten. Eilig stieg sie aus dem Auto, band ihre braunen Locken zu einem Pferdeschwanz zusammen und lief auf das offen stehende Gartentor zu. Trotz der frühen Stunde schien bereits der ganze Hof auf den Beinen zu sein, wobei sich zwei Gruppen gebildet hatten: Die eine, unter der Lene sowohl Nina als auch Marie Paulus und die Ärztin Beate Feuersänger entdeckte, hatte sich vor dem Wohnhaus niedergelassen, ebenso wie drei der Kinder, die auf den Schößen ihrer Mütter und Väter saßen. Eines der Mädchen weinte.

Die andere Gruppe, darunter Claus Biehl, Tanja Schwarz und Moritz Wagner, hämmerte lautstark am Zaun des Ziegengeheges, was den verärgert blökenden Ziegen nicht zu gefallen schien. Auch aus dem kleinen Hühnerhaus erklang aufgebrachtes Gezeter.

Marie Paulus sprang auf und kam auf Lene zu, sobald sie das Grundstück betreten hatte. »Woher wissen Sie …«, setzte sie an, ohne zu grüßen.

»Ich wurde angerufen«, unterbrach Lene sie. Natürlich hatte sie mit dieser Frage gerechnet, war sich aber auch sicher gewesen, dass eine mit genügend Autorität vorgetragene Antwort ausreichen würde, um ein genaueres Nachhaken zu vermeiden. »Was ist passiert?«

»Sehen Sie selbst«, erwiderte Marie Paulus und wies auf die beiden mannshohen Schriftzüge an Wohnhaus und Scheune: *MÖRDER*.

»Das neue Yogadeck sieht noch schlimmer aus, da werden wir nicht nur als Mörder tituliert, sondern auch noch aufgefordert, abzuhauen.« Mit wutverzerrtem Gesichtsausdruck machte sie eine raumgreifende Armbewegung hinüber zum Hühnerstall und Ziegengehege. »Beide Einzäunungen sind zerstört, die Hühner mussten wir jetzt in ihr Haus sperren. Die meisten Ziegen konnten wir zwar wieder einfangen, nur eine, leider die frischgebackene Mutter mit Friedas Lämmchen, ist ausgebüxt.« Sie wies auf das weinende Mädchen, das sich an ihre Mutter Beate Feuersänger klammerte, während diese ihr sichtlich überfordert den Rücken streichelte. »Sebastian, Clara und Rainer suchen sie im Moment. Hoffentlich sind die Tiere nicht in den Boandlforst gelaufen.«

»Das sind dann wohl gleich mehrere Straftaten auf einmal.« Beim Anblick der schluchzenden Frieda spürte Lene selbst Wut in sich aufsteigen. Warum zum Teufel konnte man diese Menschen, allen voran die Kinder, nicht einfach in Ruhe lassen? »Ich schicke Ihnen eine Streife, Sie müssen das zur Anzeige bringen.«

Marie Paulus wirkte nicht begeistert, widersprach aber nicht.

»Die Damen …«, unterbrach eine tiefe Stimme zögerlich.

Lene wandte sich um und nickte Moritz Wagner zu, dem durch die neuesten Ereignisse das Lächeln vergangen zu sein schien.

»Das Gehege ist fürs Erste so weit zusammengeflickt, dass die Ziegen nicht mehr abhauen können«, fuhr er an Marie gewandt fort. »Tanja und Claus kümmern sich um den Hühnerauslauf. Weißt du, ob wir noch Fassadenfarbe haben?« Mit dem Kinn wies er auf das Wohnhaus. »Dann fange ich mit dem Überstreichen an. Ich kann mir das nicht ansehen.«

»Tun Sie es erst, nachdem die Kollegen von der Streife alles aufgenommen und fotografiert haben«, schritt Lene ein. »Das mit den Gehegen ist schon okay, wenn es gar nicht anders geht, aber alle anderen Reparaturen müssen warten.«

Moritz bedachte Lene mit einem unwilligen Blick.

»Du kannst die restliche Farbe ja schon mal suchen. Es müsste noch ein bisschen was davon in der Scheune sein«, versuchte Marie, einen Kompromiss zu finden. »Und dann frühstückst du in Ruhe, bevor du losfährst und Nachschub holst.« Sie warf einen raschen Blick auf ihre Armbanduhr. »In zwei Stunden machen die Baumärkte auf.«

»Frühstücken«, erwiderte Moritz unbeeindruckt. »Mit idyllischem Ausblick auf unsere neuen appetitanregenden Graffiti?«

»Bitte«, sagte Marie beschwörend, und er nickte schicksalsergeben, bevor er die beiden Frauen stehen ließ. Dennoch hatte Lene den Eindruck, dass bei diesem sonst so entspannten Mann mit dem Anschlag auf den Hof eine Grenze überschritten worden war. Hastig lief sie ihm hinterher: »Moritz!«

Er verlangsamte seine Schritte, machte aber keine Anstalten, stehen zu bleiben. Dennoch hatte sie ihn schnell eingeholt. »Das setzt dir ganz schön zu, oder?«

Endlich wandte er sich zu ihr um. »Weißt du«, sagte er nachdenklich, »ich ertrage es langsam einfach nicht mehr, die Kinder weinen zu sehen. Und ich befürchte, dieser Anschlag war jetzt der eine Schritt zu viel, und das finde ich bedrückend. Das könnte der Punkt sein, an dem das ganze Projekt kippt.«

»Wie meinst du das?«

»Als Polizistin sind dir die psychologischen Folgen von Einbrüchen bekannt, nehme ich an.« Er verzog das Gesicht, sodass Lene sich fragte, ob er vielleicht selbst schon solch unliebsame Erfahrungen gemacht hatte. »Für die meisten Leute hier ist der Sonnenhof der zwar von außen bedrohte, letztlich aber doch sichere Rückzugsort. Diese Einschätzung dürfte sich jetzt geändert haben.« Er hob hilflos die Hände. »Auch wenn Marie direkt mit der Aufarbeitung der Traumata beginnt«, fügte er mit gutmütigem Spott hinzu.

»Aber so wie hier alle zusammenhalten …«

»Noch«, unkte er. »Glaubst du nicht, dass das Misstrauen sät? Seit gestern haben wir einen Gast auf dem Hof, und zack, wird ein Anschlag verübt … Sobald wir anfangen, uns hier gegenseitig skeptisch zu beäugen, war's das.«

»Glaubst du, dass es jemand war, der hier lebt?« Natürlich war auch in Lenes Kopf dieser Gedanke aufgeblitzt, den sie dann aber kurzerhand als zweitrangig beiseitegeschoben hatte. »Euer Gast?« Dass er damit eindeutig falsch lag, konnte sie ihm kaum erklären.

»Das glaube ich nicht«, sagte er mit Nachdruck. »Aber es ist eine von mehreren möglichen Schlussfolgerungen, oder? Denkst du nicht, dass jemand hier auf den Gedanken kommt, es könnte einen Saboteur in den eigenen Reihen geben? Und währenddessen lachen sich die Irren aus dem Dorf, die wirklich dahinterstecken, ins Fäustchen.« Schon im Weggehen drehte er sich noch einmal um. »Sei mir bitte nicht böse«, sagte er, »aber ich muss jetzt irgendwas tun, sonst packt mich die kalte Wut.«

Lene verstand ihn nur zu gut. Eilig wandte sie sich ebenfalls ab und trabte auf das Grüppchen um Nina zu, die vor dem leuchtend roten D saß.

»Sie sind neu hier auf dem Hof.« Lene bemühte sich erfolgreich um einen distanziert-professionellen Gesichtsausdruck, während sie Nina ansah und versuchte, sowohl Friedas Schluchzen als auch das verängstigte Gesicht von Dr. Beate Feuersänger auszublenden. »Lene Wagenbach, Kripo Regensburg. Ich möchte mich gerne kurz unter vier Augen mit Ihnen unterhalten.«

Nina nickte zögerlich und erhob sich. Die natürliche Scheu, die zahlreiche durchaus auch gesetzestreue Bürger im Umgang mit der Polizei an den Tag legten, mimte sie recht gut.

Kaum waren sie allerdings außerhalb der Hör- und Sichtweite am Zaun auf der Rückseite des Anwesens angekommen, knapp unterhalb der ersten Baumreihen des Boandlforsts, schaltete Nina um in den Polizistinnenmodus. »Was machen wir jetzt?«, fragte sie. »Ganz ehrlich, der Hass auf die Leute hier ist doch irre. Sollen wir Polizeischutz beantragen?«

Lene neigte abwägend den Kopf. »Zuerst brauchen wir Verstärkung, um die Spuren zu sichern. Welchen Eindruck hast du, Nina? Wie sind die Reaktionen hier?«

»Die weinende Frieda hast du ja gesehen«, antwortete Nina bitter. »Sie hat fürchterliche Angst um ihr Lamm. Wenn die abtrünnigen Tiere nicht gefunden werden, ist das deren Todesurteil. Und was löst das – bitteschön – im Kopf von Kindern aus, wenn ihre Eltern an der eigenen Hauswand als Mörder beschimpft werden? Das ist doch das Allerletzte!« Nina schüttelte entrüstet den Kopf, dann atmete sie tief ein. »Sorry, ich muss mich wohl um ein bisschen mehr Distanz bemühen. Also, mein Eindruck: Sogar die besonders Gutgelaunten sind nach diesem Anschlag verunsichert, Moritz und Clara zum Beispiel. Nick hat direkt angekündigt, weiterziehen zu wollen, ihm wird das alles zu stressig.«

Für einen kurzen Moment überlegte Lene, wer besagter Nick war, bis das Bild des aus dem Hamsterrad entflohenen Bauingenieurs vor ihrem inneren Auge erstand. Der zwar sympathische, aber insgesamt etwas gleichgültig erscheinende Mann machte als Einziger nicht den Eindruck, als würde ihm die Gemeinschaft auf dem Hof sonderlich viel bedeuten.

»Friedas Mutter Bea«, fuhr Nina fort, »die ja ohnehin so hart mit psychischen Problemen kämpft, hat direkt zu ihrem Mann gesagt, dass sie all das nicht mehr aushält und endlich wegwill. Tanja Schwarz, misstrauisch, wie sie ist, hat mich gefragt, ob ich etwas damit zu tun habe, allerdings wurde sie sofort von Yoga-Fee Clara in ihre Schranken gewiesen.« Nina strich sich das verstrubbelte Haar aus der Stirn. Einen Kamm hatte sie an diesem Morgen vermutlich noch nicht in die Finger bekommen. »Marie Paulus versucht, an positiver Stimmung zu retten, was zu retten ist. Viel ist das nicht, weil sich alle fragen, wie weit der Hass der Menschen geht und ob sie hier überhaupt noch sicher sind.«

»Kannst du dir vorstellen«, griff Lene Moritz' Gedankengang auf, »dass jemand der Sonnenhofleute diesen Anschlag inszeniert hat? Ein Saboteur in den eigenen Reihen?« Auch die Anschuldigungen von Simone Graf spukten Lene plötzlich wieder durch den Kopf. »Um sich selbst als Opfer zu stilisieren?«

Entschieden schüttelte Nina den Kopf. »Ich habe sämtliche Reaktionen mitbekommen, Lene. Marie Paulus und ich waren die Ersten, die von dem Gemecker der freigelassenen Ziegen aufgewacht sind. Es war niemand dabei, dem der Schock nicht deutlich ins Gesicht geschrieben stand. Sebastian Paulus hat geweint! Und dann zu Marie gesagt, dass ihm langsam, aber sicher die Kraft ausgeht.« Sie zuckte hilflos die Achseln. »Das ist alles nur mein subjektiver Eindruck, schon klar. Aber für mich steht fest, dass derjenige, der diese Sauerei verbrochen hat, von außen kommt.«

Aus dem Augenwinkel nahm Lene eine Bewegung wahr und wandte ihren Blick zu Moritz, der mit langen Schritten auf sie beide zueilte. Selbst aus der Distanz erkannte sie, dass er unter seiner kräftigen Sonnenbräune leichenblass war. »Du musst mitkommen«, sagte er tonlos zu Lene, kaum dass er sie erreicht hatte. »Mein Spaten ist wieder aufgetaucht.«

»Gehe ich recht in der Annahme, dass sich meine Chancen auf ein Date damit nicht erhöhen?«

Lene winkte ab, eine Verabredung war absolut das Letzte, wonach ihr jetzt der Sinn stand. Stattdessen blickte sie gebannt auf den Spaten, der gut sichtbar zwischen allerlei anderen Geräten an der Holzwand lehnte. »Jetzt haben wir ein Problem, Moritz.« Es waren nicht die wenigen Spuren von Erde auf dem Spatenblatt, die sie zu dieser Aussage bewogen. Problematischer verhielt es sich mit den deutlich sichtbaren Resten geronnenen Blutes. »Seit wann war der Spaten weg?«

Hilflos schüttelte Moritz den Kopf. »Keine Ahnung, ich arbeite ja nicht jeden Tag damit. Vor vier Tagen ist es mir zum ersten Mal aufgefallen.«

»Und wann hast du zum letzten Mal damit gearbeitet?«

»Vor zwei Wochen vielleicht?« Mit einer Geste der Ratlosigkeit hob er die Hände.

»Bevor Andreas Mölln ermordet wurde?«

»Ja«, erwiderte er. »Da bin ich mir sicher.«

»Also muss ihn jemand entwendet und zurückgebracht haben, der hier auf dem Hof lebt«, schlussfolgerte Lene. »Niemand sonst hat Zugriff auf den Scheunenschlüssel.«

»Ich befürchte, so eindeutig ist das nicht.« Moritz klang ungewohnt zaghaft.

»Warum?«

»Weil sich das Scheunentor derzeit nicht abschließen lässt«, erwiderte er zögerlich. »Wir dachten, es wäre im Zuge eurer Ermittlungen zu unserer Kellerleiche kaputtgegangen.«

»Scheiße.« Lene hielt sich gerade noch davon ab, mit dem Fuß gegen die Holzwand zu treten. Das durfte doch nicht wahr sein! Irgendjemand führte sie hier gewaltig an der Nase herum. »Okay, das ist ein Fall für den Erkennungsdienst. Schon wieder. Bitte sorg dafür, dass hier niemand mehr irgendetwas anfasst.« Mit diesen Worten zückte sie ihr Handy und stürzte nach draußen. Wenn sie nicht alles täuschte, hatte sie immerhin soeben die Tatwaffe gefunden.

Erst als der Erkennungsdienst, dieses Mal unter der Regie von Michi Bauer, der die Abteilung seit Jahren leitete, das Ruder auf dem Hof übernommen hatte, räumte Lene ihrem aufdringlich knurrenden Magen Beachtung ein. Ninas Inkognito funktionierte zum Glück auch weiterhin hervorragend, nicht nur, weil Michi Bauer und seine Mitarbeiter informiert waren: Dank ihrer hippieartigen Kleidung, die sie, wer weiß wo, aufgetrieben hatte, war Nina kaum unter den Leuten auf dem Hof auszumachen. Vielleicht war das aber auch ihre standardmäßige Freizeitkleidung.

Lene schlug den von Marie Paulus angebotenen Porridge trotz der durchaus verlockenden Erdbeeren aus eigenem Anbau aus und trat stattdessen den Fußweg zum neuen Metzger ihres – und leider auch Blümchenbluses und Erdferkels – Vertrauens an. Dass der derzeitig häufige Genuss von Leberkässemmeln nicht das ernährungsphysiologische Nonplusultra war, war ihr durchaus bewusst, aber wenigstens kam sie auf diese Weise zu einem Mindestmaß an Bewegung.

Sie hatte gerade den Ortseingang passiert und die im Zentrum thronende Kirche in den Blick gefasst, als ihr, diesmal mit Kinderwagen, die junge Mutter aus der Metzgerei entgegenkam, die Lene so dankbar für ihr Husten gewesen war. Auch sie schien Lene wiederzuerkennen, zumindest nickte sie lächelnd und blieb dann unsicher stehen. »Sie sind die Polizistin, die hier ermittelt, gell?«

Lene nickte, hin- und hergerissen zwischen der Abneigung gegenüber neugierigen Dorfbewohnern einerseits und dem Gefühl, dass diese Frau normalerweise nicht unbedingt in diese Kategorie gehörte, andererseits.

»Ich wollt nur sagen«, begann die Frau zögerlich, fuhr dann aber entschiedener fort, »dass man nicht alles glauben darf, was die Leute erzählen.«

»Wie meinen Sie das?«

»Was über den Sebastian und die anderen da oben verbreitet wird …« Sie brach ab, als wüsste sie nicht, wie sie ihre Gedanken in Worte fassen sollte, und warf stattdessen einen prüfenden Blick auf ihr schlafendes Baby.

»Kennen Sie Sebastian Paulus besser?«, fragte Lene.

»Nur flüchtig«, antwortete die Frau. »Er ist ein paar Jahre älter als ich, aber wir sind beide hier aufgewachsen.« Sie nickte, als müsste sie ihre Worte bekräftigen. »Ein netter Kerl. Immer freundlich, auch früher schon. Genau wie die anderen vom Sonnenhof, sofern man sie mal beim Einkaufen im Ort hier sieht. Was aber nicht mehr oft vorkommt.« Fast beschwörend sah sie Lene an und senkte die Stimme. »Beim Metzger werden sie nicht mehr bedient. Hausverbot.«

»Haben Sie eine Ahnung, warum?«

»Ich war zufällig auch im Laden damals.« Erneut warf die junge Frau einen Blick auf den schlafenden Säugling, als wollte sie sichergehen, dass er von ihren Worten nichts mitbekam. »Sebastians Frau wollte Gelbwurst kaufen, ich schätze mal, für die Kinder. Als sie an der Reihe war, hat die Frau Huber, also die Chefin selbst, ihr mitgeteilt, dass an Querdenker nichts mehr verkauft wird. Und Sebastians Frau soll das, bitteschön, auch ihren Kumpanen ausrichten.«

Lene schüttelte den Kopf. Was den Sonnenhofleuten in Grabenzell widerfuhr, war wirklich schwer auszuhalten. »Wie hat Marie Paulus reagiert?«

»Im Laden konnte sie noch die Fassung bewahren, aber als ich ihr nachgelaufen bin und gesagt habe, dass mir das leidtut und ich das nicht richtig finde, hat sie angefangen zu weinen und sich bei mir bedankt. Ändern tut das natürlich auch nichts.« Die junge Frau sah traurig aus, weshalb Lene sich den Kommentar verkniff, dass es wohl besser gewesen wäre, sich mit dieser Meinung an die Metzgerin zu wenden.

»Sie sind die erste Person hier im Dorf, die sich nicht negativ über die Sonnenhofleute äußert«, stellte sie stattdessen fest.

Abwägend neigte die junge Frau den Kopf. »Ich glaube, den meisten Leuten hier im Dorf ist das alles völlig wurscht. Die wollen ihre Ruhe haben, auch und vor allem vor Corona. Und solange sie ansonsten unbehelligt ihr Leben weiterleben können, plappern sie halt nach, was ihnen vorgeplappert wird, und befolgen, was ihnen vorgeschrieben wird, und machen sich keine Gedanken über andere Menschen.«

»Sie offensichtlich schon«, konstatierte Lene.

»Wissen Sie«, sagte die Frau und sah wieder, diesmal nachdenklich, auf ihr Baby, »mir macht das schon auch alles Sorgen. Ich musste zum Beispiel die ganze Entbindung hindurch Maske tragen, auch während der Presswehen und trotz negativem Schnelltest, weil meine Hebamme eine Wahnsinnsangst vor Corona hatte. Wenigstens durfte mein Mann kurz vor Schluss dazukommen, dafür muss man ja schon fast dankbar sein. Die elf Stunden davor aber habe ich allein durchgestanden. Es war die Hölle.« Bei der Erinnerung sammelten sich prompt Tränen in ihren Augen. »Aber öffentlich beklagen darf man sich nicht, sonst ist man ein verantwortungsloser Omamörder.« Entschlossen wischte sie sich die Tränen aus den Augen. »Ansonsten haben mich persönlich diese ganzen Pandemiemaßnahmen nicht so hart getroffen, muss ich zugeben. Trotzdem, ein bisschen mehr ›Leben und leben lassen‹ hätte uns allen nicht geschadet, finde ich.«

»Sie würden sich auf dem Sonnenhof wahrscheinlich recht wohl fühlen«, bemerkte Lene mit einem aufmunternden Lächeln.

»Ach, nein«, wehrte die Frau ab. »Das wäre nichts für mich. Aber dass die da oben so viel Durchhaltevermögen beweisen, das bewundere ich schon.« Mit einem Lächeln nickte sie Lene zu und wendete den Kinderwagen. »Also dann …«

Lene sah ihr nach, wie sie gemächlich zurück Richtung Ortsmitte zockelte. Keine Heldin. Aber immerhin jemand, der sich ein eigenes Bild machte. Ohne Zögern drehte Lene um und nahm Kurs auf den Sonnenhof. Dann doch lieber Porridge.

Elf

Frühsommer 2022

Gerd schreckte wie derzeit so oft aus dem Schlaf auf. Obwohl, konnte man von Aufschrecken sprechen, wenn man dabei kaum mehr als das noch funktionstüchtige Augenlid bewegte? Sein Körper war zu erschöpft, um die simpelsten Reaktionen auf unruhige Träume zu leisten. Dafür war sein Geist hellwach, immer noch, als sträubte er sich als letzte Bastion des Lebens gegen das Ende.

Wobei, so ganz stimmte das nicht. Nur am Morgen war er körperlich richtig schwach, ansonsten aber stabil, und die Herzrhythmusstörungen waren mit einer veränderten Medikation problemlos in den Griff zu bekommen, wie ihm der Arzt mitgeteilt hatte. Er war wohl einfach zäh. Trotzdem blieb das Gefühl, dass ihm das Leben so langsam zu viel wurde.

Er hatte schon einmal sterben wollen, damals, als er sich gerade erst im Heim zurechtgefunden hatte und dann, urplötzlich, isoliert worden war von allem, was sein Leben noch lebenswert gemacht hatte, während draußen, im richtigen Leben, eine Weltuntergangsstimmung tobte, die ihresgleichen suchte. Die Mutlosigkeit und Lethargie, die ihn damals befallen hatten, waren ihm bis dahin unbekannt gewesen. Vielleicht hatte er sie deshalb so schlecht ertragen und ein schnelles Ende herbeigesehnt.

War es dieses Mal genauso? Nur für sich selbst schüttelte er den Kopf. Sogar diese kleine Bewegung kostete Anstrengung. Nein, er sehnte nichts herbei. Er war nur zu müde, um noch an alledem teilnehmen zu wollen, was vor sich ging. Allein für die Tagebücher der Mama reichte seine Kraft noch aus, als würde er durch sie noch einmal vom bittersüßen Leben kosten, das ihm selbst nicht mehr möglich war.

Angestrengt betätigte er den Knopf für das Licht und tastete nach der Brille und dem Notizbuch unter der Decke.

Oktober 1941

Für einen Moment hielt Antonia inne und ließ den Blick über die Menschen in der Stube schweifen, die sie allesamt so liebgewonnen hatte. Fritz hatte zur Feier des Tages – und der guten Ernte, die der eigentliche Grund für die feuchtfröhliche Ausgelassenheit um sie herum war – sogar seine alte Quetsch'n aus der Jugend ausgepackt und spielte nicht besonders schön, aber dafür umso zünftiger auf, was er angesichts der fehlenden Finger seiner linken Hand sonst nur gelegentlich und vor allem ohne Zuhörer tat. Heute aber hatte er seine Scheu mit einigen großen Schlucken Bier hinuntergespült, und wahrscheinlich auch die Furcht davor, im Zuge des Vorrückens der deutschen Truppen gen Moskau und der hoffentlich bald anstehenden Entscheidung dieses vermaledeiten Krieges doch noch eingezogen zu werden, und sei es bloß als Kanonenfutter.

Manfred und Lenka tanzten einen selbsterfundenen, dafür aber umso lustigeren Reigen, und Toni entging nicht, dass der nunmehr elfjährige Manfred durchaus Gefallen an dem hübschen Mädchen fand, auch wenn er sich natürlich, Jungspund, der er war, keine ernsthaften Chancen ausrechnete. Es war schön, ihn so ausgelassen zu sehen. Obwohl er sich mittlerweile, so sehr Toni das auch gegen den Strich ging, notgedrungen dem Jungvolk angeschlossen hatte, war er doch auf seine Art ein Außenseiter geblieben. Keiner von der Sorte, der gehänselt und verlacht wurde zwar, aber einen wirklichen Freund hatte der vielleicht bisweilen doch zu nachdenkliche Bub bisher nicht gefunden.

Katha hatte sich bei Milosz eingehängt und animierte ihn zum Schunkeln, stieß dabei aber ständig dem Fritz in die Seite, der seiner Ziehharmonika dadurch immer wieder ein kurioses Tremolo entlockte, welches wiederum den recht musikalischen Milosz zum Lachen reizte. Nüchtern hätte er wohl unter dieser Ohrenqual längst das Weite gesucht.

Fritz legte eine Pause ein und schüttelte die Hände aus, und Manfred gähnte herzhaft, obwohl er seine leuchtenden Augen kaum von der Lenka lassen konnte. »Ich befürchte«, sagte Antonia schmunzelnd, »es wird höchste Zeit fürs Bett, junger Mann.«

Manfreds Begeisterung hielt sich in Grenzen, aber als auch die Lenka nach einem erschrockenen Blick auf die Uhr feststellte, dass es höchste Zeit war, sich zur Nachtruhe zu begeben, und die Katha mitteilte, dass man ohnehin aufhören solle, wenn es am schönsten war, und sich ebenfalls, leicht schwankend, erhob, stimmte er dem Ende der kleinen Feierlichkeit einigermaßen beruhigt zu, rieb sich die müden Augen und verschwand nach oben.

Zurück blieben Fritz, Milosz und Toni, die noch hastig ein paar Gläser und sonstige Hinterlassenschaften der Feierlichkeit beseitigte. So fröhlich Milosz gerade noch gewesen war, plötzlich schien er wieder in sich gekehrt, wie so oft seit dem schrecklichen

Vormittag, an dem Julian Majka gehängt worden war. Auch das Mädchen, das sein Kind zur Welt gebracht hatte, hatte mittlerweile seine zehnmonatige Haftstrafe angetreten. Wohin es sie verschlagen hatte, war nicht bekannt, aber die Vorstellung, einen Säugling für so lange Zeit zurückzulassen, selbst wenn man ihn gut versorgt wusste, schnitt Antonia die Luft ab. Wie zufällig berührte Milosz' Hand die ihre, als er ihr zwei vergessene Brotzeitbretter und den leeren Brotkorb reichte. Sie hätte zurückzucken sollen, es wäre klüger gewesen. Stattdessen genoss sie die Berührung, auch wenn sie viel zu wenig war und das Sehnen, das an ihrem Herzen zerrte, nur schlimmer machte. Fast kam es ihr vor, als sagte ihr Milosz' melancholischer Blick, dass es ihm nicht anders ginge, dass er wenigstens von ihr träumte, Nacht für Nacht, genau wie sie von ihm. Schnell wandte Toni ihre Augen ab. Es half ja doch nichts.

Als sie zwanzig Minuten später im Bett lag, bereute sie, dass sie an diesem Abend ausnahmsweise selbst einmal über den Durst getrunken hatte. Nicht gar so viel, dass es ihr schlecht ergangen wäre, aber doch genug, um eine Unruhe zu spüren, die sie nüchtern gut im Griff hatte. Sie drehte sich von der linken Seite zur rechten, seufzte, machte schließlich das Licht wieder an. Vielleicht half es, noch ein wenig zu lesen, um die unliebsamen Gedanken, vor allem die Erinnerung an Milosz' schöne Augen, in denen sie sich so gerne verloren hätte, zu vertreiben. Sie würde einfach lesen, bis ihr die Lider zufielen, dann hatte die Wehmut keine Chance.

Kaum hatte sie nach dem Buch gegriffen, hörte sie vorsichtiges Klopfen an der Tür, als wüsste der Mensch dort draußen nicht, ob sie noch wach und er willkommen sei. Jäh flammte die Hoffnung in ihr auf, gegen allen Verstand, und ließ sie in Windeseile aus dem

Bett springen und zur Tür hasten. »Milosz …«, stammelte sie, als sie ihn vor der Tür stehen sah.

Sein fragender Blick klammerte sich an ihrem fest. »Nur heute, wegen der Sehnsucht«, sagte er.

»Nur heute«, wiederholte sie, und dann bedurfte es keiner Worte mehr, als sie sich wiederfanden.

***

Frühsommer 2022

»Lene!« Michi Bauer, der Leiter des Regensburger Erkennungsdienstes, winkte schon von Weitem, kaum dass Lene wieder den Hügel zum Hof hinaufschnaufte. »Komm her, das musst du dir anschauen!« In voller Montur beugte er sich über ein provisorisches Tischchen auf der Ladefläche seines Sprinters, und Lene seufzte. Es sah so aus, als würde der Porridge noch eine Weile warten müssen.

»Ich habe das Scheunenschloss ausgebaut«, sagte Michi, gerade als sie ihn erreicht hatte, und deutete auf das altertümliche, mit Rostflecken übersäte Türschloss, das er sorgsam wie ein Baby auf eine sterile Unterlage gebettet hatte. Ohne es unnütz zu berühren, wies er mit seinen Händen, die in Handschuhen steckten, auf eine Stelle irgendwo in der Mitte des kastenförmigen Mechanismus. »Siehst du das?«, fragte er mit schlecht unterdrückter Aufregung.

»Ja«, antwortete Lene wahrheitsgemäß. Sie war ja nicht blind. »Ein altes Türschloss.«

Michi grinste. Offensichtlich hatte er durchschaut, dass er es mit einer Türschlosslaiin zu tun hatte. »Ein Buntbartschloss, um genau zu sein. Ein vergleichsweise simpler, allerdings auch nicht besonders sicherer Mechanismus.«

Lenes Magen knurrte vernehmlich.

»Hunger? Dann überfordere ich dich mal nicht mit Details, sondern liefere dir nur die Ergebnisse.«

»Mein ewiger Dank ist dir gewiss«, erwiderte Lene erleichtert. »Schieß los.«

»Also, Buntbartschloss, ein ziemlich altes, morsches Ding noch dazu. Jeder Trottel mit einem Dietrich oder einem Stück Draht könnte das knacken, und genau das ist hier passiert, vermute ich. Siehst du diesen Defekt im Riegel?«

Lene nickte, auch wenn sie keine Ahnung hatte, wovon er sprach.

Vorsichtig, als handelte es sich um ein besonders fragiles Stück Schmiedekunst, griff Michi nach dem Schlüssel und führte ihn in das Schloss ein. Der Schlüssel passte, aber die Drehbewegung stockte. »Siehst du? Nichts geht mehr.«

»Besteht denn nicht die Möglichkeit, dass das Schloss einfach an Altersschwäche leidet?«

»Das ist möglich, aber angesichts der Beschädigung sehr unwahrscheinlich. Ich vermute, es wurde mit einem Dietrich geöffnet, der sich dann verhakt hat.« Mit der geschlossenen Hand fuchtelte Michi zu Demonstrationszwecken durch die Luft. »Der Einbrecher wird nervös und infolgedessen rabiat, et voilà: Das Ding ist hin und lässt sich nicht mehr abschließen.« Er zog den Schlüssel ab, versenkte ihn in einer Plastiktüte und schlug das ausgebaute Schloss sorgsam in die Unterlage ein. »Den Spaten nehme ich jetzt mit, ich geb dir Bescheid.«

Lene nickte und wandte sich schon zum Gehen, als Michi sie noch einmal zurückrief. »Ich habe zur Sicherheit noch einmal mit den Kollegen gesprochen, die gestern alle Gartengeräte untersucht haben: Der Spaten war definitiv nicht da. Er muss heute Nacht dort abgestellt worden sein.«

Was für Lene ohnehin auf der Hand lag. An dieser prominenten Stelle konnte er schlichtweg nicht übersehen worden sein. Sie winkte Michi zu und trabte Richtung Gartentor.

Der Anblick, der sich ihr vor dem Haus bot, entlockte ihr trotz der immer wieder unangenehm anzusehenden Graffitibotschaft ein Lächeln: Friedas Gesicht glühte vor Freude, während sie versuchte, das immer wieder geschickt ausweichende Lämmchen zu streicheln. Schließlich verlegte sie sich auf die Ziegenmutter, die die Liebkosungen des Mädchens mit stoischer Gelassenheit über sich ergehen ließ, umstanden von einigen Erwachsenen, die die Szene ebenfalls mit gerührten Mienen beobachteten. Wenigstens waren die vermissten Tiere wieder zu Hause. Auch Nina befand sich unter den Leuten vor dem Haus und biss herzhaft in ein reich belegtes Sandwich. Als sie Lene bemerkte, legte sie es zurück auf ihren Teller und versuchte, die Kollegin mit Blicken zu hypnotisieren. Anscheinend hatte sie Redebedarf. »Frau Edenharter, wir sind ja vorhin unterbrochen worden. Haben Sie nochmals kurz Zeit für ein Gespräch unter vier Augen? Nehmen Sie Ihr Essen ruhig mit.«

Nina nickte folgsam und stapfte hinter Lene her. Wenig später saßen sie in der Sauna, in die sich Lenes auf der Zufahrtsstraße geparkter Audi dank der sommerlichen Temperaturen verwandelt hatte. Gierig riss Lene der Kollegin das Sandwich aus der Hand. »Sehr gut«, mampfte sie mit vollem Mund. »Was ist das?«

»Alles aus eigenem Anbau.« Nina klang fast ein wenig stolz. »Also, der Salat. Der Halloumi natürlich nicht. Aber Maries Himbeermayo ist der Hammer, oder?«

Lene nickte und schluckte hastig hinunter. Dabei hatte das Sandwich eine solch wenig achtsame Behandlung gar nicht verdient. In knappen Sätzen brachte sie die Kollegin auf den neuesten Stand, doch für Nina schien bereits alles klar zu sein. »Dann werden wir Möllns Mörder auf dem Hof nicht finden«, sagte sie im Brustton der Überzeugung. »Wir müssen uns auf diejenigen konzentrieren, die Sebastian Paulus und die anderen hier loswerden wollen.«

»Sollten wir nicht berücksichtigen, dass das alles eine Riesenfinte sein könnte?«, fragte Lene schmatzend.

»Ernsthaft? Nun gut.« Nina wischte sich die Schweißtropfen von der Stirn. »Dann stellen wir uns vor, Claus Biehl oder Bea oder beide zusammen hätten Mölln auf dem Gewissen. Sie nehmen zum Erschlagen Moritz' Spaten, der sich wie immer in der Scheune befindet. Warum sollten sie dafür einen Dietrich verwenden? Der Schlüssel hängt im Wohnhaus, sie haben jederzeit Zugriff, auch nachts. Es ergibt keinen Sinn, das Scheunenschloss mit einem Dietrich zu öffnen und kaputt zu machen, oder?«

»Außer, sie wollen uns auf die falsche Spur locken«, erwiderte Lene und vertilgte den letzten Bissen.

»Dann hätten sie doch jetzt nicht die Mordwaffe zurückgestellt, sodass wir uns – aus Laiensicht – wieder einmal nur mit den Sonnenhofleuten als Tatverdächtigen befassen. Das ist doch nicht logisch!«

»Vielleicht sollen wir genau diese Gedankengänge haben«, widersprach Lene. »Vielleicht ist ja sogar Moritz selbst der Täter und inszeniert das alles.«

»Glaubst du das wirklich?« Ninas verblüfft aufgerissene Augen sprachen eine eindeutige Sprache. »Der steht übrigens auf dich.

Hat gestern gesagt, das einzig Gute an diesem ganzen Mist ist deine häufige Anwesenheit.«

»Ich weiß«, antwortete Lene ein wenig lässiger, als ihr nach dieser Info zumute war. »Und nein, ich glaube das nicht, aber ich darf mich halt nicht aufs Glauben verlassen.« Mit vollem Magen dachte es sich wenigstens leichter, soviel stand fest. »Oder auf das Gefühl, dass die hier am Sonnenhof ja eigentlich alle ganz nett sind.«

»Dann eben andersrum.« Nina warf einen bedauernden Blick auf ihren leeren Teller. »Eine unbekannte Person, die die Sonnenhofleute loswerden will, bricht die Scheune auf der Suche nach einer guten Tatwaffe auf, entwendet den Spaten, erschlägt damit Mölln, vielleicht ja sogar von vornherein mit dem Plan, den Verdacht auf Sebastian Paulus zu lenken, und bringt dann den Spaten, an dem Möllns Blut klebt, zurück, um ihr Werk zu vollenden.« Triumphierend klopfte Nina auf das Armaturenbrett. »Um ehrlich zu sein: Für mich wird nur so ein Schuh draus.«

Ninas Ausführungen hakten für Lene nur an einem einzigen Punkt. »Glaubst du wirklich, jemand ringt sich zu einem Mord durch, nur um einer anderen Person diesen Mord in die Schuhe schieben zu können?«

»Warum nicht? Die Leute werden doch immer irrer«, konstatierte Nina düster. »Vielleicht hatte der Täter aber auch noch ein Hühnchen mit Mölln zu rupfen und konnte so zwei Fliegen mit einer Klappe schlagen.«

»Ich bin bisher abseits des Sonnenhofs auf niemanden gestoßen, der mit dem Mölln noch eine Rechnung offen hatte«, gab Lene zu bedenken. »Und ich habe Möllns gesamtes aktuelles Umfeld durchleuchtet.«

»Vielleicht trägt der Mörder seine Ressentiments gegenüber seinem Opfer auch nicht auf der Zunge, Lene.«

Eventuell sah die junge Kollegin im Augenblick tatsächlich klarer als sie selbst. »Was schlägst du vor?«

Nina blickte nachdenklich aus dem Fenster, vor dem die Hitze über den idyllischen Hügeln flirrte. »Ich würde am liebsten mein Inkognito hier lüften, als Polizistin Nina Edenharter auf dem Hof bleiben und mich mit dem Schutz des Sonnenhofs beauftragen – nach diesem Anschlag besteht schließlich auch Gefahr für die Bewohner.« Mit einem Achselzucken registrierte sie Lenes erstaunten Blick. »Sollte Möllns Mörder, oder wer auch immer dahintersteckt, erneut versuchen, einen Anschlag auf den Hof zu verüben, bin ich zur Stelle. Falls unser Täter aber doch auf dem Hof lebt, könnte ihn meine Anwesenheit nervös machen. Vielleicht begeht er dann einen Fehler, reist Hals über Kopf ab oder begegnet mir auch nur zurückhaltender als zuvor. In jedem Fall schlagen wir auf diese Weise zwei Fliegen mit einer Klappe.«

»Nicht blöd«, gab Lene zu, bekam jedoch keine Gelegenheit, den Plan sacken zu lassen, sondern fummelte hektisch ihr bimmelndes Smartphone aus der Tasche. »Himmel, den gibt's ja auch noch!« In all dem Tohuwabohu hatte sie den jungen Kollegen und seine Recherche zur Identität der »alten Leiche«, wie Lene sie insgeheim nannte, völlig vergessen. »Yannik, gibt's bei dir was Neues?«, eröffnete sie das Gespräch, als hätte sie schon eine ganze Weile auf seine jüngsten Ergebnisse gewartet. Angriff war schließlich immer noch die beste Verteidigung.

»Ich würde gerne ein paar Sachen mit dir besprechen«, eröffnete er mit dem Tonfall eines vernachlässigten Kindes. »Mir ist nicht ganz klar, ob ich befugt bin …«

»Ich komme später noch auf einen Sprung in die Dienststelle«, unterbrach Lene ihn. Sofern ich es zeitlich schaffe, ergänzte sie in Gedanken. Ihre Fähigkeiten als Vorgesetzte erwiesen sich während dieser Ermittlungen als zunehmend mangelhaft, gestand sie sich ein.

»Da gibt es ein Problem«, erwiderte er zögerlich. »Der Chef will dich sprechen, und zwar sofort.«

»Aufgrund des miserablen Leumunds, den die Leute auf diesem Hof genießen, bin ich skeptisch.« Schneckmayr legte in einer schlechten Kopie der Merkel-Raute die Finger aneinander und sah Lene über den Rand seiner Brille hinweg an.

Wie erwartet machte der Kommissariatsleiter zwar einerseits Druck, zeigte sich aber andererseits von Ninas Idee nicht allzu begeistert. Je länger Lene allerdings darüber nachdachte, desto sinnvoller erschien ihr selbst Ninas Vorschlag. Woran lag es eigentlich, dass sie in Abhängigkeit vom Gesprächspartner ständig die jeweils konträre Position einnahm?

»Wie kommt eigentlich der junge Kollege mit der Recherche zum Knochenfund voran?«, wechselte Schneckmayr abrupt das Thema – wie üblich, wenn man im Disput mit ihm in einer Sackgasse angekommen war.

»Ganz gut«, erwiderte Lene, verschwieg aber wohlweislich, dass sich dieses Vorankommen aufgrund der Vielzahl von Ermittlungsansätzen sehr langwierig gestaltete. Immerhin hatte Yannik nun so einige Personen ausfindig gemacht, deren Spur sich im relevanten Zeitraum in oder um Grabenzell verloren hatte. Dass es nun darum ging, für einen eventuellen DNA-Abgleich mit den gefundenen Knochen nach Nachkommen oder noch lebenden Verwandten der

Verschollenen zu suchen, deutete jedenfalls nicht auf einen schnellen Erfolg hin. Sofern nicht noch ein Wunder geschah, rechnete Lene ohnehin mit mindestens einer ganzen Handvoll Identitäten, die sich möglicherweise hinter den Knochen verbargen. An die Überführung eines Täters wagte sie in diesem Fall schon gar nicht mehr zu denken.

Zum Glück ertönte ein forsches Klopfen an Schneckmayrs Bürotür und verhinderte weitere unangenehme Nachfragen. Henning platzte herein, ohne auf Aufforderung zu warten. »Wenn der Prophet nicht zum Berg kommt …«, sagte er an Lene gewandt, nickte Schneckmayr zu und fläzte sich, ebenfalls unaufgefordert, auf den zweiten Besucherstuhl. »Ich habe gerade mit dem Labor telefoniert«, verkündete er. »News aus erster Hand: Das Blut am Spaten stammt von Andreas Mölln. Wir haben also die Tatwaffe.«

»Was ist mit Spuren vom Täter?«, fragte Lene in der Hoffnung auf eine DNA-Probe oder Fingerabdrücke, die sich am hölzernen Griff des Spatens mit den entsprechenden Chemikalien nachweisen ließen.

»Die auffälligste Spur, die er hinterlassen hat, ist eine ordentliche Portion Desinfektionsmittel, mit der der Griff getränkt wurde, um Spuren zu vernichten«, erklärte Henning. »Wenn man mich fragt: Die Sache stinkt zum Himmel. Jemand bricht in die Scheune ein, entwendet den Spaten, erschlägt damit Mölln, reinigt den Spaten von Täterspuren, aber nicht von Möllns Blut, und bringt dann die Tatwaffe zurück. Da ist nicht nur fatale Wut im Spiel, sondern auch ziemlich viel kriminelle Energie.«

Schneckmayr stimmte zu, was er immer tat, wenn Staatsanwälte ihre Einschätzung äußerten, ganz unabhängig davon, ob er ihre Meinung teilte.

»Ich möchte auch zu bedenken geben«, fuhr Henning ungebremst fort und schlug die ellenlangen Beine übereinander, »dass nach diesem Anschlag und dem Auftauchen der Tatwaffe Gefahr für die Leute auf dem Hof bestehen könnte. Aus meiner Sicht brauchen wir dort Polizeipräsenz, wie auch immer die genau aussehen soll.«

Im ersten Moment fiel es Lene schwer, ihren Triumph angesichts dieser Forderung zu verbergen. Dann allerdings hoffte sie, dass Schneckmayr die Angelegenheit nicht für ein abgekartetes Spiel hielte, das sie in Zusammenarbeit mit Henning inszenierte, um den widerspenstigen Chef zu überzeugen. Immerhin wusste er, dass Lene und Henning auch privat engen Kontakt hatten.

Schneckmayr sah von Lene zu Henning und wieder zurück, dann seufzte er schicksalsergeben. »Nun gut«, sagte er schließlich wieder an Lene gewandt. »Tun Sie, was Sie für richtig halten.«

***

Dezember 1941

Verbissen schrubbte Antonia die Stiegen, die vom Hausgang ins Obergeschoss führten. Nicht nachdenken, nur putzen, auch wenn ihr vom heißen Wasser und der kalten Luft im Treppenhaus die schon längst feuerrote Haut der Hände brannte. Danach würde sie sich die Kammern vornehmen, jede einzelne, und wenn es sein musste, mit der Drahtbürste den Staub aus jeder Dielenfuge pulen, nur nicht denken, nicht nachspüren, die schweren Möbel verschieben, um auch in die verborgensten Ecken zu gelangen, nur weiter, immer weiter, bis die Erschöpfung die Angst überdeckte und vielleicht gar die Bedrohung auslöschte, an der sie selbst die Schuld trug. So hielt sie es seit Tagen, nur von der Panik getriebenes Schuften und besinnungsloses Schlafen, und sie würde nicht damit aufhören, sie konnte gar nicht aufhören, wenn sie nicht zerbrechen wollte.

»Toni!« Kathas scharfe Stimme drang an ihr Ohr, aber sie reagierte nicht, schrubbte weiter, durfte sich keine Pause erlauben. »Toni, Menschenskinder, jetzt reicht's langsam!« Kathas Schritte ließen die Stufen knarzen, doch noch immer hielt Antonia nicht inne. »Deine Hände bluten schon, merkst du das nicht? Was ist denn los mit dir?« Sie rüttelte Antonia unsanft an der Schulter. Weiter, immer weiter. Wen kümmerte denn schon ein bisschen Blut in diesen Tagen?

»Antonia, jetzt langt's.« Mit einem rabiaten Handgriff entriss Katha ihr den Lappen, schleuderte ihn in den Eimer, stellte ihn außer Reichweite und riss Antonia an den Schultern herum. »Du setzt dich jetzt hin. Sofort.«

Als hätte man einem Ballon die Luft abgelassen, sank Toni in sich zusammen. Was hatte sie der starken, unerschütterlichen Katha schon entgegenzusetzen, mit dem schmerzenden Rücken und den blutverschmierten Händen noch dazu? Nichts, gar nichts. Eine Marionette aus Fleisch und Knochen, der man den Putzlappen, den sie doch dringend zum Festhalten brauchte, einfach weggenommen hatte.

»Du redest nicht. Du hast seit Tagen nicht anständig gegessen. Stattdessen putzt du, als wäre der Leibhaftige hinter dir her, und langsam schaust du auch so aus.« Katha griff vorsichtig nach ihrer nassen Hand, aus deren eingerissener Haut das Blut sickerte, und bettete sie in ihrem Schoß, als müsse sie sie behüten. »Du sagst mir jetzt auf der Stelle, was du hast.«

Was sie hatte? Sie hatte nichts, nein, gar nichts hatte sie, durfte doch nichts haben, konnte nichts haben, bei all der Vorsicht. Und es war doch sonst immer gut gegangen, warum nicht dieses Mal? Antonia zog die Hand zurück, die rote Flecken auf Kathas Rock hinterlassen hatte, und betrachtete sie. Ihr Blut. Und dann, ganz plötzlich und jäh, legte sie mit der ureigenen Geste aller Mütter, die sie nach all den Jahren immer noch erinnerte, die verletzte Hand auf den Bauch. Ja, ihr Blut. Wer war sie denn schon, dass sie es überhaupt wagte, die verschlungenen Wege des Allmächtigen anzuzweifeln? Es war, wie es war, und jetzt lag es nicht mehr in ihrer Hand.

»Du liebe Katha«, sagte sie und suchte den Blick der Schwester, den diese sorgenvoll erwiderte. »Ich bekomm ein Kind.«

Frühsommer 2022

»Genug jetzt.« In der ihr eigenen rabiaten Art marschierte Schwester Birgit ins Zimmer und nahm Gerd Schönberger das Notizbuch und, weit vorsichtiger, die Brille ab. »Sie brauchen Schlaf, und zwar dringend.«

Sie griff nach der Schnabeltasse auf dem Nachttisch und setzte sie an seine Lippen. »Ich weiß nicht …«, murmelte sie, während er nippte. »Früher habe ich mich immer gefreut, Sie lesen zu sehen. Mittlerweile beunruhigt mich der Anblick.« Prüfend fuhr sie ihm mit der freien Hand über die Stirn. »Ich habe das Gefühl, was auch immer es mit diesen Büchern auf sich hat: Die Lektüre tut Ihnen nicht gut.«

»Doch«, widersprach Gerd. »Sehr gut sogar.« Seinem müden alten Körper vielleicht nicht, das musste er zugeben. Aber seiner Seele, die wahrscheinlich all die Jahre danach gelechzt hatte, Ordnung zu schaffen und Ruhe zu finden, erwies er mit den Büchern einen großen Dienst.

Angestrengt räusperte Gerd sich. Elvira war am Nachmittag zu Besuch gewesen, er hatte wieder einmal viel geplaudert, um ihre Stille zu übertönen. Zu viel. Dafür musste er jetzt wie üblich büßen, alter Tattergreis, der er war. »Schwester Birgit, versprechen Sie mir …«

»Geht es wieder um die Bücher und Ihren Enkel?«, unterbrach Birgit Meindl ihn. »Sie glauben mir wohl erst, wenn ich einen heiligen Eid abgelegt habe.« Wie um ihre Worte abzumildern, streichelte sie sanft über sein Haar. »Vertrauen Sie mir: Ich werde dafür sorgen, dass diese Bücher in niemandes Hände als die Ihres Enkels Sebastian gelangen.«

Gerd nickte sachte.

»Rot, rot, rot, wenn ich lüge, bin ich tot«, fügte sie hinzu. »Mehr heilige Eide kenne ich nicht.«

»Das sollte reichen«, erwiderte er mit einiger Anstrengung und verzog das Gesicht zu einem Grinsen, das wohl ebenso schief aussah, wie es sich anfühlte. »Danke. Für alles.«

»Na, na, Herr Schönberger, nicht ganz so pathetisch.« Mit einem letzten Streicheln erhob sie sich und zwinkerte ihm zu. »Schlafen Sie gut. Und erholen Sie sich. Bitte!« Sie löschte das Licht und ließ Gerd zurück, regungslos liegend, allein in der Stille, mit seinem ungleichmäßig pochenden Herzen und seiner bleiernen Müdigkeit.

Endlich war er an dem Punkt angelangt, an dem sein Leben damals begonnen hatte. Er hatte der Verzweiflung der Mutter nachgespürt und ihrer Liebe, zu seinem Vater Milosz ebenso wie zu ihm, dem unehelichen Kind in ihrem Bauch. Vielleicht war jetzt der Punkt erreicht, an dem es gut war, an dem er sein eigenes Leben verstand, und das der Mama, und das des Vaters, und ihre Geschichten in sich trug und damit seinen Frieden machte.

Er seufzte zufrieden im Angesicht der Klarheit, die sich in ihm ausbreitete.

Dann schloss Gerd die Augen.

Zwölf

Frühsommer 2022

Ein weiteres Mal lag der Sonnenhof im Morgengrauen vor Lene, ein weiteres Mal tummelten sich bereits einige der Bewohner auf den Sitzgelegenheiten vor dem Haus, als sie den Wagen auf der Zufahrtsstraße abstellte und noch einen schnellen Schluck Kaffee aus dem Thermobecher nahm. Vielleicht sollte sie es Nina gleichtun und direkt hier einziehen, um sich die ständige Fahrerei zu ersparen.

Ein unbekannter *Tesla* mit Chamer Kennzeichen parkte direkt vorm Gartentor. Das musste der Wagen von Simone Graf sein.

Trotz der frühen Stunde und nur knapp fünf Stunden Schlaf fühlte Lene sich nicht müde, stattdessen war sie hellwach und ihre Sinne geschärft wie die des Schäferhundes Aristoteles ihrer Schwester, wenn er ein Kaninchen witterte. War das jetzt endlich der Wendepunkt, der zu Möllns Mörder führte? Oder zu Möllns Mörderin?

Eilig betrat sie das Grundstück, im Zwielicht der schnell aufgehenden Sonne leuchtete das anklagende »MÖRDER« blutrot von der Hauswand.

Sebastian Paulus stand auf, hob die Hand zum Gruß und kam Lene mit hängenden Schultern entgegen. Die anderen schlossen sich an: Marie Paulus, Clara Preißer, deren auf dem Kopf aufgetürmte blonde Dreadlocks bei jedem ihrer dynamischen Schritte wippten, der ziemlich finster dreinblickende Moritz sowie Claus Biehl und Tanja Schwarz. Zum Glück schienen sowohl die angeschlagene Ärztin Beate Feuersänger als auch sämtliche Kinder noch zu schlafen.

»Guten Morgen.« Sebastian Paulus konnte sich nicht zu einem Lächeln durchringen. »Vielleicht sollten Sie es Ihrer Kollegin gleichtun und aus praktischen Gründen auch hier einziehen. Das Tipi ist fertig«, nahm er mit einem Anflug von trockenem Humor Lenes Gedanken auf.

Bereits am Vorabend hatte Nina berichtet, dass ihr Outing als Polizistin für erstaunlich positive Reaktionen gesorgt hatte, und angesichts der zwar erschütterten, aber ihr wohlgesonnen zugewandten Gesichter hegte Lene daran keinen Zweifel. Dennoch wollte sie das Thema nicht unausgesprochen lassen. »Ich hoffe, Sie nehmen es mir nicht übel, dass ich meine Kollegin hier einquartiert habe.«

»Sie wollen die Wahrheit herausfinden«, erwiderte Sebastian Paulus. »Das ist Ihr Job. Wir haben nichts zu verbergen.«

Ausgerechnet die sonst so misstrauische Tanja Schwarz nickte beipflichtend. »Nina ist unvoreingenommen an die Sache herangegangen, das finde ich gut. Und sie hat uns über den wahren Grund ihrer Anwesenheit informiert, sobald es nötig war. Ich fühle mich auf jeden Fall mit ihr auf dem Hof sicherer als zuvor.« Mit einer kämpferischen Geste stemmte sie die Hand in die Hüfte. »Aber jetzt hoffe ich, dass sich die Ermittlungen auf die wirklich Kriminellen konzentrieren. Der Anfang ist gemacht.« Mit dem Kopf wies sie auf das Wohnhaus.

»Wir haben das von vornherein falsch angepackt.« Claus Biehl, der Landschaftsgärtner, rieb sich mit der flachen Hand über das Gesicht, das noch knittriger wirkte als sonst. »Wir haben uns zu viel gefallen lassen. Wir hätten direkt klagen sollen, gegen jede Verleumdung, gegen jeden Angriff.« Aufgebracht sah er in die Runde. »Wir hätten Sturm laufen müssen gegen die Eltern der Kinder, die unseren Kindern so zusetzen. Das ist jetzt die Quittung für unsere Gutmütigkeit. Wir müssen härter werden, wir dürfen uns diese ganze Scheiße nicht mehr bieten lassen.«

Clara Preißer winkte ab. »Abgesehen davon, dass ein friedliches Leben hier auf dem Hof auf diese Weise noch weniger funktioniert hätte, bin ich immer noch der Meinung, dass wir uns mit solchen Menschen nicht gleichmachen dürfen. Wir stehen für Liebe, nicht für Hass.«

»Liebe«, zischte Tanja Schwarz verächtlich. »Diese Bösartigkeit geht nicht von uns aus, Clara. Wir reagieren immer nur. Wir geben unsere Jobs auf, unser ganzes Leben, wir trösten unsere misshandelten Kinder. Ich sehe das wie Claus. Wir sollten mit aller verfügbaren Härte vorgehen.« Mit einem herausfordernden Blick wandte sie sich Lene zu. »Und das erwarte ich jetzt auch von Ihnen.«

»Bitte, hör auf, Tanja«, meldete sich Sebastian Paulus leise zu Wort, noch bevor Lene auf die hochkochenden Emotionen reagieren konnte. »Ich kann einfach nicht begreifen, wie es so weit kommen konnte.«

Gleich mehrere Hände wurden ausgestreckt, um wahlweise seinen Arm oder seine Schulter zu tätscheln und ihm Trost zu spenden. Lene hielt sich zurück, stattdessen nickte sie mit festem Blick in die Runde. »Ich nehme an, meine Kollegin und die Tatverdächtige befinden sich in der Stube?«

Marie Paulus nickte und bedeutete Lene mit einer Handbewegung, ins Haus zu gehen.

Sie versuchte, die aufgewühlte Stimmung der Beteiligten und Sebastian Paulus' Kummer aus ihren Gedanken zu vertreiben und sich auf das bevorstehende Gespräch zu fokussieren. Ninas Anruf, der dieses Mal schon um kurz nach drei Uhr am frühen Morgen erfolgt war, hatte die Karten zweifellos neu gemischt.

Als Lene den Wohnraum betrat, wandten sich ihr drei Gesichter zu. Nina, deren trotz aller Professionalität leicht verquollene Augen auf einen gewissen Schlafmangel hindeuteten, begrüßte Lene knapp, aber sichtlich erleichtert. Simone Graf, trotz der sehr frühen Morgenstunde in ein perfekt sitzendes Sommerkostüm gehüllt, nickte Lene mit versteinerter Miene zu. Ihre Tochter Luna Graf hingegen wandte ihr verheultes, rotes Gesicht mit verschmierten Spuren von Mascara direkt wieder ab, streckte die in schwarzen Doc Martens steckenden Füße weit von sich und rutschte auf ihrem Platz noch ein Stück tiefer. Im Gegensatz zu ihrer Mutter trug sie das zusammengebundene Haar tiefschwarz, und auch die Augenbrauen ließen keinen Rückschluss darauf zu, wie sie wohl natürlich wuchsen: Unter den aufgemalten dunklen Balken war kein Härchen mehr zu erkennen. Weshalb junge Frauen sich seit Jahrzehnten weigerten, zu akzeptieren, dass es selten vorteilhaft war, die Form der Augenbrauen einem Trend zu unterwerfen, blieb schleierhaft.

Lene grüßte knapp, ließ sich ebenfalls am Esstisch nieder und wandte sich an Nina. »Schilderst du mir noch einmal genau, was passiert ist?«

»Ich bin gegen halb drei aufgewacht und habe das Fenster in meinem Zimmer geöffnet, weil es zu heiß war«, erklärte Nina und wies mit einem Kopfnicken in Richtung des Mädchens. »Dabei habe ich Luna Graf entdeckt, die damit beschäftigt war, die Pflanzen im Bauerngarten auszureißen und niederzutrampeln, also habe ich mich nach unten geschlichen. Sie hat mich nicht gehört, und ich konnte sie stellen und festhalten. Nachdem sie erst siebzehn Jahre alt ist, habe ich ihre Mutter hinzugerufen.«

»Das wird ein Nachspiel haben«, zischte Luna, was ihr einen mahnenden Blick ihrer Mutter Simone einbrachte. »Mein Arm tut weh.«

»Hätten Sie keinen Widerstand geleistet, hätte ich Sie nicht festhalten müssen«, erwiderte Nina trocken.

»Das werden wir noch klären«, beendete Lene die Diskussion. »Erklären Sie mir bitte, aus welchem Grund Sie sich heute Nacht auf diesem Grundstück befunden und die Pflanzen beschädigt haben.«

»Muss sie das beantworten?«, funkte Simone Graf dazwischen. »Ich würde gerne zuerst den Anwalt kontaktieren.«

»Das steht Ihnen frei«, erwiderte Lene, »aber es wirft kein gutes Licht auf Ihre Tochter, wenn Sie mir diese einfache und vor allem naheliegende Frage nicht ohne Rechtsbeistand beantwortet. Wir haben es hier ohnehin mit Hausfriedensbruch und Sachbeschädigung zu tun, und das nachweislich. Glauben Sie mir: Es wäre besser, sich kooperativ zu zeigen.«

»Das Haus gehört meinem Opa«, schleuderte Luna ihr hasserfüllt entgegen. »Ich habe das gleiche Recht darauf, hier zu sein, wie Sebastian.«

»Ihr Großvater hat Ihrem Cousin den Hof zur Nutzung überlassen. Ich glaube hingegen nicht, dass er einverstanden ist, wenn Sie die Ernte Ihres Cousins zerstören. Also, was wollten Sie hier?«

Simone Graf nickte ihrer Tochter beschwichtigend zu, und in Lunas Augen traten wieder Tränen. Sie schniefte, ihre Mutter griff in ihre Basthandtasche und reichte ihr ein Taschentuch, das Luna zwar entgegennahm, dann aber unbeachtet ließ. »Im Dorf hieß es, hier wäre ziemlich übel randaliert worden«, antwortete sie endlich mit vom Weinen belegter Stimme. »Das wollte ich mir ansehen. Weil es doch Opas Haus ist, und …« Sie brach ab und zuckte mit den Schultern. »Und weil ich eben neugierig war.«

»Nur ansehen also.« Lene tauschte einen schnellen Blick mit Nina. Sie glaubte dem Mädchen kein Wort, aber es sprach nichts dagegen, sie zunächst ein wenig erzählen zu lassen. Vielleicht wurde so ihr Motiv klarer. »Aber weshalb sind Sie dann auf die Idee gekommen, das Werk der Randalierer fortzusetzen und die Gemüsepflanzen niederzutrampeln?«

»Weil mich die Wut gepackt hat«, erklärte Luna, als wäre es das Selbstverständlichste der Welt. »Auf das Gesindel, das hier lebt.«

»Und das gibt Ihnen das Recht, fremdes Eigentum zu zerstören?«

»Sebastian hat doch zuerst alles zerstört!« Jetzt purzelten wieder die Tränen aus Lunas Augen, eilig wischte sie sie mit dem Taschentuch weg. »Er und dieser ganze Abschaum, der hier wohnt! Die hätten Oma, Opa und alle anderen eiskalt umgebracht, denen war das Leben der alten Leute egal!« Ihre Schultern bebten. »Nur ihre bescheuerten Grundrechte, die haben gezählt, und dass sie ihr Leben wie gewohnt weiterleben können. Das sind bösartige, gnadenlose Egoisten!«

»Vielleicht«, gab Lene zu bedenken, »hatten die Leute hier nur vor anderen Dingen Angst als Sie?« Zum Beispiel davor, dass die alten Menschen an der Einsamkeit zugrunde gingen, fügte sie im Geiste hinzu.

»Angst?«, heulte Luna auf. »Dieses ganze verschwörungsgläubige Coronaleugnerpack ist doch die Bedrohung! Der Rest der Menschheit muss doch Angst vor denen haben! Die haben sich doch noch nicht einmal aus Rücksicht auf die Gesellschaft impfen lassen!«

Lene zuckte die Schultern. »Wie wir mittlerweile wissen, hat die Impfung nicht großartig dazu beigetragen, die Ausbreitung zu verhindern.«

»Aber damals war der wissenschaftliche Konsens ein anderer«, erwiderte Luna mit Nachdruck. »Außerdem reduziert die Impfung das Risiko von Long Covid und schwerer Erkrankung, das können Sie doch in allen Zeitungen nachlesen! Dem zu widersprechen ist einfach asozial. Diese Menschen stehen jetzt zu Recht außerhalb der Gesellschaft.« Sie gab ihre Trotzhaltung auf und rutschte endlich auf ihrem Stuhl wieder nach oben. »Finn sagt das auch«, führte sie ihren Bruder an, als handelte es sich bei ihm um eine unangreifbare Koryphäe. »Wir leben in einem Zeitalter voller Bedrohungen, dieser schreckliche Krieg, der Klimawandel, die Pandemien, die noch auf uns zukommen werden. Wie sollen wir alldem entgegentreten mit Menschen, die wie mein Cousin die Demokratie gefährden?« Panik lag in den Augen der jungen Frau.

Obwohl Lene diese Ausführungen mit all ihrem Pathos besorgniserregend fand, hatte sie plötzlich Mitleid mit Luna Graf. »Zu einer Demokratie gehört aber doch auch, dass ausgewogen informiert wird, und dass man verschiedene Meinungen und Lösungswege diskutiert«, antwortete sie in versöhnlichem Tonfall. »Und gegebenenfalls Kompromisse schließt.«

»Das Klima macht keine Kompromisse, und bei Corona gab es die auch nicht. Es ging um Menschenleben! Außerdem kann man mit diesem Gesindel nicht diskutieren.« Mit verbissener Miene wischte Luna sich erneut die Tränen aus dem Gesicht. »Glauben Sie wirklich, dass es mit solchen Leuten gelingen kann, den CO2-Ausstoß zu verringern? Die brüllen dann wieder nach Freiheit und ihren Grundrechten, und der überlebenswichtige Kampf wird erneut verschoben. Solange, bis wir alle tot sind. Wenn sich Leute wie Sebastian abspalten, dann bin ich einfach nur froh darum. Wem es hier in Deutschland nicht passt, der soll sich am besten verpissen. Das ist die simpelste Lösung.«

Tatsächlich erschien Lene eine Diskussion mit Luna Graf weit sinnloser als mit dem von ihr so bezeichneten Gesindel, zumal sie nicht einmal zu sehen schien, dass ihr Cousin mit seinem Umzug und den Bemühungen darum, sich selbst zu versorgen, wahrscheinlich klimafreundlicher als sie lebte.

Simone Graf, die die Worte ihrer Tochter mehrmals mit einem wenn auch verhaltenen Nicken quittiert hatte, legte Luna in einer beruhigenden Geste die Hand auf den Unterarm. »Die Jugend von heute ist anders als wir. Die sind wieder politisch. Die setzen sich dafür ein, dass unsere Welt eine bessere wird!«

Lene behielt für sich, dass sie diese Weltverbesserung bisher noch nicht für sonderlich gelungen hielt.

Simone Grafs Smartphone klingelte, nach einem kurzen Blick auf das Display drückte sie den Anrufer weg und wandte sich wieder ihrer Tochter und Lene zu.

»Dann lassen Sie uns über die vorherige Nacht sprechen«, setzte Lene auf den Schockmoment. »Die Schmierereien und die zerstörten Gehege, das haben Sie doch nicht allein gemacht, oder?«

»Wovon reden Sie?«, fuhr Simone Graf dazwischen.

»Nun«, antwortete Lene und nickte Nina zu, die verstand und Lunas neben der Tür abgelegten Rucksack holte. »Auch der erste Sabotageakt hier geht auf Ihr Konto, richtig?«

Simone Graf sog die Luft zwischen den Zähnen ein, Luna hielt den Blick gesenkt. »Damit habe ich nichts zu tun«, sagte die junge Frau mit zitternder Stimme.

»Nein?«, fragte Lene und deutete auf Nina. »Und wie erklären Sie uns dann das?« Nina drehte den Rucksack, an dessen Portemonnaiefach sich ein deutlich sichtbarer roter Farbfleck befand.

»Würden Sie bitte auch noch Ihre Kapuzenjacke ausziehen, Frau Graf?«

Unter dem entsetzten Blick der Mutter schlüpfte Luna aus der schwarzen Jacke und reichte sie Lene, die den leuchtend roten, verschmierten Fleck am Ärmel, über den Nina sie am Telefon informiert hatte, sofort fand. »Bleiben Sie bei Ihrer Aussage, dass Sie mit den besprühten Wänden nichts zu tun haben, Frau Graf?«

Wieder funkte Lunas Mutter dazwischen. »Luna sagt jetzt nichts mehr ohne Anwalt«, fauchte sie.

Lene nickte und erhob sich. »Richtig, das ist jetzt der passende Zeitpunkt. Ein Streifenwagen wird Luna hier abholen und zur Dienststelle nach Regensburg bringen. Am besten kommt Ihr Anwalt direkt dorthin. Rucksack und Jacke muss ich leider sicherstellen. Bis später.« Mit einem angesichts ihres coolen Abgangs zumindest innerlichen Grinsen verließ Lene den Raum. Auch wenn sie es mehr als tragisch fand, wie sehr sich das Mädchen in ihren Hass auf den Cousin hineingesteigert hatte.

Vor dem Haus suchte Lene nach Sebastian Paulus, den sie schließlich zusammengesunken an der Scheunenwand entdeckte. Die anderen Frühaufsteher standen in seiner Nähe, Marie kniete vor ihm und hielt ihn im Arm. Lene ging ein paar Schritte auf die Gruppe zu, als Moritz sie entdeckte und auf sie zulief. »Bitte, lass ihn«, sagte er mit gedämpfter Stimme, kaum dass er Lene erreicht hatte. »Er braucht jetzt einen Moment …«

»Das ist alles ziemlich heftig«, pflichtete Lene ihm bei, doch Moritz schüttelte den Kopf. »Das ist nicht das Problem. Das Heim hat ihn gerade angerufen, weil sonst niemand aus der Familie erreichbar war.« Mit einer verstohlenen Geste wischte sich Moritz über die Augen. »Sein Großvater ist heute Nacht gestorben.«

»Verdammter Mist.« Frustriert lehnte Nina sich an die Wand neben dem Vernehmungsraum, in dem Luna Graf mit ihrer Mutter und dem hinzugeeilten Anwalt der Familie den Tag verbracht hatte.

Auch Lene steckte die Enttäuschung tief in den Knochen. »Nichts außer Hausfriedensbruch und Sachbeschädigung. Und keine Fluchtgefahr. Uns bleibt nichts anderes übrig, als sie nach Hause zu schicken.« So schwer ihr das auch fiel.

Luna Graf hatte im Laufe des Tages scheibchenweise eingeräumt, was sich nicht abstreiten ließ, weil die Beweise zu erdrückend waren: Natürlich entsprach die Farbe auf Rucksack und Kapuzenjacke exakt derjenigen an den Hauswänden, und so hatte sie nach der Besprechung mit Mutter und Anwalt auch den ersten nächtlichen Übergriff auf den Hof zugegeben, inklusive der Zerstörung des Hühnerauslaufs und des Ziegengeheges. Der zweite Besuch hatte wohl stattgefunden, um sich zu vergewissern, dass die Schäden nicht allzu schnell behoben werden konnten.

Auf Bestreben ihres Anwalts hatte Luna Graf auch die Namen der Freunde herausgegeben, die sie in der ersten Nacht begleitet hatten. David Schellenberg aus Völling und Lea Reimers, die wie

Luna in ihrem Elternhaus in Grabenzell wohnte, besuchten mit Luna das Gymnasium in Cham und bestätigten die Aussage des Mädchens in allen Punkten: Sie hatten der Freundin, die die treibende Kraft hinter der nächtlichen Attacke auf den Sonnenhof gewesen war, auf deren Bitte hin geholfen. Natürlich hatte bei allen Beteiligten eine Durchsuchung stattgefunden, und tatsächlich: Sowohl in Lunas als auch in Davids Zimmer waren je eine halbvolle Sprühdose mit der relevanten roten Farbe sichergestellt worden sowie Handschuhe, die ebenfalls Flecken aufwiesen. Was den zeitgleich wieder aufgetauchten Spaten anging, so gaben sich jedoch alle drei ratlos.

»Sie lügt.« Mit einem wütenden Schnauben drehte Nina sich zu Lene. »Ich bin mir absolut sicher. Hast du dieses nervöse Knibbeln an den Fingern bemerkt, jedes Mal, wenn die Sprache wieder auf die Scheune oder die Arbeitsgeräte kam?«

Lene nickte. »Das Problem ist der Mangel an Spuren. In Möllns Wohnung, in der Scheune, am Spaten. Hätten wir nur irgendwo ein Fitzelchen von Täter-DNA, dann sähe die Sachlage anders aus.«

»Die haben wahrscheinlich nicht nur Handschuhe getragen, sondern sich komplett verhüllt.«

»Passt das zusammen?«, fragte Lene und starrte auf die Wand des Vernehmungsraumes, ohne wirklich etwas zu sehen. »Auf der einen Seite dieses planvolle Vorgehen, Handschuhe, vielleicht Sturmhauben, was auch immer. Auf der anderen Seite trampelt sie impulsiv Gemüsepflanzen kaputt, weil die Wut auf ihren Cousin sie packt.«

»Ich sehe da keinen großen Widerspruch.« Nina zuckte die Achseln. »Einmal mündet der Hass eben in einer wohlüberlegten Aktion, einmal bricht er sich spontan Bahn. Die Frage ist nur: Gibt es ein Motiv für den Mord an Mölln? Der müsste mit seiner Diffamierungskampagne gegen den Sonnenhof bei Luna doch recht beliebt gewesen sein. Einzig und allein die Absicht, Sebastian Paulus den Mord in die Schuhe zu schieben, scheint mir als Motiv zu dünn … Und auch wenn Luna recht groß ist, dürfte sie Mölln, auch mit Spaten, körperlich kaum gewachsen gewesen sein.«

»Aber dieser David Schellenberg«, wandte Lene ein. »Groß, eher kräftig.« Sie zuckte wiederholt die Achseln. Auf mögliche Mordmotive würde sie sich bei der morgigen Befragung konzentrieren. Sie hatte nicht vor, Luna Graf schnell vom Haken zu lassen, auch wenn sie sich des Einspruchs von Simone Graf sicher war: Der Tod Gerd Schönbergers war von den beiden, sicher auch wegen der Aufregung um Luna, zwar einigermaßen gefasst aufgenommen worden, und nach der ihnen zugestandenen Zeit, um die Nachricht ein wenig sacken zu lassen und sich gegenseitig Trost zuzusprechen, hatte Simone Graf vor allem aufgrund der anstehenden Organisation der Beerdigung und des daraus resultierenden Zeitmangels mehrfach gegen Lunas Vernehmung protestiert. Erst als Lene ihr freigestellt hatte, zu gehen und Luna in der Obhut des Anwalts zu lassen, war Simone Graf verstummt und hatte ihren Sohn Finn damit beauftragt, der Oma Beistand zu leisten und in Absprache mit ihr das Bestattungsunternehmen zu instruieren.

Auch wenn Lene ein schlechtes Gewissen hatte, Simone und Luna Graf ausgerechnet am Sterbetag des Vaters und Opas so zu strapazieren: Aus Mitgefühl die einzige Verdächtige zu schonen, die es nach all diesen Ermittlungen gab, stand einfach nicht zur Debatte.

Die Glockengasse unterhalb ihres weit geöffneten Fensters leerte sich rasch, in rasanter Geschwindigkeit näherte sich das dumpfe Donnergrollen von Westen. Fast meinte man, der Tag neigte sich schon dem Ende zu, so wie die schwarze Gewitterfront die Stadt zu überschatten begann.

Lene stützte sich auf die Fensterbank, ein Glas Weißwein in der Hand, und genoss die wilde, aufgepeitschte Luft, die ihre Böen immer wieder in ihre Wohnung trieb.

Auch der Bürsten Ernst, die unsterbliche Regensburger Traditionsmanufaktur auf der gegenüberliegenden Straßenseite, hatte bereits die Pforten geschlossen.

Schon seit ihrer Kindheit mochte sie das Gefühl der sprichwörtlichen Ruhe vor dem Sturm, die angespannte Erwartung, die sich zuverlässig einstellte, bevor sich die angestaute Hitze in einem nassen Inferno entlud. Angst hatte sie, im Gegensatz zu ihrer Schwester Maria, nie gehabt. Vielmehr das Spektakel genossen.

Einen Augenblick kam ihr der Gedanke, sich noch vor dem Wolkenbruch aufs Rad zu schwingen und Henning in die Badewanne zu nötigen. Ihre Ermittlungen waren weit fortgeschritten und zugleich an einem stagnierenden Punkt angelangt, zumindest, wenn Luna weiterhin darauf beharrte, nichts mit dem Spaten in der Scheune zu tun zu haben. Vielleicht hatte Henning eine Idee, wie das Mädchen aus der Reserve zu locken war, immerhin hatte er dank seiner Tochter Laura Erfahrung mit störrischen weiblichen Jugendlichen. Die ersten Tropfen fielen, wieder brauste der Wind auf und trieb einen leeren Pappbecher am Gehsteig vor sich her.

Andererseits hatte Lene das dringende Gefühl, eine Ruhepause zu benötigen vom Austausch, von den vielen Meinungen und Haltungen, die seit Tagen auf sie einprasselten. Obwohl der Gedanke an Henning in der Badewanne, mittlerweile nicht mehr ganz so gehemmt, durchaus verlockend war. Ursprünglich war es sogar Lene gewesen, die aus der kuriosen Begebenheit ein Ritual gemacht hatte, aus einem gewissen Aberglauben heraus, als hätte die feuchtschummrige Badezimmeratmosphäre Auswirkungen auf ihr und Hennings Denkvermögen. Sogar die Requisiten hatten jedes Mal genau übereinzustimmen, von der Zigarre bis zu Hennings Notizbuch, in dem er seine Gedichte notierte. Lene wusste noch, wie erstaunt sie gewesen war, dass ausgerechnet dieser muskelgestählte Hobbyboxer dichtete, um Belastendes, auch im Beruf, zu verarbeiten. Die sensible Seite, die er damit offenbarte, fand sie auf jeden Fall sehr anziehend.

Vielleicht war es ein Zeichen, dass ihr beim Gedanken an Henning plötzlich Moritz Wagner in den Sinn kam. Irgendetwas hatte auch dieser Mann an sich, was sie nicht kaltließ. Sie bedauerte seine Verwicklung in die aktuellen Ermittlungen jedenfalls, zu gern hätte sie ihn näher kennengelernt.

Die nächste Windböe brachte den Regen mit sich, der mit Wucht niederzuprasseln begann und Lene endgültig die Entscheidung abnahm. Sie schloss das Fenster, stellte die Musik an, wobei sie sich für die Playlist entschied, in der James Hetfield sanftere Töne anschlug, und ging hinaus auf den überdachten Balkon zum Innenhof.

Trotz der Melancholie, die die Metallica-Balladen verströmten, empfand Lene die leisen Töne, die durch die geöffnete Balkontür zu ihr drangen, zusammen mit der Weltuntergangsstimmung im Innenhof, in dem sich das pladdernde Regenwasser auf dem Pflaster sammelte, als beruhigend. Wenigstens kam durch das Gewitter das dreckverkrustete Dreirad des kleinen Jungen gegenüber zu seiner dringend erforderlichen Grundreinigung. Ein greller Blitz zuckte hinter den Dächern über der Altstadt auf.

Lenes Gedanken schweiften zurück zu Luna Graf, deren Gebaren sie teilweise wirklich schockiert hatte. Sobald es um ihren Cousin ging, schien das siebzehnjährige Mädchen über keinerlei Unrechtsbewusstsein mehr zu verfügen. In ihren Augen war Sebastian Paulus aufgrund der von ihm getroffenen Entscheidungen zum Vogelfreien geworden, der mit allen verfügbaren Mitteln gejagt werden durfte. Für Luna gab es in seiner Bekämpfung keine Grenzen, das hatte sich in jedem ihrer Worte widergespiegelt, und dass ihre Mutter Simone dem Mädchen nicht deutlich Einhalt geboten hatte, fand Lene auch rückblickend äußerst bedenklich. Als rechtfertigte die Angst vor dem Virus, dem Klimawandel oder allen anderen unschönen Entwicklungen dieser Zeit die gnadenlose Vernichtung derer, die sich andere Lösungswege als die eingeschlagenen wünschten.

Wieder erhellte ein Blitz den düsteren Himmel, diesmal deutlich näher. Das ertönende Martinshorn kündete von ersten volllaufenden Kellern.

Genau in diesem Punkt lag wohl der große Unterschied zwischen Luna und ihrem Cousin Sebastian: Er bedauerte die Entzweiung immer noch, hatte sich lange Zeit einen Dialog und die Akzeptanz seiner Sicht der Dinge gewünscht und letztlich erst den Kontakt abgebrochen, als die Enttäuschung, die Zurückweisungen und Verletzungen durch die Familie zu groß geworden waren. Sogar Claus Biehl und Tanja Schwarz, die allen Grund hatten, wütend zu sein, sannen aus Lenes Sicht nicht mehr primär auf Rache, sondern wollten einfach in Ruhe und Frieden das Leben führen, das sie für richtig hielten. Luna hingegen zielte darauf ab, diejenigen, deren Meinung zu sehr von ihrer abwich, zu einem Umdenken zu nötigen – oder andernfalls zu diffamieren, zu vertreiben oder zerstören. So sah wohl Fanatismus aus.

War Luna also fähig zu morden – oder morden zu lassen, schränkte Lene ein –, nur um über diesen Umweg den von ihr so empfundenen Feind zu vernichten? Nach allem, was Lene bisher von diesem Mädchen mitbekommen hatte, konnte sie diese Möglichkeit nicht ausschließen.

Es regnete noch, aber das Schlimmste war wohl überstanden, das Donnergrollen wurde schon wieder leiser. Im Wohnzimmer gegenüber schaltete die Mutter dem kleinen Jungen den Fernseher ein. Nach kurzem Zappen flimmerten grellbunte Zeichentrickfiguren in schnellen Schnitten über den Bildschirm.

Wieder einmal verfluchte Lene die Angst, die solchem Fanatismus überhaupt erst den Weg ebnete. Wobei Angst natürlich auf beiden Seiten zu sehen war. Irgendwann kämpften wohl sogar die Unerschrockenen dagegen an, wie zum Beispiel der Bauingenieur Nick Wiegand, der nach Lunas Anschlag drauf und dran gewesen war, den Sonnenhof zu verlassen, und sich erst mit Ninas Outing als Polizistin umentschieden hatte. Mit Polizeischutz auf dem Hof brauchte er ja nicht mehr zu fürchten, Opfer eines aufgehetzten Grabenzellers zu werden, hatte er Nina erklärt. Aufgehetzt, durch die Angst, die vor kritischen Menschen wie den Sonnenhofbewohnern so erfolgreich geschürt worden war.

War denn die Politik nicht eigentlich dafür verantwortlich, die unterschiedlichen Ängste der Menschen ernst zu nehmen, sie zu lindern, Lösungen anzubieten, anstatt sie anzustacheln und so immer weiter zu polarisieren? Und wer entschied eigentlich, welche Angst wie schwer wog?

In Ermangelung eines Gesprächspartners oder auch nur ihres Katers Marek, dem sie früher gerne vermeintlich sinnvolle Antworten angedichtet hatte, beantwortete Lene ihre Frage selbst. Der Zeitgeist als nicht greifbares Schreckgespenst, das durch einen Journalisten wie Mölln begangene Verleumdung als Kavaliersdelikt abtat, während man den Wunsch nach einer Entbindung ohne Atemeinschränkung nicht mehr öffentlich zu äußern wagte. Wohin würde all diese Kompromisslosigkeit noch führen, bei all den Herausforderungen, die die Zeit mit sich brachte?

Vielleicht war es besser, darüber nicht nachzudenken. Der Eindruck, mit dem aktuellen Fall auf eine Situation zu blicken, die im Kleinen sinnbildlich für die ganze Gesellschaft stand, war zu bedrückend.

Auch Simone Graf bediente den Zeitgeist, das bewies die Wahl ihrer Schwerpunktthemen als Kommunalpolitikerin recht deutlich. So, wie Lene sie einschätzte, war sie keine Opportunistin, sondern handelte aus Überzeugung, was wohl auch ihre Nachsicht mit der radikalen Haltung ihrer Tochter erklärte. Sie hegte jedenfalls keine Zweifel, auf der richtigen Seite der Geschichte zu stehen.

Zwar war die Vorstellung, dass Simone Graf sich selbst die Hände schmutzig machte und einen Mord beging, ziemlich abwegig, zumal auch sie Mölln kaum körperlich gewachsen gewesen war. Und doch blitzte der Gedanke in Lenes Kopf auf, dass die Verbindung von Simone Graf zu Andreas Mölln vielleicht eine unheilvolle, gar tödliche gewesen sein konnte. Vielleicht hatte sie dem Journalisten bei seiner Rückkehr gar nicht aus purer Menschenfreundlichkeit geholfen, sondern von vornherein mit der Absicht, ihn für ihre Zwecke einzuspannen? Vielleicht hatte sie ihn in der Hand gehabt, womit auch immer, und ihm die Hetzkampagne gegen den Sonnenhof aufgenötigt? Was wiederum bedeutete, dass schließlich auch er sie mit seinem Wissen über unlautere Methoden in der Hand gehabt hätte.

Lene schüttelte unwirsch den Kopf. War das nicht alles zu weit hergeholt? Dennoch beschloss sie, Simone Graf bei den weiteren Vernehmungen Lunas sehr genau im Auge zu behalten.

Das Gewitter war weiter Richtung Stadtrand gezogen, das Grollen des Donners nur noch ein leises Hintergrundrauschen, stattdessen tauchte ein glühender Sonnenuntergang den Abend jetzt in roséfarbenes Licht. James Hetfield war verstummt. Lene trank ihren Wein aus, atmete die frische Luft ein und spürte, wie die atemlose Getriebenheit der vergangenen Tage von ihr abfiel. Auch ohne Badewanne war ein wenig mehr Klarheit in ihre Gedanken zurückgekehrt. Und nass war der Abend schließlich auch so gewesen.

***

Nach fast vier durchwachten Stunden gab Sebastian Paulus auf. Trotz der Flasche Bier, die er sich am Abend gegönnt hatte, trotz der Abgeschlagenheit, die sich bis in jede Faser seines Körpers erstreckte, war an Schlaf nicht zu denken, stattdessen drehten seine Gedanken ausweglose Pirouetten zwischen all den Ereignissen der vergangenen Tage und kamen doch gegen die umfassende Traurigkeit, die von ihm Besitz ergriffen hatte, nicht an. Also hatte er die schlummernde Marie allein im Schlafzimmer zurückgelassen und sich mit einer weiteren Flasche Bier und einem schon reichlich beanspruchten Buch über Permakultur in die Stube gesetzt, auch wenn ihn hier jedes einzelne Relikt aus vergangenen Zeiten schmerzlich an den Opa erinnerte. Dass er nie wieder mit ihm sprechen, nie wieder in seine klugen Augen schauen würde, konnte er sich einfach nicht vorstellen. Als er sich an Opas übliche Bitte erinnerte, nämlich gut auf sich aufzupassen, die natürlich auch beim letzten Videocall vor zwei Tagen das Ende des Gesprächs eingeläutet hatte, schüttelten ihn trockene Schluchzer. Tränen hatte er nach dem vorangegangenen Tag nicht mehr übrig.

Wie hatte all das nur geschehen können? Er hatte eine wunderbare Frau, eine zauberhafte Tochter, einen vergleichsweise sicheren und einigermaßen einträglichen Job, und doch hatte er das Gefühl, vor den Scherben seines Lebens zu stehen. Als hätte man ihm mit allem, was geschehen war, zu guter Letzt mit der langsamen Demontage seines Traums, nämlich den Sonnenhof zu einem blühenden, freien, fröhlichen Ort zu machen, die Wurzeln gekappt. Man konnte von oben noch so viel Wasser und Sonnenlicht zuführen, die Blume würde trotzdem sterben.

Die sich ständig im Kreis drehenden Gedanken, die ihn so zuverlässig vom Schlafen abgehalten hatten, wichen langsam einem Gefühl der Leere, das sich erholsam in ihm ausbreitete. Er ließ seinen Blick durch die Stube schweifen und blieb an der kleinen, auf dem Sideboard abgestellten Truhe hängen, die Birgit Meindl nach ihrer Schicht auf den Sonnenhof gebracht hatte. Unweigerlich musste Sebastian schmunzeln. Es sah dem alten Herrn ähnlich, die Leute noch nach seinem Tod zu beschäftigen. Er stand auf, holte die Truhe, in deren Schloss ein kleiner Schlüssel steckte, an den Tisch und öffnete sie.

Eigentlich wusste er nicht, was er erwartet hatte, es war einfach kein Platz in seinem Kopf gewesen, um darüber nachzudenken. Mit einer Sammlung alter, abgenutzter Notizbücher aber hatte er auf keinen Fall gerechnet. Neugierig schlug er eines der Bücher auf und stutzte.

Das war nicht die schmale, gut lesbare Handschrift des Opas, stattdessen blickte er auf große, schwungvolle Buchstaben einer ihm unbekannten alten deutschen Schrift. Verwundert registrierte er das Datum des ersten Eintrags. Im Jahr 1933 hatte sein Großvater noch gar nicht gelebt. Mühsam entzifferte er die ersten Sätze, in denen vom Sonnenhof, von Manfred und von Rudolf die Rede war. Das musste der von den Nazis getötete Ehemann der Urgroßmutter gewesen sein, Opa hatte den Namen in Zusammenhang mit seinem Halbbruder Manfred des Öfteren erwähnt. Während er sich den nächsten Satz vornahm, wurde ihm klar, was vor ihm lag: Es handelte sich um alte Tagebücher eben jener Urgroßmutter, die er selbst leider nur von alten Fotos kannte. Eine schlanke, zäh erscheinende Frau war sie gewesen, mit einem markanten Gesicht, eindringlichen Augen und lockigem Haar, die sich auch zuletzt, trotz von der Arbeit gebeugtem Rücken, noch ähnlich gesehen hatte.

Im ersten Moment fand er seine Erkenntnis beinahe enttäuschend. Aufzeichnungen aus einer vergangenen Zeit, so bewegt sie auch gewesen sein mochte, waren nicht das, was er als letzten Gruß erwartet hatte. Andererseits: Hatte ihn nicht gerade Opa gelehrt, immer genau hinzusehen?

Mit einem Blick auf die Uhr, deren Zeiger sich mittlerweile der Vier näherte, seufzte er. Schlafen konnte er ohnehin nicht, schon gar nicht mit dem Gedanken im Kopf, dass sein Großvater selten etwas ohne Sinn getan hatte. Also rief er auf dem Smartphone eine Buchstabentabelle der alten Schrift auf und machte sich an die Arbeit.

Dezember 1941

»Eine Idee hätte ich schon.« Ausgerechnet Katha, vor deren Reaktion Antonia am meisten Angst gehabt hatte, eben weil sie schon so lang ein Kind haben wollte und nun stattdessen die Schwester eines bekam, das noch nicht einmal gewünscht war, hatte sich am schnellsten drein- und ihren kühlen Kopf wiedergefunden. Sie war es auch gewesen, die Toni auferlegt hatte, Milosz die Wahrheit zu sagen und vor allem nichts Vorschnelles zu unternehmen, schließlich gab es immer einen Ausweg. Wie dieser Ausweg aber aussehen sollte, darüber grübelten sie in diesen Tagen alle, sofern sie einen klaren Gedanken fassen konnten. Am wenigsten gelang es Milosz, der seit der Erhängung des Julian Majka ohnehin nicht mehr zu seinem Seelenfrieden zurückfand. Er war nervös und fahrig, seit Tonis Eröffnung noch mehr, und ob er nun mit der gewohnten Freundlichkeit, mit einem Mangel an Beherrschung oder überhaupt nicht auf sein Umfeld reagierte, änderte sich beinahe stündlich. Nur für Manfred hatte er jederzeit ein warmes Lächeln und ein offenes Ohr.

Den aber hatte Katha jetzt aus der Stube und auf seine Kammer geschickt, und auch Lenka sollte von Kathas Vorschlag nichts mitbekommen und war zum Glück noch zeitiger ins Bett gegangen als sonst.

Antonia rückte näher an den Kachelofen, ihr war ständig kalt in diesen Tagen. Sie zwang sich, an die armen Soldaten zu denken, denen in diesem Winter vor Moskau die Gliedmaßen abfroren, denn dann kam ihr die eigene Kälte längst nicht mehr so tragisch vor. »Welche Idee?«, fragte sie.

Fritz senkte den Blick, Katha aber sah herausfordernd in die Runde. »Es gibt noch einen zweiten Mann auf dem Sonnenhof, der als Vater infrage kommt, nicht wahr?«

»Der Fritz?« Verblüfft sah Antonia den Schwager an, dessen Gesichtsausdruck deutlich machte, dass er vom Vorschlag seiner Frau nicht allzu begeistert war.

»Pass auf, Toni, es ist ganz einfach«, sagte Katha, als wäre die Umsetzung ihres Plans längst beschlossene Sache. »Du machst erst einmal gar nix. Du bleibst einfach schön auf dem Hof, damit keiner deinen Bauch wachsen sieht, aber das dürfte dir ja nicht schwerfallen. Wann warst du eigentlich das letzte Mal im Dorf?« Katha winkte ab, die Antwort konnte Antonia sich sparen. »Du kriegst dein Kind, und ich helf dir dabei. Ich hab schon so viele Kälber entbunden, dass ich mir einen kleinen Menschen gewiss auch zutrau. Und dann machst du wieder nix. Mit ein bisschen Glück merkt niemand, dass wir auf dem Hof ein kleines Kind haben.«

»Was ist mit dem Geiger?«, fragte Antonia. »Der braucht bloß einen seiner Kontrollbesuche zu machen, oder herkommen, um irgendwelche Beiträge oder Spenden einzutreiben, und schon weiß er davon.«

»Bevor das Kind da ist, nähe ich dir ein paar Kleider, damit der Bauch nicht so auffällt. Dann wird er bestimmt bloß denken, dass du dick geworden bist, der hat doch keinen Blick für sowas. Und danach … Wann war der Geiger das letzte Mal im Haus?« Katha blickte in die Runde, und ausgerechnet Milosz nickte zustimmend. »Der hat sich doch längst dran gewöhnt, dass wir ihn nicht in die Stube bitten. Dann schaut er draußen wieder recht geschäftig, dass der Milosz und die Lenka ordentlich zu schuften haben, und verdrückt sich, um schwanzwedelnd seinen Bericht zu schreiben.« Offenbar mit sich zufrieden, nahm Katha einen großen Schluck aus Fritz' Bierkrug. »Aber du hast schon recht, wir spielen auf Zeit, und irgendwann wird's wohl herauskommen.«

»Und dann?« Was Katha da im Sinne hatte, würde Angst und Unruhe in den Alltag bringen, und zudem die ständige Besorgnis, entdeckt zu werden.

»Vielleicht sind die Zeiten dann besser, oder auch nicht, das werden wir dann sehen. Aber wenn nicht, dann kommt der Fritz ins Spiel.« Sie warf ihrem Mann, der auf dem Stuhl immer kleiner wurde, einen Seitenblick zu, der keinen Widerspruch duldete. »Sobald's um die Vaterschaft geht, tust erstmal recht genierlich, Toni. Dass es halt ein Ausrutscher war, und du ja auch schon so lang verwitwet bist, und wie es halt so ist, wenn man so nah aufeinander hockt, im gleichen Haus noch dazu. Und wenn du dich dann ausgiebig und ausreichend geniert hast, dann gibst den Fritz als Vater an. Ein paar schamerfüllte Tränen wären bestimmt hilfreich, falls du die hinbekommst.« Als wäre dieser Vorschlag das Selbstverständlichste der Welt, zuckte Katha die Achseln. »Wir haben doch sowieso schon unseren Ruf als Sonderlinge weg.«

In diesem Punkt konnte Antonia nicht widersprechen. »Was ist mit der Lenka?«, fiel ihr ein. »Die wird eins und eins zusammenzählen, das Mädchen ist ja nicht dumm.«

Milosz meldete sich mit bedenklich zitternder Stimme zu Wort. »Sie wird nichts verraten«, sagte er. »Sie hat Heimweh, aber sie ist nicht böse mit euch. Und mich …«

»Dich verrät sie eh nicht«, sagte Katha bestimmt. »Das glaube ich auch.«

»Und der Manfred?«, fragte Fritz, dem seine Frau offensichtlich keine Zeit zugestanden hatte, um gründlich über ihren Plan nachzudenken.

»Der Bub ist erst elf«, erwiderte Katha ungerührt. »Noch braucht's keine genaue Erklärung. Und wenn er dann doch einmal Fragen hat, dann wird er damit schon zu uns kommen.«

»Und wenn er einem anderen Buben davon erzählt?« Fritz schüttelte den Kopf, während hingegen Antonia ihren Widerstand langsam schwinden fühlte.

»Das wird er nicht«, antwortete sie an Kathas Stelle, und diese Gewissheit schnürte ihr beinahe die Kehle zu. »Sein einziger Freund ist der Milosz.«

Milosz' Hände bebten, er schlang sie ineinander, bis die Knöchel weiß hervortraten. »Aber was sagen, wenn das Kind größer ist?«, fragte er, und Antonia hörte die Verzweiflung in seiner Stimme. »Soll es glauben, dass Fritz sein Vater ist?«

Diese Vorstellung traf ihn sichtlich, und Antonia zwang die Tränen hinunter, die sie heiß aufsteigen fühlte.

Kathas Pragmatismus machte der Rührseligkeit ein Ende. »Das überlegen wir uns, wenn es so weit ist, Milosz. Die ersten paar Jahre wird es dem Kind von Herzen wurscht sein, wer denn nun der Vater ist, solange es gut versorgt ist, meinst nicht?« Dennoch tätschelte sie mitfühlend seine Hand. »Du kannst auch deinem eigenen Kind der beste Freund sein, nicht bloß dem Manfred. Und du wirst es jeden Tag sehen. Das ist mehr, als viele andere Väter in diesen Tagen von sich behaupten können.«

Milosz nickte mit einem leeren Blick, den Antonia in den letzten Monaten oft bei ihm gesehen hatte, aber immer noch schlecht ertrug.

»Eins noch«, sagte Fritz, der auf seinem Stuhl wenigstens wieder ein paar Zentimeter gewachsen war. »Ich bin einverstanden, aber wohl ist mir trotzdem nicht. Was, wenn sie mich zur Strafe einberufen? Wenn dieser vermaledeite Krieg an der Ostfront so weitergeht, dann verheizen sie dort über kurz oder lang alles, was sich auftreiben lässt, ob nun kriegstauglich oder nicht. Dann kommt ihnen ein Ehebrecher, der anscheinend ein bisschen Züchtigung braucht, doch gerade recht.«

»Das glaub ich nicht«, widersprach Katha besonders energisch, als wollte sie sich selbst beruhigen. »Das wird auf die Toni zurückfallen, die dem Mann der Schwester schöne Augen gemacht hat. Und vielleicht auf mich, weil ich's nicht verhindern konnt, dass sich mein Ehemann meine Schwester anlacht. Von dir werden die Leut' höchstens beeindruckt sein. Aber schlimm wird es niemanden treffen, schließlich will der Führer Kinder. Und wenn du der Vater bist«, sagte sie mit einem schelmischen Blick zu ihrem Mann, »dann haben wir ihm ja ein arisches Kind geschenkt.« Auffordernd sah sie in die Runde. »Also, abgemacht?«

Zuerst nickte Fritz, dann Antonia, schließlich auch Milosz. Ihm schien es am schwersten zu fallen, auch wenn sein Leben mit dieser Schwangerschaft das bedrohteste von allen war.

Katharina und Fritz standen auf und zogen sich, wieder einträchtig, auf ihre Kammer zurück. Milosz aber blieb einfach in der Stube stehen und sah verloren aus, bis Toni sich vor ihn stellte.

»Ich fühle zwei«, sagte er und legte die Hand auf Höhe seines Herzens an die Strickjacke. »Zwei, die nicht miteinander möglich sind.«

»Zwei was fühlst, Milosz?«, fragte Antonia und widerstand dem Bedürfnis, die Arme um ihn zu schlingen.

»Eines ist zu viel Freude.« Mit einer vorsichtigen Bewegung streifte er über ihren noch flachen Bauch. »Und das andere zu viel Angst.«

Dreizehn

Frühsommer 2022

»Ziemlich gut besucht«, raunte Nina, als sie sich der Trauergemeinde näherten, die den rund um die Kirche gelegenen Grabenzeller Friedhof flutete. »Gerd Schönberger scheint beliebt gewesen zu sein.«

Passend zum Anlass machte der Sommer eine kurze Pause, unter dem bewölkten Himmel war es merklich frischer geworden.

»Oder auch bloß bekannt wie ein bunter Hund«, antwortete Lene mit gedämpfter Stimme und deutete zur Kirche hinüber. Zwischen den Gräbern hindurch bahnten sie sich ihren Weg zum Glockenturm, von wo aus am Pfarrer vorbei, der seitlich mit dem Rücken zu ihnen stand, ein guter Blick auf die Trauernden möglich war, ohne allzu sehr selbst in deren Fokus zu geraten. Die leisen Worte des Geistlichen, der sich auf einen Rollator stützte, waren aus der Distanz kaum zu verstehen, aber ohnehin hielt sich Lenes Interesse daran in Grenzen. Vielmehr hielt sie die Beerdigung Gerd Schönbergers für eine gute Gelegenheit, die Trauergäste in Augenschein zu nehmen.

Schon die Aufstellung am Grab erwies sich als aufschlussreich: In der ersten Reihe erkannte Lene Gerds Tochter Simone Graf, im schwarzen Kostüm, mit Sonnenbrille und aufrechter Haltung, an ihrer linken Seite, untergehakt, stand leicht gebeugt eine ältere Dame mit sorgfältig blondgefärbtem Haar. Selbst auf die Entfernung bemerkte Lene ihre rotgeweinten Augen, das musste Gerds Witwe Elvira sein. Die beiden wurden auf der einen Seite flankiert von einem hochgewachsenen, blonden jungen Mann, in dem Lene den von Luna häufiger erwähnten Bruder namens Finn vermutete. Der junge Mann lebte und studierte in Regensburg und schien für das Mädchen eine Art unangreifbares Vorbild zu sein. Er folgte den Ausführungen des Pfarrers mit finsterem Blick, sofern das unter seiner FFP2-Maske zu erkennen war.

Auf der anderen Seite der beiden Frauen stand Luna, die sich zur Feier des Tages besonders wuchtige Augenbrauen ins Gesicht gemalt hatte. Die schwarzen Balken harmonierten vortrefflich mit ihrer ebenfalls schwarzen Maske. Abweisend sah sie aus, was aber ohnehin Lenes Eindruck entsprach. Tatsächlich hatten sie sich an Luna Graf, die eine Verbindung zum blutbesudelten Spaten stoisch abstritt, letztlich die Zähne ausgebissen.

Hinter der Familie Graf mit trauernder Witwe hatte sich deren Gefolgschaft in Form der Dorfbewohner zusammengerottet, vorwiegend ältere Herrschaften, für die eine Beerdigung wohl Konfrontation mit der eigenen Endlichkeit und soziales Ereignis gleichermaßen war. Unter ihnen erkannte Lene auch Erdferkel, heute allerdings in der Situation angemessenem Anthrazit, und Blümchenbluse, neben der ein rotgesichtiger Mann mit Dreifachkinn stand. Sieh an, sogar der Heinz hatte sich Gerd Schönberger zu Ehren auf den Friedhof begeben. Hoffentlich war er nicht allzu sehr ins Schnaufen geraten.

»Haben wir bei Beerdigungen noch Maskenpflicht?«, fragte Nina leise und ließ ihren Blick über die Versammelten schweifen, die sich in dieser Frage selbst nicht einig zu sein schienen: Grob überschlagen stand es Zwei zu Eins für die Maskenträger.

Lene war sich allerdings sicher, dass das Verhältnis bei Temperaturen wie in den vergangenen Tagen anders ausfiele. »Nicht, dass ich wüsste«, flüsterte sie.

Wie um ihre Isolation im Ort zu verdeutlichen, standen Sebastian, Marie und Lioba Paulus sowie Moritz Wagner seitlich von Pfarrer, Trauergemeinde und Grab. Wie ungebetene Zaungäste, die man nicht vertreiben konnte, denen man aber doch geschlossen verdeutlichte, dass sie nicht willkommen waren. An Sebastian lehnte sich eine unsicher wirkende Frau in ihren Fünfzigern, bei der es sich wohl um Sebastians Mutter handelte.

Die kleine Lioba Paulus entdeckte Nina und Lene als erste und winkte ihnen zu, worauf auch die Blicke von Sebastian, Marie und Moritz in Lenes und Ninas Richtung schwenkten. Sebastian Paulus, ungewöhnlich blass, nickte beiden ebenso wie seine Frau zu, Moritz bedachte sie mit einem kleinen Lächeln.

Zwischen den Fronten, weder zur Familie Graf nebst Witwe noch zur Familie Paulus gehörend, aber ebenfalls in erster Reihe, hatte sich, so vermutete Lene aufgrund des Alters, in einem perfekt sitzenden dunkelgrauen Anzug der nach Hamburg entschwundene Vater von Sebastian Paulus eingefunden, der zu Lenes Erstaunen immer wieder gegen aufwallende Tränen ankämpfte. Dass ihm seine Schwester bei jedem Schluchzen rügende Blicke zuwarf, schien er kaum zu bemerken. Simone Graf selbst schlug sich, ebenso wie ihre geistesabwesend erscheinende Mutter, ziemlich wacker, bis sie Lene und Nina entdeckte und die Gefühlsaufwallung in ihrem Inneren nicht verbergen konnte. Allerdings schien es sich dabei weniger um Trauer als um Wut zu handeln. Sie stieß Luna an und flüsterte ihr etwas zu, worauf auch diese wütend zu Lene und Nina blickte, bevor sie dazu überging, die beiden geflissentlich zu ignorieren.

Die weitere Zeremonie zog weitgehend ereignislos an allen Anwesenden vorbei, von einem kurzen Schreckmoment abgesehen, als der heftig schnaufende Heinz an der Reihe war, seine symbolischen Spritzer Weihwasser auf den im Grab versenkten Sarg zu schleudern, dabei ins Trudeln geriet und dem Toten beinahe hinterhergestürzt wäre.

»Hoffentlich war das kein Omen«, flüsterte Nina halb erschrocken, halb belustigt.

Lene zuckte stoisch die Achseln. »Ohne Bagger und Kran hätte man ihn jedenfalls nicht wieder aus dem Grab herausbekommen.«

Nachdem die dörfliche Trauergemeinde an der trauernden Witwe vorbeidefiliert war und sich zu den vor den Toren des Friedhofs geparkten Staatskarossen begeben hatte, um die Angelegenheit zumindest zum Teil mit einem ausgiebigen Ratsch beim anschließenden Leichtrunk in Falkenstein abzuschließen, tauschte der Pfarrer noch ein paar persönliche Worte mit der trauernden Witwe aus, bevor er, begleitet von zwei Ministranten, beschwerlich über den unebenen Pflasterweg von dannen rollerte.

Lene und Nina näherten sich der am Grab zurückgebliebenen Familie, die allerdings auch jetzt die Trauer nicht einte. Zwar fiel Lene auf, dass gerade die Witwe von Gerd Schönberger ihrem Enkel Sebastian vorsichtige, vielleicht sogar sehnsüchtige Blicke zuwarf, ansonsten aber strafte man sich der räumlichen Nähe zum Trotz mit Verachtung.

»… aber ich muss zurück, ein dringender Termin, den ich nicht verschieben konnte.« Sebastian Paulus' Vater warf einen gehetzten

Blick in die Runde, küsste seine Mutter auf die Wange, ging dann die paar Schritte auf seinen Sohn zu, um ihm tröstend auf die Schulter zu klopfen, und trabte ohne Blick zurück davon. Sebastian Paulus' Mutter sah ihm kopfschüttelnd nach, verabschiedete sich dann ihrerseits mit einer herzlichen Geste von ihrem Sohn und dessen Familie, bedachte die Familie Graf mit einem recht knappen Gruß und folgte dem Vater ihres Sohnes gemächlichen Schrittes. Zurück blieben die beiden Grüppchen, die sich noch nicht vom Grab lösen konnten.

»Sie sind Frau Schönberger, nehme ich an?« Lene stellte Nina und sich der Witwe vor. »Ich durfte Ihren Mann kürzlich kennenlernen. Mein aufrichtiges Beileid.«

Luna Graf wandte sich schnaubend ab, während ihre Mutter Simone dazwischenfuhr. »Jetzt schlägt's aber wirklich dreizehn!« Mit kaum verhohlenem Zorn funkelte sie Lene an. »Erst erschweren Sie wegen dem dummen Streich einer Jugendlichen die Vorbereitungen für die Beerdigung, und jetzt haben Sie auch noch die Nerven, uns hier zu belästigen.«

»Ach, Simone«, sagte die Witwe mit erschöpfter Stimme. »Lass doch.«

»Und Sie sind …?«, fragte Lene an den jungen Mann gewandt, der ihr erst arglos entgegengeblickt hatte, seit ihrer Vorstellung aber konsequent den Blick abwandte.

»Das ist mein Sohn Finn«, antwortete Simone an seiner Stelle. »Und ich wäre Ihnen sehr dankbar, wenn Sie jetzt aufhören würden, uns auch noch an diesem Tag der Trauer zu belästigen.«

Wie um ihre Worte zu unterstreichen, zog Finn seine Schwester am Ärmel mit sich fort vom Grab.

»Natürlich«, erwiderte Lene und wandte sich erneut an Gerd Schönbergers Witwe. »Aber ich würde mich gerne in den nächsten Tagen einmal in Ruhe mit Ihnen unterhalten.«

Elvira Schönberger reagierte mit einem lethargischen Nicken.

»Rufen Sie mich an«, sagte Simone Graf forsch. »Dann können wir einen Termin vereinbaren, der uns allen passt. Wenn Sie uns jetzt bitte entschuldigen würden?« Fürsorglich hakte sie die Mutter unter. »Mama, wir müssen in den Gasthof.«

Elvira Schönberger warf einen letzten Blick auf den Sarg, bevor sie sich mit einem gleichermaßen traurigen wie freundlichen Lächeln von Lene und Nina verabschiedete. Auch den Blickkontakt zu ihrem Enkel Sebastian, der gemeinsam mit Lioba ins Grab winkte, suchte sie, bevor sie sich von der Tochter aus dem Friedhof dirigieren ließ.

Lene sah ihr nach, bis sich Moritz Wagner zu ihr gesellte. »Gratuliere«, sagte er trocken. »Jetzt hat du meiner bescheidenen Meinung nach endlich die Richtigen im Visier.«

***

Juli 1942

»Es ist ein prächtiger Bub«, hörte Antonia ihre Schwester durch den Türspalt mit gedämpfter Stimme sagen. »Geh ruhig rein, Milosz. Die beiden sind wohlauf.«

Das waren sie wirklich, stellte Toni fest. Bei ihrer ersten Entbindung hatte sie stundenlang ohne Fortschritt in den Wehen gelegen und war zuletzt so erschöpft gewesen, dass sie kaum noch die

Kraft gehabt hatte, das Kind auf die Welt zu pressen, als es endlich so weit war. Danach hatte sie so viel Blut verloren, dass sogar die Hebamme aus dem Dorf nervös geworden war, und eine ganze Weile gebraucht, bis sie sich wieder so kräftig wie vor der Schwangerschaft gefühlt hatte. Heute aber hatte der Herrgott ein Einsehen mit ihr gehabt und ihr Stoßgebet, das aufgrund der erforderlichen Heimlichkeit der Geburt wohl umso flehentlicher ausgefallen war, erhört. Nach knapp zwei Stunden war der Bub da gewesen, hatte ihr Katha nach einem Blick auf die Uhr gesagt, und jetzt, ein paar Minuten später, war Toni fest davon überzeugt, schon wieder Bäume ausreißen zu können. Nicht, dass sie das wollte. Stattdessen schaute sie auf den in ein Tuch eingewickelten Säugling, der nach der Aufregung und den ersten kräftigen Schreien erschöpft an ihrer Brust ruhte, und fragte sich, ob der Manfred wohl tatsächlich auch einmal so klein gewesen war.

Als es zaghaft an der Tür klopfte, riss sie sich vom Anblick des Kleinen los und lächelte Milosz entgegen. »Komm rein. Wunderschön ist er, dein Sohn.«

Milosz wischte sich über die Augen und setzte sich mit ehrfürchtigem Blick an den Bettrand. Dass er sonst nichts zu tun oder zu sagen wusste, nahm ihm Toni nicht übel. Schließlich hatte auch sie kein anderes Bedürfnis, als das Kind zu betrachten. Dann aber besann sie sich doch eines Besseren. »Magst ihn halten?«, fragte sie und bekam gleichzeitig Angst davor, Milosz zu viel zuzumuten. Schon ihr wachsender Bauch hatte ihm oft genug die Tränen in die Augen getrieben.

Er nickte jedoch, und sie legte ihm das Baby in den Arm. Was es ihm an Erfahrung mangelte, machte er mit übergroßer Vorsicht wieder wett: Er hielt den Säugling, als wäre er aus hauchdünnem

Glas statt aus Fleisch und Blut, streichelte andächtig über das zarte Ärmchen, und sah auf ihn hinab mit einem Ausdruck solcher Liebe in den Augen, dass es diesmal Toni war, die ihre Tränen kaum verbergen konnte.

Antonia räusperte sich, allzu viel Rührseligkeit mochte sie sich selbst nicht zugestehen. »Einen Namen brauchen wir«, sagte sie, und Milosz nickte. »Bist du mit Gerd einverstanden? Nach meinem Großvater Gerhard, Gott hab ihn selig?«

Milosz gab ihr das Baby ungelenk, aber übervorsichtig zurück. »War ein guter Mann?« Er setzte sich halb aufrecht neben sie und legte die Hand leicht wie eine Feder auf den Kopf seines Sohnes.

Nun war es an ihr, zu nicken. Großvater Gerhard war ein ehrlicher, fleißiger und rechtschaffener Mann gewesen, eine geachtete Persönlichkeit im Dorf, deren Wort Gewicht gehabt hatte. Freilich zu einer Zeit, als Rechtschaffenheit noch eine Tugend gewesen war.

»Dann Gerd«, sagte Milosz und streichelte zart über den Arm des Buben.

Sie saßen eine ganze Weile so, einträchtig und stumm dieses unschuldige kleine Wesen betrachtend, während Toni dem Herrgott im Geiste von Herzen dafür dankte, dass er neben all dem Leid nicht vergaß, den Menschen auch etwas zum Lieben zu schenken.

Frühsommer 2022

»Hier steckst du!« Marie betrat das abgedunkelte Schlafzimmer, in dem Sebastian sich nach der Rückkehr von der Beerdigung verschanzt hatte. Eigentlich hatte er nur einen Ordner aus dem nebenan gelegenen Büro holen wollen, aber dann hatte ihn das

Zimmer und vor allem die darin verwahrte Schatulle mit den Büchern der Uroma wie magisch angezogen. Er zuckte entschuldigend die Achseln.

»Das Leben deiner Uroma muss ziemlich spannend gewesen sein«, fuhr Marie fort und legte sich neben ihn.

»Irgendwie schon, ja«, räumte er ein. »Sie hat sich auf jeden Fall trotz aller Widrigkeiten nicht beirren lassen. Bei Gelegenheit lese ich dir alles vor.« Er legte das aufgeschlagene Notizbuch auf dem Nachttisch ab. Eine Übersetzungshilfe für die zuerst so fremden Buchstaben brauchte er längst nicht mehr. »Die Bücher lenken mich auf jeden Fall ab. Wenn ich Liobas kurze Haare ansehe, oder daran denke, wie sehr Luna, Simone und wahrscheinlich noch unzählige andere mich, uns alle, hassen, und mir einfällt, dass jetzt nicht einmal mehr Opa da ist, der mit seinen Worten ständig ins Schwarze getroffen und mir geholfen hat, oft sogar ohne es zu merken, dann habe ich das Gefühl, das alles nicht mehr aushalten zu können. Meine Uroma führt mir vor Augen, wie viel man aushalten kann, wenn man muss.«

»Vielleicht war das die Absicht von Opa Gerd?« Sinnierend blickte Marie zum Fenster, wo durch die schmalen Schlitze der Jalousien das Licht funkelte. Schlussendlich würde es also doch noch ein sonniger Tag werden. »Dir klarzumachen, dass Aufgeben keine Option ist«, fügte sie noch hinzu.

»Ich weiß nicht.« Skeptisch schloss Sebastian seine Frau in die Arme. »Vielleicht gab es auch gar keine Absicht und er hat einfach nur angenommen, dass ich mich am meisten von allen Hinterbliebenen über diesen Nachlass freue. Gerade ist er übrigens geboren worden.« Mit einer leichten Kopfbewegung wies er in Richtung des aufgeschlagenen Notizbuchs.

»Und wir sollten endlich der Käserei zur Geburt verhelfen«, erwiderte Marie, küsste ihn auf die Wange und entwand sich seiner Umarmung. »Jetzt, wo wir endlich dürfen. Moritz wartet schon in der Scheune und scharrt ungeduldig mit den Hufen.« Voller Tatkraft sprang Marie aus dem Bett, und Sebastian fragte sich, woher sie ihre Energie nahm.

Er behielt für sich, dass er mehr denn je daran zweifelte, dass all die investierte Zeit und Mühe irgendeinen Sinn hatten, dass sich irgendwann die Wogen glätten würden und man ein friedvolles, im zurückgezogenen Rahmen freies Leben führen konnte, so, wie er es sich mittlerweile, nach all den Widrigkeiten der vergangenen Jahre, erträumte. Vielleicht war er einfach zu feige, sich und seiner Familie sein Scheitern einzugestehen.

***

»Ich hatte ja den Eindruck, dass dieser Finn sehr nervös geworden ist, als er erfahren hat, wer wir sind«, erklärte Nina, während weit entfernt im Hintergrund eines der Sonnenhof-Kinder auflachte. »Paul hat seiner Mutter anscheinend gerade irgendwas aufs Müsli gekippt, was sie dort nicht haben will. Darauf steht wohl die Höchststrafe in Form von Kitzeln.«

Lene stellte fest, dass der gelassene Lebensstil auf dem Hof Nina ziemlich gut bekam. Polizeischutz einerseits und das Gefühl einer erholsamen Auszeit andererseits waren offenbar die zwei Fliegen, die derzeit mit der gleichen Klappe geschlagen wurden. »Nervös? Wirklich?« Lene hatte den jungen Mann eher als ablehnend empfunden, aber vielleicht war sie auch nur zu fokussiert auf Luna und

Gerds Witwe gewesen und hatte Finn nicht genug Aufmerksamkeit geschenkt.

»Also habe ich gestern noch seine Social-Media-Profile durchwühlt«, erklärte Nina mit gesenkter Stimme. »Du musst dir den Typen genauer ansehen, Lene. Er hasst Sebastian mindestens genauso, wie Luna es tut. Wenn nicht noch mehr.«

Nina schien sich noch weiter von den lautstarken Sonnenhofleuten zu entfernen, zumindest waren diese im Hintergrund nun kaum mehr zu hören.

»Finn gehört einer Gruppierung an, die von vornherein gegen die Demonstrationen in Regensburg und natürlich in erster Linie gegen die Veranstalter Stimmung gemacht und auch Gegendemonstrationen mitorganisiert hat«, fuhr sie schließlich fort. »Die Kollegen hatten ja bekanntermaßen alle Hände voll zu tun, die Gegendemonstranten im Zaum zu halten. Unter diesen Leuten war dann wohl auch Finn zu finden. Und jetzt stell dir vor: Auf Facebook hat diese Gruppierung damals als Erste den Namen und damaligen Wohnort von Sebastian öffentlich gemacht. Außerdem hat man ihn, ebenfalls namentlich, als Impfgegner und Verschwörungsideologen bezeichnet und der Kooperation mit Rechtsextremen bezichtigt. Finn hat diesen Beitrag geliked und kommentiert, dass man alle rechten und faschistischen Strukturen in Regensburg ein für alle Mal und mit vollem Einsatz ausmerzen müsse. Und ich bin mir sicher, seine Haltung hat sich nicht geändert, nur weil Sebastian seine organisatorische Tätigkeit aufgegeben und sich auf den Hof der Familie zurückgezogen hat.«

Lene schüttelte wieder einmal den Kopf angesichts des glühenden Hasses, der sich innerhalb dieser Familie zu bündeln schien.

»Du hast recht.« Mit einem großen Schluck kippte Lene den letzten Rest Kaffee hinunter und stellte die Tasse auf die Arbeitsfläche ihrer Küche. Was in erster Linie daran lag, dass die vollgeräumte Spülmaschine lief, sich aber immer noch benutztes Geschirr in der Spüle stapelte. Heute Abend würde sie endlich klar Schiff machen, nahm sie sich fest vor. Das derzeit in ihrer Wohnung herrschende Chaos überschritt sogar für ihr diesbezüglich abgebrühtes Gemüt die Grenzen des Erträglichen. Sie ging in den Flur, klemmte sich das Smartphone zwischen Schulter und Kopf und schlüpfte in die Schuhe. »Wo wohnt Finn Graf?« Ohnehin hatte Simone Graf den für den frühen Vormittag anberaumten Termin mit ihrer Mutter Elvira kurzfristig auf den Nachmittag verschoben.

»Ganz in deiner Nähe«, erwiderte Nina. »In einer WG in der Silberne-Fisch-Gasse, ich schick dir die Adresse.«

Als Lene durch die langsam zum Leben erwachende Altstadt ging, in der das helle Sonnenlicht zu früher Stunde einen besonders überraschenden Tanz aufführte, stellte sie wieder einmal fest, welch großes Glück sie hatte, in dieser wunderschönen Stadt zu leben – auch wenn sich der Blick dafür im Alltag leider viel zu oft verlor. Dass sie ihn ausgerechnet auf dem Weg zu einem potenziellen Verdächtigen wiederfand, erschien ihr selbst skurril. Und doch, die imposante Dreieinigkeitskirche, in deren Schatten die Cafés in der Gesandtenstraße zumindest zum Teil noch ruhten, machte ihr bewusst, dass es lohnte, auch in schwierigen Zeiten nach Schönem Ausschau zu halten.

Auf dem Gutenbergplatz rangierte ein Lieferwagen, der wohl die dort reichlich vorhandenen Gastronomiebetriebe mit frischer Ware versorgt hatte, und als sie die Ortnergasse passierte, erwärmte die Erinnerung an den Schuster Eckert ihr Herz, der als echte Regensburger Institution dort über sechzig Jahre, unterstützt von seiner Frau, repariert hatte, was den Regensburgern noch zu gut zum Wegwerfen erschien. Wie oft war sie selbst die steinernen Stufen in seine Werkstatt hinuntergegangen, hatte sich an dem gut gelaunten, freundlichen alten Ehepaar erfreut und zu einem Spottpreis ihre Bikerboots aufs Neue verleimen lassen? Über dem Eingang zur Werkstatt prangte noch heute das Schuhmacherschild, dabei war der liebenswürdige Herr vor wenigen Jahren knapp neunzigjährig verstorben.

In der Silberne-Fisch-Gasse fand Lene rasch den schmucken Altbau, den Nina ihr genannt hatte, und studierte die Klingelschilder. Offenbar lebten in dem Haus, das einen sehr gepflegten Eindruck machte, hauptsächlich junge Leute in WGs zusammen.

»Ja?«, dröhnte eine weibliche Stimme aus der Gegensprechanlage.

»Ich möchte zu Finn«, sagte Lene ohne die Nennung ihres Namens, um nicht schon an der ersten Hürde zu scheitern. »Ist er da?«

Statt einer Antwort erklang ein vibrierender Summton. Lene öffnete die schwere Holztür und trat in das angenehm kühle Treppenhaus. Schon im Hochparterre stand eine Wohnungstür sperrangelweit offen, aus der Lene die gleiche, sich bereits entfernende Frauenstimme rufen hörte. »Finn, Besuch für dich!« Zeitgleich ertönte ein lautes Klopfgeräusch, und Lene spähte in den Wohnungsflur, wo sich die Garderobe unter Jacken, Käppis und gestapelten Schuhen förmlich bog. Ansonsten war aber keinerlei Mühe auf wohnliche Gestaltung verwendet worden.

Gerade noch sah sie einen ausladenden Frauenhintern in einer hochgeschnittenen Flatterhose in einem der seitlich abzweigenden

Zimmer verschwinden. Die Tür fiel hinter dem Hintern zu, stattdessen öffnete sich die danebenliegende im Zeitlupentempo, bis schließlich Finn Graf mit verstrubbeltem Haar, schwarzem T-Shirt und Boxershorts müde in den Flur blinzelte. »Was wollen Sie hier?«, fragte er unwirsch. »Ich muss jetzt an die Uni.«

»Dann sollten Sie sich zuerst eine Hose anziehen.« Es war offensichtlich, dass er gerade erst unsanft von seiner Mitbewohnerin geweckt worden war. »Ein paar Minuten werden Sie wohl für mich erübrigen können.« Forsch betrat Lene die Wohnung.

Finn drehte sich um und ging zurück in sein Zimmer, ließ allerdings die Tür offen stehen, was Lene als Aufforderung interpretierte. Prompt schlüpfte sie hinter ihm in den nach Schlaf riechenden Raum, wo Finn gerade die Jalousien kippte, und schloss mit Nachdruck die Tür.

Das Zimmer maß kaum mehr als zehn Quadratmeter und erinnerte in Bezug auf die platzsparende Einrichtung an eine Schiffskajüte. Beherrscht wurde der Raum von einem Hochbett, unter dem Finn bereits in einem Sitzsack fläzte. Er überließ es Lene, sich selbst einen Platz zu suchen, weshalb sie den mit Klamotten behängten Holzstuhl von einem schwarzen Wäscheberg befreite, den sie wiederum auf einem Beistelltisch ablegte. Neben dem Tischchen stand ein kleiner, vollbehängter Wäscheständer, ansonsten diente ein Schreibtisch ebenso wie der Parkettboden selbst als Ablagefläche für Kleidung und Unterlagen. Dass Finn Graf in diesem Chaos keine klaustrophobischen Beklemmungen erlitt, war wirklich beachtlich.

»Ich möchte mich mit Ihnen über die Ereignisse der vergangenen Tage unterhalten«, eröffnete Lene das Gespräch und schickte ein freundliches Lächeln hinterher, das an Finn jedoch abzuprallen schien. »Ihre Schwester hat ja den Anschlag auf den Sonnenhof zwischenzeitlich eingeräumt. Haben Sie mit ihr darüber gesprochen?«

»Das muss ich als Lunas Bruder nicht beantworten.« Mit herausforderndem Blick sah er sie unverwandt an, während er gleichzeitig mit den Fingern der rechten Hand auf sein Knie trommelte.

»Das ist richtig«, erwiderte Lene ungerührt. »Aber eventuell haben Sie ja die Möglichkeit, mit einer Aussage weiterführende Ermittlungen zu vermeiden.«

»Ich mache keine Aussage zu Luna«, beharrte er bockig.

»Gut, dann anders.« Einen Augenblick überlegte Lene und ließ dabei ihren Blick durch das Zimmer schweifen. Zwischen Schreibtisch und Wand lag eingeklemmt ein großes, zusammengerolltes Stück schwarzen Stoffs mit zwei Stangen, wohl ein Demobanner. Auf dem Wäscheständer entdeckte sie neben einem Hoodie und einem Stück anthrazitfarbenen Jerseys ein kleines Stück glatten, leicht glänzenden Stoffs, ebenfalls in Schwarz. Dabei sah Finn nicht aus, als würde er sich auf Tour durch die Regensburger Clubs in feminin wirkendes Material hüllen. »Herr Graf, wie stehen Sie zu Ihrem Cousin Sebastian Paulus?«

Finn seufzte, als wäre ihm die Frage über alle Maßen lästig. »Ich halte nicht mehr besonders viel von ihm. Wenn Sie es genau wissen wollen: Er geht mir mittlerweile am Arsch vorbei.«

»Obwohl Sie früher ein solch enges Verhältnis zueinander hatten?«

»Ich kämpfe eher für die große Sache«, antwortete Finn. »Was Sebastian und seine Horce Spinner in Grabenzell treiben, spielt da wirklich keine Rolle.«

»Sie empfinden also nicht die gleiche Wut auf ihn wie zum Beispiel Ihre Schwester?« Lene ließ ihn nicht aus den Augen, doch sein dauergelangweilter Gesichtsausdruck ließ ebenso wie sein Tonfall keine Emotionen erkennen. »Sie kämen nicht auf die Idee, den Leuten auf dem Sonnenhof so zuzusetzen, dass sie ihr Leben dort aufgeben wollen?«

»Was helfen ein paar besprühte Wände auf einem nahe gelegenen Bauernhof, um verschwörungsideologisches Gedankengut auszurotten und rechte Strukturen zu zerschlagen?« Zum ersten Mal nahm Lene so etwas wie Leidenschaft in seiner Stimme wahr. Er hatte sich halb aufgerichtet und fuhr sich durch das Haar. »Ich engagiere mich lieber anderweitig, im größeren Stil, bin oft auf Demos und so.« Offensichtlich ermahnte er sich selbst zu Gelassenheit, denn er sank im Sitzsack zurück und streckte betont lässig die Beine von sich. »Alles im Rahmen des Legalen natürlich«, fügte er hinzu.

Wenn jemand die Legalität seines eigenen Tuns derartig betonte, waren daran aus Lenes Sicht immer Zweifel angebracht. Dennoch wollte sie an dieser Stelle nicht nachhaken.

Mit einem gleichgültigen Achselzucken fuhr Finn fort: »Was meine Schwester da veranstaltet hat, ist aus meiner Sicht ziemlicher Kinderkram. Aber sie ist ja auch erst siebzehn, und ihr kleines Leben spielt sich eben vorwiegend in Grabenzell ab.«

»Für Kinderkram ist der entstandene Schaden doch ganz schön groß«, erwiderte Lene spröde. »Kannten Sie Andreas Mölln eigentlich persönlich?«

Finn verdrehte gelangweilt die Augen. »Was heißt schon kennen? Wie man sich halt so kennt, wenn man im gleichen Kaff wohnt. Oder gewohnt hat, in meinem Fall.«

»Also ja.« Lene erhob sich langsam. »Wo waren Sie eigentlich an dem Abend, an dem er ermordet wurde?«

»Hier«, antwortete er ungerührt und wies auf den Laptop, der auf dem Schreibtisch stand. »Hab gelernt. Und danach gezockt.«

»Und das wissen Sie heute noch so genau, ohne nachdenken zu müssen?«

»Kunststück. Ich habe in den vergangenen Wochen nichts anderes gemacht.« Zu Lenes Leidwesen hielt er ihrem Blick stand.

»Gibt es dafür Zeugen, Herr Graf?«

»Wir bespitzeln uns hier nicht gegenseitig.«

»Also nein.« Lene pflückte das glänzende Stück Stoff, das ihre Aufmerksamkeit zuvor auf sich gezogen hatte, vom Wäscheständer. Tatsächlich kam die bereits erwartete Sturmhaube zum Vorschein, die, das war Lene durchaus klar, bei manchen Gruppierungen zur Standardausstattung der Mitglieder gehörte. Und doch, so sehr Finn Graf seine Gleichgültigkeit gegenüber den Vorgängen in Grabenzell auch betonte, so sehr zweifelte Lene daran. »Wofür brauchen Sie die?«

Wenn er über ihren Fund erschrak, verbarg er es zu Lenes Bedauern ziemlich gut. »Für Aktionen«, erwiderte er trotzig.

»Ich werde sie kriminaltechnisch untersuchen lassen«, sagte Lene und ärgerte sich darüber, dass die Sturmhaube wohl frisch gewaschen war und sie zudem keine Plastiktüte dabeihatte. Mit spitzen Fingern fasste sie die Haube an der Naht, verabschiedete sich, was von Finn Graf mit eisigem Schweigen beantwortet wurde, und verließ die Wohnung.

***

Trotz der körperlich anstrengenden Arbeit des Tages stellte sich am Abend wieder die Ruhelosigkeit ein, die Sebastian Paulus seit der

Nacht, in der sein Opa gestorben und der verstörende Hass seiner Cousine offenbar geworden war, zuverlässig vom Schlafen abhielt. Es hatte keinen Sinn, liegen zu bleiben und verzweifelt zu hoffen, dass die Gedanken in seinem Kopf endlich zu kreisen aufhörten, also griff er nach dem Notizbuch auf dem Nachttisch und schlich sich durch das schlafende Haus in die Wohnstube.

Moritz und er waren beim Umbau des Scheunenkellers gut vorangekommen. Sie arbeiteten Hand in Hand und verstanden sich auch ohne Worte. Heute aber war das gemeinsame Schweigen, so hatte es zumindest Sebastian empfunden, ein bedrückendes gewesen. Als würden sie sich beide fragen, ob all die Mühe noch irgendeinen Sinn ergab, oder ob man damit nur vertuschte, was längst klar war: Grabenzell war kein Ort für ein Leben, wie sie es sich ausmalten.

Vor allem beim Gedanken an Lioba, die in ihrem jungen Leben schon so viele Anfeindungen erlebt hatte, wurde Sebastian das Herz schwer. Wie hatte er diesen Ort einem einigermaßen anonymen Leben in der Großstadt nur vorziehen können? Ganz einfach, gestand er sich selbst ein: Der Sonnenhof war für ihn der Inbegriff von Heimat und Geborgenheit, genau wie für seinen Großvater. Er hätte es auch für Lioba sein sollen. Aber empfand er wirklich immer noch so?

Wie hatte die Uroma es geschafft, in finsterster Zeit dieses Gefühl für sich und ihre Kinder aufrecht zu erhalten? Sie hatte sich zurückgezogen, auf Unauffälligkeit bedacht, und war dadurch aus dem Fokus gerückt. Welche Ängste und Sorgen sie insgeheim ausgestanden hatte, allein wegen ihrer eigenen Überzeugung und dem Mut, nach eigenem Ermessen über Richtig und Falsch zu entscheiden, hatte er mittlerweile zur Genüge nachgelesen.

Fühlte Lioba sich hier sicher und geborgen? Seit Lunas Anschlag waren die Kinder jedenfalls ruhiger geworden, die ausgelassene Fröhlichkeit, die sie zu Hause meist an den Tag gelegt hatten, blieb immer öfter aus.

Warum, zum Teufel, konnte man sie allesamt denn nicht einfach in Ruhe lassen? Die Zeit damals war eine andere gewesen, gestand er sich ein. Langsamer und persönlicher, ohne das Internet als Fluch und Segen zugleich, dafür aber mit der täglichen Mühe aller, die Seinen satt zu bekommen. Und hätte seine Urgroßmutter damals eben nicht auf dem abgelegenen Hof, sondern mitten in Grabenzell gelebt, skeptisch beobachtet von den Nachbarn, dann wäre sie bestimmt der Denunziation zum Opfer gefallen.

Seit Tagen überlegte er nun schon, wie es weitergehen sollte, und kam zu keinem Entschluss. Seufzend öffnete Sebastian die Flasche Bier, die er aus dem Kühlschrank geholt hatte, und schlug das Notizbuch auf.

Juli 1942

Bisher war alles gut gegangen, angefangen von der Zeit vor der Geburt, in der dank Kathas Nähkünsten und der Tatsache, dass in dieser Schwangerschaft auch Antonias Gesicht voller geworden war, niemand bemerkt hatte, dass sie ein Kind unter dem Herzen trug, über die Entbindung selbst und die ersten Tage mit dem Säugling bis hin zu der Tatsache, dass sie schnell genug zu Kräften gekommen war, um schon vier Tage nach der Niederkunft wieder schuften zu können. Sie war früh genug aufgestanden, um Lenka mit dem Vieh zu helfen, sodass jetzt noch genug Zeit blieb, ein paar Minuten in der Stube zu sitzen und ihre Gedanken niederzuschreiben. Seit Jahren füllte sie Notizbuch um Notizbuch, und es kam ihr vor, als steckten zwischen den Seiten nicht nur ihre Gedanken, sondern auch ein liebgewonnener Freund, den sie mit allen Sorgen behelligen konnte, die sie sonst niemandem zumuten wollte.

Gerd lag schlummernd in der Wiege, die kleinen Hände zu Fäusten geballt, und Antonia fühlte wieder die Dankbarkeit in sich aufsteigen, bis der langsam schon vertraute kleine Schatten über ihr Glück fiel. Wahrscheinlich war es nichts als eine Albernheit, die sich mit der Zeit legte, so hoffte sie, und doch konnte sie nicht von dem Gedanken lassen, dass sie sich gerade wegen all der glücklichen Fügungen, wegen der schützenden Hand des Herrgotts, die er offensichtlich über sie hielt, erkenntlich zeigen musste. Es widerstrebte ihr zutiefst, dass ausgerechnet dieses Kind, gegen alle Widerstände entstanden und gesund geboren, nicht den Segen Gottes tragen würde, so wie es alle anderen Kinder taten.

Nachdem man ihr den Rudi genommen hatte, hatte Antonia der Kirche in Grabenzell und dem dortigen Pfarrer den Rücken gekehrt. Zu sehr fürchtete sie die Blicke ihrer Mitbürger oder die scharfe Zunge derjenigen, die die Verfolgung der Widerständler begrüßten, und auch der Grabenzeller Pfarrer, nach Rudis Worten ein Mitläufer der ersten Stunde, konnte ihr fürderhin gestohlen bleiben. Ihren Herrgott aber hatte sie nie aufgegeben.

Nur: Wie sollte sie seinen Segen durch einen irdischen Vertreter erbitten, wo sie doch die Geburt des kleinen Gerds geheim halten musste?

Schon am Vortag war ihr eine Idee in den Sinn gekommen, die sie allerdings zunächst rasch wieder verworfen hatte.

Katha und Fritz, die im Gegensatz zur Toni nicht jeden Ratsch im Dorf mieden, erzählten oft vom Pfarrer Heigl, der im benachbarten Falkenstein seinen Dienst tat, und dies offensichtlich ganz und gar nicht im Sinne der Nationalsozialisten. Ob leidenschaftliche Sonntagspredigten von der Kanzel herab, seine Einlassungen gegen jeglichen Militarismus in der Kirche oder sein Beharren auf der uneingeschränkten Fortsetzung des religiösen Lebens, und wenn sie den Nazis ein noch so großer Dorn im Auge war. Der umtriebige Pfarrer machte auch immer wieder in Grabenzell von sich reden. Freilich hörte man auch öfter davon, dass wieder einmal die Gestapo an Hochwürdens Tür geklingelt hatte, aber bisher war ihm Schlimmeres erspart geblieben. Es wurde geraunt, der Regensburger Bischof Buchberger hielte seine Hand über den Geistlichen, pfeife ihn zwar zurück, wenn er es allzu arg trieb, ließe aber nichts auf ihn kommen.

Nach allem, was man hörte, schien der Pfarrer Heigl jedenfalls ein wahrer Mann Gottes zu sein. So verwegen es ihr auch erschien, einen Geistlichen in die Bredouille eines Gewissenskonflikts zu bringen: Musste er nicht barmherzig sein gegenüber seinen Schäfchen, oder auch denen eines anderen, sofern sie fromm und guten Willens waren? Wenn Pfarrer Heigl dem kleinen Gerd nicht seinen Segen erteilte, davon war Toni überzeugt, dann würde es niemand tun.

Mit diesem Gedanken stand ihr Entschluss fest. Gleich am Vormittag wollte sie es angehen, das Baby in der Obhut der Schwester zurücklassen und den Fußweg hinüber nach Falkenstein antreten, um beim Pfarrer Heigl vorzusprechen. Sie würde es geschickt anstellen, zuerst herausfinden, ob man auf diesen Mann zählen konnte, und erst wenn sie dessen sicher war, die Katze aus dem

Sack lassen. Ihr Glaube verlieh ihr die Gewissheit, dass schon alles gut werden würde.

Als sie das Notizbuch mit einem Gefühl der Hoffnung zuklappte, wurde die Tür zur Stube ungestüm aufgerissen und Manfred, bereits ordentlich gekleidet, aber noch mit wirr abstehendem Schopf, polterte herein. »Mama, darf ich heut nach der Schule den Walter mitbringen?«

»Welchen Walter?«, fragte Antonia, um Zeit zu gewinnen.

»Den Bücherl Walter, den Sohn vom Schuster!« Mit kindlichem Stolz warf Manfred sich in die Brust. »Wir sind jetzt Freunde.«

Wenigstens zum Teil atmete Antonia auf. Immerhin hätte sich der Manfred auch ungeeignetere Kameraden suchen können. »Ist der nicht ein Jahr jünger als du?«

Manfred zuckte die Achseln, das Alter schien für ihn keine Rolle zu spielen, und Antonia drückte sofort das schlechte Gewissen. Sollte sie sich nicht freuen, dass ihr Sohn endlich einen Vertrauten seines Alters gefunden hatte? Freilich, der Zeitpunkt konnte kaum unpassender sein, jetzt, wo das Neugeborene auf dem Hof war. Andererseits: Buben in diesem Alter interessierten sich gemeinhin nicht für Säuglinge. Vielleicht dachte der jüngste Sohn des Schusters gar nicht erst darüber nach.

»Meinetwegen«, sagte sie. »Aber spielt's draußen, bei dem guten Wetter.«

Manfred senkte den Blick, offensichtlich drückte ihm noch etwas anderes auf der Seele. »Meinst, Mama, wir dürfen im Stallkeller spielen?«

Natürlich übte das Versteck, noch dazu mit all dem Inventar, auf den Manfred den allergrößten Reiz aus, seit er es entdeckt hatte. Trotzdem: Die Vorstellung, den jungen Bücherl dort spielen zu lassen, wo sie einst seinen großen Bruder vor den Nazis verborgen hatte, behagte ihr kein bisschen. Ob der Ludwig sich wohl noch immer als Knecht auf dem Hof der Tante in Tirol aufhielt? Zumindest hatte sie nichts Gegenteiliges gehört. »Das Versteck ist doch unser Geheimnis, Manfred. Und das soll es auch bleiben.«

Als hätte er mit dieser Antwort gerechnet, zuckte Manfred lapidar die Schultern. »Ist recht. Dann gehen wir in den Boandlforst und bauen uns dort ein Lager.«

»Das macht ihr«, antwortete die Toni mit einem Lächeln. »Und ich pack euch eine Brotzeit zusammen, damit ihr euch beim Bauen stärken könnt.«

Manfred hatte sich bereits wieder zum Gehen gewandt, als Antonia ihn noch einmal zurückrief. »Ist das ein Netter, der Walter?«

»Der Allernetteste«, erwiderte Manfred feierlich.

»Dann freu ich mich sehr für dich, dass du einen guten Freund gefunden hast.« Antonia sah ihrem Sohn nach, der mit einem verlegenen Grinsen die Stube verließ. Dann erhob sie sich, um das Notizbuch zu verstecken.

So Gott wollte, würde schon alles gut werden.

»Das ist einmal ein Pfaffe nach meinem Geschmack«, sagte Katha lästerlich, wischte sich den Schweiß von der Stirn und stützte sich auf den Besen, mit dem sie nach Tonis Rückkehr die Stube fegte, um zumindest noch notdürftig alles für den geistlichen Besuch und den feierlichen Anlass herzurichten. »Und er hat einfach so ja gesagt?«

Ganz so leicht war es freilich nicht gewesen. Antonia war recht vorsichtig vorgegangen, hatte erst vom Rudi erzählt und den Gründen, warum sie sich seither von der Grabenzeller Kirchengemeinschaft fernhielt. Der Pfarrer Heigl, ein gütiger, aber auch recht eigener und bestimmt durchsetzungsfähiger Mann, hatte Antonia und die Aufrichtigkeit ihres Glaubens nach dieser Eröffnung fast schullehrerhaft geprüft, aber auch vorsichtig durchblicken lassen, dass er ihre Abneigung gegen den Grabenzeller Pfarrer und den Einfluss des Regimes auf die katholische Glaubensgemeinde teilte.

Sie sprachen beide in vielen Andeutungen, und doch hatte Toni letztlich das Gefühl gehabt, dass sie einander verstanden, und dem Pfarrer erzählt, dass ihr vor wenigen Tagen ein kleiner unschuldiger Knabe geboren worden war, von dem fürs Erste niemand wissen sollte. Dann hatte sie dem Pfarrer Heigl erzählt, dass sie den Buben eben deswegen auch nicht in Grabenzell taufen lassen konnte, aber um sein Seelenheil fürchtete, wenn er ohne göttlichen Segen heranwuchs. »Zuerst war er streng mit mir«, sagte sie und warf einen prüfenden Blick in die Wiege, wo der kleine Gerd in aller Seelenruhe schlief. Ein ruhiges Baby war er bisher, vor allem im Vergleich zum Manfred, der in den ersten Tagen rund um die Uhr geplärrt hatte, als hätte er die Schrecken seiner Geburt selbst noch nicht verdaut. »Wollte wissen, ob ich ein heiliges Sakrament gebrochen hab und deswegen diese Heimlichtuerei betreib.«

Katha stellte den Besen ab und durchwühlte hektisch den Korb mit den anstehenden Näharbeiten. »Wenn der wüsste, was wir im Notfall …«

»Weiß er aber nicht.« Antonia ließ ihren Blick durch die Stube schweifen. Allzu festlich sah es nicht aus, trotz der zwei Sträuße Gartenblumen, die sie vorhin geholt und auf dem Tisch und dem Buffet arrangiert hatte. Andererseits kam es darauf aber vielleicht auch nicht an, weder dem lieben Gott noch dem Pfarrer Heigl, der ja schließlich selbst vorgeschlagen hatte, die Angelegenheit auf dem

Hof zu erledigen. »Dann wollte er wissen, ob mir Gewalt angetan worden ist, und als das geklärt war, hat er noch gefragt, ob auch der Vater ein gläubiger Katholik ist, weil er sonst nichts für den Knaben tun könnt.«

»Recht oft hab ich den Milosz noch nicht beim Beten gesehen.« Triumphierend wedelte Katha mit einer weißen Tischdecke mit Lochstickerei, die sie aus dem Nähkorb gefischt hatte.

»Der macht das für sich im Stillen aus, wie ich auch«, antwortete Toni. »Was willst denn jetzt mit diesem Fetzen?«

»Ein passendes Gewand werden wir brauchen, meinst nicht?«

Manfreds Taufgewand hatte sie damals von einer Frau aus dem Dorf geliehen, also ließ Toni ihrer Schwester den Willen. Würde der Gerd halt als erster in ein Tischtuch gewickelter Täufling in die Grabenzeller Geschichte eingehen.

Das knatternde Röhren eines Motors schreckte sie auf und ließ sie ans Fenster eilen, wo sie sah, wie der Pfarrer Heigl auf seinem Moped in den Hof bretterte. »Schick dich, Katha!«, rief sie über ihre Schulter in die Stube. »Er ist schon da!«

»Auch das noch«, murmelte Katharina und drapierte das weiße Tuch mehr schlecht als recht um den schlafenden Säugling herum, während Antonia erschrocken nach Luft schnappte. Der Pfarrer kam ausgerechnet vor dem Schuppen zum Stehen, stieg ab, ohne sich an seinem unpraktischen Gewand zu stören, und blickte neugierig durch die offen stehende Tür in die Werkstatt, in die Milosz sich wieder einmal zurückgezogen hatte. Dieses Mal hatte der Herrgott Antonias Stoßgebet offenbar nicht erhört.

Toni beobachtete, wie der Pfarrer ein paar Worte sprach, auf Antwort lauschte und sich dann mit einem nachdenklichen Ausdruck auf dem klugen Gesicht zum Wohnhaus wandte. Musste der

Mann denn eine Viertelstunde zu früh kommen und dann auch noch sein Gefährt ausgerechnet dort abstellen, wo kein Weg am Milosz vorbeiführte?

Trotzdem riss Antonia sich zusammen und eilte zur Haustür, um Hochwürden einzulassen. Jetzt war's ohnehin zu spät, um den Milosz noch zu verstecken.

Entgegen ihrer Erwartung zeigte das Gesicht des Pfarrers ein freundliches Lächeln, als er ihr in der Haustür gegenüberstand. »Grüß Gott«, sagte er. Mit einem halb schelmischen, halb listigen Gesichtsausdruck wies er auf den Schuppen. »Bestimmt ein fleißiger Mann, der junge Pole. Und sein Deutsch kann sich auch sehen lassen.«

Toni nickte und hielt die Augen gesenkt, aus Angst, sich unter dem bohrenden Blick des Pfarrers, der bis auf den Grund der Seele zu dringen schien, zu verraten.

»Er arbeitet wohl schon länger hier auf dem Hof?«

Antonias Herz klopfte wild. Warum redete er so ausführlich über den Milosz? »Gut zwei Jahre«, murmelte sie.

Als der Pfarrer seine Hand auf ihren Oberarm legte, zuckte sie unter der Berührung zusammen. »Dann holen Sie ihn halt dazu, Frau Schönberger.«

Erstaunt blickte Toni auf.

»Vielleicht hat er ein Interesse daran, der Zeremonie beizuwohnen«, fuhr der Pfarrer mit einem kaum wahrnehmbaren Zwinkern fort.

Er hatte den Sachverhalt durchschaut, daran hegte Toni keinen Zweifel. Aber auch nicht daran, dass er darum anscheinend kein großes Aufheben machen wollte.

»Und jetzt verraten Sie mir doch, wo ich das neugeborene Schäflein finde.« Geschäftig betrat der Geistliche das Haus.

»In der Stube«, erwiderte Antonia, wies auf die Tür und unterschlug, dass dort das Kind in ein Tischtuch gewickelt auf den göttlichen Segen wartete. Wie sie den Pfarrer Heigl einschätzte, würde er das ohnehin schneller erkennen, als ihr lieb war.

Vierzehn

Frühsommer 2022

»Können wir noch den aktuellen Stand meiner Recherche durchsprechen?« Yannik sah beinahe flehentlich drein, und Lene konnte es ihm nicht verdenken. Sie war heilfroh darüber, dass er ihr und Nina die Nachforschungen zur Identität des Toten im Scheunenkeller abnahm. Gleichzeitig honorierte sie seine Bemühungen entschieden zu wenig.

»Schau nicht so verzweifelt, ich verstehe schon.« Yannik zuckte schicksalsergeben die Schultern. »Vielleicht später?«

Lene nickte und versuchte, ihr schlechtes Gewissen auszublenden. »Ich muss direkt weiter zu Elvira Schönberger, aber danach komme ich wieder, dann habe ich Zeit. Versprochen.« Sie deutete auf den Flur, wo gerade Nina mit einer frischen Tasse Kaffee in der Hand aufs Büro zusteuerte. Die Kollegin verbrachte zwar ihre Abende und Nächte nach wie vor auf dem Sonnenhof, aber da am helllichten Tag nicht mit weiteren Eskalationen zu rechnen war, hatte Schneckmayr sie zu den regulären Dienstzeiten an den Schreibtisch zurückgepfiffen. »Oder du besprichst das gleich mit Nina«, fügte Lene hinzu, bedachte Nina mit einem flehenden Blick und ließ ihre beiden Getreuen im Büro zurück.

Als sie auf die Autobahn auffuhr, begann es zu nieseln. Das Vorzeigewetter war noch nicht wieder zurückgekehrt, in den vergangenen Tagen hatten tiefhängende Wolken und häufige Regenschauer dem Sommer immer wieder ein Schnippchen geschlagen.

Ob Simone Graf sich beim anstehenden Gespräch mit ihrer Mutter zurückhalten würde? In ihrem Gebaren erinnerte sie Lene gelegentlich an einen Wachhund, der anschlug, sobald man den Liebsten zu nahekam. Dabei war vielleicht genau das der Grund, weshalb Lene sich ein genaueres Bild von wirklich allen Familienmitgliedern machen wollte.

Die Ermittlungen innerhalb der Selbstversorgergemeinschaft hatte die Logik geboten. Bei der Familie Graf hingegen war es ihr Bauchgefühl, das ihr einflüsterte, ihre Nachforschungen noch nicht auf sich beruhen zu lassen.

Mit einem teils ängstlichen, teils erleichterten Blick sah Elvira Schönberger ihrer Tochter nach. Der Wachhund hatte wieder zugeschlagen, und so war Lene keine andere Wahl geblieben, als Simone Graf aus dem Gästezimmer zu schicken, in dem ihre Mutter, bleich und sehr erschöpft wirkend, seit dem Tod ihres Mannes residierte. Allein die feindselige Grundstimmung, die Simone Graf seit Lunas Überführung als Attentäterin verbreitete, aber auch ihre Angewohnheit, ständig für die Mutter zu antworten, hatten jeglichen Gesprächsversuch zunichte gemacht.

»Vielleicht ist das besser so«, sagte Elvira Schönberger betrübt. »Aber Simone will mich nur beschützen. Nehmen Sie es ihr nicht übel.«

»Natürlich nicht«, erwiderte Lene beschwichtigend. »Ich würde trotzdem gerne aus Ihrem Mund hören, wie Sie Ihre familiäre Situation beurteilen. Wie kommen Sie damit klar, dass Ihre Tochter und Ihr Enkel so zerstritten sind?«

Elvira seufzte, und es klang wahrhaft verzweifelt. Tränen traten in die müden Augen der alten Dame, die selbst in dem legeren gestreiften Jerseykleid, in dem sie halbaufgerichtet auf der Schlafcouch saß, einen eleganten Eindruck machte. Lene konnte sich gut vorstellen, welch schönes Paar sie und Gerd Schönberger in jungen Jahren gewesen sein mussten.

»Es macht mich sehr traurig«, gestand sie schließlich mit zitternder Stimme ein. »Sebastian war als Kind viel bei uns, und auch später noch. Er war immer mehr als ein Enkel für uns, fast wie ein eigenes Kind. Und die kleine Lioba …« In einer schmerzlichen Geste legte sie ihre Hand ans Herz. »Ich mag Kinder sehr, wissen Sie? Das ist eigentlich fast das Schlimmste für mich, die Kleine nicht mehr zu sehen. Und dabei kann das Mädchen ja gar nichts dafür! Wenn nur ihre Eltern nicht so stur gewesen wären, hätte uns das alles erspart bleiben können.«

»Sie sehen also Sebastian und Marie in der Verantwortung für den Bruch, der durch die Familie geht?«

»Natürlich«, antwortete Elvira Schönberger, als gebe es daran nicht den geringsten Zweifel. »Sie hätten sich ja bloß impfen lassen brauchen, dann wäre das alles nicht passiert. Und die Krankheit ernst nehmen, sich ordentlich an die Sicherheitsvorkehrungen halten und nicht dagegen demonstrieren.« Voll Trauer schüttelte sie den Kopf. »Dass wir, mein Mann und ich, dem Sebastian das nicht wert gewesen sind, hat mich sehr getroffen. Ich bin nur froh, dass Gerd das alles nicht mehr miterleben musste.«

»Aber er hat es doch noch miterlebt«, wandte Lene ein.

»Wir haben alles von ihm ferngehalten«, antwortete Elvira Schönberger mit leisem Stolz in der Stimme. »Simone und ich haben schon früh beschlossen, dass wir ihn nicht mit Sebastians Irrweg und seinen Konsequenzen behelligen wollen. Es hätte ihm das Herz gebrochen, er hatte ja eine wirklich sehr enge Verbindung zu Sebastian.« Eine einsame Träne bahnte sich ihren Weg die blasse, schmale Wange hinab, aber Elvira Schönberger schien es nicht zu bemerken. »Das war auch so ein Punkt, den die Simone dem Sebastian niemals verzeihen wird: Ohne Impfung durfte man ja nicht ins Heim, aber das war ihm augenscheinlich egal. Nicht einmal das war es ihm wert, von seiner Meinung abzuweichen. Lieber hat er den Gerd im Stich gelassen.«

Lene verschwieg wieder einmal, dass Großvater und Enkel längst einen guten Weg gefunden hatten, um in Kontakt zu bleiben.

»Nur als er dann auf den Hof wollte mit dieser Horde Esoteriker«, fuhr Elvira fort, »muss er Gerd kontaktiert haben. Zumindest hat mein Mann mir und Simone davon erzählt und erklärt, dass er sein Einverständnis gegeben hat. Aber sonst war ihm sein Opa im Heim offensichtlich von Herzen egal.«

Lene empfand Mitleid für die Dame. Ihr Weltbild war wie das so vieler Menschen in den vergangenen Jahren ins Wanken geraten, aber der Gedanke, dass ihre Einschätzung, die offensichtlich der Einfachheit halber der ihrer Tochter entsprach, so nicht richtig war, schien ihr gar nicht erst in den Sinn zu kommen.

»Sie haben ja gehört, weshalb Ihre Enkeltochter Luna vergangene Woche mehrmals vernommen wurde, nehme ich an?«

Elvira Schönberger nickte. »Luna ist fürchterlich enttäuscht von Sebastian«, erklärte sie. »Wissen Sie, Finn und Luna haben ihren Cousin früher richtiggehend bewundert. Dass er sich nun wegen irgendwelcher Verschwörungstheorien gegen die Familie stellt, ist vor allem für Luna schwer zu verkraften. Und natürlich schlägt das in dem Alter in Wut um, Luna kann ganz schön hitzköpfig sein. Ich möchte sie nicht in Schutz nehmen, natürlich darf man nichts zerstören, was einem nicht gehört.« Ihr Blick fiel auf eines von mehreren Fotos auf dem Sideboard, das sie selbst mit ihren beiden Enkeln Luna, damals noch wie der Rest der Familie in hellem Blond, und Finn in jüngeren Jahren zeigte. Sebastian oder Lioba hingegen waren nirgends zu entdecken. »Aber trotzdem sollte man diese Tat nicht überbewerten.«

»Ist Ihnen denn an Finn und Luna in den vergangenen Wochen irgendetwas Besonderes aufgefallen?«, hakte Lene nach. »Waren die beiden verschlossener als sonst? Oder außergewöhnlich wütend auf ihren Cousin, oder auf irgendjemand anderen?«

Zerstreut blickte Elvira Schönberger an die weiße Decke. Allzu lang durfte Lene die ältere Dame wohl nicht mehr behelligen, wenn sie nicht erneut den Zorn Simone Grafs auf sich ziehen wollte.

»Was Finn angeht, so genießt er wohl meist das Studentenleben. Er telefoniert regelmäßig mit seiner Mutter, und auch mit Luna, soweit ich das weiß, aber ich habe ihn in den vergangenen Wochen nicht oft zu Gesicht bekommen. Erst jetzt, wo Gerd …« Sie brach ab, den Gedanken an den toten Ehemann schien sie nicht gut ertragen zu können. »Und Luna, nun ja, Sie wissen ja, wie Mädchen in dem Alter sind«, fuhr Elvira Schönberger nachdenklich fort. »Manchmal wirkt sie natürlich ein bisschen launisch oder auch zurückgezogen, aber das ist nichts Ungewöhnliches bei ihr. Vielleicht ist sie gerade unglücklich verliebt, oder vielleicht hat ihr auch die Sorge um Gerd zugesetzt.« Ratlos hob sie die Schultern. »Wer weiß das schon?«

»Eine letzte Frage«, sagte Lene, und Elvira Schönberger atmete sichtlich auf. »Was können Sie mir über Andreas Mölln sagen? Sie kannten ihn sicher auch?«

Die ältere Dame neigte abwägend den Kopf. »Um ehrlich zu sein, nicht besonders gut. Mit seiner schon länger verstorbenen Mutter war ich früher gut bekannt, um die hat er sich aber nicht viel geschert. Wollte immer weg von hier, soweit ich weiß.« Ein düsterer Schatten fiel über ihr Gesicht. »Wie der Milo, unser Sohn, ja auch. Wir Mütter waren sozusagen Leidensgenossinnen. Ich habe mich gewundert, als der Andreas zurückgekommen ist, und noch mehr darüber, dass die Simone ihm gleich so unter die Arme gegriffen hat.« Nachdenklich sah sie wieder zu der Zimmertür, hinter der ihre Tochter verschwunden war. »Aber Menschen können sich natürlich ändern«, fuhr sie fort. »Meine Tochter hat jedenfalls viel von ihm gehalten. Er hat ja so einiges aufgedeckt, was die Leute im Dorf sonst nicht erfahren hätten. Auch wenn das natürlich unserem Familienfrieden nicht gutgetan hat.« Wieder seufzte sie schwer, als trüge sie die Last der ganzen Welt auf ihren schmalen Schultern.

»Ihre Tochter hatte also ein sehr gutes Verhältnis zu ihm?«

»Sie hat seine Arbeit sehr geschätzt«, entgegnete Elvira Schönberger. »Endlich mal ein Journalist, der sich traut, die Dinge beim Namen zu nennen, hat sie immer gesagt. Und sich fürchterlich über die Gegendarstellung geärgert, die die Zeitung nach seinem letzten Artikel veröffentlicht hat.«

»Ja?«, fragte Lene, obwohl sie das nicht weiter wunderte. »Warum?«

»Weil sie es als Unverschämtheit empfindet, wenn Journalisten nicht einmal mehr persönliche Schlussfolgerungen anstellen dürfen, die als solche gekennzeichnet sind. Sie hat gehofft, dass Andreas Mölln sich davon nicht einschüchtern lässt.« Mit einem Blick des Bedauerns strich sie die Decke über ihrem Schoß glatt. »Aber das hat sich ja nun erübrigt. Schlimm …« Sie sank etwas tiefer in die Kissen, und Lene verstand die zurückhaltende Aufforderung und erhob sich.

»Würden Sie mir bitte meine Schlaftabletten reichen?«, fragte Elvira Schönberger und deutete auf das Medikamentenpäckchen auf dem Sideboard. »Ich bin zwar unfassbar müde, aber schlafen kann ich ohne diese Tabletten seit Gerds Tod trotzdem nicht mehr.«

Lene reichte ihr die Packung und verabschiedete sich, drehte sich jedoch sofort wieder um, als sie den Ausruf des Erstaunens hinter sich hörte. »Alles in Ordnung, Frau Schönberger?«

Elvira Schönberger hielt ihr verdutzt die geöffnete Packung entgegen. »Heute Morgen waren sie noch fast voll, und jetzt ist nur noch ein Blister übrig. Wie kann das sein?«

»Vielleicht hat Ihre Tochter die restlichen Blister zur Verwahrung entnommen?«, fragte Lene, wartete aber nicht auf Antwort, sondern eilte zur Tür und rief nach Simone Graf, die sofort über den Flur heraneilte.

»Was ist?«, fragte sie alles andere als freundlich.

»Haben Sie Schlaftabletten aus der Verpackung genommen?« Lene wies auf die alte Frau, die immer noch verdattert auf das fast leere Päckchen blickte.

»Wieso sollte ich?«, entgegnete Simone Graf. »Die waren doch fast voll, Mama!«

»Wer könnte sie genommen haben? Luna?« Lene konnte nicht verbergen, dass sie das Verschwinden der Schlaftabletten in Alarmzustand versetzte. »Wer hatte Zugang zu diesem Zimmer?« Ihr entging nicht, dass Mutter und Tochter einen schnellen Blick austauschten.

»Luna ist heute Morgen pünktlich zur Schule gefahren. Aber Finn war vorhin hier«, antwortete Simone Graf zögerlich. »Seine Vorlesung ist ausgefallen. Aber weshalb sollte er …«

»War er in diesem Zimmer?«, unterbrach Lene sie. Verdammter Mist. Hatte sie den jungen Mann mit ihrem Besuch in die Enge getrieben, ohne es zu bemerken?

Elvira Schönberger nickte.

»Kam er Ihnen irgendwie seltsam vor?« Lene fixierte Simone Graf, der plötzlich die Angst ins Gesicht geschrieben stand.

»Er wirkte etwas in sich gekehrt«, antwortete Elvira ausnahmsweise anstelle ihrer Tochter. »Hat mich zum Abschied umarmt, das hat er ewig nicht mehr gemacht. Ich dachte, das hinge mit Gerds …« Wieder ließ sie den Satz unvollendet in der Luft hängen.

»Versuchen Sie, ihn telefonisch zu erreichen«, sagte Lene. »Sofort!«

***

Oktober 1943

Antonias Lichtblick in dieser schlechten Zeit, die ums Verrecken kein Ende nehmen wollte, war der kleine Gerd, der sich, ganz unbeeindruckt von den Schrecken der Welt, zu einem fröhlichen Einjährigen entwickelt hatte, der schon reichlich flott auf seinen dicken Beinchen unterwegs war und die Bewohner des Sonnenhofs den lieben langen Tag mit seinem unverständlichen Schnattern unterhielt. Das uneingeschränkte Vertrauen, das ihr der kleine Bub entgegenbrachte, war Balsam für Tonis von Misstrauen und ständiger Angst zermürbte Seele, und sie wusste, dass es Katha, Fritz und Milosz nicht anders ging. Sogar die stille Lenka hatte einen Narren an dem Knaben gefressen und steckte ihm Leckereien zu, wo immer es möglich war.

Freilich, sie hatten es bisher gut erwischt: Als Erzeuger blieben sie vom Hunger verschont, und den Bombenhagel, der in den großen Städten für unzählige Tote und Obdachlose sorgte, hatten sie auf dem Land ohnehin nicht zu befürchten. Auch Regensburg war bisher einigermaßen glimpflich davongekommen. Die im August vom Feind bombardierten Messerschmitt-Werke lagen zum Glück so weit außerhalb der Stadt, dass es abseits des Werksgeländes keine Opfer gegeben hatte.

Und doch blieb die Angst. Was, wenn sich der Endsieg genauso als Mär erwies wie der schnelle Sieg über Stalins Truppen? Längst wurde hinter vorgehaltener Hand geraunt, dass die Briefe der Ehemänner und Söhne von der Ostfront nicht den Eindruck machten, als gäbe es dort für das Großdeutsche Reich noch Land, geschweige denn einen Krieg zu gewinnen. Tatsächlich konnte man nur hoffen und beten, dass die Liebsten dort mit dem Leben davonkamen. Auch in Grabenzell mehrten sich die Verluste, erst vor einem knappen Monat hatte der Schuster Bücherl Nachricht erhalten, dass der älteste seiner drei Söhne, der nach ihm benannte Alois, im August gefallen war.

Antonias Schwager Fritz versuchte zwar, es zu verbergen, aber die Furcht, in diesem immer aussichtsloser erscheinenden Kampf doch noch als Kanonenfutter herhalten zu müssen, trieb ihn um, das merkte Antonia nach so langer Zeit des Zusammenlebens ganz genau.

Auch der Falkensteiner Pfarrer Heigl, dessen Geschicke Antonia seit ihrer persönlichen Begegnung weit interessierter verfolgte als zuvor, schien längst das vielfache Hinschlachten der Männer in diesem Krieg infrage zu stellen, und leider hielt er mit dieser Ansicht wieder einmal nicht hinter dem Berg. Ob er deshalb erneut unter Druck geraten war, hatte der Bücherl nicht gewusst, aber Antonia bezweifelte, dass dem Geistlichen Denunziationen erspart blieben, obwohl sie es sehr hoffte. Auf die sogenannte Wehrkraftzersetzung stand schließlich die Todesstrafe, Pfarrer hin oder her.

Antonia hob den kleinen Gerd auf, der vor der Haustür mit ein paar Steinen spielte. Fröhlich patschte ihr der Kleine ins Gesicht, und sie drückte ihm im Gegenzug einen dicken Kuss auf die rundliche Wange. »Wenn ich dich nicht hätte …«, sagte sie mehr zu sich selbst als zu ihm. Mit dem Knaben auf dem Arm drehte sie sich um, gerade als der Manfred ins Sichtfeld kam. »Mama!«, rief er, wedelte aufgeregt mit den Armen und rannte den Hügel herauf. »Mama!« Ein wenig ungelenk sah er aus, fast schon mit der Größe eines ausgewachsenen Mannes, aber ohne dessen breites Kreuz.

Hatte er wohl mit dem Walter gestritten und war deshalb so aufgeregt? Das würde zumindest erklären, weshalb er den Jüngsten des Schusters dieses Mal nicht im Schlepptau hatte. Seit sich die beiden angefreundet hatten, verging kein Tag mehr, an dem er den Kameraden nicht mit auf den Sonnenhof brachte oder selbst nach der Schule beim Schuster unten im Dorf blieb. Dass diese enge Freundschaft den Bücherl ab und zu auf den Hof führte, um seinen Sohn wie entlaufenes Vieh gutmütig wieder nach Hause zu treiben, hatte Antonia nur am Anfang gestört. Mittlerweile hatte sie keine Scheu mehr vor dem Mann und betrachtete ihn mehr denn je als Verbündeten, nicht zuletzt, weil er die Existenz des kleinen Gerds ohne Erstaunen oder großes Interesse hingenommen und nie nach den Hintergründen gefragt hatte.

»Mama!« Manfred schnaufte, als er sie endlich erreicht hatte, stützte die Hände auf die Oberschenkel und beugte sich keuchend vor. »Etwas Furchtbares ist passiert, Mama!«

»Beruhig dich, Bub. Und erzähl.« Sie legte ihm die freie Hand auf den Arm, während sogar der kleine Gerd verstummt war und den Bruder neugierig betrachtete. Dabei wusste die Antonia gar nicht, wie viele furchtbare Dinge sie in diesem Leben noch ertragen würd.

»Sie haben den Ludwig gefunden!«, stieß Manfred zwischen zwei Schnaufern hervor. »Auf dem Hof vom Bücherl seiner Schwester in Tirol! Die Gestapo hat ihn mitgenommen.«

Es waren Zeiten des Aufruhrs, im Großen wie im Kleinen, und wenn für eine kurze Weile Ruhe einzukehren schien, dann konnte man sicher sein: Die nächste schlimme Geschichte wartete schon ums Eck, eilig von Mund zu Mund weitergegeben oder scheinheilig aus dem Volksempfänger geplärrt, bereit, den Zartbesaiteten und Nervenschwachen endgültig den Garaus zu machen. Toni verdaute noch daran, dass all die Mühe, das Verstecken und Untertauchen, das Herausreißen des jungen Ludwigs aus seiner gewohnten Umgebung für die Katz gewesen sein sollte und man ihn schlussendlich doch erwischt hatte, noch dazu wegen solch einer alten Geschichte, die doch längst vergessen sein müsste. Vor allem der Schuster und seine Frau taten ihr leid, die nun binnen zweier

Monate den einen Sohn betrauern und um das Wohlergehen des anderen fürchten mussten. Vom Walter wusste sie, dass man seinen Bruder im Gestapogefängnis in Augsburg inhaftiert hatte, und ab diesem Zeitpunkt schloss die Toni den jungen Mann in ihre Gebete ein.

Auch jetzt schickte sie wieder ein schnelles Gebet zum Himmel, wie sie es meistens tat, wenn sie die Stoffwindeln abhängte, die zu ihrem Missfallen so langsam trockneten. Sie hatte längst alte Tücher zerschnitten, um den kleinen Gerd einigermaßen trocken halten zu können, und doch hoffte sie, dass er ihr den Gefallen tat, schnell sauber zu werden. Die alten Stoffwindeln vom Manfred waren längst zerschlissen, sie kam mit dem Waschen kaum noch hinterher.

Unten am Treppenabsatz hörte sie ihre Schwester und eine zweite weibliche Stimme, allerdings ohne etwas zu verstehen. Das musste die Frau aus Falkenstein sein, die die Post brachte, seit man den Ferdl einberufen hatte. Die Haustür fiel ins Schloss, gleich darauf erscholl Kathas ungeduldige Stimme. »Toni, kommst du?« Der Ruf ihrer Schwester duldete keinen Aufschub. Seufzend ließ Antonia die letzten drei Fetzen hängen und eilte die Treppe hinunter, wo die Katha bereits auf sie wartete und ihr ein amtlich aussehendes Kuvert entgegenhielt.

»Mach auf«, sagte die Schwester bloß, als Antonia den Brief entgegennahm.

Erst als sie den Absender sah, wurde ihr klar, was die Schwester befürchtete. Ihr Herz stolperte, dann tauschte sie einen besorgten Blick mit der Katha und riss den Umschlag auf. Hinausschieben hatte schließlich noch niemandem geholfen. Schon nach den ersten Sätzen war klar, dass sich ihre und Kathas Befürchtungen bestätigt hatten. »Jetzt haben sie uns«, kommentierte sie und fragte sich, wie sie es schaffte, das so nüchtern mitzuteilen. »… haben wir Kenntnis davon erlangt, dass Sie im Jahr 1942 ein Kind geboren haben. Sollte das Kind lebend geboren sein, so besteht die Pflicht, die Geburt unverzüglich dem für Sie zuständigen Standesamt in Falkenstein zu melden«, las Antonia vor.

»Himmel, Arsch und Zwirn, das hat jetzt noch sein müssen«, kommentierte Katha den Brief treffend. »Jetzt bleibt dir nix anderes übrig, als dass du den Fritz doch noch zum Vater machst.«

Antonia schüttelte abwehrend den Kopf. »Erst einmal sag ich, dass ich zum Vater keine Angaben machen will.« Sie versuchte, recht demütig dreinzuschauen, aber mit der Wut im Bauch, die sie hatte, gelang ihr das mehr schlecht als recht. Konnte man denn die unschuldigen Leut' nicht einfach endlich in Ruhe lassen? »Wo ich mich doch so genier, dass ich ausgerechnet beim Mann meiner Schwester schwach geworden bin.«

Katha wollte etwas einwenden, aber Antonia kam ihr zuvor. »Jaja, ich üb schon noch«, sagte sie. »Auch wenn ich bestimmt eher vor Zorn als vor Scham zu weinen anfang.« Mit einem schnellen Blick überflog sie den Satz noch einmal, der ihr schon vorher ins Auge gestochen war. »Kenntnis haben sie davon erlangt, Katha. Fragt sich bloß, wie!«

»Vielleicht hat der Geiger den Buben doch einmal laufen sehen«, antwortete die Schwester.

»Und woher will er dann wissen, dass es der meine ist?«, entgegnete Antonia sofort. Genau das war es, was ihr nicht behagte. Die Gewissheit des Amtes, dass es sich beim Gerd um ihr Kind handelte. Wenn ein Ehepaar und eine Witwe auf einem Hof beieinander lebten, würde man ein kleines Kind erst einmal der Ehefrau zuschreiben. Es sei denn … »Vielleicht hat uns irgendjemand hingehängt. Jemand, der sich hier auskennt.« Ein Anflug von Übelkeit schlich sich in Antonias Magen und begann, sich breitzumachen. »Und dann wird diese Person auch wissen, dass der Milosz der Vater ist.« Was nutzte der beste Plan, wenn schon alles offen auf dem Tisch lag?

»Jetzt mal den Teufel nicht an die Wand«, erwiderte Katharina ungerührt. »Wissen hilft gar nix ohne Beweise. Der Fritz ist der Vater, und damit basta. Ein durch und durch arisches Kind für den Führer, wie vielfach gewünscht. Halt unehelich, aber das dürfte in diesen Zeiten keine große Rolle spielen.« Sie strich Toni eine widerspenstige Locke hinter die Schulter, die sich aus dem langen Zopf gewunden hatte. »Jetzt machst schnell deine Sache fertig und beruhigst dich, dann richtest dich ordentlich zusammen und gehst aufs Amt. Das wird schon werden.«

Trotz der resoluten Worte ihrer Schwester konnte Antonia nicht aufhören, darüber zu grübeln, welche der wenigen eingeweihten Personen davon profitierte, sie zu verraten. Beim Zusammenlegen der letzten Wäschestücke, als sie in ihr dunkelgrünes Sonntagskleid schlüpfte, auf dem Fußweg nach Falkenstein, selbst als sie am späten Vormittag auf dem Amt saß, hoffend, dass sie keinem der örtlichen Parteifunktionäre begegnete, und der pflichtschuldig notierenden Frau die benötigten Angaben machte. Jeder Gedanke kreiste um den Denunzianten, der sich in ihr Leben geschlichen hatte.

Die Angestellte indessen machte nicht den Eindruck, als interessierte sie sich in besonderem Maße für die um über ein Jahr verspätete Anzeige der Geburt, und so sprach Antonia sich selbst neuen Mut zu. Vielleicht war all das doch nur Zufall, ein bürokratischer Akt, und es hatte niemand wirkliches Interesse am kleinen Gerd. Vor allem niemand, der ihr und Milosz Böses wollte.

»Haben Sie die Dokumente des Vaters dabei?«, riss die Angestellte Antonia unsanft aus ihren Gedanken.

Toni schüttelte den Kopf.

»Die brauche ich, um …«

»Muss ich einen Vater angeben?«, fiel Antonia ihr ins Wort.

Die Frau sah mit leiser Missbilligung über den Rand ihrer Brille hinweg.

»Die Sache ist ein wenig heikel«, schob Antonia mit Unschuldsmiene hinterher.

»Dann lasse ich das Feld frei«, erwiderte die Angestellte ungerührt und schielte auf den kleinen Brotzeitkorb, der auf dem Holzstuhl neben ihr stand. Offensichtlich war sie mehr an ihrer Mittagspause als an ihrer Arbeit interessiert. »Ihre Dokumente, bitte.«

Antonia schob ihr die Unterlagen über den Tisch zu und fragte sich, ob man nach all den Jahren der Bespitzelung und des Misstrauens vielleicht schon dort Gefahr witterte, wo gar keine war.

Sobald sie aber ihren Fuß wieder ins Freie setzte und sich zum Schutz vor dem kühlen Nieselregen das gemusterte Kopftuch umband, kehrte die Befürchtung zurück, dass doch irgendjemand der Ihrigen den Mund nicht gehalten hatte. Ob der Manfred vielleicht vom kleinen Bruder gesprochen hatte, in der Schulklasse oder bei den regelmäßigen Treffen des Deutschen Jungvolkes? Aber soweit Antonia das beurteilen konnte, sprach er mit kaum jemandem außer dem Walter, über Persönliches schon gar nicht. Oder der Walter hatte sich verplappert? Aber da es der Bub genauso hielt und ihn zudem der kleine Bruder seines Freundes, der ja ohnehin nicht mit den beiden Großen mittun konnte, nicht sonderlich interessierte, gab es keinen Grund, warum er über den Gerd auch nur ein einziges Wort verlieren sollte.

Ob sie zum Nachdenken noch in den Felsenpark gehen sollte? Sie sehnte sich nach der tröstenden Waldluft und den vertrauten, wild zerklüfteten Felsen, durch die sie schlüpfte und sich wand wie durch ihr Leben, seit das Land in bösen Händen war. Aber die Wege dort waren steil und durch das herbstliche Wetter bestimmt auch rutschig, und sie hatte die falschen Schuhe an. Ein gebrochenes Bein konnte sie nun nicht auch noch gebrauchen. Schweren Herzens verwarf sie den Gedanken.

Zurück auf dem Hof fiel ihr der Pfarrer Heigl ein. Er hatte damals durchschaut, wer Gerds Vater war, und er wusste sehr genau, dass eine solche Information, den richtigen Leuten anvertraut, Macht besaß. Oder auch die Chance bot, sich von eigener Schuld zu befreien. War er durch seine kritischen Einlassungen in Bedrängnis geraten und hatte sich nicht anders zu helfen gewusst, als seinen guten Willen, sich in Zukunft den Nazis zu beugen, durch den Verrat an Antonia zu demonstrieren? War ein Mann Gottes dazu fähig? Sie hielt ihn für aufrecht und mutig, aber wie lange hielt der Mut? Bis man eingesperrt wurde, oder gar geschlagen? Toni wollte fest daran glauben, dass ein Mensch wie der Heigl um des Guten willen allen Qualen trotzte, aber sicher war sie sich beileibe nicht.

Am späten Nachmittag schließlich kam ihr noch eine weitere Person in den Sinn, ohne dass es einen konkreten Grund dafür gab. Vielleicht lag es daran, dass ihr das Mädchen noch immer fremd war mit seiner stillen, zurückgezogenen Art, obwohl es nun schon so lange auf dem Hof lebte. Richtig warm war sie mit der Lenka, trotz zumindest anfänglicher Bemühungen, nicht geworden. Als wollte sich das Mädel einfach nicht annähern, sich lieber in sich selbst verkriechen und kein warmes Wort verschwenden an die Menschen, deren Landsleute für ihr Unglück verantwortlich waren. Freilich, sie war jederzeit höflich, bisweilen lächelte sie auch, aber ohne Herzlichkeit. Nur ein einziges Mal war sie ein wenig aus sich herausgegangen, damals an dem heiteren Abend in der Stube, infolgedessen Gerd entstanden war. Ein Abend in über drei Jahren erschien Toni wenig, vor allem bei einem solch jungen Mädchen.

Wann immer sie der Lenka in den folgenden Stunden begegnete, beobachtete sie sie, ihre knappen, verdrucksten Bewegungen, ihren stets gesenkten Blick, aber erst am Abend in der Stube hielt sie es nicht mehr aus. Wie immer hörte Lenka zu, ohne selbst etwas zu sagen. Nie wusste man, wie viel sie wirklich verstand, und dass sie immer noch ihrer aller Blicke mied, wo es nur ging, erfüllte Toni auf einmal mit einem Misstrauen, das sie nicht beherrschen konnte. »Hast du uns verraten?«, fragte sie in einem Moment der Stille quer über den Tisch.

Das Mädchen zuckte zusammen und senkte den Kopf noch ein Stück tiefer.

»Hast du mich mit dem ledigen Kind hingehängt, obwohl du dem kleinen Buben immer so schön tust?«

»Toni!«, entfuhr es der Katha, aber Antonia winkte ab und wich auch dem gleichermaßen erschrockenen wie vorwurfsvollen Blick von Milosz aus, der zwischen ihr und Lenka saß. Vielleicht war sie ungerecht mit dem Mädchen, aber das kümmerte sie jetzt nicht. Die ganze Welt war ungerecht, da durfte sie das doch ein einziges Mal bestimmt auch sein!

Lenka schüttelte stumm den Kopf, dann stand sie auf und ging nach draußen. Die Treppe in den ersten Stock hinauf, wo auch ihre

Kammer lag, knarzte leise unter ihren Schritten. Zurück blieb ein bedrückendes Schweigen, und Antonia gestand sich ein, dass ihr wohl die Nerven durchgegangen waren, aus Angst um den Gerd, den Milosz und sich selbst.

Sie ging bald zu Bett, aber kam nicht zur Ruhe in dieser Nacht, obwohl Gerd, den Daumen im Mund, friedlich an ihrem Busen schlummerte, ohne sich auch nur ein einziges Mal zu regen. Stunde um Stunde lag sie wach, grübelte allen Situationen der vergangenen Jahre nach, in denen sich die Lenka seltsam verhalten hatte, und fand doch keinen einzigen Hinweis, der ihre Beschuldigung rechtfertigte. Schlimmer noch, den kleinen Buben schien das Mädchen wahrhaftig gernzuhaben, und dass sie sich dem Milosz als Landsmann zutiefst verbunden fühlte, war nie zu übersehen gewesen. Und was Toni selbst anging … Vielleicht war das Mädchen mit ihr einfach genauso wenig warm geworden wie sie mit dem Mädchen. Von Feindseligkeit hatte Toni dennoch nie auch nur eine Spur bemerkt. Dass sie sich so hatte hinreißen lassen! Morgen würde sie sich entschuldigen und den Fehler wiedergutmachen.

Endlich fiel Antonia in einen traumlosen Schlaf, der aber viel zu bald von lautem, aufgeregtem Muhen jäh durchdrungen wurde. Im Zwielicht der Morgendämmerung blickte Antonia auf die Uhr. Was war denn mit den Kühen los? Normalerweise waren sie zu diesem Zeitpunkt von der Lenka frisch gemolken und versorgt und freuten sich ihres Daseins.

Von einer Vorahnung getrieben, wälzte Antonia sich vorsichtig aus dem Bett, ohne Gerd zu wecken, dann schlüpfte sie in den alten Morgenmantel und die Pantoffeln, ging über den Flur zu Lenkas Kammer und öffnete zögerlich die Tür.

Das schmale Bett des Mädchens war ordentlich gemacht, ihre wenigen Habseligkeiten, hauptsächlich Erinnerungen an die Heimat, vom Regal geräumt. Auch die Kommode und den Schrank fand Antonia leer vor.

Lenka war weg.

Frühsommer 2022

Sebastian Paulus klappte das Tagebuch der Urgroßmutter zu und legte es beiseite. Sogar damals war also die Saat des Misstrauens auf dem Hof aufgegangen, wenn auch nur an einem einzigen, folgenschweren Abend.

Und doch: Die Berechenbarkeit, die Verlässlichkeit war dahin.

Genau das war es, was Sebastian seit Monaten am meisten fürchtete: Dass unter dem Druck von außen auch irgendwann die Gemeinschaft auf seinem Sonnenhof schwand, was ihm wohl den letzten Glauben an Menschlichkeit und Vertrauen rauben würde. Die Hoffnung darauf, in Grabenzell jemals zur Ruhe kommen zu können, hatte sich ohnehin schon verflüchtigt. Deshalb war in der vergangenen Nacht endlich sein Entschluss gefallen, auch wenn dieser Entschluss ein Zurückweichen vor der eigenen Angst bedeutete. Die Zeit des Kämpfens war für ihn vorbei.

Marie und er waren beruflich ortsungebunden, das war der große Vorteil. Derzeit lehnte Sebastian alle Aufträge und Anfragen ab, die das notwendige Minimum überstiegen, aber schon morgen konnte er sich wieder voll und ganz auf seine Tätigkeit als Webdesigner konzentrieren. Er war bekannt und gut vernetzt in der Branche, und seine Anwesenheit bei Kunden vor Ort nicht mehr gefragt, nachdem nun notgedrungen auch der letzte Betrieb in der digitalen Welt angekommen war.

Er dachte an seinen früheren Kommilitonen Jan, zu dem er seit knapp zwei Jahren wieder Kontakt pflegte. Dieser war direkt nach dem Studium nach Kopenhagen gezogen und lebte dort mittlerweile mit dänischer Ehefrau und zwei Kindern. Jan hatte schon öfter signalisiert, dass er ihm bei der Immobiliensuche helfend unter die Arme greifen würde, und auch die deutsch-dänische Privatschule in Kopenhagen machte einen guten Eindruck und würde Marie und vor allem Lioba bestimmt gefallen.

Genau deshalb war er sicher, dass er Marie von seinen Plänen überzeugen konnte: Lioba sollte nicht in einer Gesellschaft aufwachsen, die ohne Abwägung monatelang Schulen schloss, Spielplätze absperrte, Kontakt zu Freunden verbot und den Schülern beim Sportunterricht Masken aufzwang, und erst recht nicht in einem Land, dem sie beide, Marie ebenso wie er, nicht mehr vertrauten, weil es die Ausgrenzung derjenigen befeuerte, die sich gegen diese Missstände auflehnten. Lieber entwurzelt als mit zerstörten Wurzeln, die, so empfand er es, noch dazu in fauliger, modriger Erde steckten.

Sebastian hatte sich am späten Vormittag ins Schlafzimmer zurückgezogen, um in Ruhe darüber nachzudenken, wie er seine Entscheidung Marie und den anderen auf dem Hof beibringen sollte. Er machte sich keine Illusionen: Ohne ihn war das Projekt Sonnenhof beendet. Wobei im Moment ohnehin alle Beteiligten in der Luft hingen, nachdem sich Oma als Alleinerbin noch nicht geäußert hatte, wie es mit dem Sonnenhof weitergehen sollte. Die heimliche Hoffnung, sie würde ihm das Anwesen trotz aller Querelen zum Kauf anbieten, hatte er jedenfalls begraben, er wollte es nicht mehr. Zu dringlich war der Wunsch nach einem Neuanfang und danach, seinem Kind ein freieres, unbeschwerteres Leben zu ermöglichen. Auch wenn das bedeutete, liebenswerte Menschen, für die er Verantwortung trug, zu enttäuschen. Und doch war er überzeugt, dass sie ihn eines Tages verstehen würden. Am Abend, nahm er sich vor, würde er mit Marie sprechen, und morgen dann Moritz, Clara und all die anderen informieren, die ihm so ans Herz gewachsen waren.

Von draußen drangen aufgeregte Stimmen durch das gekippte Fenster, auch Paul und Frieda hörte er zwischen den Erwachsenen plappern. Hoffentlich war nicht wieder eines der Kinder Opfer eines Mitschülers geworden. Für einen Moment schloss Sebastian die Augen und wappnete sich innerlich, als die Tür aufgerissen wurde.

»Sebastian, du musst sofort aufstehen.« Marie stürmte herein, sie zitterte, ihr angstverzerrtes Gesicht war leichenblass. »Lioba ist verschwunden.«

Fünfzehn

Frühsommer 2022

Lene trabte aus dem Haus der Familie Graf und zückte ihr Smartphone. Wenn ihre Befürchtung zutraf, gab es keine Zeit zu verlieren.

Natürlich hatte Simone Graf ihren Sohn nicht erreicht, und danach mantraartig wiederholt, dass das nicht ungewöhnlich sei und Finn sicher gerade in der Unibibliothek stecke, wo er das Smartphone lautlos stellte. Dennoch war ihre Sorge nicht zu übersehen gewesen.

Lene wählte und beglückwünschte sich selbst zu ihrem trotz aller Widrigkeiten immer noch hochmotivierten neuen Mitarbeiter, der bereits nach dem zweiten Klingeln den Hörer abnahm. »Yannik, pass auf: Finn Graf hat heute Vormittag eine Packung Schlaftabletten von seiner Oma geklaut, es besteht der Verdacht, dass er plant, sich das Leben zu nehmen. Schick eine Streife und einen Rettungswagen zu seiner Wohnung, okay? Außerdem sollten wir sein Handy orten, ich schick dir die Nummer.«

»Alles klar«, erwiderte der junge Kollege postwendend. »Hast du schon mit Nina telefoniert? Sie wollte dich von unterwegs aus anrufen …«

»Yannik«, unterbrach Lene ihn nun doch ein wenig enttäuscht. »Es geht hier vielleicht um Leben und Tod. Bitte kümmere dich jetzt um die …«

»Bei Nina vielleicht auch«, fiel Yannik nun wiederum ihr mit Nachdruck ins Wort. »Die Tochter von Sebastian Paulus ist verschwunden.«

»Was?« Es dauerte einen Moment, bis Lene diese Information verarbeitet hatte. »Scheiße!«, entfuhr es ihr. Marie und Sebastian Paulus gehörten nicht zu der Sorte Menschen, die falschen Alarm schlug. »Ich ruf Nina sofort an.« Lene beendete das Telefonat und wählte zum zweiten Mal binnen kürzester Zeit mit fliegenden Fingern eine Nummer.

Auch dieses Mal wurde ihr Anruf sofort entgegengenommen. »Lioba ist nicht von der Schule heimgekommen«, sparte Nina sich die Begrüßung. »Ich bin in zwanzig Minuten auf dem Sonnenhof. Sehen wir uns dort?«

Lene bejahte und beeilte sich, im Gegenzug ihre neuesten Informationen zu Finn Graf loszuwerden.

»Scheiße«, kommentierte Nina trocken. »Hoffentlich ist er nicht wegen deines Besuchs ausgetickt und hat jetzt Lioba in seiner Gewalt.«

Diese Schlussfolgerung war der Beweis, dass Lene keine Gespenster sah. Sie legte auf und eilte wieder durch die angelehnte Tür ins Haus der Familie Graf, wo sie die beiden nunmehr völlig aufgelösten Damen nach den letzten Details für eine umfangreiche Fahndung befragte. Nur auf die Frage, ob es denn einen Ort außerhalb seiner Wohnung gab, an den Finn sich zurückzog, wenn er für sich sein wollte, wussten Simone Graf und Elvira Schönberger keine Antwort.

Nina und Lene trafen gleichzeitig auf dem Sonnenhof ein, wo sich von Schreckensstarre bis hin zu hektischer Betriebsamkeit jede Reaktion zeigte, die in einem solchen Fall nur denkbar war. Marie Paulus, die sonst in jeder Situation große Stärke demonstriert hatte, saß zitternd, ansonsten aber völlig reglos auf einem Gartenstuhl und schien kaum wahrzunehmen, was um sie herum geschah. Sie befand sich in der Obhut Claras, die sich rührend um die Freundin kümmerte. Dennoch forderte Lene ein Kriseninterventionsteam an, das auch die wieder einmal sichtlich verstörten Kinder dringend nötig hatten.

Als nervenstärkster und bestinformierter Gesprächspartner erwies sich zu Lenes Erstaunen ausgerechnet Sebastian Paulus, der Nina und ihr haargenau schilderte, was vorgefallen war: Paul und Frieda, die eine andere Klassenstufe besuchten, hatten vor dem Schulgebäude zunächst vergeblich auf Lioba gewartet und sie dann im Schulhaus gesucht. Schließlich waren die Kinder mit der Vermutung nach Hause gelaufen, Lioba auf dem Sonnenhof anzutreffen – wo sie aber nicht aufgetaucht war. »Moritz und ich haben die Schule, die Strecke und schließlich das ganze Dorf abgesucht, und Clara und Bea haben in der Zwischenzeit den Hof und die Umgebung durchkämmt. Manchmal kommen Kinder ja auf die dümmsten Ideen.« Er zuckte die Achseln, während er mit einem betont ruhigen Durchatmen offensichtlich die anschwellende Panik in seinem Inneren zu bekämpfen suchte. »Aber sie ist wie vom Erdboden verschluckt.«

Lene nickte ihm zu, dankbar für seine beherrschte Schilderung des Sachverhalts, und gab Nina einen Wink, sich zur Besprechung außer Hörweite zurückzuziehen.

»Wenn bekannt wird, dass zeitgleich mit Liobas Verschwinden auch Finn mit einer Packung Schlaftabletten abgetaucht ist, dann drehen hier alle durch«, bemerkte Nina leise, während sie in Richtung Scheune stapfte, und warf einen Blick zurück auf die versammelten Sonnenhofbewohner vor dem Haus. »Auch Sebastian.«

»Genau deshalb warten wir, bis wir mehr wissen.« Lene lehnte sich an die Wand der Scheune und warf einen ungeduldigen Blick auf ihr Smartphone, das sie angesichts der sich überschlagenden Ereignisse gar nicht mehr erst aus der Hand legte. Als hätte Yannik ihre Gedanken gelesen, setzte prompt das Klingeln ein.

»Die Kollegen haben Finn Graf nicht in seiner Wohnung angetroffen«, kam der junge Kollege sofort zur Sache. »Sein Handy hat er aber dort zurückgelassen. Die Suche nach ihm und seinem Wagen rund um die Wohnung und das Unigelände verläuft bisher ergebnislos.«

»Wir erweitern die Fahndung auf Grabenzell und Lioba Paulus«, ordnete Lene an. »Es ist gut möglich, dass er das Kind bei sich hat.« Sie tauschte einen schnellen Blick mit Nina, die betroffen nickte. Es führte kein Weg daran vorbei, Marie und Sebastian Paulus reinen Wein einzuschenken.

»Wird gemacht.« Yannik schien mit den Herausforderungen, die er als plötzlicher Chefkoordinator im Innendienst zu bewältigen hatte, gut zurechtzukommen. »Eine wichtige Info habe ich noch.«

»Ja?«

»Das Labor hat gerade angerufen.« Yannik sprach unbeirrt weiter, obwohl im Hintergrund ein weiteres Telefon durchdringend zu bimmeln anfing. »Sieht so aus, als hätte Finn Graf nicht heiß genug gewaschen. Der DNA-Abgleich dauert zwar noch an, aber an der Sturmhaube wurden zweifelsfrei Blutrückstände gefunden.«

Während Nina bis zum Eintreffen des Kriseninterventionsteams auf dem Sonnenhof bleiben wollte, fuhr Lene schleunigst wieder zum Haus der Grafs zurück. Nachdem die Geschwister doch mehr zu verbinden schien, als zumindest Finn eingeräumt hatte, führte bei der Suche nach ihm kein Weg an Luna vorbei. Hoffentlich war das Mädchen schon von der Schule heimgekehrt.

Sebastian Paulus hatte die Neuigkeiten um Finn recht gefasst aufgenommen, wobei Lene zunehmend den Eindruck hatte, dass er im Angesicht der neuesten Schrecken einfach nur funktionierte, wie ein seelenloser Roboter, ohne Angst, Machtlosigkeit oder Wut überhaupt noch an sich heranzulassen. Lene zweifelte nicht daran, dass die verdrängten Gefühle zu einem späteren Zeitpunkt umso heftiger über ihn hereinbrechen würden. Marie Paulus hingegen war am Boden zerstört, sodass die große Stunde von Dr. Bea Feuersänger schlug, die eine unerwartete Nervenstärke an den Tag legte und die verzweifelte Mutter höchst professionell versorgte.

Im Laufschritt steuerte Lene über den gewundenen Gartenpfad auf das Haus zu, das unter dem strahlenden Sommerhimmel, der so überhaupt nicht zu den dramatischen Geschehnissen des Tages passen wollte, wieder einmal wie das Foto einer Eigenheimwerbung in einer Hochglanzzeitschrift wirkte.

Sie klingelte stürmisch und wartete, nervös von einem Fuß auf den anderen tippelnd. Hatte Simone Graf sich etwa selbst auf die Suche nach ihrem Sohn gemacht? Lene spähte um die Ecke, wo der *Tesla* in der geöffneten Garage parkte. Endlich wurde sie erlöst. Simone Graf, deren Gesicht plötzlich um Jahre gealtert schien, öffnete die Tür schleppend, als kostete sie jede Bewegung übermäßige Kraft. »Wir haben nichts von ihm gehört«, sagte sie matt. »Luna ist in der Zwischenzeit nach Hause gekommen, aber sie erreicht ihn auch nicht. Er liest weder seine Nachrichten noch ruft er zurück.«

»Ihr Sohn wurde nicht in seiner Wohnung angetroffen, aber er hat sein Handy dort zurückgelassen. Sie können also aufhören, ihn zu kontaktieren.« Lene sah Simone Graf unverwandt an. »Ich muss allerdings noch einmal mit Ihnen sprechen. Auch mit Luna«, fügte sie mit Nachdruck hinzu.

Simone Graf wies Lene den Weg in den Wohnraum, wo Elvira Schönberger auf der Couch lag und Luna Graf, die Lene zur Begrüßung mit einem feindseligen Blick bedachte, unruhig auf und ab tigerte.

»Wir haben Finn bisher nirgends angetroffen«, eröffnete Lene das Gespräch ohne Umschweife und setzte sich auf den beigefarbenen Hocker, von dem aus sie auch die rastlose Luna gut im Blick hatte. »Allerdings ist zeitgleich mit ihm auch Lioba Paulus verschwunden. Die Ermittlungen laufen, wir können aber derzeit nicht ausschließen, dass er sie entführt hat.«

»Entführt?«, echote Elvira Schönberger erschrocken.

»Das ist doch Schwachsinn!«, entfuhr es Simone Graf ungehalten.

Nur Luna sagte nichts, biss nervös auf ihrem Daumennagel herum und nahm ihre kurzzeitig unterbrochene Wanderung durch das Wohnzimmer wieder auf.

»Wie kommen Sie auf diesen Mist?«, fragte Simone Graf.

»Das überlassen Sie bitte mir«, antwortete Lene barsch. »Jetzt geht es ausschließlich darum, die beiden zu finden, im besten Fall lebend. Bitte denken Sie noch einmal nach: Gibt es einen Ort, an dem Finn sich und vielleicht auch Lioba versteckt halten könnte?

Einen Platz, der für Finn besondere Bedeutung hat, ein altes Versteck aus Kindertagen, irgendetwas in der Art?«

Während Simone und Elvira nachdenklich die Köpfe schüttelten, entging Lene nicht, dass Luna für einen Augenblick stutzte. Ihre Gesichtsfarbe erschien Lene plötzlich fahl und hob sich noch deutlicher als sonst von den tiefschwarzen Augenbrauenbalken ab, als sie sich der übrigen Familie anschloss und ebenfalls verneinte.

In diesem Augenblick piepste Lenes Smartphone. Sie öffnete Ninas Nachricht, sah das Foto, das Lioba – bewusstlos, schlafend oder tot? – vor einer Natursteinwand auf einem schmutzigen Betonboden zeigte, und erschrak so offensichtlich, dass sie die Blicke aller drei Familienmitglieder auf sich spürte, während sie die erklärenden Worte der Kollegin las. »Nichts Neues von Finn«, log sie schließlich. »Aber können Sie mir sagen, an welchem Ort dieses Foto aufgenommen wurde?«

Elvira Schönberger und Simone Graf betrachteten mit leeren Blicken das Bild. »Tut mir leid.« Tatsächlich schien Simone Graf so etwas wie Bedauern oder Mitgefühl zu empfinden. »Ich weiß nicht, wo das ist. Wirklich nicht.«

»Lebt sie noch?«, fragte Elvira Schönberger, während Tränen ihre Augen fluteten.

»Vermutlich ja«, antwortete Lene. »Luna, sehen Sie sich bitte das Foto an und sagen mir, ob Sie diesen Ort kennen.«

Mit einem Gesichtsausdruck, der keinen Zweifel daran ließ, dass sie nach wie vor keinerlei Lust auf Kooperation mit der ihr verhassten Polizistin hatte, wandte Luna sich ihr zu, aber erst als die Mutter ihr einen Blick zuwarf, der keinen Widerspruch duldete, setzte das Mädchen sich in Bewegung. Zwischen Nervosität und demonstrativem Unwillen schwankend, beugte sie sich zu Lene hinunter und nahm das Foto in Augenschein. Ihre Lider flackerten nur für den Bruchteil einer Sekunde, dennoch war sich Lene sicher: Luna hatte den Ort erkannt. Und sie würde lügen.

»Keine Ahnung, wo das sein soll«, antwortete sie mit einem Anflug von Triumph in der Stimme. »Nie gesehen.«

Nachdem Lene sich verabschiedet hatte, war ihrem suchenden Blick der Hochsitz nicht entgangen, der zwischen dem Rand eines Waldstücks und einem Feld nordwestlich des Hauses lag.

Henning, bei dem sie sich telefonisch rückversicherte, teilte ihre Meinung: Um ein Observationsteam einzuschalten und zu instruieren, drängte die Zeit viel zu sehr, denn Luna, davon war Lene überzeugt, würde schnell reagieren. Dennoch beschwor er sie am Telefon, sich um Himmels willen nicht allein der Sache anzunehmen, und schwang sich sofort mit Kurs auf Grabenzell auf seine Eva.

Vor dem Haus der Grafs wartete Lene jedoch zunächst auf Nina. Das Kriseninterventionsteam war zwischenzeitlich auf dem Sonnenhof angekommen, die Kollegin konnte ihr somit guten Gewissens zu Hilfe eilen. Während Nina also auffällig unauffällig an ihrer Stelle vor dem Haus der Grafs Posten bezog, um Luna daran zu hindern, in einem unbeobachteten Moment zu verschwinden, drückte Lene auf die Tube, stellte den Wagen am Rand eines uneinsehbaren Waldwegs ab und erklomm den Hochsitz.

Im Geiste klopfte sie sich selbst auf die Schulter. Zwar lag die Haustür der Grafs außerhalb ihres Blickfeldes, aber sowohl die vom Haus wegführende Straße ins Zentrum von Grabenzell als auch die entgegengesetzte nach Michelsneukirchen waren von ihrem Spähposten aus problemlos im Auge zu behalten.

Eilig tippte sie eine Nachricht an Nina, dann vergewisserte sie sich, dass ihre Waffe an Ort und Stelle war. Trotzdem war sie beruhigt, als das satte Blubbern von Hennings Motorrad in der Nähe ihres Wagens verstummte und er, trotz der sommerlichen Temperaturen in kompletter Ledermontur, kurze Zeit später mit schnellen Schritten im Schatten des Waldrands näherkam.

Nina quittierte Lenes Nachricht mit dem obligatorischen Daumen-hoch-Zeichen, und Lene beobachtete, wie sie ihren Platz vor dem Haus der Grafs verließ und in Richtung Kirche davondüste, wo sie auf weitere Infos warten sollte.

Henning winkte verhalten, als er sie entdeckte, dann kletterte er behände auf den Hochsitz. »Waidmannsheil.«

»Waidmannsdank«, erwiderte Lene schmunzelnd, und hoffte im gleichen Moment, dass die kommenden Stunden zwar zielführend, aber ansonsten doch ohne jegliche Ähnlichkeit mit einer Jagd verlaufen würden.

»Du weißt schon, dass das so nicht geht, oder?« Umständlich faltete Henning seine langen Beine einigermaßen platzsparend auf dem Hochsitz zusammen. »Wir hatten noch kein Badezimmerritual.«

»Manchmal muss man sich von lieb gewonnenen Gewohnheiten verabschieden«, erwiderte Lene schmunzelnd. »Erfrischt den Geist.«

»Das heißt, ich brauche auch kein Gedicht zu schreiben?«

»Das wäre schade.«

Henning winkte ab. »Wahrscheinlich kann ich sowieso nicht anders, auf eine unschöne Weise ist dieser ganze Irrsinn ziemlich inspirierend. Erzähl mir von der E-Mail, ich habe am Telefon nur die Hälfte kapiert.«

»Finn hat Sebastian Paulus von seinem GMX-Account das Foto von Lioba geschickt«, wisperte Lene, obwohl Luna sie auf diese Entfernung ganz bestimmt nicht hören konnte. Trotzdem, sich im Zuge einer Observation weitgehend still zu verhalten, hatte sich offensichtlich tief in ihrer Polizistinnen-DNA verankert. »Und dazu geschrieben, dass Sebastian und Marie den Hof und Grabenzell mitsamt allen anderen verlassen sollen, wenn sie Lioba zurückbekommen wollen. Sofern sie aber bleiben, würden Finns Freunde Sebastian das Leben in Zukunft zur Hölle machen. Und für ihn, also Finn, sei ohnehin schon alles egal.« Zwischen den Zeilen des jungen Mannes hatte Lene nicht nur abgrundtiefen Hass, sondern auch eine tiefe Verzweiflung herausgelesen. Dass mit dem Fund von Finns Sturmhaube ein Nachweis seiner Beteiligung an der Ermordung Möllns möglich war, schien auch ihm klar zu sein. Lene zweifelte nicht daran, dass er seine Drohungen ernst meinte.

»Er denkt, er hat nichts mehr zu verlieren«, konstatierte Henning düster.

»Exakt.« Lene nickte, ohne den Blick von der Straße abzuwenden. »Sebastian Paulus hat mit Ninas Unterstützung geantwortet und zugesichert, den Hof aufzugeben. Darauf kam aber bisher keine Reaktion.« Sorgenvoll blinzelte Lene gegen die grelle Nachmittagssonne.

»Aber ich dachte, Finn hätte sein Smartphone in der Wohnung gelassen?«

Lene zuckte die Achseln. »Hat er auch, ebenso wie sein Tablet, und ein zweites internetfähiges Handy besitzt er laut Aussagen seiner Familie nicht. Aber vielleicht wissen die auch nicht alles, oder er hat sich ein Smartphone von einem Freund geliehen. Wie auch immer, wir sind dran, das herauszufinden. Oder eher, Yannik und die Technik sind dran. Der junge Kollege läuft gerade zur Höchstform auf.«

»Glaubst du nicht, es wäre besser gewesen, Luna die Mail zu zeigen? Oder ihr zu sagen, dass ihr ihn mit der Sturmhaube wahrscheinlich überführt habt?« Henning raunte nun ebenfalls. »Ich gehe davon aus, dass sie sich wirklich um ihren Bruder sorgt.«

»Das glaube ich auch.« Ein dröhnender Sportwagen fuhr mit deutlich überhöhter Geschwindigkeit am Haus der Grafs vorbei, zeitgleich näherte sich ein Polizeiauto, das vom Ortskern in Grabenzell kam und noch vor dem observierten Haus nach links in eine Wohnstraße abbog. Offensichtlich lief auch in Grabenzell die Fahndung nach Finns PKW auf Hochtouren. »Aber sie weiß ja bereits, dass ihr Bruder eine große Menge Schlaftabletten mit sich führt und offenbar in einer Art Verzweiflungstat Lioba in seine Gewalt gebracht hat. Ich glaube nicht, dass Finns E-Mail etwas an ihrem verbohrten Hass und der Überzeugung, mit dem Terror gegen die Sonnenhofbewohner das Richtige zu tun, geändert hätte.« Lene konnte schlichtweg nicht beurteilen, ob für Luna das Leben des Bruders oder das Unglück des Cousins von größerer Bedeutung war. »Außerdem wissen wir nicht, inwiefern auch sie am Mord an Mölln beteiligt war. Vielleicht …«

»Schau.« Henning deutete in plötzlicher Alarmstimmung auf das Haus hinab.

»Ha!«, entfuhr es Lene, als sie beobachtete, wie Luna, in Schwarz gekleidet, einen Rucksack auf dem Rücken, das Haus ihrer Mutter verließ und zu Fuß den Weg nach Michelsneukirchen einschlug.

Am Waldrand entlang, darauf bedacht, hinter der ersten Reihe Bäume zu bleiben, bewegten sich Lene und Henning parallel zu

Luna, die im Stechschritt auf der Straße ostwärts marschierte, sich dabei aber immer wieder umsah, als fürchtete sie, jemand würde ihr folgen.

Mit fliegenden Fingern schrieb Lene der in Grabenzell stationierten Nina eine Nachricht. Bestimmt hatte die Kollegin zwischenzeitlich wie vereinbart den Rettungswagen und eine Zivilstreife angefordert, sodass Lene sie hoffentlich nur über Lunas weiteren Weg auf dem Laufenden halten musste.

Mit Sorge stellte Lene fest, dass sie beide bald den guten Blick auf das Mädchen verlieren würden. Das Waldstück, in dessen Schatten sie und Henning liefen, verbreiterte sich zunehmend, bis es in rund zweihundert Metern Entfernung direkt an die Straße reichte. Wo blieb Nina bloß?

Lene atmete auf, als sie den Wagen der Kollegin nur eine Minute später aus dem Ort kommen sah. Mit einem sehnsüchtigen Gedanken an ein Paar solider Funkgeräte wählte sie hektisch Ninas Nummer. Der Wagen wurde langsamer, als die Kollegin den Anruf annahm.

»Sie ist ungefähr dreihundert Meter vor dir, auf der linken Straßenseite.« In der Stille des Waldes kam Lene ihre eigene Stimme unnatürlich laut vor. »Stell den Wagen am Straßenrand ab und geh zu Fuß weiter«, fuhr sie leiser fort. »Aber vorsichtig, sie sieht sich ständig um.«

»Alles klar.« Nina blieb stehen und parkte das Auto in einer kleinen Parkbucht, die wie gerufen kam, und Lene beschloss, dies als gutes Omen zu werten. Langsam setzte sie sich wieder in Bewegung, während Nina ausstieg und Deckung hinter den Bäumen suchte, die auch die rechte Straßenseite säumten. Nur ab und an tauchte ihr blondes Haar für den Bruchteil einer Sekunde zwischen den Fichten auf, ansonsten war sie im Schatten kaum zu entdecken. Sie kam zum Glück schnell vorwärts. Aus Lenes und Hennings Blickwinkel war Luna in diesem Augenblick hinter den bis zur Straße wachsenden Fichten verschwunden.

»Ich hab sie«, sagte Nina endlich. »Sie ist flott unterwegs, stapft weiter die Straße entlang. Sieht sich aber kaum mehr um.«

»Verstanden.« Lene warf Henning einen fragenden Blick zu. »Versuch, sie nicht zu verlieren. Wir kommen runter zur Straße.«

»Wartet.« Nina klang bestimmt, während ihr rasch gehender Atem sowohl die Anspannung als auch das Tempo verriet, das sie bei der Verfolgung Lunas an den Tag legte. »Gleich zweigt ein Weg nach links in den Wald ab, zu euch beiden hoch. Vielleicht nimmt sie den.« In der angespannten Stille waren nur Ninas Atemzüge zu hören. »Tatsache«, sagte die Kollegin wenige Sekunden später. »Sie geht nach oben in eure Richtung. Wenn ihr geradeaus in den Wald lauft, trefft ihr vielleicht auf diesen Weg.«

Der Wald, der vor Lene und Henning lag, schien nicht allzu dicht zu sein, und der Mangel an Alternativen ließ ihnen ohnehin keine Wahl. »Geht klar«, antwortete Lene knapp.

»Ich folge ihr von unten.« Nina überquerte die Straße und wurde dann von den hohen Bäumen ebenfalls aus Lenes Blickfeld getilgt. »Wenn wir den Kontakt verlieren …«

»Hältst du dich zurück«, schnitt Lene ihr das Wort ab. Ninas Vertrauen in das örtliche Mobilfunknetz schien in etwa dem ihren zu entsprechen. »Immerhin sind wir zu zweit, und Finn oder Luna könnten bewaffnet sein.«

»In Ordnung.« Dabei hörte Nina sich nicht so an, als gefiele ihr diese Order. Die Kollegin hatte sich wirklich erstaunlich gut erholt.

Lene beendete das Gespräch und deutete Henning an, ihr zu folgen, während sie sich vorsichtig einen Weg zwischen den licht stehenden Fichten hindurch bahnte. Wieder vibrierte Lenes Smartphone lautlos, der Empfang beschränkte sich allerdings schon jetzt nur noch auf einen Strich von fünf möglichen. Sie öffnete das Foto des silbergrauen *Dacia Spring*, das Nina ihr geschickt hatte.

»Finns Wagen?«, fragte Henning leise, und Lene nickte. Er parkte also auf dem Waldweg, der Luna und Nina bergauf führte. Irgendwo hier musste Finn sein, und auch die kleine Lioba. Noch am Leben? In welchem Zustand würden sie die beiden vorfinden? Und wann zum Teufel kam endlich dieser Weg in Sicht, an dem sie auf Luna treffen würden?

Ein tiefes Grollen kündigte ein nahendes Gewitter an, eine leichte Schwüle hatte die Luft im Wald erfasst.

»Da!« Henning entdeckte den schmalen Waldweg, gut zehn Meter vor ihnen, als Erster.

Lene blickte sich um, fand schließlich einen Strauch, der beiden genug Deckung bot, ihnen aber zugleich erlaubte, den Weg zu beobachten, und duckte sich dahinter. Als Henning neben ihr kauerte, zog sie die Waffe aus dem Holster. Nur für den Bruchteil einer Sekunde schwenkte ihr Blick zu ihm hinüber. »Halt dich bitte im Hintergrund.« Aus dem Augenwinkel registrierte sie Hennings Nicken, während sie unverwandt auf den Weg starrte und auf das raschelnde Geräusch sich nähernder Schritte lauschte.

Bisher hatte die Schnelligkeit der Ereignisse ihr dafür keine Zeit gelassen, nun aber stieg Nervosität in ihr auf. Hoffentlich zweigte Luna nicht vom Weg ab, bevor sie auf Lenes und Hennings Höhe angelangt war. Hoffentlich blieb Nina vorsichtig. Hoffentlich ging es der kleinen Lioba gut, hoffentlich blieb die Waffe in ihrer Hand eine reine Vorsichtsmaßnahme, und ja, hoffentlich hatte auch Finn den Fatalismus, den die Worte in seiner E-Mail verströmten, nicht in die Tat umgesetzt.

Ein leises Rascheln schreckte Lene auf. Sie sah sich um, konnte aber nichts entdecken. Wahrscheinlich nur ein Tier, das beschlossen hatte, ihr den Rest zu geben.

Endlich hörte sie ein leises Keuchen, das vom Waldweg zu kommen schien. Henning stupste sie sachte an, auch er hatte das Atemgeräusch gehört und kniff die Augen zusammen. Lene blickte gebannt zum Weg, und tatsächlich tauchte Luna, die in unverminderter Geschwindigkeit hügelaufwärts trabte, zwischen den Bäumen auf. Ihr Atem ging stoßweise und war lauter als ihre Schritte, dennoch hielt sie ihr Tempo, als sie an Lene und Henning vorbeimarschierte. Lene zählte lautlos bis zehn, dann wagte sie sich hinter dem Strauch hervor, vergewisserte sich, dass Henning hinter ihr war, und kämpfte sich im Schutz der Bäume hügelaufwärts hinter Luna her. Ein schneller Blick auf ihr Smartphone verriet, dass sie nun die Grenzen des Mobilfunknetzes überschritten hatten. Egal. Wahrscheinlich war Nina nur ein paar Schritte hinter ihnen, sie würden einander finden.

Luna hetzte weiter bergauf und blickte sie sich kaum noch um, wohl getrieben von der Angst um den Bruder, während Lene darauf achtete, am Boden liegenden Ästen auszuweichen und ihren eigenen Atem unter Kontrolle zu behalten, um sich nicht zu verraten. Auch Henning stahl sich lautlos hinter ihr zwischen den Bäumen durch.

Lene stolperte über einen Zweig, fing sich im nächsten Augenblick wieder und suchte zwischen den Bäumen nach einem Stück schwarzen Stoffs oder Anzeichen von Lunas wippendem Pferdeschwanz. Nichts.

»Wo ist sie jetzt?«, flüsterte Henning hinter ihr.

»Scheiße«, flüsterte Lene mehr zu sich selbst als zu Henning. Es half nichts, sie musste aus dem Schatten der Bäume heraustreten, um auf den Waldweg zu sehen, der bergauf eine langgezogene Kurve beschrieb.

»Siehst du sie?«, flüsterte Henning.

Lene schüttelte den Kopf. Hatte Luna ihre Verfolger etwa doch bemerkt? Verschanzte sie sich irgendwo, um sie doch noch abzuschütteln? Fieberhaft suchte Lene hinter den Sträuchern und Bäumen am Wegrand nach einer verräterischen Bewegung oder einem schlecht verborgenen Haarschopf. Vergeblich.

Endlich entdeckte sie zwischen fast mannshohem Geäst und Gräsern einen schmalen Trampelpfad, der leicht abschüssig vom Weg nach rechts abzweigte. Als sie den Pfad betrat, umklammerte Lene die Waffe fest mit der rechten Hand und reckte sie nach vorn.

Von Nina gab es immer noch keine Spur, entweder war sie eine Meisterin der Tarnung, oder aber Luna hatte sie erfolgreich abgehängt. Lene gab Henning nochmals einen Wink, hinter ihr zu bleiben, dann lief sie den Trampelpfad entlang. Ihre Sinne waren aufs Äußerste geschärft, jederzeit bereit, einen Angriff abzuwehren. Als ein schriller Schrei die Stille durchschnitt, zuckte sie zusammen.

»Das kam von dort vorne!« Lene fing an zu laufen, so schnell es der holprige Pfad eben zuließ. Sie rutschte wieder aus, fing sich aber erneut ab und rannte weiter, bis sich der schmale Pfad zu einem Forstweg verbreiterte und endlich, endlich eine baufällige Hütte in Sicht kam. Die Natursteine, mit der die Wände errichtet waren, erkannte sie sofort. Wieder ertönte die Stimme, und diesmal wusste Lene, dass es Luna war, die mit einem Anflug von Hysterie den Namen ihres Bruders rief.

Lene beschleunigte, ignorierte das Brennen in ihrer Lunge, hörte Hennings schnelle Schritte hinter sich und erreichte endlich das Häuschen. Sie riss die einen Spaltbreit geöffnete Holztür auf, die schief in den Angeln hing. Es war stockdunkel im Inneren, und so dauerte es einen Moment, bis sie die Situation erfasste, den reglos auf dem Boden in einer Lache liegenden Finn erkannte, die neben ihm kniende Luna, die aus einer Flasche Wasser auf ihn sprenkelte und hektisch auf seine Wangen klopfte, schließlich Lioba, die sich mit verängstigtem Gesichtsausdruck in einer Ecke der ansonsten leeren Hütte zusammengekauert hatte. Lene suchte den Blickkontakt zu dem Kind, und auf Liobas tränenüberströmtem Gesicht zeichnete sich Erleichterung ab.

»Luna«, sagte Lene mit betont ruhiger Stimme und trat in die Hütte. »Alles wird gut. Wir können euch helfen.«

Erst jetzt schien die junge Frau sie zu bemerken, sie rappelte sich auf und stürzte auf Lene zu. »Sie sind doch an allem schuld!«, schrie sie mit überschnappender Stimme. »Hätten Sie uns einfach in Ruhe gelassen, dann …« Die rechte Faust erhoben, verlangsamte sie zwar ihren Schritt, kam aber ungeachtet der auf sie gerichteten Waffe in Lenes Hand näher.

»Stehen bleiben!«, hörte Lene ihre eigene Stimme in dem düsteren Bau widerhallen. »Wenn wir deinem Bruder helfen sollen, dann …«

Blitzartig machte Luna zwei weitere Schritte und schlug nach Lenes Arm, hatte ihre Rechnung aber ohne Nina gemacht, die wie aus dem Nichts kommend hinter Lene in die Hütte rannte, Lunas Arm auf den Rücken drehte und sie mühelos fixierte. Gegen die große, sportliche Nina war Luna chancenlos. Laut aufschluchzend sank sie auf dem Boden zusammen.

»Geh zurück zum Weg«, hörte Lene die Kollegin zu Henning sagen, während sie ihren Herzschlag unter Kontrolle zu bekommen versuchte. »Der Rettungsdienst und die Kollegen müssen gleich hier sein. Ich habe sie informiert, als ich Finns Wagen gesehen habe.« Mit eisernem Griff hielt sie Luna fest, während Lene tief ein- und wieder ausatmete. Lunas Angriff jagte ihr immer noch das Adrenalin durch den Körper.

Die kleine Lioba stand unsicher auf, und Lene eilte dem Mädchen zu Hilfe. »Kannst du laufen?« Lioba nickte, stakste auf wackligen Beinen zu Henning und ergriff die dargebotene Hand. Die beiden verließen die Hütte, das Kind war in Sicherheit.

Während Nina Luna in Schach hielt, beugte Lene sich zu Finn hinunter. Schlief er nur, hatte er das Bewusstsein verloren, oder …

Nein, an diese Möglichkeit wollte sie nicht denken. Sie griff nach seinem Handgelenk, suchte nach dem Puls, konnte aber nicht feststellen, wo ihr eigener Herzschlag endete und seiner begann. Himmel noch mal, was war das alles bloß für ein Irrsinn! Da! Spürte sie da etwas, unter ihren hektisch suchenden Fingern? Lene war sich nicht sicher, der Schlag schwach oder doch nur Einbildung, sie suchte weiter, während sie ein eng beschriebenes Blatt Papier auf dem schmutzigen Betonboden entdeckte, ohne seine Bedeutung zu erfassen. Wie eben schon Luna schlug sie Finn auf die Wange, doch er blieb reglos, die Augen geschlossen. Bewegte sich seine Brust unter Atemzügen? Wenn ja, dann waren auch diese so schwach, dass Lene sie in ihrer kaum abflauenden Aufregung nicht wahrnehmen konnte. Wie lange dauerte das denn noch? Mit den sich überschlagenden Ereignissen kamen Lene die zäh verrinnenden Minuten wie Stunden vor. Oder waren es doch nur Sekunden?

Wieder und wieder tastete sie nach Finns Puls, meinte, ein Pochen zu fühlen, nur um es gleich wieder zu verlieren. Endlich öffnete sich die Tür der Hütte, und drei Sanitäter schoben Lene beiseite und nahmen sich des reglos am Boden liegenden jungen Mannes an.

Sechzehn

Frühsommer 2022

Endlich war Lioba eingeschlafen. Stundenlang hatte sie sich in seinem und Maries Bett herumgewälzt, ähnlich wie Marie selbst, die zwischen totaler Erschöpfung und Aufregung schwankte, bis Sebastian vorgeschlagen hatte, Lioba in ihr eigenes Bett zu bringen und daneben auf einem Stuhl sitzend bis zum Morgen Wache zu halten. An Schlaf war für ihn nach diesem Tag ohnehin nicht zu denken.

Er betrachtete Lioba im schwachen Licht der Nachttischlampe, das in dieser Nacht eingeschaltet bleiben musste. Würde sie je verarbeiten, was geschehen war?

Es war verhältnismäßig schnell klar gewesen, dass Finn gegenüber Lioba keine ernsthaften Mordabsichten gehegt hatte: Lediglich eine der Schlaftabletten hatte er ihr aufgenötigt, um sie ruhig zu stellen, während er wohl die E-Mail an Sebastian geschickt und sich dann von seinem eigenen Leben verabschiedet hatte. Und doch hatte er einem unschuldigen Kind ein hochdosiertes Medikament für Erwachsene eingeflößt, es in einen Wald verschleppt und es dort seinem Schicksal überlassen. Neben alledem wog für Sebastian am schwersten, wie Finn sich Liobas Vertrauen erschlichen hatte, denn zunächst war sie wohl durchaus skeptisch gewesen, als der junge Cousin ihres Papas vor der Schule auf sie gewartet hatte. Dann aber hatte Finn beteuert, er wolle sich mit Sebastian versöhnen und brauche dafür unbedingt Liobas Hilfe. Nach seinem Versprechen, auf direktem Weg zum Sonnenhof zu fahren, um mit Sebastian Frieden zu schließen, war Lioba bereitwillig in sein Auto gestiegen. Ihre Angst, als Finn nicht die Straße zum Sonnenhof genommen hatte, hatte ihn offensichtlich kalt gelassen.

Sebastian wollte, nein, er konnte mit solchen Menschen nicht mehr leben. Und er musste sein Kind vor ihnen beschützen.

Die Ärzte hatten Lioba im Krankenhaus gründlich untersucht und körperliche Schäden nach ein paar Stunden der Überwachung ausgeschlossen. Was die seelischen Schäden anging, so verließ man sich getrost auf die Fürsorge der Eltern.

Lioba zuckte im Schlaf und drückte impulsiv seine Hand, die sie immer noch umklammert hielt, und er streichelte ihr mit der freien Hand beruhigend über die Stirn, diese glatte, rundliche Stirn über den großen blauen Augen und der Stupsnase mit den vereinzelten Sommersprossen.

Was war nur aus dieser Welt geworden?

Einen Augenblick fragte er sich, ob Finn noch lebte. Sein Zustand war auch am frühen Abend noch kritisch gewesen, das hatte Lene Wagenbach ihm erzählt. In der Stille, die nur von Liobas endlich tiefen, gleichmäßigen Atemzügen erfüllt war, horchte er in sich hinein. Was löste der Gedanke aus, dass sein gerade einmal zwanzig Jahre alter Cousin sterben, vielleicht schon tot sein könnte? Seine Antwort darauf war erschreckend und befreiend zugleich: Nichts. Rein gar nichts. Kein Bedauern darüber, dass ein junges Leben viel zu früh endete, kein Mitgefühl mehr für Luna und Simone, selbst der Gedanke an seine Oma Elvira ließ ihn mittlerweile kalt. Sie hatte der Hetzjagd auf ihn wort- und tatenlos zugesehen, aus Feigheit, Dummheit oder Bequemlichkeit, darüber war er sich nicht im Klaren. Es spielte aber auch keine Rolle mehr, die Zeit der Ausreden war vorbei. Wer nicht auch nur die geringste Kleinigkeit getan hatte, um dieses ganze Unheil abzuwenden, sollte ruhig vor die Hunde gehen oder auch nicht, es war ihm schlichtweg egal. Für ihn zählten nur noch seine eigenen Leute.

»Dir wird nichts mehr geschehen«, flüsterte er in die Stille und legte erneut seine freie Hand auf Liobas kurzes blondes Haar. »Dafür werde ich sorgen.«

Dann griff er nach dem Notizbuch der Urgroßmutter, das zugleich das letzte der ihm überlassenen Sammlung war. Irgendwann in nicht allzu weiter Ferne hatte sie mit dem Schreiben aufgehört. Vielleicht war mit dem Ende des Kriegs die Dringlichkeit verloren gegangen, oder die Not, aus der ihr das Schreiben einen Ausweg bot? Dabei war das Leben der Urgroßmutter auch nach Kriegsende nicht immer geradlinig verlaufen. Allein der frühe Tod ihres geliebten Milosz' oder Manfreds tödlicher Autounfall mussten doch Grund genug gewesen sein, sich wieder in die Welt des Schreibens zu flüchten.

Vielleicht hatte sie die nachfolgenden Bücher auch nicht für wichtig genug befunden, um sie weiterzugeben? Die Zeit des Nationalsozialismus und seiner Schrecken war aus ihrer Sicht vermutlich ein Lehrstück, dass es den nachfolgenden Generationen zu erteilen galt. Er würde lernen, und dann abschließen. Es war an der Zeit.

Oktober 1943

An diesem Tag war die warme, goldene Oktobersonne nicht einmal zu erahnen, stattdessen pfiff ein eisiger Wind über den Hof, der sich noch stechender anfühlte, wenn man aus der warmen Stube kam.

Antonia zog mit einem Frösteln den Kittel enger und warf einen Blick durch den Spalt der Tür zum Schuppen, wo Milosz ein paar Worte mit Fritz wechselte, der soeben die letzten Geräte für die Feldarbeit zusammensammelte. An diesem Tag würden sie, Sauwetter hin oder her, die letzte verbliebene Ernte einfahren, sodass die Katha und sie ab morgen ihre Arbeitszeit mit dem Einlagern und Einkochen verbringen würden.

Sie beschloss, ins Haus zurückzugehen, etwas Wärmeres anzuziehen und noch einmal den Gerd abzubusseln, der bei diesen Temperaturen am liebsten der Katha in der Küche Gesellschaft leistete. Fritz und Milosz waren schließlich auch noch nicht aufbruchsbereit.

Als sie umdrehte, bemerkte Antonia den Mann neben dem Haus, der sich aus seiner vorgebeugten Haltung löste und ihr zuwandte.

Scharf sog sie die Luft ein. Was wollte der Spreitzer auf dem Hof, noch dazu unangemeldet? Hatte er durch das Fenster in die Stube geschaut? Was nahm sich dieser Mensch eigentlich heraus?

Im nächsten Moment setzte ihr Herz einen Schlag aus. Erst vor zwei Tagen war sie wegen Gerds Geburt auf dem Standesamt gewesen. Hatte der Spreitzer davon Wind bekommen? Oder war sie gar in eine Falle getappt, die er ihr gestellt hatte?

»Heil Hitler«, schnarrte der Ortsgruppenleiter und sah mit einem kalten Lächeln auf sie herunter. »Und herzliche Glückwünsche, Frau Schönberger. Wenn einer deutschen Frau ein deutsches Kind geboren wird, so ist das für mich Anlass zu großer Freude.«

»Ich danke«, erwiderte die Toni kühl. »Was führt Sie zu uns?« Wie sie es trotz ihres wild pochenden Herzens schaffte, so forsch zu sein, war ihr selbst ein Rätsel.

»Ich wollte mir den Buben anschauen«, erwiderte Spreitzer und maß sie mit einem Blick, den sie nicht zu deuten wusste. »Vielleicht entdecke ich ja eine Ähnlichkeit, die bei der Suche nach dem Vater hilft.«

»Das ist nicht nötig«, antwortete Antonia, umrundete den Mann und stellte sich demonstrativ in die Haustür. Kostete es, was es wollte, dieser Mensch würde keinen Fuß über die Schwelle setzen. Im Stillen beschwor sie sich selbst, demütiger aufzutreten, immerhin galt es genau in einem Fall wie diesem, einen angeblichen Ausrutscher mit dem eigenen Schwager einzugestehen. Und doch gelang es ihr nicht. Sie spürte selbst, dass sich Wut und Trotz, die ungebremst in ihr aufstiegen, auf ihrem Gesicht widerspiegelten, und doch wollte und konnte sie kein Leben in Angst mehr führen, wollte nicht mehr kuschen vor Leuten wie dem Spreitzer und seinesgleichen. Irgendwann war es genug, und dieses Genug war jetzt erreicht, wo es um ihr geliebtes Kind ging.

»Vielleicht ja doch«, erwiderte Spreitzer ungerührt. »Ich hab Ihre Angaben studiert. Sie haben mir ein Rätsel aufgegeben. Unter uns können Sie es mir doch sagen: Wer ist der Vater vom Gerd, der ja wirklich ein ganz reizender kleiner Bub ist?« Unverschämt deutete er auf das Fenster, durch das er sie gerade noch bespitzelt hatte.

In der Tür des Schuppens entdeckte Antonia Fritz und Milosz, die den ungebetenen Gast nicht aus den Augen ließen. Hoffentlich mischten sich die beiden nicht ein. Sie würde schon mit dem Spreitzer fertigwerden! »Können Sie denn nicht eins und eins zusammenzählen, Herr Ortsgruppenleiter?« Das war nicht die schamerfüllte Demut, die die Katha und sie sich für diesen Fall zurechtgelegt hatten, sondern die ehrliche Wut darüber, dass dieser Handlanger des Bösen seine Nase in ihre Angelegenheiten steckte. »Mein Schwager und ich leben hier seit Jahr und Tag zusammen, und meine Schwester hat ihm nach fast zwanzig Ehejahren immer noch kein Kind geboren. Jetzt kann ich bezeugen: An meinem Schwager hapert's nicht. Beantwortet das Ihre Frage?« Ob die Katha und der kleine Gerd in der Stube wohl mitbekamen, was sie dem Spreitzer hier im Tonfall einer schnippischen Megäre erzählte? Falls ja, dann war die Katha hoffentlich schlau genug, sich nicht blicken zu lassen.

»Und jetzt wäre es mir recht, wenn Sie uns zu unserem Tagwerk übergehen lassen«, fuhr Antonia fort. »Wir müssen produzieren, für unsere tapferen Soldaten an der Front und natürlich fürs Vaterland.«

Einen Augenblick hatte es Ortsgruppenleiter Spreitzer die Sprache verschlagen, dann räusperte er sich energisch und fing sich wieder. »Sie lügen«, sagte er und blickte sie mit seinen stechenden Augen unverwandt an. »Sie lügen, Frau Schönberger, und dafür hab ich auch einen Zeugen.« Drohend erhob er die rechte Hand und streckte den Zeigefinger aus, als wollte er sie damit aufspießen oder auch bloß belehren.

Ein Zeuge? Sie hatte es ja gewusst. »So?«, sagte sie grimmig. »Wie viel man auf sogenannte Zeugen in diesen Zeiten geben kann, das sollten Sie doch eigentlich selber wissen, Herr Ortsgruppenleiter. Mir wäre beim besten Willen nicht aufgefallen, dass bei der Zeugung außer dem Fritz und mir noch jemand anwesend gewesen wäre.«

»Es besteht kein Zweifel an der Redlichkeit des Zeugen«, erwiderte Spreitzer mit schneidender Stimme. »Hätten Sie Ihre Verfehlung zugegeben, dann hätte ich vielleicht etwas für Sie tun können. So aber …«

Am Spreitzer vorbei sah Antonia, wie ihr Schwager mit der Feldhacke in der Hand langsam näher kam. Vielleicht war es doch nicht das Dümmste, wenn der Fritz den Mund aufmachte. Immerhin wurde ihm gerade die doch alle Männer mit Stolz erfüllende Vaterschaft abgesprochen.

Triumphierend bleckte der Ortsgruppenleiter die Zähne in einem grässlichen Lächeln. »So aber muss ich wohl die Kreisleitung informieren. Sehen Sie zu, dass der Polacke nicht abhaut, dem geht's nämlich an den Kragen. Der Bub wird wohl ohne den Vater aufwachsen müssen. Und was die Mutter angeht …« Er musterte sie von oben bis unten, als müsste er erst abschätzen, was noch mit ihr anzufangen war. »Wir werden sehen. Heil …«

Der noch fehlende Hitler blieb ihm im Halse stecken, als hinter ihm ein tiefer, wutentbrannter Schrei ertönte, während gleichzeitig eine Feldhacke auf ihn herunterfuhr, die an seinem Schädel abrutschte und wuchtig auf die Schulter traf. Trotzdem spritzte das Blut aus einer Platzwunde auf dem Kopf und lief dem Spreitzer binnen Sekundenschnelle ins Gesicht.

Antonia schrie auf, als Fritz, der die Feldhacke fest umklammert hielt, an ihr zog und schließlich noch einmal ausholte. Der Spreitzer schaffte es, sich benommen umzudrehen, und Antonia schlug die Hand vor den Mund und sah sich um, ob es in der Nähe irgendeinen Gegenstand gab, mit dem sie Fritz zu Hilfe eilen konnte.

»Du Sauhund!«, brüllte ihr Schwager, als er den Ortsgruppenleiter ein weiteres Mal traf. ›Nichts kannst als Angst und Verderben unter die Leut' zu bringen! Aber jetzt hab ich genug! Jetzt langt's mir von dir und deiner ganzen Bagage!« Mit diesen Worten holte er ein drittes Mal aus, aber dem Spreitzer gelang es, die Feldhacke mit der rechten Hand abzufangen. Der kräftige, aber ein wenig behäbige Fritz zog und zerrte daran, konnte aber nichts ausrichten. Hier musste doch noch irgendwo ein Brett liegen, das sie dem Spreitzer ihrerseits auf den Schädel donnern konnte! Wenn er erst bewusstlos war, würden sie immer noch überlegen können, wie sie aus dieser Misere wieder herauskamen. Wenn sie je wieder herauskamen.

Milosz, der gerade noch mit einem Ausdruck tödlichen Erschreckens im Gesicht in der Schuppentür gestanden war, lief auf sie zu, sobald der Spreitzer begann, sich zur Wehr zu setzen. Ungeachtet der Gefahr der beiden aufgestachelten Männer stoppte er nicht, sondern rannte, groß und breitschultrig wie er war, den Ortsgruppenleiter schlichtweg um. Wieder schrie die Antonia auf, als der Spreitzer ungelenk zu Fall kam, Milosz sich auf ihn stürzte und mit der Faust erbarmungslos ins Gesicht des verhassten Mannes schlug. Obwohl die Toni versuchte, ihn wegzuzerren, hieb er wieder und wieder zu, mit ungeahnten Kräften, die dem Spreitzer keine Chance zur Gegenwehr ließen, solange, bis der Ortsgruppenleiter nicht mehr schrie vor Schmerz, nicht mehr wimmerte, nicht einmal mehr röchelte. Das Gesicht des Mannes war kaum mehr als solches zu erkennen, er lag reglos auf dem Boden. Erst jetzt hielt Milosz inne und sah ungläubig auf seine bluttriefenden, geschwollenen Hände.

»Ist er hin?«, fragte Fritz, und der Antonia sackten die Beine weg. Sie stützte sich an die Hausmauer und übergab sich, bis sich ihr Magen auch noch vom letzten Rest des Frühstücks entledigt hatte.

Nur am Rande hörte sie erneut Fritz' mit einem Mal erstaunlich ruhige Stimme. »Nur zur Sicherheit.« Dann erklang ein weiteres dumpfes Aufprallgeräusch, das sich mit einem ekelerregenden Knirschen vermischte.

Antonia sank zu Boden, saß in ihrem eigenen Erbrochenen und glaubte nicht daran, sich in diesem Leben jemals wieder rühren zu können. Als sich die Haustür öffnete und die schreckensbleiche Katha sah, was geschehen war, war es der Fritz, der sie anwies, drinnen zu bleiben und sich um den kleinen Gerd zu kümmern. Dann holte er eine Schubkarre aus dem Schuppen und bedeutete dem auf dem Boden sitzenden Milosz, der immer noch fassungslos seine Fäuste anstarrte, ihm dabei zu helfen, die Leiche hineinzuheben.

Erst als die beiden Männer mit der Schubkarre und ihrer leblosen Last im Stall verschwunden waren, rappelte die Toni sich wieder auf. Die Beine trugen sie wieder, immerhin. Das Zittern, das sie am ganzen Körper erfasst hatte, ließ langsam nach.

Auch dieses Mal würde ihr Leben weitergehen.

Siebzehn

Frühsommer 2022

»Eines müssen Sie mir noch erklären.« Lene musterte Luna, die ihr im Vernehmungsraum gegenübersaß. Das Mädchen, blass und sichtlich mitgenommen, hatte dennoch ihr Pokerface während des Gesprächs nicht abgelegt, während ihre Mutter Simone Graf, die neben ihr saß, immer wieder haltlos aufschluchzte. Spätestens mit dem Bericht des Labors, das die Blutreste an Finns Sturmhaube zweifellos Andreas Mölln zuordnen konnte, war bei Simone Graf jeglicher Widerstand zusammengebrochen.

Auch der Familienanwalt war erneut zugegen, hielt sich jedoch aufgrund der neuesten Entwicklungen weitgehend zurück. »Was hat es mit dem Spaten auf sich? Das müssen Sie gewesen sein.«

Störrisch verzog Luna die Oberlippe.

»Ihr Bruder hat in seinem Abschiedsbrief ein umfangreiches Geständnis abgelegt«, versuchte Lene es noch einmal im Guten. »Und er hat extra erwähnt, dass Sie nicht am Überfall auf Andreas Mölln beteiligt waren. Ihre Weste ist einigermaßen rein, und dass Sie Ihren Bruder unterstützen oder gar decken, kann Ihnen nicht angelastet werden.«

Der Anwalt nickte bestätigend, äußerte sich aber nicht.

»Wollen Sie uns nicht entgegenkommen?«

Finns Abschiedsbrief, der Lene schon in der Hütte aufgefallen war, hatte endlich Licht ins Dunkel gebracht. Demnach hatte die in der Zeitung abgedruckte Richtigstellung Finn einen Kurswechsel des Journalisten befürchten lassen, weshalb er und zwei Freunde, die er von anderen politisch motivierten Aktionen kannte, beschlossen hatten, Andreas Mölln eine Abreibung zu erteilen und ihn so zu bewegen, die Kampagne gegen den Sonnenhof fortzusetzen. Noch unter dem Eindruck des Gesprächs mit Sebastian Paulus und den Fotos der so gemein zugerichteten Lioba stehend, hatte Mölln Finn eine Absage erteilt: Er wollte nicht schuld daran sein, wenn eines Tages wirklich ein Kind zu Schaden käme. Was dann geschehen war, beschrieb Finn selbst als eine Art Blutrausch, als die sich bahnbrechende Wut darüber, dass nicht jeder genug Mut und Überzeugung hatte, den Kampf gegen Menschen wie Sebastian bis zum Ende zu kämpfen. Seine Freunde, so Finn, hatten ihn noch zurückhalten wollen, aber waren an seiner Rage gescheitert.

Es war nicht schwer gewesen, die beiden Mittäter zu ermitteln, die beiden jungen Männer hatten ihre Beteiligung am Überfall widerspruchslos eingeräumt und befanden sich derzeit in Gewahrsam.

Lene war nicht überzeugt von Finns Darstellung im Brief, zumal er auch einräumte, die Tatwaffe – den Spaten vom Sonnenhof – zur Verwischung der Spuren schon ein paar Tage zuvor in einer Nacht- und Nebelaktion aus der Scheune des Hofs entwendet zu haben, nachdem er das Tor erfolgreich geknackt hatte. Ob er den Spaten selbst zurückgebracht hatte, rein zufällig in der gleichen Nacht, in der auch seine Schwester ihr Unwesen dort trieb? Sein Geständnis war so umfangreich gewesen, dass es keinen Grund gab, ausgerechnet diesen Teil des Verbrechens zu unterschlagen.

Unter Tränen blickte auch Simone Graf ihre Tochter auffordernd an, und endlich schien sich Luna einen Ruck zu geben. »Ich hatte so eine Ahnung …«, begann sie zögerlich.

»Welche Ahnung?«

»Eine Ahnung …« Sie räusperte sich, suchte erneut den bestätigenden Blick der Mutter und fuhr dann entschlossener fort: »Eine Ahnung, dass Finn etwas mit dem Überfall auf Mölln zu tun hat. Er hat sich furchtbar über die Gegendarstellung in der Zeitung aufgeregt, weil er überzeugt ist, dass solche Vorfälle unserer Glaubwürdigkeit schaden und Medien und Polizei uns sowieso ständig in den Rücken fallen. Alles in rechter Hand, das war der Beweis. Finn ist sehr mutig, und bereit, alles zu tun, um dagegen anzukämpfen. Das haben Sie ja jetzt gesehen.«

Lene hielt sich gerade noch davon ab, verzweifelt die Hände über dem Kopf zusammenzuschlagen, und nickte lediglich, um Luna zum Weiterreden zu bewegen.

»Die alte Hütte im Wald war in unserer Kindheit und Jugend so eine Art Treffpunkt, manchmal waren Finn und ich auch jetzt noch dort, wenn wir unsere Ruhe haben wollten. Ich weiß nicht, wem sie gehört, aber wir haben dort nie jemanden angetroffen, insofern haben wir uns auch nichts dabei gedacht.« Wieder suchte Luna den Blick ihrer Mutter, die zunehmend apathisch wirkte. »Wie auch immer, ich war nach Möllns Tod in der Hütte und habe dort den Spaten gefunden. Er war blutverkrustet, also war mir klar, dass Finn ihn dort nach dem Überfall auf Mölln versteckt haben muss. Keine Ahnung, was er noch damit vorhatte. Zuerst habe ich überlegt, den Spaten einfach komplett verschwinden zu lassen, ihn im Wald zu vergraben oder so.« Ihre Schnute verriet deutlich, dass sie längst zweifelte, ob das nicht die bessere Idee gewesen wäre. »Aber dann kam mir der Gedanke, dass es cooler wäre, wenn man die Tatwaffe mit Möllns Blut auf dem Sonnenhof findet. Also bin ich nach Hause gegangen, um alles an scharfen Reinigungs- und Desinfektionsmitteln zu holen, was sich auftreiben ließ. Außerdem natürlich Handschuhe und einen Eimer, und dann habe ich den Griff eingeweicht und bearbeitet, damit von Finn keine Spuren mehr zu finden sind.« Sie zuckte lapidar die Achseln, als wäre das der einzig logische Schluss gewesen. »Ich wusste nicht, dass Finn ihn vom Sonnenhof genommen hat, aber das spielte ja letztlich auch keine Rolle. So entstand dann mein Plan für die nächtliche Aktion auf dem Hof.«

»Aktion«, echote Lene. Welch euphemistischer Ausdruck für einen hinterhältigen und verleumderischen Anschlag. Selbst der Anwalt riss erschrocken die Augen auf. Dass die Kinder einer offensichtlichen Sauberfrau wie Simone Graf ein derartiges kriminelles Potenzial entwickelten, schien auch ihn zu schockieren.

»Dass die Scheune nicht abgeschlossen war, hat die Sache natürlich noch einfacher gemacht«, fügte Luna ungerührt hinzu. »Ansonsten hätte ich den Spaten aber eben anderswo auf dem Hof hinterlassen.«

»Und Ihre Freunde? Sind die nicht stutzig geworden, als Sie im Zuge der ›Aktion‹ einen blutverschmierten Spaten angeschleppt haben?«

»Die haben davon nichts mitbekommen.« Mit einem Ausdruck der Überlegenheit tippte Luna sich an die Schläfe. »Ich habe den Spaten kurz vor unserem Zusammentreffen im Boandlforst versteckt und bin später noch einmal allein zurückgegangen.«

Die Kaltschnäuzigkeit dieses Mädchens war wirklich beachtlich. »Wusste Finn davon, dass Sie die Mordwaffe auf den Hof zurückgebracht haben?«, bohrte Lene nach.

»Ja, wir haben kurz telefoniert«, räumte Luna ein. »Er sollte sich keine Sorgen machen, dass sie in falsche Hände gelangt ist.«

Mit starrem Blick sah Simone Graf zu Lene. »Was habe ich bloß falsch gemacht?«, fragte sie tonlos.

Lene ersparte Simone Graf eine Antwort. Dass die wenngleich ungeplante Komplizenschaft ihrer Kinder solche Dimensionen angenommen hatte, ohne dass sie auch nur im Geringsten davon ahnte, sagte mehr als genug.

Anhand von Liobas Aussagen war es Lene gelungen, den Ablauf der Entführung zu rekonstruieren. Demnach hatte Finn sie vor der Schule abgepasst, sich mit der Behauptung, er wolle sich mit ihrem Papa versöhnen, das Vertrauen des Mädchens erschlichen und ihr dann, schon in der Waldhütte, eine der Schlaftabletten eingeflößt. Wahrscheinlich hatte er sich dann mit dem geliehenen Smartphone eines nichts von der ganzen Misere ahnenden Freundes von der Hütte entfernt, bis das Netz es wieder zuließ, die E-Mail an seinen Cousin zu versenden.

Auch wenn sein Feldzug letztlich in einer Verzweiflungstat gegipfelt war, sprach sein bis zuletzt planvolles Vorgehen eine andere Sprache. In seiner und Lunas Welt schien der Zweck alle Mittel zu heiligen.

»Dass Ihr Sohn überleben wird, ist Ihnen hoffentlich ein Trost«, antwortete Lene bloß. »Aber er wird sich für seine Taten verantworten müssen.« Sie erhob sich. Mit diesem Gespräch waren auch die letzten Details aufgeklärt. Und irgendwie, stellte sie fest, als sie in Simone Grafs verweintes und Luna Grafs immer noch trotziges Gesicht blickte, gab es auch nichts mehr zu sagen.

»Jetzt aber, mein Lieber.« Lene ließ sich auf ihrem Bürosessel nieder, winkte Yannik heran und deutete auf den Besucherstuhl neben ihrem Schreibtisch. Auch wenn es ihr nach allen Geschehnissen und der Erkenntnis, dass von Luna und vielleicht auch von Finn keine Reue zu erwarten war, schwerfiel: Der Alltag musste weitergehen. Und damit auch die Arbeit an all den Dingen, die sie in den vergangenen Tagen und Wochen vernachlässigt hatte.

»Was meinst du?«, fragte er.

»Du hast doch unsere Kellerleiche nicht vergessen?« Mit einem Schmunzeln beobachtete Lene, wie er hastig nach einem Aktenordner auf seinem Ablagefach griff und dann zu ihr herübereilte. Er schien es ihr zumindest nicht übelzunehmen, dass sie seine Rechercheergebnisse immer wieder auf die lange Bank geschoben hatte. Vielleicht hatte er ihr aber auch erst nach ihrem ausführlichen Lob an diesem Morgen verziehen.

»Gibt es noch konkrete Spuren, die du weiterverfolgen kannst?«, fragte Lene, als er Platz genommen hatte.

»Ich glaube, man könnte endlos weiter recherchieren.« Beinahe kläglich klopfte er auf den Ordner. »Die Frage ist nur …«

»… ob das Sinn macht«, beendete Lene seinen Satz. So viel hatte sie immerhin schon mitbekommen, auch wenn sie selbst oft genug den Gedanken an die alten Knochen im Keller der Sonnenhofscheune in die hinterste Ecke ihres Gehirns verbannt hatte.

»Genau«, bestätigte Yannik. »Im Prinzip geht die Suche so lange weiter, bis endlich jemand sagt, dass es jetzt reicht. Oder bis man vielleicht doch irgendwann einen Glückstreffer landet und die Identität mittels DNA irgendwelcher Nachkommen bestätigen kann, aber ganz ehrlich: Diese Chance halte ich für gering.«

»Also, was hast du?«

Yannik klappte den Ordner auf. »Eine Liste von Männern im relevanten Alter, die zwischen 1937 und 1946 im Raum Falkenstein und Grabenzell verschwunden sind. Die im Krieg Vermissten habe ich außen vor gelassen, und ein paar Namen konnte ich bereits wieder streichen, zum Beispiel den zweiundvierzigjährigen jüdisch-deutschen Kaufmann, dessen väterlicher Familienzweig, also der deutsche, aus Falkenstein stammte und damals noch dort lebte. Er ist zunächst nach Regensburg umgezogen, in seinem Personenstandsbogen dort war allerdings ein unbekannter Verbleib nach 1942 vermerkt, weshalb ich überhaupt erst auf ihn aufmerksam geworden bin. Er ist dann aber doch noch auf einer Häftlingsliste des KZ Buchenwald aufgetaucht.« Yannik blätterte zur nächsten Seite. »Und auf einer Sterbeliste.«

»Die ›Arolsen Archives‹ waren wieder einmal hilfreich«, erwiderte Lene und deutete auf die Signatur des Ausdrucks. Nicht zum ersten Mal war in diesem Büro zu Ermittlungszwecken auf die Unterstützung des Archivs der Opfer des Nationalsozialismus zurückgegriffen worden.

»Absolut. Eigentlich irre, was sich dort finden lässt, obwohl sich die Nazis so bemüht haben, ihre Gräueltaten zu verschleiern.« Er zuckte ein wenig hilflos die Schultern. »Aber kommen wir zu denjenigen, die ich nicht ausschließen kann. Nummer Eins: Der damalige Kramer und Grabenzeller Blockleiter, Josef Geiger, geboren im Jahr 1902. Seit April 1945 vermisst, unverheiratet, keine bekannten Nachkommen, keine Verwandten.«

»April 1945?«, hakte Lene ein. »Da könnte sich der Herr Blockleiter auch aus dem Staub gemacht haben.«

Yannik nickte, offenbar war ihm dieser Gedanke auch gekommen. »Das Gleiche gilt für den nächsten Mann auf meiner Liste, nämlich Xaver Spreitzer, den damaligen NSDAP-Ortsgruppenleiter für Falkenstein und Grabenzell. Geboren 1904, ebenfalls unverheiratet und nach unserem Wissen kinderlos. Auch hier konnte ich keine Verwandten mehr ausfindig machen. Allerdings ist dieser Mann bereits Ende Oktober 1943 von der Bildfläche verschwunden.«

»Er könnte den Braten früher gerochen haben als der Herr Blockleiter«, entgegnete Lene.

»Das haben seine Vorgesetzten damals vielleicht auch vermutet, zumal es anscheinend keine übermäßigen Ermittlungen in Bezug auf seinen Verbleib gab.« Yannik stach auf das aufgeblätterte Papier ein. »Die Nummer Drei im Bunde ist ein bereits 1937 verschwundener Mann, gerade fünfunddreißig Jahre alt, namens Georg Kellner. Er lebte aufgrund seiner geistigen Behinderung bei seinen Eltern in Falkenstein, es gab aber eine Anordnung des Gesundheitsamtes Roding, den Mann in eine Klinik einzuweisen. Damals gehörte Grabenzell ja noch zum Bezirksamt Roding.« Yannik blätterte weiter. »Am Tag der Vollstreckung wurde er nicht angetroffen, und offensichtlich ist er danach nie wieder in Erscheinung getreten. Keine Geschwister, nicht verheiratet, keine Kinder. Nur der Vollständigkeit halber.«

»Den könnten seine Eltern aus der Schusslinie gebracht haben«, überlegte Lene laut.

»Auf den Sonnenhof?«, fragte Yannik skeptisch.

»Warum nicht?«, erwiderte Lene ungerührt. »Aus den alten Dokumenten wissen wir, dass Antonia Schönbergers erster Ehemann im KZ in Dachau gestorben ist. Der Vater ihres zweiten Sohnes war Pole. Es würde mich sehr wundern, wenn die Nazis damals auf dem Hof sonderlich beliebt waren. Und wer bitte vermutet in einem Stall eine Unterkellerung?« Mit einer triumphierenden Geste hob Lene die Hände. »Ein perfektes Versteck.«

»Aber warum sollten sie den Mann umbringen? Dann doch eher die beiden Nazis, oder?« Damit hatte Yannik zweifellos einen Punkt.

»Vielleicht ist Georg Kellner ausgetickt«, erwiderte Lene dennoch. »Es ist bestimmt schon für gesunde Menschen schwer, in diesem Loch auszuharren. Mit einer geistigen Beeinträchtigung stelle ich mir das noch schwieriger vor. Vielleicht hat er es dort nicht mehr ausgehalten und seine Helfer angegriffen, die ihn dann in Notwehr erschlagen haben.« In Lenes Ohren klang das zwar fantasievoll, aber auch einigermaßen logisch. »Gibt es noch jemanden auf deiner Liste?«

»Ja, einen hab ich noch.« Yannik blätterte weiter. »Unser vierter Mann ist etwas älter, er wurde schon 1896 geboren. Sein Name ist Franz Lautenschlager, ursprünglich war er Gastwirt in Grabenzell. Allerdings wurde er bereits im September 1939 inhaftiert, zuerst in Dachau, dann im KZ Sachsenhausen. Das Seltsame ist, dass sich seine Spur völlig verliert, ab 1943 taucht er in keiner Liste mehr auf, es gibt keine Meldung über seinen Tod, keinen Eintrag auf der Krankenstation, nichts. Als hätte es ihn nie gegeben. Auch hier findet sich nur ein Vermerk im Personenstandsbogen aus dem Jahr 1946: ›Verbleib unbekannt‹. In seinem Fall ist natürlich vieles denkbar, er könnte abgehauen sein, er könnte dort ermordet worden sein, ohne dass es ausreichend dokumentiert wurde. Er könnte zum Kriegsende bei einem der Todesmärsche ums Leben gekommen sein, als namenlose Leiche in den Straßengraben geworfen. Die Wahrscheinlichkeit, dass er unsere Leiche im Keller ist, ist eher gering. Aber …«

»… nicht auszuschließen«, führte Lene auch diesmal den Satz zu Ende. »Lass mich raten: Nicht verheiratet, keine Kinder oder Verwandten.«

»Doch«, erwiderte Yannik ungerührt. »Seine Frau, seine beiden Töchter und sein Bruder haben Deutschland 1947 verlassen und sind zusammen in die USA ausgewandert. Dort verliert sich ihre Spur. Diverse Anfragen nach weiteren Nachkommen laufen, das kann aber dauern. Sofern es überhaupt ein Ergebnis gibt.«

»Uff.« Motivierend war all das Stochern im Trüben wahrlich nicht. »War's das?«

»Wenn du all die namenlosen Deserteure, sonstigen Geflüchteten, Verfolgten, Verschleppten und nach Kriegsende feigen Ex-Nazis außer Acht lässt, die hungrig und zum Teil vielleicht auch marodierend durchs Land gezogen sind«, sagte Yannik mit einem schiefen Grinsen, »dann war es das, ja.«

»Okay, ich habe verstanden. Ich werde mich beim Chef dafür einsetzen, dass es jetzt reicht.« Mit einem Zwinkern erhob Lene sich. »Schließlich brauchen wir für den nächsten Kommissaranwärter auch noch Arbeit.«

***

Es war eine Zeit des Schreckens, die hinter ihnen lag, aber das, was sich jetzt, so hatte er es befürchtet, nach Scheitern anfühlen sollte, barg zu Sebastians Erstaunen auch Hoffnung und reichlich neuen Mut.

Barbara und Francesco, die beiden Italiener, denen es auf dem Hof so gut gefallen hatte, waren am Morgen als Erste abgereist. Jetzt, wo es endlich wieder möglich war, ohne größere Schwierigkeiten auch weiter in die Ferne zu reisen, lockte Asien als Ziel für neue Abenteuer.

Auch Bea hatte beinahe erleichtert reagiert, als Sebastian seinen Mitstreitern das Ende seines Projekts eröffnet hatte. Soweit er das mitbekommen hatte, stand sie schon im Gespräch mit einer Schweizer Privatklinik, die einige deutsche Kollegen beschäftigte.

Natürlich war da auch Wehmut gewesen, und Trauer, bei manchen mehr als bei anderen. Und doch hatte jeder seine Entscheidung, die nach Liobas Entführung auch Maries Entscheidung war, verstanden, letztlich sogar Tanja und Claus, die mit einer solchen Vehemenz die Brücken hinter sich abgerissen hatten, dass es zum jetzigen Zeitpunkt keinen Plan B gab. »Du machst es richtig«, klangen ihm Tanjas Worte noch in den Ohren. »Bring dein Kind an einen besseren Ort als diesen. Wo auch immer du ihn findest.«

Sie waren zusammengewachsen, nicht zuletzt durch alles, was sie miteinander durchgestanden hatten. Daran würde auch die räumliche Distanz, die sie in Zukunft wieder trennen würde, nichts ändern.

Mit einem Gefühl der Ruhe betrachtete er das Notizbuch der Großmutter, das vor ihm auf dem Gartentisch lag. Er hatte sich auf die rückwärtige Veranda zurückgezogen, um ungestört zu sein. Einen Eintrag, den letzten, gab es noch zu lesen. Den Schock über den vorherigen hatte er erst sacken lassen müssen, aber jetzt fühlte er sich gewappnet. Und er wollte es hinter sich bringen, genau wie den Sonnenhof, den er fälschlicherweise sein ganzes Leben lang für unbeflecktes Terrain gehalten hatte.

Mit dem sicheren Wissen, dass er es ein letztes Mal tat, schlug er die vergilbten Seiten auf.

Januar 1944

Antonia hatte den großen Laib Brot im Ofen versenkt, als es an der Stubentür klopfte. Die Katha, mit einer Näharbeit beschäftigt, schickte sich an, aufzuspringen, ebenso der Fritz, der über der Buchhaltung brütete, aber Antonia bedeutete ihnen, sitzen zu bleiben, wischte sich die mehligen Hände an der Schürze ab und eilte zur Tür. »Herein!«, rief sie noch im Gehen und lächelte vorsichtig, als sie in der sich öffnenden Tür den Schuster Bücherl stehen sah. Schlecht sah er aus, das Gesicht eingefallen und grau, mit einer Trauer in den wässrigen Augen, die einem schon vom Hinschauen Herzschmerzen bereitete. Kein Wunder, dass der Walter mehr denn je jede Gelegenheit nutzte, auf den Sonnenhof zu kommen, um der Misere im eigenen Heim zu entgehen.

»Komm rein«, sagte die Toni aufmunternd.

Die Schusterfamilie tat ihr von Herzen leid, der Alois schien unter dem Schmerz schier zusammenzubrechen. Dass nach dem Tod des Ältesten an der Ostfront gerade einmal drei Monate vergangen waren, ehe die Familie Bücherl Anfang November die nächste traurige Nachricht erhalten hatte, war schwer zu ertragen. Der in Tirol aufgegriffene Ludwig hatte sich im Gestapogefängnis in Augsburg im Angesicht der Repressalien und der Angst vor allem, was noch auf ihn zukommen mochte, den Strick genommen, und so blieb dem Bücherl und seiner Frau nur noch einer von drei Söhnen übrig. Auch die Toni hatte ein paar Tränen bei der Erinnerung an den schüchternen jungen Mann verdrückt, der einst finstere Tage in ihrem Versteck verbracht hatte.

»Ich wollt eigentlich bloß wissen, ob der Walter vergessen hat, dass er seine Füße auch zum Heimlaufen benutzen kann«, antwortete der Schuster Bücherl mit einem Anflug von Humor, der nicht zu seiner traurigen Erscheinung passen mochte. »Zappenduster ist es schon draußen.«

»Die zwei Buben sind oben in der Kammer.« Mit einer Handbewegung winkte Antonia den Schuster herein. »Magst ein Stück frischen Apfelkuchen? Ganz luftig ist er geworden, dank dem Spezialrezept von der Katha.«

Unschlüssig blieb der Schuster auf der Schwelle stehen.

»Gib dir einen Ruck.« Die Toni rückte ihm einen Stuhl zurecht. »Man muss sich auch manchmal dran erinnern, dass es im Leben Schönes gibt.«

Der Schuster nickte und schlurfte langsam herein, sodass Antonia wieder in die Küche huschte, um den Kuchen anzuschneiden.

Mit einem Seufzen ließ sich der Schuster am Tisch nieder.

Sie stellte das Kuchenstück vor ihm ab und tätschelte seinen Arm, bevor sie sich neben ihn setzte.

»Habt's was Neues vom Spreitzer gehört?«, fragte der Bücherl und versenkte die Gabel im Kuchen. Dabei sah er die Katha und den Fritz an. Dass die Toni das Dorf mied, so gut es eben ging, hatte er über seiner Trauer wohl nicht vergessen.

Fritz reagierte nicht und linste in seine immer noch aufgeschlagene Buchhaltung, die Katha schüttelte den Kopf, ohne eine Miene zu verziehen.

»Also, für mich ist der längst über alle Berge«, fuhr der Schuster fort. »Der weiß genau, was die Stunde geschlagen hat. Der weiß genau, dass wahrscheinlich bald der Feind im Land steht, und es uns dann an den Kragen geht. Und ihm würd's zuallererst an den Kragen gehen, wenn er noch da wär, der feige Sauhund.«

Antonia räusperte sich. Dass der Bücherl den Spreitzer ausgerechnet einen Sauhund schimpfte, weckte unschöne Erinnerungen, die sie weit wegschob, wann immer es ihr möglich war.

»Gegönnt hätt ich's ihm.« Er erinnerte sich des Kuchens, schob sich ein großes Stück in den Mund und versank kauend in dumpfes Brüten.

»Schmeckt er?«, fragte die Katha und wies mit dem Kinn auf den Kuchen.

»Ich kann so nimmer.« Der Schuster legte die Gabel ab, schnaufte laut und schaute in die Runde.

»Wir können so alle nimmer, Alois«, entgegnete der Fritz ungerührt.

»Das mein ich nicht«, erwiderte der Schuster. »Ich kann so nimmer. Ich kann nimmer recht freundlich ratschen und dabei in eurer Stube sitzen und euren Kuchen fressen.«

Eine unangenehme Ahnung beschlich Antonia, doch sie hielt seinem Blick, den er nun fest auf sie richtete, stand. »Warum, Alois?«

»Weil alles umsonst war. Weil das Unrecht, das ich getan hab, nix geholfen hat, aber euch hätt's fast in Gefahr gebracht.« Der Bücherl fasste sich an die geäderte Nase und stützte dann die Stirn in die Hand. »Der Spreitzer war bei mir in der Werkstatt damals, als sie den Ludwig gerade ins Gefängnis gesteckt haben und meine Babette nach all der Trauer um den Alois auch noch vor Angst um den Ludwig fast narrisch geworden wär. In meine Werkstatt kämen doch viele Leute, hat er gesagt, und ich würd doch bestimmt das eine oder andere hören, was vor ihm geheim gehalten würd und so weiter. Aber es müsst schon was Gutes sein, dann könnt er sich für den Ludwig verwenden, weil die Äußerungen damals, im Wirtshaus, doch sowieso bloß die eines halbstarken Großmauls gewesen wären.«

Vom oberen Stockwerk klang das fröhliche Johlen der Buben herunter. Hoffentlich weckten die den Gerd nicht auf! Trotzdem brachte die Toni es nicht fertig, für eine Ermahnung aufzustehen. Erst sollte der Bücherl zu Ende reden.

»Also hab ich ihm gesteckt, dass du ein Kind gekriegt hast«, fuhr der Schuster fort, ohne Antonia anzusehen. »Und dass es von dem Polen auf eurem Hof ist.«

Während Katha und Fritz wie vom Donner gerührt nach Luft schnappten, stellte die Toni fest, dass sie das Eingeständnis des Schusters nicht sonderlich überraschte, noch nicht einmal berührte.

So waren die Menschen nun einmal, das hatte sie doch über all die Jahre gelernt. In der Angst zu allem fähig. Und wie, so überlegte sie, würde sie entscheiden, wenn sie die Möglichkeit sah, mit Denunziation das Leben eines ihrer Söhne zu retten? Da gab es nichts zu zweifeln, da tat man halt, was getan werden musste.

»Ich hätt nix sagen brauchen, der Spreitzer hat sich ja eh aus dem Staub gemacht, ohne euch auf die Pelle zu rücken oder sich für den Ludwig einzusetzen.« Endlich sah Alois Bücherl wieder auf, die wässrigen Augen noch müder als zuvor. »Mein Bub ist tot. Aber ich will einen reinen Tisch, Toni. Was ich getan hab, treibt mich um, und immer wieder muss ich dran denken, wie mutig du den Ludwig damals versteckt hast.« Hilflos hob er die Hände, an denen noch Reste des Leims klebten, und Antonia verstand, was er damit sagen wollte: Es tat ihm von Herzen leid, und doch würd er's wieder tun, wenn die Angst um eins seiner Kinder es gebot. Mit Macht und Druck und Repressalien ließen sich halt die aufrechtesten Menschen brechen.

Sie schaute zur Katha, der die Traurigkeit ins Gesicht geschrieben stand, und zum Fritz, der augenscheinlich zwischen Wut und Entsetzen schwankte und doch kein Wort sagte, als wollte er die Antwort auf des Bücherls Eröffnung ihr überlassen. Antonias Blick fiel auf das Kreuz im Herrgottswinkel, auf den leidgeprüften und demütigen Erlöser, der ertragen hatte, was man ihm auferlegte, und doch in tiefster Not zumindest kurz ins Zweifeln geraten war. So war es wohl, das Menschsein, selbst mit göttlicher Abstammung: Man ging seinen Weg, zweifelte zuweilen, traf Entscheidungen mit guten oder schlimmen Folgen für sich oder andere. Und doch blieb man halt ein Mensch. Zumindest sie wollte das bleiben, wenn auch von der früheren Antonia und ihrem Vertrauen in die Welt nichts mehr übrig war. »Es ist, wie es ist, Alois«, sagte sie schließlich. »Jetzt hol deinen Buben, der mir auch in Zukunft jederzeit willkommen ist. Aber dich will ich hier auf meinem Hof nicht mehr sehen.«

Der Schuster nahm ihre Worte ergeben nickend wie einen Schuldspruch entgegen und erhob sich.

»Trotzdem wünsch ich dir alles Gute«, fügte sie hinzu.

»Mei, Toni«, sagte er und barg wieder das Gesicht in seiner groben Hand. »Mei, Toni, ich dir auch.«

Erst am späteren Abend, als auch der Manfred zu Bett gegangen war und sich Milosz, der mehr denn je seine Zeit allein in der bitterkalten Werkstatt zubrachte, zu ihnen in die Stube gesellt hatte, fand Fritz Worte für das Geschehene. »Ich hätt das nicht gekonnt, Toni. Diesem Denunzianten auch noch alles Gute wünschen.«

»Überleg halt, Fritz«, antwortete sie. »Er wollt seinem Buben das Leben retten. Andere denunzieren für einen Laib Brot oder ein Dutzend Eier. Oder für gar nix, bloß aus reiner Geltungssucht oder

Boshaftigkeit.« Sie tauschte einen Blick mit Katha, die kaum merklich nickte, mit dem Milosz, der seine Hand leicht auf ihre legte, schließlich mit dem Fritz, der den Kopf schüttelte, aber mehr aus Verzweiflung denn aus Ablehnung.

»Jetzt wissen wir es doch auch«, sagte sie mit Nachdruck, um sich der Aufmerksamkeit aller sicher zu sein. »In bösen Zeiten stirbt die Unschuld einen schnellen Tod.«

Und doch war sie dankbar, als sie in die Gesichter der anderen blickte, als sie an ihre beiden Söhne dachte, die friedlich in ihren Betten schlummerten. Sie hatten einander, und sie waren am Leben.

Nichts anderes würde für sie jemals wieder eine Rolle spielen.

Epilog

Sommer 2022

»Und?«, fragte Lene und blinzelte gegen die Sonne. »Wie geht's bei dir weiter?«

»Irgendein Plätzchen für mein Zuhause werd ich schon finden.« Moritz streckte sich und ließ sich behaglich auf der Treppe seines Bauwagens nieder. »Und dann hau ich sowieso erstmal ab, nach Südfrankreich wahrscheinlich. Bekannte von mir haben da ein Gestüt, die brauchen immer Hilfe.« Er zog das Haarband aus seinem reichlich zerrupften Zopf, strich die Haare nach hinten und band sie mit seinen langen, braungebrannten Händen geschickt, wenn auch immer noch nicht besonders ordentlich, wieder zusammen

Ein kleines Fünkchen Bedauern regte sich in Lene, auch wenn ihr das selbst nicht gefiel.

»Zumindest über den Winter«, fügte er hinzu. »Den konnte ich in Deutschland sowieso noch nie leiden. Und danach? Mal sehen, was kommt.«

Lene nickte zustimmend. So wenig sie sich vorstellen konnte, selbst ein solch unstetes Leben zu führen, so sehr gefiel ihr auch sein Bedürfnis danach. Er vermittelte ihr einen Hauch von Freiheit, eine Ahnung davon, wie es sich anfühlte, sich einfach treiben zu lassen anstatt Getriebene zu sein. Ein wenig mehr von diesem

Lebensgefühl konnte sie sich durchaus auch für ihr eigenes Leben vorstellen.

»Wobei ich vorher noch einiges zu erledigen habe«, fuhr er fort und ließ sein Grübchen aufblitzen. »Eventuell. Hängt ganz von dir ab. Du hast deinen Mord aufgeklärt, und ich befinde mich immer noch auf freiem Fuß. Haben wir jetzt ein Date? Oder mehrere?«

»Fangen wir doch einfach mal mit einem an. Wozu so viele Pläne machen?«, erwiderte Lene mit einem Schmunzeln. »Morgen habe ich frei.«

»Wagst du dich mit mir auf den Teufelssteg?« Lässig lehnte er sich zurück, ließ sie aber dabei nicht aus den Augen.

Sah also so aus, als käme sie doch noch zu ihrem ersehnten Ausflug in den Falkensteiner Schlosspark. »Auf der Himmelsleiter gehst aber du voraus«, erwiderte sie und freute sich schon jetzt auf den Anblick.

Mit einem schnellen Winken und dem leisen Gefühl vorfreudiger Aufregung im Bauch wandte sie sich zum Gehen und ließ ihren Blick auf der Suche nach Sebastian Paulus über das Gelände schweifen, das sich merklich geleert hatte. Auch Marie, Lioba und Sebastian saßen auf gepackten Koffern, Moritz hatte sich bereit erklärt, die restliche Abwicklung auf dem Hof zu übernehmen. Allzu viel würde ohnehin nicht zu tun bleiben, in diesem Augenblick verlud Marie mit einem älteren Herrn die Hühner in dessen Transporter, was insofern zeitraubend war, als Lioba sich von jedem Huhn einzeln verabschiedete.

Schließlich fand Lene Sebastian Paulus auf der rückwärtigen Veranda am Tisch sitzend, auf dem eine kleine, altertümlich wirkende Holzschatulle stand. Zum ersten Mal, seit sie ihn kannte, machte er einen wirklich friedvollen Eindruck. Das Gehetzte, Gejagte, das ihn sonst immer, trotz allem Optimismus, umgeben hatte, fehlte.

»Sie sehen so aus, als hätten Sie die richtige Entscheidung getroffen«, stellte Lene fest, als sie sich neben ihm niederließ.

»Ich freue mich auf Dänemark«, erwiderte er. »Und darauf, das alles hier hinter mir zu lassen.« Mit dem Kopf wies er auf die Schatulle, in der, wie Lene erst jetzt bemerkte, ein Metallschlüssel steckte. »Ich habe noch etwas für Sie.«

»Was ist das?«

»Das«, erklärte er und öffnete den Deckel, »sind die Tagebücher meiner Urgroßmutter. Mein Opa hat sie mir vermacht. Sie sollten sie lesen.«

Lene überlegte fieberhaft. Die Urgroßmutter war diejenige gewesen, die sie sich als Zeitzeugin zu Beginn der Ermittlungen, als sich alle Arbeit noch um die Knochen im Kellerversteck gedreht hatte, sehnlichst ins Leben zurückgewünscht hatte. Die Frau also, die damals auf dem Hof gelebt hatte, deren Wissen das Rätsel um die Identität des Toten zu lösen vermochte. »Wollen Sie mir nicht sagen, was …«

»Bitte, lesen Sie die Bücher. Eine Buchstabentabelle habe ich Ihnen ausgedruckt und dazugelegt, aber die braucht man nur am Anfang.« Er grinste, dennoch schien ihm seine Bitte wichtig zu sein. »Sie finden hier Antworten auf alle offenen Fragen, aber es wäre für meine Uroma bestimmt von Bedeutung, dass Sie verstehen, was vor sich ging. Und für meinen Opa auch. Und …« Er brach ab und zuckte die Achseln. »Und für mich.«

»In Ordnung.« Lene klappte den Deckel zu und zog die Schatulle zu sich herüber. Es gab schließlich keine Dringlichkeit außer ihrer eigenen Neugierde. »Danke. Und …« Einen Augenblick zögerte sie, auf der Suche nach den richtigen Worten. »Ich wollte Ihnen noch sagen, dass ich schlimm finde, was geschehen ist, und welche Konsequenzen all das nach sich zieht. Auch und vor allem für Sie. Für Sie alle hier.«

»Das weiß ich.« Ein Lächeln erhellte sein Gesicht, während er sich mit den Fingern durch die braunen Locken fuhr und sie zerzauste. »Ungeschehen machen lässt sich nichts. Nie.« Wieder wies er auf die Schatulle. »Das Traurige ist, dass wahrscheinlich viele derjenigen, die sich immer besonders für das Wohl anderer eingesetzt haben, darauf in Zukunft verzichten werden. Es lohnt einfach die Mühe nicht.«

Lene dachte vorrangig an Tanja Schwarz, Marie Paulus und Dr. Beate Feuersänger, die sich sogar beruflich und früher mit ganzem Herzen in den Dienst der Menschen gestellt hatten. Aber auch Sebastian Paulus, da war sie sicher, würde sich nicht wieder hinreißen lassen, für Menschen einzutreten, die dasselbe nicht auch für ihn tun würden. Schwere Wunden vernarbten, innerlich wie äußerlich, und doch veränderten sie den Menschen. Dauerhaft.

»Vielleicht«, begann Lene zögerlich, »wenn öffentlich aufgearbeitet wird, was in den vergangenen Jahren geschehen ist, und man sich auch den Fehlern stellt, die gemacht wurden …«

»Glauben Sie wirklich, dass das passieren wird?« Sachte schüttelte Sebastian Paulus den Kopf. »Ich nicht. Dafür haben viel zu viele Leute mitgemacht. Aber man kann trotzdem versuchen«, fuhr er fort, den Blick auf die kleine Truhe gerichtet, »eine Lehre aus alledem zu ziehen.«

»Ja? Welche?« Etwas musste mit ihm geschehen sein, stellte Lene fest. Irgendetwas hatte seinen Blickwinkel verändert, auch wenn sie keine Ahnung hatte, was das sein mochte. Vielleicht aber fand sie die Antwort darauf ja auch in den Tagebüchern.

Abwägend neigte er den Kopf. »Meine Lehre erscheint im ersten Moment ernüchternd, aber wenn man sie erst einmal akzeptiert hat, dann ist sie sehr befreiend.« Mit einem fast schon heiteren Blick sah Sebastian Paulus sie an. »Die Menschen sind eben so.«

Nachwort und Dank

Ähnlich wie im Vorgängerroman »Höllbachtal« habe ich mich an die örtlichen Gegebenheiten des idyllischen Falkensteiner Vorwalds sowie Regensburgs gehalten, allerdings – aus vielleicht nachvollziehbaren Gründen – mit folgender Ausnahme: Das Dorf Grabenzell sowie der Sonnenhof mit dem Boandlforst, und damit die beiden Hauptschauplätze des Romans, sind frei erfunden.

Ein Novum im vorliegenden Roman ist die Einbettung zweier historischer Figuren in die Handlung:

Julian Majka, ein achtundzwanzigjähriger polnischer Kriegsgefangener aus Libiaz Maly, wurde am 18. April 1941 in Michelsneukirchen wie im vorliegenden Buch beschrieben hingerichtet. Meine diesbezüglichen Informationen stammen aus Thomas Muggenthalers im lichtung verlag erschienenen Titel »Verbrechen Liebe«, der sich den Schicksalen von über zwanzig polnischen Zwangsarbeitern widmet, die in Niederbayern und der Oberpfalz während der NS-Zeit aufgrund ihrer Beziehungen zu deutschen Frauen verfolgt und in vielen Fällen ohne Gerichtsprozess ermordet wurden. Dem Autor danke ich für sein Engagement, die Aufarbeitung dieser Verbrechen voranzutreiben und der Öffentlichkeit zugänglich zu machen.

Mehr künstlerische Freiheit habe ich mir bei der Darstellung des im Jahr 1971 verstorbenen Falkensteiner Pfarrers Josef Heigl genommen. Zwar sind in seinem Fall ebenfalls die Rahmenbedingungen historisch verbürgt, zudem sorgte Heigl in den frühen 1950er-Jahren für Aufsehen, als er Kriegswitwen in neuer Partnerschaft, die trotz großer wirtschaftlicher Not nach einer zivilen Heirat ihre Rentenansprüche verloren hätten, zumindest kirchlich traute, um sie von ihrem »sündhaften Lebenswandel« zu befreien. Da zum damaligen Zeitpunkt eine kirchliche Trauung ohne vorhergehende zivile untersagt war, stellte sich Heigl mit seinen »Schwarztrauungen« offen gegen die Gesetzeslage, er schien mir also der richtige Mann für Gerds »Schwarztaufe« zu sein. Eine solche hat es aber nach aktuellem Erkenntnisstand nicht gegeben, sie entspringt allein meiner Fantasie.

In besonderem Maße danke ich Birgit Brantl-Schwaiger, deren Titel über Josef Heigl, »Der unbequeme Pfarrer von Falkenstein«, mir diese Möglichkeit eröffnet hat, und die mir auch ansonsten mit ihrer Kenntnis über Falkenstein und seine Geschichte sowie mit ihren hervorragenden Kontakten vor Ort unterstützend unter die Arme gegriffen hat.

Ein herzlicher Dank ergeht auch an Christiane Bezold, die sich die Zeit genommen hat, mir ihre überaus liebevolle Sicht auf die Welt im Allgemeinen und unsere Gesellschaft im Besonderen zu vermitteln. Unser Gespräch war nicht nur aus Recherchegründen hilfreich, sondern auch persönlich bereichernd und somit ein weiterer Beweis dafür, dass es lohnt, ab und an den Blickwinkel zu verändern.

In Zeiten wie diesen braucht es treue Weggefährten, umso mehr, wenn man es wagt, aus Überzeugung gegen den Strom zu schwimmen. Ich schätze mich sehr glücklich, Menschen in meinem Leben zu haben, an deren Loyalität zu keiner Zeit Zweifel bestehen. You know who you are … Ich danke euch von Herzen!